Patricia Highsmith est née au Texas en 1921 à Fort Worth. Après avoir vécu longtemps en France, elle s'est établie en Suisse.

Son premier roman, *L'Inconnu du Nord-Express,* fut adapté par Alfred Hitchcock.

Parmi les autres ouvrages portés à l'écran, citons *Monsieur Ripley,* par René Clément *(Plein soleil)* et *Ripley s'amuse* par Win Wenders *(L'Ami américain).*

Patricia Highsmith aime le jardinage, la menuiserie et la peinture. Plusieurs de ses œuvres ont été exposées.

Ses livres sont publiés aux Editions Calmann-Lévy et dans dix autres pays.

ŒUVRES DE PATRICIA HIGHSMITH

Chez Calmann-Lévy :

Romans

L'INCONNU DU NORD-EXPRESS
LE JOURNAL D'EDITH
RIPLEY ET LES OMBRES
CEUX QUI PRENNENT LE LARGE
LE CRI DU HIBOU
L'EMPREINTE DU FAUX
LA RANÇON DU CHIEN
MONSIEUR RIPLEY (PLEIN SOLEIL)
EAUX PROFONDES
CE MAL ETRANGE (DITES-LUI QUE JE L'AIME)
JEUX POUR LES VIVANTS
LE MEURTRIER
RIPLEY S'AMUSE (L'AMI AMERICAIN)
SUR LES PAS DE RIPLEY
LES DEUX VISAGES DE JANVIER
CES GENS QUI FRAPPENT A LA PORTE
L'HOMME QUI RACONTAIT DES HISTOIRES
LA CELLULE DE VERRE

Nouvelles

LE RAT DE VENISE et autres histoires de criminalité animale à l'intention des amis des bêtes
LA PROIE DU CHAT
L'AMATEUR D'ESCARGOTS
LES SIRENES DU GOLF
L'EPOUVANTAIL
LE JARDIN DES DISPARUS

Chez Julliard :

TOUTES A TUER

Les œuvres de Patricia Highsmith publiées en édition de poche sont éditées aux Editions PRESSES POCKET.

PATRICIA HIGHSMITH

L'INCONNU DU NORD-EXPRESS

Traduit de l'américain
par Jean Rosenthal

CALMANN-LÉVY

Titre original :

STRANGERS ON A TRAIN

ISBN : 2 - 266 - 01657 - 1

PRÉFACE

Au moment de choisir le sujet d'un film, je me sens à peu près dans la même situation que le gourmet qui doit composer un menu. On lui présente une carte où tous les plats le tentent. Va-t-il se décider pour le soufflé au fromage ou pour le saumon fumé ? Pour le perdreau sur canapé ou le steak au poivre ? Dans Les Nourritures terrestres, *André Gide disait, je crois, que le moment le plus pénible dans la vie, c'est celui où l'on doit faire un choix, car on pense alors à toutes les possibilités de bonheur qui s'évanouissent... Vous avouerai-je que je ressens encore davantage le drame de la sélection quand il s'agit de l'ordonnance d'un repas !*

On me soumet bon nombre de scénarios originaux, de nouvelles, de romans, de pièces de théâtre, que je lis tous attentivement. Je suis ce qu'il est convenu d'appeler un cinéaste consciencieux et je me donne beaucoup de peine pour trouver une histoire qui non seulement m'attire mais qui soit surtout susceptible de plaire aux spectateurs.

On m'a souvent appelé, à tort ou à raison (je suis trop modeste pour le reconnaître moi-même !), le « roi du suspense ». Je suis donc en quelque sorte prisonnier du genre que j'ai créé. Ce dont je ne me plains pas d'ailleurs, car j'aime le « suspense », sinon pour moi, du moins pour les autres. Je connais la peur depuis mon enfance et je crois que c'est un sentiment universel que les gens aiment éprouver quand ils se sentent en sécurité. Soit parce qu'ils sont tranquillement installés chez eux dans un fauteuil. Soit parce qu'ils sont assis dans une salle de cinéma. La frayeur leur procure un choc qui leur permet de s'évader d'eux-mêmes, à condition, bien entendu, qu'ils puissent s'identifier aux héros en danger qui leur sont présentés.

C'est pourquoi je ne m'intéresse pas aux histoires de gangsters. Il me plaît que les personnages de mes films soient des gens comme vous et moi qui, tout à fait par hasard, se trouvent mêlés à des aventures extraordinaires auxquelles rien ne les prédestinait. Ce genre d'aventures dont on dit, en voyant l'acteur s'y débattre malgré lui : « Après tout, ça aurait pu m'arriver à moi ! » Et chacun de compatir aux malheurs de ses héros favoris.

Ce préambule vous fera comprendre pourquoi j'ai été séduit par L'Inconnu du Nord-Express. J'avais terminé quelque temps auparavant Le Grand Alibi, que j'avais tourné en Angleterre avec Jane Wyman, Marlène Dietrich, Michael Wilding et Richard Todd, et on m'avait proposé de réaliser La Loi du silence. J'avais accepté en principe lorsque je tombai un beau jour sur le roman de Patricia Highsmith. Tout d'abord m'enchanta le lieu où se déroulait une partie de l'action : un train. J'ai toujours aimé les trains — certains pensent que j'y vois un symbole et loin de moi l'idée de les détromper — et j'ai conservé une tendresse particulière pour mon film Une femme disparaît. Peut-être cet amour tient-il à la passion de la géographie que j'éprouvais dans mon enfance, à l'époque où j'avais dans ma chambre une mappemonde sur laquelle je plantais des drapeaux pour indiquer la position des navires à travers les océans...

Quelques passages que je lus dans les premières pages du livre confirmèrent rapidement mon impression : « Savez-vous, disait un des personnages, quel est le pourcentage de meurtres commis dont parlent les journaux ? Un douzième... Qui croyez-vous que sont les onze autres assassins ? Un tas de gens ordinaires qui ne comptent pas. Tous ceux que la police sait bien qu'elle n'attrapera jamais ! »

La suite me plut encore davantage :

« Une idée formidable ! Supposez que chacun de nous tue pour le compte de l'autre ? Nous nous sommes rencontrés dans le train et personne ne sait que nous nous connaissons. Nous avons chacun un alibi parfait. Un alibi sans la moindre fissure ! »

Cette fois, je sentis que je tenais un beau sujet, car chacun n'a-t-il pas, au moins une fois dans sa vie, souhaité de tuer quelqu'un, à condition bien entendu d'être sûr de l'impunité. Le crime parfait ! Tout le monde s'y intéresse !

Je me mis à travailler au découpage avec Raymond Chandler et Czenzi Osmonde. Pendant plusieurs mois, nous nous retrouvâmes tous les jours de 11 heures du matin à 4 heures de l'après-midi et nous discutions, échangeant nos points de vue sur l'évolution des personnages.

Naturellement, il fallait tout d'abord que l'histoire fût accommodée à ma manière. Cette manière que les spectateurs attendent et qu'ils seraient déçus de ne pas retrouver comme s'ils voyaient un tableau de Rembrandt sans clair-obscur, ou un Degas sans danseuse. Les adultes, en vérité, sont pareils aux enfants qui réclament toujours les histoires qu'ils connaissent le mieux et qui refusent toute variation. Aussi, lorsque je dis, par exemple, que si je tournais Cendrillon, *on chercherait le cadavre, ne s'agit-il pas là d'une boutade, croyez-moi !*

Avec mes scénaristes, nous nous livrâmes à un double travail d'épuration et d'enrichissement. Epuration en réduisant la donnée initiale afin d'obtenir un rapport de force plus net et plus clair entre les quatre personnages principaux : Guy, Bruno, Miriam et Anne. Enrichissement, d'autre part, en y ajoutant un cinquième qui n'existait pas dans le livre ; celui de la sœur cadette d'Anne qui joue en quelque sorte le rôle du « deus ex machina ». C'est grâce à elle que le meurtrier peut être soupçonné plus rapidement, à la grande satisfaction du public.

De Guy, nous fîmes un champion de tennis, au lieu d'un architecte, ce qui nous permit de matérialiser l'idée de l'échange sous la forme d'une balle qui va et vient d'un joueur à l'autre. En outre, la partie de tennis, dont l'issue demeurait douteuse jusqu'au dernier set, augmentait encore le « crescendo » du suspense.

Une fois ces principes posés, il ne nous restait plus qu'à tirer de l'intrigue les péripéties qui en découlaient logiquement et directement. Dès lors, Guy, Bruno, Anne et Miriam se trouvaient engagés sur une voie inéluctable dont rien n'eût pu les faire dévier.

Le héros, qu'interprétait Farley Granger, était sympathique certes, mais il avait ses faiblesses, comme tout être humain. Quant à l'assassin, que jouait Robert Walker, il n'était à aucun moment tout à fait antipathique. Il arrive même parfois, au cours du film, qu'on prenne fait et cause pour lui, car il exauce les souhaits du spectateur en même temps que les vœux amoureux du séduisant joueur de tennis. Et le public est avec lui tout autant qu'avec ce dernier !

Je n'aime pas que les criminels soient trop parfaitement haïssables. Et si Bruno agit comme il le fait, on l'excuse parce qu'il n'est pas complètement normal et je me suis efforcé pour que l'on retrouve en lui, altéré certes et perverti, le prototype de tous nos désirs. C'est lui en quelque sorte qui agit en nos lieu et place, en laissant à chacun la certitude d'être innocent. Ce personnage est très proche de l'oncle Charlie, dans L'Ombre d'un doute, *un de mes films préférés.*

En résumé, ce qui m'a attaché dans cette histoire, c'est que les caractères avaient au départ une densité psychologique et que le comportement des uns et des autres était rationnel. Quant à l'intrigue, elle a suffisamment de rebondissements imprévus pour tenir les spectateurs en haleine pendant une heure et demie.

Que pourrais-je dire encore de cette œuvre déjà vieille de dix ans à laquelle je viens de repenser parce que vous m'avez demandé d'écrire une préface pour le livre ? Le film est récemment ressorti en France et l'on m'a dit qu'il avait remporté un gros succès, tant auprès des critiques qu'auprès du public. J'en suis enchanté car, pour moi, le succès est la consécration d'un film.

J'ajouterai que je ne suis pas seul responsable de cette œuvre. Pour faire un bon film, il faut d'abord une bonne histoire et, à mon avis, le roman de Patricia Highsmith est excellent, car tous les ingrédients s'y trouvent mêlés avec une juste mesure.

Si j'y ai apporté quelques modifications, c'est parce que le cinéma a d'autres critères que la littérature et je terminerai cet avant-propos, peut-être un peu long au goût des lecteurs, en rappelant ce slogan qui a fait fortune : « Si vous avez aimé le livre, voyez le film. Et si vous avez aimé le film, lisez le livre ! »

Après tout, j'ai commencé ma carrière cinématographique dans la publicité !

Alfred Hitchcock.

I

Le train roulait à toute allure, avec un halètement rageur et irrégulier. Il lui fallait s'arrêter de plus en plus souvent à des gares de plus en plus petites, où il attendait avec impatience le moment d'attaquer à nouveau la prairie. Mais son avance était imperceptible. La prairie ne faisait qu'onduler comme une vaste couverture ocre secouée par une main négligente. Plus le train allait vite et plus légères et désinvoltes étaient les ondulations.

Guy détourna les yeux de la vitre et se renfonça dans son fauteuil.

En mettant les choses au mieux, pensa-t-il, Miriam ferait traîner le divorce. Peut-être même n'était-ce pas cela qu'elle voulait, mais seulement de l'argent. D'ailleurs, accorderait-elle jamais le divorce ?

La haine, il s'en rendait compte, commençait à paralyser sa pensée; des larges routes que la logique lui avait montrées avant son départ de New York, elle faisait de petites ruelles sans issue. Il sentait déjà la présence de Miriam, elle n'était plus bien loin maintenant, avec son visage rose et ses taches de rousseur, et cette chaleur malsaine qui émanait d'elle, semblable à celle qui, derrière la vitre, montait de la prairie. Sombre et cruelle.

Il chercha machinalement une cigarette dans sa poche, se souvint pour la dixième fois qu'on n'avait pas le droit de fumer dans un Pullman et en prit une quand même. Il la tapota contre le verre de sa montre, regarda l'heure : cinq heures douze – peu importait d'ailleurs; il planta la cigarette au coin de sa bouche, puis approcha l'allumette qu'il tenait au creux de sa main. Il se mit à fumer à lentes bouffées régulières. Ses regards revenaient sans cesse au paysage, envoûtant à force de monotonie, qui se déroulait derrière la fenêtre. La patte de son col se retroussa. Dans le reflet que la nuit tombante commençait à dessiner sur la vitre, la ligne du col blanc qui suivait la mâchoire faisait très XIXe siècle, de même que ses cheveux qui bouffaient sur sa tête et qu'il plaquait sur sa nuque. Cette coiffure et son long nez effilé lui donnaient un air extrêmement décidé, entreprenant même, tandis que son front, ses arcades sourcilières, lourdes et droites comme sa bouche, laissaient une impression de calme et de réserve. Il portait un pantalon de flanelle qui avait besoin d'un coup de fer, un veston foncé qui flottait sur son corps svelte avec des reflets pourpres à la lumière, et une cravate de lainage couleur tomate hâtivement nouée.

Si Miriam attendait un enfant, pensa-t-il, c'était qu'elle en voulait un. Cela signifierait donc que son amant avait l'intention de l'épouser. Mais alors pourquoi avait-elle fait venir Guy? Elle n'avait pas besoin de lui pour divorcer. Et pourquoi ressassait-il les mêmes sombres pensées depuis quatre jours qu'il avait reçu cette lettre? Les cinq ou six lignes de l'écriture ronde de Miriam disaient seulement qu'elle était enceinte et qu'elle voulait le voir. Le fait qu'elle fût enceinte garantissait le divorce, se dit-il, alors pourquoi s'énerver? Un soupçon le torturait : n'était-il pas, au tréfonds de lui-même, jaloux parce qu'elle portait l'enfant d'un autre et qu'autrefois elle s'était fait avorter quand lui l'avait mise enceinte? Non, se dit-il, ce n'était que la honte d'avoir un jour aimé une Miriam. Il écrasa sa cigarette sur le grillage du radiateur. Le mégot roula par terre, et d'un coup de pied, il l'envoya sous l'appareil de chauffage.

Il avait tant de projets d'avenir. Son divorce, la commande de Floride – on pouvait être pratiquement sûr que le conseil d'administration allait accepter le devis qu'il avait soumis, et cette semaine, il serait fixé – et puis Anne. Anne et lui pourraient enfin commencer à faire des plans. Cela faisait plus d'un an qu'il se rongeait en attendant que quelque chose – cela justement – se produisît et le rendît libre. Il sentit en lui une délicieuse explosion de joie, et il se carra dans la peluche de son fauteuil. Cela faisait trois ans, en fait, qu'il attendait. Il aurait pu s'offrir un divorce, évidemment, mais il n'avait jamais réussi à mettre assez d'argent de côté pour y parvenir. Commencer une carrière d'architecte sans l'appui d'un salaire régulier dans une entreprise, ce n'avait pas été facile, et cela ne l'était toujours pas. Miriam ne lui avait jamais demandé de pension, mais elle avait d'autres façons de lui empoisonner l'existence, en parlant de lui par exemple dans tout Metcalf comme s'ils étaient toujours dans les meilleurs termes, et comme s'il n'était à New York que pour se créer une situation en attendant de pouvoir la faire venir. Elle lui écrivait de temps en temps pour lui demander de l'argent, des sommes insignifiantes, mais qui agaçaient Guy et qu'il lui envoyait pourtant, parce que ç'aurait été si facile pour elle de déclencher une campagne contre lui à Metcalf et que la mère de Guy habitait là-bas.

Un grand jeune homme blond en costume rouille se laissa tomber à la place vide en face de Guy et se glissa dans le coin avec un sourire vaguement amical. Guy jeta un coup d'œil sur le visage blafard et menu de l'inconnu. Il avait un gros bouton en plein milieu du front. Guy détourna son regard vers la vitre.

Le jeune homme semblait se demander s'il

allait engager la conversation ou faire un somme. Son coude glissait sur l'appui de la fenêtre, et chaque fois que les cils touffus se soulevaient, le regard des yeux gris injectés de sang était braqué sur Guy et le vague sourire réapparaissait. L'inconnu était sans doute un peu éméché.

Guy ouvrit son livre, mais au bout d'une demi-page, son esprit vagabonda. La lumière qui jaillit tout à coup des tubes fluorescents au plafond lui fit lever les yeux; son regard se posa sur le cigare non allumé qui continuait à tournoyer entre des doigts décharnés, comme pour ponctuer une conversation, puis glissa sur le monogramme qui pendait à l'extrémité d'une chaîne d'or en travers de la cravate du jeune inconnu. Le monogramme était C.A.B. et, sur la cravate de soie verte, des palmiers étaient peints à la main, dans des tons orange agressifs. Le long corps du jeune homme était étalé sans défense, la tête renversée en arrière, si bien qu'on aurait pu prendre le furoncle pour un point culminant jailli de son front. C'était un visage intéressant, sans que Guy sût dire pourquoi. Un visage ni jeune, ni vieux, ni brillant d'intelligence, ni tout à fait stupide. Il allait s'émaciant du front étroit et bombé aux mâchoires d'anthropoïde, creusé par la ligne mince de la bouche et plus encore par les cavités bleuâtres où s'accrochaient les courtes paupières. La peau était lisse comme celle d'une jeune fille, d'une transparence de cire, comme si on en avait drainé toutes les impuretés pour nourrir le furoncle.

Guy lut encore quelques instants. Les mots prenaient un sens et commençaient à dissiper son angoisse. Mais à quoi te servira Platon en face de Miriam? demandait une voix en lui. Il s'était déjà posé la même question à New York, mais il avait emporté le livre quand même, un vieux souvenir du cours de philosophie; il s'était accordé cela comme une faveur pour compenser peut-être l'obligation de faire tout ce voyage jusqu'à Miriam. Il regarda par la fenêtre et, voyant sa propre image, il redressa son col qui faisait des plis. Anne le faisait toujour pour lui. Il se sentit soudain désemparé sans elle. En changeant de position, il heurta au passage le pied du jeune homme endormi et regarda, fasciné, les paupières battre et s'entrouvrir. On aurait pu croire que les yeux congestionnés étaient restés braqués sur lui derrière les paupières closes.

– Excusez-moi, murmura Guy.

– Pas de mal, fit l'autre. Il se redressa et secoua brusquement la tête.

– Où sommes-nous ?

– Nous entrons dans le Texas.

Le jeune homme blond tira de la poche de son veston un flacon d'or et le tendit amicalement.

– Non, merci, dit Guy.

Il vit la femme assise de l'autre côté du couloir et qui n'avait pas levé le nez de son tricot depuis Saint Louis jeter un rapide coup d'œil en entendant le liquide gicler à l'intérieur de la gourde.

– Où descendez-vous ?

– A Metcalf, dit Guy.

– Oh ! Jolie ville, Metcalf. Voyage d'affaires ?

– Oui.

– Quelles affaires ?

Guy leva sans enthousiasme les yeux de son livre.

– Architecte.

– Oh, fit l'autre, avec un intérêt teinté de mélancolie. Vous construisez des maisons et tout ça ?

– Oui.

– Je ne crois pas m'être présenté.

Il se souleva à moitié.

– Bruno. Charles Anthony Bruno.

– Guy Haines, répondit Guy, en serrant sèchement la main tendue.

– Très heureux de vous connaître. Vous habitez New York ?

La voix rauque de baryton sonnait faux, comme si Bruno parlait pour se réveiller.

– Oui.
– J'habite Long Island. Je vais passer quelques jours à Santa Fé. Vous n'y êtes jamais allé ?
Guy secoua la tête.
– Un coin épatant pour se reposer.
Son sourire découvrit des dents un peu délabrées.
– C'est surtout de l'architecture indienne là-bas, je suppose.
Un contrôleur passa dans le couloir, pour poinçonner les billets.
– C'est votre place ? demanda-t-il à Bruno.
Bruno se cala dans son coin avec des airs de propriétaire.
– Salon de la voiture suivante.
– Numéro trois ?
– Oui. Je crois.
Le contrôleur poursuivit son chemin.
– Ces types ! murmura Bruno.
Il se pencha et contempla le paysage d'un air amusé.
Guy revint à son livre, mais l'ennui encombrant de son compagnon, l'impression que d'un instant à l'aube il allait dire quelque chose, l'empêchaient de se concentrer. Guy songea un moment à aller au wagon-restaurant, mais finit par rester assis. Le train ralentissait une fois de plus. Bruno semblait sur le point de parler; Guy se leva, s'esquiva dans la voiture suivante et sauta sur le gravier crissant du quai, avant même que le train fût tout à fait arrêté.
L'air du dehors, lourd des parfums du soir, le suffoqua comme s'il étouffait sous un oreiller. Il flottait une odeur de gravier poussiéreux et chauffé au soleil, d'huile et de métal brûlant. Guy avait faim, il flâna un peu le long du wagon-restaurant, les mains dans les poches, en aspirant l'air à pleins poumons, bien qu'il le trouvât désagréable. Une constellation de feux verts, rouges et blancs volait en bourdonnant vers le sud. Hier,

pensa-t-il, Anne avait peut-être pris cette ligne pour aller au Mexique. Il aurait pu être avec elle. Elle lui avait demandé de l'accompagner jusqu'à Metcalf. S'il n'y avait pas eu Miriam, il aurait pu la prier de rester une journée pour la présenter à sa mère. Ou même sans tenir compte de Miriam, si Guy avait été un autre homme, si seulement il avait été capable d'insouciance. Il avait parlé de Miriam avec Anne, il lui avait presque tout raconté, mais il ne pouvait supporter l'idée que les deux femmes puissent se rencontrer. Il avait voulu faire le voyage par le train tout seul, pour pouvoir penser. Et quel avait été jusqu'à maintenant le fruit de ses méditations ? A quoi avait jamais servi la réflexion ou la logique quand il s'agissait de Miriam ?

La voix du contrôleur annonça les départ, mais Guy fit les cent pas jusqu'à la dernière minute, puis sauta dans la voiture qui faisait suite au wagon-restaurant.

Le garçon venait à peine de prendre sa commande quand le jeune homme blond apparut sur le seuil du wagon, l'air un peu gouape avec un mégot au coin de la bouche.

Guy ne pensait plus du tout à lui, et la grande silhouette en complet rouille faisait figure maintenant de souvenir vaguement désagréable. Il aperçut Guy et sourit aussitôt.

– J'ai bien cru que vous aviez manqué le train, dit Bruno d'un ton jovial en prenant un siège.

– Si vous permettez, Mr. Bruno, j'aimerais avoir un moment de tranquillité. J'ai besoin de réfléchir.

Bruno écrasa le mégot qui lui brûlait les doigts et lança à Guy un regard vide d'expression. Il était plus ivre que tout à l'heure. Les angles de son visage semblaient s'être brouillés et estompés.

– Nous pourrions être tranquilles dans mon compartiment. Nous pourrions dîner là-bas. Qu'est-ce que vous en dites ?

– Merci, je préfère rester ici.

– Oh ! mais j'insiste. Garçon ! fit Bruno en claquant dans ses mains. Voulez-vous faire servir monsieur au salon numéro trois et m'apporter un bon steak saignant avec des frites et une tourte aux pommes ? Et deux whiskies-sodas le plus vite possible, hein ?

Il regarda Guy en souriant, de son sourire doux et mélancolique.

– D'accord ?

Guy hésita un peu, puis se leva et le suivit. Quelle importance cela avait-il après tout ? Et n'était-il pas las de sa propre compagnie ?

Les whiskies étaient inutiles, sauf pour les verres et la glace. Quatre bouteilles de scotch à étiquettes jaunes alignées sur une valise en crocodile étaient les seuls objets rangés dans la petite pièce. Des valises et des malles-cabines bloquaient le passage, ne laissant libre qu'un petit labyrinthe au milieu du compartiment; sur les bagages s'étalaient au hasard des vêtements et du matériel de sport, des raquettes de tennis, un sac de clubs de golf, deux appareils de photo, une corbeille de fruits et des bouteilles de vin enveloppées dans du papier violet. Un jeu de magazines, d'albums, de comics et de romans divers couvrait la banquette près de la fenêtre. Il y avait aussi une boîte de bonbons dont un ruban rouge barrait le couvercle.

– On se croirait chez un champion, dit Bruno, l'air soudain confus.

– C'est impressionnant.

Guy sourit lentement. Il trouvait la pièce amusante; elle lui donnait une accueillante sensation d'isolement. Le sourire détendit ses sourcils bruns et toute l'expression de son visage s'en trouva modifiée. Son regard était tourné vers l'extérieur maintenant. Il avança d'un pas souple parmi le dédale des valises, en examinant tout avec un air de chat curieux.

– Flambant neuve. Encore jamais touché une

balle, dit Bruno en lui faisant tâter sa raquette. C'est ma mère qui m'a fait emporter tout ce bazar, elle espère que ça m'empêchera d'aller au café. Ça peut toujours se mettre au clou si je suis fauché. J'aime bien boire quand je voyage. Ça fait mieux apprécier les choses, vous ne trouvez pas ?

Les whiskies arrivèrent et Bruno mit une des bouteilles à contribution pour les corser un peu.

– Asseyez-vous. Enlevez votre manteau.

Mais tous deux restèrent debout et gardèrent leur manteau. Il s'écoula quelques minutes gênantes pendant lesquelles ils n'avaient rien à se dire. Guy but une gorgée de whisky-soda, qui lui parut être du scotch pur, et regarda le plancher encombré de mille objets. Bruno avait des pieds bizarres, remarqua Guy, ou c'étaient peut-être ses chaussures. De petits souliers marron clair, avec un bout rapporté, et dont la forme allongée faisait penser au menton de Bruno. C'étaient des pieds un peu démodés. Et Bruno n'était pas non plus aussi mince qu'il l'avait d'abord cru. Ses longues jambes étaient robustes et son corps rebondi.

– J'espère que vous n'êtes pas fâché que je sois venu au wagon-restaurant, dit Bruno prudemment.

– Mais non.

– Je me sentais seul. Vous comprenez.

Guy dit quelque banalité sur l'impression de solitude qu'on peut avoir à voyager seul en wagon-salon, et trébucha sur un objet : la courroie d'un Rolleiflex. Une profonde éraflure se voyait sur le côté de l'étui de cuir. Guy surprit le regard timide de Bruno. Il allait certainement s'ennuyer. Pourquoi avait-il suivi Bruno ? Il eut soudain envie de regagner le wagon-restaurant. Le garçon revint sur ces entrefaites avec un plateau, et dressa rapidement la table. L'odeur de la grillade le ragaillardit. Bruno insista tellement pour payer l'addition que Guy renonça. Bruno s'attaqua à son steak et Guy entama sa viande hachée.

– Qu'est-ce que vous construisez à Metcalf ?

– Rien, dit Guy. C'est ma mère qui y habite.

– Oh, fit Bruno, l'air intéressé. Vous allez la voir alors ? Vous êtes de Metcalf ?

– Oui. Je suis né là-bas.

– Vous n'avez guère l'air d'un homme du Texas.

Bruno arrosa de ketchup son steak et ses pommes frites, puis saisit la poudre de persil et resta un moment, le flacon en l'air.

– Ça fait longtemps que vous n'êtes pas revenu chez vous ?

– Environ deux ans.

– Votre père est là-bas aussi ?

– Mon père est mort.

– Oh ! Vous vous entendez bien avec votre mère ?

Guy dit que oui. Le goût du scotch, bien que Guy n'en raffolât pas, lui était agréable, parce qu'il lui rappelait Anne. Quand elle buvait, elle prenait toujours du scotch. C'était une liqueur comme elle, lumineuse et faite avec art.

– Où habitez-vous à Long Island ? demanda-t-il.

– A Great Neck.

Anne habitait beaucoup plus loin dans Long Island.

– Dans une maison que j'appelle la Taule, continua Bruno. Elle est entourée de bois de tous les côtés et tout le personnel a des airs de garde-chiourme, jusqu'au chauffeur.

Il éclata brusquement d'un rire franc, puis reporta son attention sur le contenu de son assiette.

En le regardant, Guy ne voyait plus maintenant que le sommet du crâne étroit aux cheveux rares et l'excroissance du furoncle. Il avait oublié l'existence de ce dernier depuis que Bruno s'était réveillé, mais maintenant ses regards revenaient au bouton; il le trouvait monstrueux, choquant et ne voyait plus rien d'autre.

– Pourquoi? demanda Guy.

– A cause de mon père. Le salaud. Moi aussi, je m'entends bien avec ma mère. Elle vient passer deux jours à Santa Fé.

– C'est gentil.

– Oui, fit Bruno d'un air presque agressif. On s'amuse bien tous les deux; on reste à bavarder, on joue au golf. Je lui sers même de cavalier pour aller à des soirées.

Il se mit à rire, mi-honteux, mi-fier, il paraissait brusquement hésitant et jeune.

– Vous trouvez ça drôle?

– Non, dit Guy.

– Si seulement j'avais de l'argent à moi. Vous comprenez, je devais commencer à toucher des revenus cette année, mais mon père ne veut pas. Il les fait verser à son compte. Vous ne me croiriez pas si je vous disais que je suis défrayé de tout, mais que je n'ai pas plus d'argent de poche que quand j'étais au collège. Je suis obligé de demander cent dollars par-ci par-là à ma mère, dit-il en souriant d'un air de défi.

– Je regrette que vous ne m'ayez pas laissé régler l'addition.

– Allons donc! protesta Bruno. Je veux simplement dire que c'est vraiment dégoûtant de se faire dépouiller par son père, vous ne trouvez pas? Ce n'est même pas son argent. Cela vient de la famille de ma mère.

Il attendit un commentaire de Guy.

– Mais votre mère n'a pas son mot à dire?

– Mon père a fait mettre cet argent à son compte quand j'étais gosse! s'écria Bruno d'une voix rauque.

– Oh!

Guy se demanda combien de gens Bruno avait déjà rencontrés et invités à dîner pour leur raconter ses histoires de famille.

– Pourquoi a-t-il fait cela?

Bruno leva les mains dans un geste d'impuissance, puis les remit précipitamment dans ses poches.

— Je vous ai dit que c'était un salaud ! Il vole tous les gens qu'il peut. Il raconte qu'il ne veut pas me donner cet argent parce que je refuse de travailler, mais ce n'est pas vrai. Il estime que, ma mère et moi, nous avons la vie trop douce. Il cherche toujours à se mettre entre nous.

Guy voyait très bien Bruno et sa mère, une femme très mondaine et encore jeune, qui se mettait trop de noir aux cils et qui, de temps en temps, comme son fils, ne détestait pas s'encanailler un peu.

— A quel collège avez-vous fait vos études ? demanda-t-il.

— Harvard. Je me suis fait flanquer à la porte en seconde année. Parce que je jouais et que je buvais.

Il haussa les épaules.

— Pas comme vous, hein ? D'accord, je suis une cloche, et après ?

Il remplit leurs verres.

— Personne ne vous dit cela.

— Si, mon père. Il lui faudrait un fils gentil et bien élevé comme vous et tout le monde serait content.

— Qu'est-ce qui vous fait croire que je suis gentil et bien élevé ?

— Je veux dire que vous êtes un garçon sérieux et que vous avez une situation. Vous êtes architecte. Moi, je n'ai pas envie de travailler. Rien ne m'y oblige, vous comprenez ? Je ne suis pas écrivain, ni peintre, ni musicien. Est-ce la peine de travailler si on n'y est pas forcé ? J'aurai des ulcères sans me fatiguer, voilà tout. Mon père a des ulcères. Ha ! Il continue à espérer que je vais entrer dans son usine de matériel électrique. Je lui dis toujours que son affaire, comme toutes les affaires, n'est qu'une forme légalisée de brigandage, de même que le mariage est une forme

légale de fornication. Vous n'êtes pas de mon avis ?

Guy le regarda avec un sourire forcé, et saupoudra de sel les frites qu'il avait au bout de sa fourchette. Il mangeait lentement, en savourant son dîner, en savourant même vaguement la présence de Bruno, comme il aurait pu apprécier un spectacle sur une scène. En fait, c'était vers Anne qu'allaient ses pensées. Le rêve vague et perpétuel dans lequel il la voyait lui semblait plus réel parfois que le monde extérieur, dont seuls pénétraient jusqu'à son esprit des fragments, des images intermittentes, comme l'éraflure sur l'étui du Rolleiflex, la longue cigarette que Bruno avait plongée dans son médaillon de beurre, le verre brisé de la photographie de son père que Bruno avait lancée à travers le couloir dans l'histoire qu'il était en train de raconter. Guy venait de penser qu'il aurait peut-être le temps d'aller voir Anne au Mexique entre sa visite à Miriam et son départ pour la Floride. S'il en terminait rapidement avec Miriam, il pourrait prendre un avion pour le Mexique et de là un autre pour Palm Beach. Il n'y avait pas songé plus tôt, parce qu'il ne pouvait pas se le permettre. Mais si le contrat de Palm Beach était signé, ce serait possible.

– Imaginez-vous chose plus insultante ? fermer à clef le garage où se trouve ma propre voiture ? fit Bruno d'un ton perçant.

– Pourquoi ? demanda Guy.

– Tout simplement parce qu'il savait que j'en avais besoin, ce soir-là ! Finalement mes amis sont passés me prendre, et il a été bien avancé !

Guy ne savait que dire.

– C'est lui qui a les clefs ?

– Ce sont *mes clefs* qu'il a prises ! Il les a prises dans ma chambre ! C'est pour cela qu'il avait peur de moi. Il avait tellement peur ce soir-là qu'il est sorti.

Le souffle court, Bruno s'était tourné dans son fauteuil et se mâchonnait un ongle. Des mèches

de cheveux, rendues plus sombres par la transpiration, s'agitaient sur sa tête comme des antennes.

— Ma mère n'était pas à la maison, sinon, cela ne serait jamais arrivé, bien entendu.

— Bien entendu, répéta machinalement Guy.

Toute leur conversation, supposait-il, avait tendu à cette histoire dont il n'avait entendu que la moitié. Derrière les yeux injectés de sang qui s'étaient ouverts sur lui dans le wagon Pullman, derrière le sourire nostalgique, encore une histoire de haine et d'injustice.

— Alors, vous avez lancé sa photo dans le couloir ? demanda Guy pour dire quelque chose.

— Je ne pouvais plus la voir dans la chambre de ma mère, dit Bruno en insistant sur les derniers mots. C'était mon père qui l'y avait mise. Elle n'aime pas le Capitaine plus que moi. Le Capitaine ! Je n'arrive pas à l'appeler autrement.

— Mais qu'a-t-il contre vous ?

— Contre moi, et contre ma mère aussi ! Il n'est pas comme nous, il n'est comme aucun être humain. Il n'aime personne. Il n'aime que l'argent. Il saigne assez de gens pour s'enrichir, voilà tout. Oh ! ça, il est fort ! C'est vrai ! Mais c'est vrai aussi que sa conscience le ronge ! C'est pourquoi il veut que j'entre dans son affaire, que je saigne les gens à mon tour et que je me sente aussi ignoble que lui !

Les mains de Bruno se crispèrent, puis sa bouche, puis ses yeux. Guy s'attendait à le voir pleurer, mais les paupières bouffies se relevèrent et le sourire vague s'ébaucha une fois de plus.

— Je vous assomme, hein ? Je voulais juste vous expliquer pourquoi je suis parti si tôt, sans attendre ma mère. Vous ne pouvez pas savoir quel joyeux luron je suis, au fond ! Je vous assure !

— Vous ne pouvez pas vous en aller si vous en avez envie ?

Bruno tout d'abord ne parut pas comprendre la question, puis il répondit tranquillement :

— Si, bien sûr, seulement j'aime bien être avec ma mère.

Et sa mère restait à cause de l'argent, se dit Guy.

— Cigarette ?

Bruno accepta en souriant.

— Vous savez, le soir où il est parti, c'était la première fois en dix ans peut-être qu'il sortait. Je me demande même où diable il est allé. J'étais assez furieux ce soir-là pour le tuer et il le savait. Vous n'avez jamais eu envie de tuer quelqu'un ?

— Non.

— Moi, si. Je suis sûr qu'il y a des moments où je pourrais tuer mon père.

Il baissa les yeux vers son assiette avec un sourire que la boisson rendait un peu hébété.

— Vous savez quelle est la manie de mon père ? Devinez.

Guy n'avait aucune envie de deviner. Il se sentait tout d'un coup agacé et il voulait être seul.

— Il fait collection de moules à petits gâteaux ! explosa Bruno en ricanant. Des moules à petits gâteaux, parole d'honneur ! Il en a de toute sorte : des hollandais de Pennsylvanie, des bavarois, des anglais, des français, des hongrois, en pagaïe dans toute la pièce. Des moules en forme d'animaux encadrés sur son bureau... vous savez, comme les gâteaux que mangent les gosses ? Il a écrit au directeur de l'usine et on lui en a envoyé tout un jeu. Ah, c'est beau, le progrès !

Bruno éclata de rire et baissa la tête.

Guy le dévisagea.

Bruno était encore plus drôle que ce qu'il disait.

— Est-ce qu'il s'en sert quelquefois ?

— Comment ?

— Est-ce qu'il fait parfois des gâteaux ?

Bruno poussa un hurlement de joie. D'un geste, il ôta son veston et le lança sur une valise. Un moment, il parut trop excité pour pouvoir parler, puis il se calma brusquement et reprit :

– Ma mère lui dit toujours de retourner à ses moules à gâteaux.

La sueur couvrait son visage comme d'une mince couche d'huile. Il lança à son compagnon un sourire plein de sollicitude.

– Vous avez bien dîné ?

– Très bien, fit Guy avec chaleur.

– Vous n'avez jamais entendu parler de la Compagnie des Transformateurs Bruno, de Long Island ? Qui fabrique des transformateurs et des redresseurs.

– Je ne crois pas.

– Ma foi, ce n'est pas étonnant. C'est une affaire qui fait beaucoup d'argent, pourtant. Ça ne vous intéresse pas, l'argent ?

– Pas terriblement.

– Est-ce que je peux vous demander votre âge ?

– Vingt-neuf ans.

– Tiens, je vous aurais cru plus vieux. Quel âge me donnez-vous ?

Guy l'examina poliment.

– Peut-être vingt-quatre ou vingt-cinq ans, répondit-il, avec l'intention de le flatter, car Bruno semblait plus jeune.

– Oui, c'est ça. Vingt-cinq. Vous voulez dire que je parais bien vingt-cinq ans avec ça... avec cette chose en plein milieu du front ?

Guy allait dire une parole de réconfort, mais Bruno s'examinait sur toutes les coutures, avec un plaisir malsain.

– Ça ne peut pas être de l'acné, dit-il. C'est un furoncle. C'est tout le mauvais sang que je me fais qui ressort. Comme Job !

– Allons donc ! dit Guy en riant.

– Il a commencé à pousser lundi soir, après la fameuse scène. Et ça ne fait qu'empirer. Je parie que j'aurai une marque.

– Non, sûrement pas.

– Si, si. Tout à fait ce qu'il me faut pour Santa Fé.

Il s'était rassis dans son fauteuil, les poings serrés, une jambe pendante, dans une attitude de sombre méditation.

Guy se leva et ouvrit un des livres étalés sur la banquette, près de la fenêtre. C'était un roman policier. Il n'y avait là que des romans policiers. Il essaya d'en lire quelques lignes, mais les caractères se mirent à danser et il referma le livre. Il avait dû boire beaucoup, pensa-t-il. Mais ce soir, cela n'avait vraiment pas d'importance.

– A Santa Fé, dit Bruno, je veux profiter de tout. Du vin, des femmes, de la musique. Ha!

– De quoi avez-vous envie?

– De quelque chose.

Bruno esquissa une vilaine grimace désabusée.

– De tout. C'est une de mes théories qu'on doit faire tout ce qui est possible avant de mourir et peut-être mourir en essayant de faire quelque chose de vraiment impossible.

Guy allait répondre d'instinct, mais il se maîtrisa prudemment et demanda d'un ton calme :

– Par exemple?

– Par exemple aller dans la Lune en fusée. Etablir un record de vitesse en auto, les yeux bandés. J'ai fait ça une fois. Je n'ai pas battu de record, mais je suis allé jusqu'à deux cent cinquante à l'heure.

– Les yeux bandés?

– Et puis j'ai fait un cambriolage.

Bruno dévisagea Guy.

– Un vrai. Dans un appartement.

Un sourire incrédule apparut sur les lèvres de Guy; il croyait Bruno pourtant. Bruno était capable de violence. De folie aussi. Non, pensa Guy, de désespoir, pas de folie. L'ennui désespéré du riche dont il parlait si souvent avec Anne. Cet ennui qui tend à détruire plutôt qu'a créer. Et qui pouvait conduire au crime tout aussi bien que le dénuement.

– Pas pour voler, continua Bruno. Ce que j'ai

pris, je n'en avais pas envie. J'ai emporté exprès ce dont je n'avais pas envie.

– Qu'avez-vous pris ?

Bruno haussa les épaules.

– Un briquet. Un briquet de bureau. Et une statue sur la cheminée. Du verre coloré. Et différentes choses.

Nouveau haussement d'épaules.

– Vous êtes le seul à qui j'ai raconté ça. Je ne parle pas beaucoup, vous savez. Ça ne doit pas être votre avis, ajouta-t-il en souriant.

Guy tira sur sa cigarette.

– Comment vous y êtes-vous pris ?

– J'ai fait le guet devant un immeuble jusqu'à ce que le moment soit propice, et puis je suis tout bonnement passé par la fenêtre. Je suis redescendu par l'escalier d'incendie. Ce n'est pas bien sorcier. Et voilà encore quelque chose que je peux barrer sur ma liste en rendant grâce au ciel.

– Pourquoi « en rendant grâce au ciel » ?

Bruno eut un petit sourire timide.

– Je ne sais pas pourquoi j'ai dit cela.

Il remplit son verre puis celui de Guy.

Guy regarda les mains crispées et tremblantes qui avaient volé, les ongles rongés jusqu'au vif. Les mains qui jouaient maladroitement avec une boîte d'allumettes la laissèrent tomber, comme des mains de bébé, sur le steak saupoudré de cendres. Comme c'était une chose ennuyeuse, pensa Guy, que le crime. Et si souvent sans motif. Certains types d'hommes étaient disposés au crime. Et à voir les mains de Bruno, ou son compartiment, ou son visage d'une laideur mélancolique, qui pourrait deviner qu'il avait volé ? Guy se laissa retomber dans son fauteuil.

– Parlez-moi de vous, fit Bruno d'un air jovial.

– Il n'y a rien à dire.

Guy prit une pipe dans son veston, la tapota contre son talon, regarda les cendres par terre, puis n'y pensa plus. L'excitation de l'alcool s'accentuait. « Si le contrat pour Palm Beach était signé, pensa-t-il, les deux semaines avant le début des travaux passeraient vite. » Il revit, sans même les avoir évoqués, le dessin familier des bâtiments blancs sur le fond vert du gazon, tel que le montrait son projet définitif. Il se sentait vaguement flatté, profondément sûr de lui tout d'un coup, et comblé.

– Quel genre de maisons construisez-vous ? demanda Bruno.

– Oh !... ce qu'on appelle du moderne. J'ai fait deux grands magasins et un petit immeuble de bureaux.

Guy sourit; il n'éprouvait pas cette réticence, cette légère contrariété qu'il manifestait toujours quand les gens l'interrogeaient sur son travail.

– Vous êtes marié ?

– Non. Enfin, si. Séparé.

– Oh ! Pourquoi ?

– Incompatibilité d'humeur, répondit Guy.

– Depuis combien de temps êtes-vous séparés ?

– Trois ans.

– Vous ne voulez pas divorcer ?

Guy hésita, un peu renfrogné.

– Elle habite aussi le Texas ?

– Oui.

– Vous allez la voir ?

– Oui, je vais la voir. Nous allons régler les formalités de notre divorce.

Il se mordit la langue. Pourquoi avait-il dit cela ?

– Quel genre de filles trouve-t-on à épouser par là ? fit Bruno en ricanant.

– De très jolies filles, répondit Guy. Certaines du moins.

– Pas très malignes, hein ?

– Quelquefois, si.

Il sourit. Miriam était le genre de fille du Sud à quoi Bruno faisait sans doute allusion.

– Comment est-elle, votre femme ?

– Assez jolie, fit Guy prudemment. Rousse. Plutôt potelée.

— Comment s'appelle-t-elle ?

— Miriam. Miriam Joyce.

— Hmmm. Futée ou pas maligne ?

— Ce n'est pas une intellectuelle. Je ne voulais pas épouser une intellectuelle.

— Et vous étiez fou d'elle, n'est-ce pas ?

Pourquoi ? Cela se voyait donc ? Les yeux de Bruno étaient fixés sur lui, rien ne leur échappait, ils ne cillaient pas, comme s'ils avaient dépassé le point de fatigue où le sommeil est indispensable. Guy avait l'impression que ces yeux gris l'avaient scruté des heures et des heures.

— Pourquoi dites-vous cela ?

— Vous êtes un brave type. Vous prenez tout au sérieux. Vous prenez les femmes par le mauvais côté, j'en suis sûr.

— Qu'est-ce que vous appelez le mauvais côté ? répliqua-t-il.

Mais il se sentit pris pour Bruno d'une soudaine affection, parce que Bruno lui avait dit ce qu'il pensait de lui. La plupart des gens, Guy le savait bien, ne disaient pas ce qu'ils pensaient de lui.

Bruno leva ses petites mains et soupira.

— Qu'appelez-vous le mauvais côté ? répéta Guy.

— Vous y allez à fond avec de grands espoirs. Et puis vous vous cassez les dents, pas vrai ?

— Pas tout à fait.

Il s'apitoya cependant sur lui-même; il se leva, son verre à la main. On n'avait pas la place de circuler dans le compartiment. Avec le balancement du train, il était même difficile de se tenir debout.

Et Bruno le dévisageait toujours, son pied démodé se balançant à l'extrémité de sa jambe croisée, son doigt secouant inlassablement les cendres de sa cigarette au-dessus de son assiette. La pluie de cendres recouvrait lentement ce qui restait de son steak. Bruno lui paraissait moins amical, depuis que Guy lui avait dit qu'il était marié. Et plus curieux aussi.

– Qu'est-il arrivé à votre femme? Elle s'est mise à coucher à droite et à gauche?

Cet instinct divinatoire finissait par être agaçant.

– Non, répondit Guy. Et d'ailleurs tout cela est du passé.

– Mais vous êtes toujours son mari. Vous ne pouviez donc pas divorcer plus tôt?

Guy rougit.

– L'idée ne m'avait jamais beaucoup préoccupé.

– Qu'est-ce qui vous a décidé?

– C'est elle qui veut divorcer. Je crois qu'elle va avoir un enfant.

– Oh! C'est le moment ou jamais de se décider, hein? Elle a fait la foire pendant trois ans et elle a fini par mettre le grappin sur quelqu'un?

Exactement ce qui s'était passé, bien entendu, et sans doute avait-il fallu le bébé pour arriver à ce résultat? Comment Bruno le savait-il? Guy avait le sentiment que, pour Bruno, Miriam n'était qu'un support à une connaissance et à une haine qui s'appliquaient à quelqu'un d'autre qu'il connaissait. Guy se tourna vers la fenêtre. Il n'y vit que son propre reflet. Il sentait les battements de son cœur qui secouaient son corps, plus profondément que les pulsations du train. Peut-être son cœur battait-il, pensa Guy, parce qu'il n'en avait jamais tant dit à personne sur Miriam. Il n'avait jamais dit à Anne tout ce que Bruno savait déjà. Sinon que Miriam avait jadis été différente : douce, loyale, esseulée, qu'elle avait eu terriblement besoin de s'appuyer sur lui et de se libérer de sa famille. Demain il verrait Miriam, il n'aurait qu'à étendre la main pour la toucher. Il ne pouvait supporter la pensée de toucher cette chair trop douce qu'il avait un jour aimée.

– Comment a tourné votre mariage? demanda doucement la voix de Bruno, juste derrière lui. Comme ami, cela m'intéresse beaucoup. Quel âge avait-elle?

— Dix-huit ans.

— Et elle s'est tout de suite mise à jeter son bonnet par-dessus les moulins ?

Guy se retourna machinalement, comme pour endosser la responsabilité des fautes de Miriam.

— Les femmes ont d'autres occupations dans la vie, vous savez.

— Mais pas elle, n'est-ce pas ?

Guy détourna les yeux; il était à la fois gêné et fasciné.

— Non.

Comme ce petit mot avait un vilain son à ses oreilles !

— Je connais ce genre de fille rousse du Sud, fit Bruno en attaquant sa tourte aux pommes.

Guy sentit une nouvelle vague de honte monter en lui, violente et totalement inutile. Inutile, car rien de ce que Miriam avait fait ou dit n'embarrasserait Bruno ni ne le surprendrait. On ne pouvait pas surprendre Bruno, mais seulement exciter son intérêt.

Bruno baissa le nez dans son assiette d'un air modeste. Ses yeux étaient plus ouverts et, bien qu'injectés de sang, ils brillaient.

— Le mariage... soupira-t-il.

Le mot « mariage » résonna aux oreilles de Guy. Pour lui c'était un mot imposant. Il avait la solennité de *sacré*, d'*amour*, de *péché*. C'était la bouche ronde couleur d'argile de Miriam disant : « Pourquoi me mettrais-je en frais pour *toi ?* » et c'étaient les yeux d'Anne quand elle rejetait ses cheveux en arrière et levait la tête vers lui sur la pelouse de son jardin où elle plantait des crocus. C'était Miriam se détournant de la grande fenêtre de leur chambre à Chicago et le regardant bien en face, avec son visage ovale et parsemé de taches de rousseur, comme elle faisait toujours avant de dire un mensonge, et la longue tête brune de Steve et son sourire indolent. Les souvenirs accouraient en foule, il avait envie d'étendre les mains pour les repousser. La chambre de Chicago où tout s'était passé... Il avait encore dans la tête l'odeur de la chambre, le parfum de Miriam et celui des radiateurs chauds. Il restait planté là, passif, pour la première fois depuis des années il ne s'efforçait pas de réduire le visage de Miriam à une tache rose. Quel effet cela aurait-il sur lui s'il laissait remonter le flot de ses souvenirs ? S'en trouverait-il mieux armé en face d'elle, ou bien au contraire abattu ?

– Je parle sérieusement, fit la voix lointaine de Bruno. Qu'est-ce qui est arrivé ? Cela ne vous ennuie pas de me le raconter ? Cela m'intéresse.

Il était arrivé Steve. Guy reprit son verre. Il revit cet après-midi à Chicago, l'image était grise et noire maintenant comme une photographie dont la porte formait le cadre. Cet après-midi où il les avait trouvés dans l'appartement, cet après-midi qui ne ressemblait à aucun autre, qui avait sa couleur propre, et sa saveur, sa sonorité, qui était un univers à part, un petit chef-d'œuvre d'horreur. Avec sa place bien déterminée, comme une date historique. Ou bien n'était-ce pas justement le contraire, ce souvenir ne l'accompagnait-il pas partout où il allait ? Car il était là aujourd'hui, plus précis que jamais. Et ce qui était pire, il éprouvait un désir irrésistible de tout raconter à Bruno; à cet étranger du train qui l'écouterait, qui compatirait et qui oublierait. L'idée de tout raconter à Bruno commençait à le réconforter. Bruno, d'ailleurs, n'était pas un étranger comme on en rencontre dans tous les trains. Il était assez cruel et corrompu lui-même pour apprécier une histoire comme celle du premier amour de Guy. Et Steve n'était que la surprise finale qui donnait son sens au reste. Steve n'était pas la première trahison. Ce n'était que l'orgueil des vingt-six ans de Guy qui avait explosé cet après-midi-là. Il s'était répété mille fois cette histoire, une histoire classique, dramatique malgré la stupidité de Guy. Cette stupidité qui n'avait que teinté d'humour cette aventure.

– J'en attendais trop d'elle, dit Guy d'un air indifférent, et de quel droit ? Elle aimait qu'on lui fît la cour, voilà. Elle flirtera sans doute toute sa vie, quel que soit son partenaire du moment.

– Je connais ça : le type perpétuelle collégienne, fit Bruno avec un geste désabusé. Elles ne peuvent même pas prétendre appartenir jamais à un seul homme.

Guy le regarda. Et pourtant Miriam jadis...

Il repoussa brusquement l'idée de tout raconter à Bruno, il avait honte même d'avoir presque commencé. Et d'ailleurs peu importait, semblait-il, à Bruno qu'il le racontât ou non. Vautré dans son fauteuil, Bruno, armé d'une allumette, faisait des dessins dans la sauce de son assiette. Sur son profil penché, la bouche se creusait entre le nez et le menton, comme chez un vieillard. Quelle que soit l'histoire, paraissait dire Bruno, elle ne méritait pas son attention.

– Les femmes comme ça, marmonna-t-il, attirent les hommes, comme les ordures attirent les mouches.

II

Les paroles de Bruno l'arrachèrent brusquement à sa torpeur.

– Vous avez dû, vous-même, avoir quelques expériences déplaisantes, remarqua-t-il.

Mais on avait du mal à imaginer Bruno embarrassé d'histoires de femmes.

– Oh ! mon père en a eu une comme ça. Une rouquine aussi. S'appelait Carlotta.

Il leva les yeux, et sa haine pour son père perça comme un dard à travers son ivresse.

– Eh ! oui, ce sont des types comme mon père qui leur permettent de rester à flot.

Carlotta. Il semblait à Guy qu'il comprît maintenant pourquoi Bruno méprisait Miriam. C'était la clef qui expliquait toute sa personnalité, sa haine pour son père et son adolescence retardée.

— Il y a deux genres d'hommes ! lança Bruno d'une voix de stentor, puis il s'arrêta court.

Guy s'aperçut tout d'un coup dans l'étroit miroir fixé au mur. Il se trouva un regard effrayé, une bouche ricanante et il fit effort pour se détendre. Un club de golf lui rentrait dans les reins. Il passa les doigts sur la surface fraîche et vernie. Le métal incrusté dans le bois sombre lui rappela l'habitacle du voilier d'Anne.

— Mais il n'y a qu'un seul genre de femmes ! continua Bruno. Des garces. Des garces ou des putains ! Vous avez l'embarras du choix !

— Et les femmes comme votre mère ?

— Je n'ai jamais vu une autre femme comme ma mère, déclara Bruno. Je n'ai jamais vu une femme avoir autant de succès. Parce que c'est une jolie femme aussi; elle a des tas d'admirateurs, mais elle ne va pas courir la prétentaine.

Silence.

Guy tapota une nouvelle cigarette sur sa montre et constata qu'il était dix heures et demie. Il allait falloir qu'il se retire.

— Comment vous en êtes-vous aperçu, pour votre femme ? fit Bruno en le dévisageant.

Guy alluma sa cigarette avec lenteur.

— Combien a-t-elle eu d'amants ?

— Un certain nombre. Avant que j'aie tout découvert.

Et au moment même où il s'assurait que cet aveu n'avait plus aucune importance maintenant, il sentit naître en lui une sorte de tourbillon. Un tourbillon en miniature, mais qui avait plus de réalité aux yeux de Guy que les souvenirs parce qu'il l'avait déclenché lui-même. Etait-ce de l'orgueil ? De la haine ? Ou simplement du mécontentement de soi parce que tous ces sentiments qu'il gardait étaient vains ? Il ramena la conversation sur Bruno.

— Dites-moi ce que vous voulez encore faire avant de mourir.

— Mourir? Qui a parlé de mourir? J'ai mijoté quelques combines formidables. Je m'y mettrai peut-être un de ces jours à Chicago ou à New York, ou bien je vendrai mes idées. J'ai des tas d'idées pour des crimes parfaits.

Bruno leva sur Guy ce regard fixe qui semblait chercher une protestation.

— J'espère que cela ne faisait pas partie de vos plans de m'inviter ici.

Guy se carra dans son fauteuil.

— Seigneur, mais je vous aime bien, Guy! Vrai!

Le regard mélancolique quémandait auprès de Guy un aveu analogue. Quelle solitude on lisait dans ces petits yeux tourmentés! Guy, gêné, baissa les yeux.

— Est-ce que toutes vos idées vous ramènent toujours au crime?

— Absolument pas! Ce sont seulement des choses que j'ai envie de faire, comme... tenez, je voudrais un jour donner mille dollars à un type. A un mendiant. Quand j'aurai mon argent à moi, c'est une des premières choses que je ferai. Mais, vous, l'envie ne vous a jamais pris de voler quelque chose? Ou de tuer quelqu'un? Sûrement que si. Ça arrive à tout le monde. Vous ne croyez pas qu'il y a des gens que ça excite d'en tuer d'autres à la guerre?

— Non, dit Guy.

Bruno hésita.

— Oh! ils ne veulent jamais l'avouer, naturellement, ils n'osent pas! Mais vous avez bien rencontré dans votre vie des gens dont vous auriez aimé être débarrassé, non?

— Non.

« Steve », se rappela-t-il soudain. Il avait même un jour pensé à le tuer.

Bruno lui lança un regard de côté.

— Je suis bien sûr que si. Je le vois. Pourquoi ne voulez-vous pas le reconnaître?

— Il se peut que de telles idées m'aient traversé l'esprit, mais ça n'est pas allé plus loin. Ce n'est pas mon genre.

— Voilà justement où vous vous trompez! N'importe qui peut tuer. C'est une pure question de circonstances et ça n'a rien à voir avec le caractère! Les gens vont jusqu'à un certain point... et il suffit d'un petit rien pour faire déborder le vase. N'importe qui. Même votre grand-mère. Je le sais!

— Je regrette, mais je ne suis pas de votre avis, fit Guy sèchement.

— Je vous dis que mille fois j'ai été sur le point de tuer mon père! Qui avez-vous déjà eu envie de tuer? Les types qui couchaient avec votre femme?

— L'un d'eux, oui, murmura Guy.

— Jusqu'à quel point en êtes-vous arrivé?

— Je ne suis arrivé à rien du tout. J'y ai pensé, c'est tout.

Il se souvint des nuits, des centaines de nuits sans sommeil, où il désespérait de trouver la paix avant de s'être vengé. Est-ce que quelque chose aurait pu alors faire déborder le vase? Il entendit la voix de Bruno qui insistait :

— Vous étiez bougrement plus près de le faire que vous ne croyez, c'est tout ce que je peux vous dire.

Guy le contempla d'un air hébété. Avec ses coudes sur la table et sa tête qui pendait sur sa poitrine, Bruno avait l'air d'un oiseau de nuit souffreteux.

— Vous lisez trop de romans policiers, dit Guy, qui s'entendit prononcer ces mots en se demandant d'où ils venaient.

— J'aime bien les romans policiers. Ils montrent que toutes sortes de gens peuvent devenir des assassins.

— C'est bien pour cela que je les ai toujours trouvés exécrables.

— Vous vous trompez encore! fit Bruno, indigné. Savez-vous quel est le pourcentage de meurtres commis dont on parle dans les journaux?

— Non, et je ne m'en porte pas plus mal.

— Un douzième. Un douzième! Vous vous rendez compte! Qui croyez-vous que sont les onze autres douzièmes d'assassins? Un tas de gens ordinaires qui ne comptent pas. Tous ceux que la police sait bien qu'elle n'attrapera jamais.

Il prit la bouteille de scotch pour s'en verser une nouvelle rasade, s'aperçut qu'elle était vide et se leva pesamment. Il tira de sa poche un canif d'or au bout d'une chaîne du même métal, fine comme une corde à violon. Guy, en la voyant, éprouva un plaisir esthétique, comme devant une belle pièce de joaillerie. Et il se prit à penser, tout en regardant Bruno décacheter la bouteille de scotch, qu'un jour peut-être Bruno tuerait avec ce petit canif, et qu'il continuerait sans doute à être libre comme l'air, tout simplement parce qu'il se moquerait d'être pris ou non.

Bruno se retourna avec un large sourire, la bouteille ouverte à la main.

— Vous ne voulez pas m'accompagner jusqu'à Santa Fé? Venez donc vous reposer deux jours.

— Merci, je ne peux pas.

— J'ai plein de fric, vous savez. Vous serez mon invité; qu'en dites-vous? Il répandit du scotch sur la table.

— Non, merci, dit Guy.

C'était la façon dont il était habillé, pensa-t-il, qui faisait croire à Bruno qu'il n'avait pas beaucoup d'argent. C'était son pantalon préféré, celui de flanelle grise. Il le porterait à Metcalf et à Palm Beach aussi, s'il ne faisait pas trop chaud. Il se renversa en arrière, les mains dans ses poches, et sentit un trou dans le fond de celle de droite.

— Pourquoi pas? (Bruno lui tendit un verre.) Je vous trouve très sympa, Guy.

— Pourquoi?

— Parce que vous êtes un chic type. Quelqu'un de bien. Sans blague, je vois des tas de gens, mais pas beaucoup comme vous. Je vous admire, lâcha-t-il en portant son verre à ses lèvres.

— Je vous trouve sympathique aussi, dit Guy.

— Alors, vous venez avec moi? Je n'ai rien à faire pendant deux ou trois jours en attendant l'arrivée de ma mère. On pourrait passer de bons moments.

— Trouvez-vous quelqu'un d'autre.

— Voyons, Guy, vous ne vous figurez tout de même pas que je passe mon temps à me chercher des compagnons de voyage? Je vous aime bien, alors je vous demande de venir avec moi. Ne serait-ce qu'un jour. Je filerai tout droit sur Santa Fé, sans même passer par El Paso. Je devais faire une excursion au Canyon.

— Je vous remercie, mais dès que j'aurai terminé à Metcalf, j'ai un travail qui m'attend.

— Oh!

Toujours le sourire mélancolique et admiratif.

— Vous construisez quelque chose?

— Oui, un club sportif.

Il n'arrivait pas à s'y habituer : deux mois auparavant, il aurait pensé à tout sauf à construire un club.

— Le nouveau Palmyra à Palm Beach.

— Ah! Oui?

Bruno, naturellement, avait entendu parler du Palmyra Club. C'était le plus grand cercle de Palm Beach. Il avait même entendu dire qu'on allait construire un nouveau bâtiment pour le club. Il était allé deux ou trois fois à l'ancien.

— C'est vous qui avez fait les plans?

Il regarda Guy avec un air de petit garçon éperdu d'admiration.

— Vous pouvez m'en faire un dessin?

Guy traça un rapide croquis des bâtiments sur le dos du carnet d'adresses de Bruno et, sur la demande de celui-ci, signa. Il lui parla du mur qui descendrait pour faire du rez-de-chaussée une vaste salle de bal qui s'étendrait sur la terrasse, des fenêtres en abat-vent qu'il espérait avoir la permission de pratiquer et qui rendraient inutile un dispositif de climatisation. Il se grisait en parlant et des larmes d'énervement lui montaient aux yeux. Comment, se demanda-t-il, pouvait-il parler si intimement à Bruno, lui révéler ce qui lui tenait le plus à cœur? Qui moins que Bruno était susceptible de le comprendre?

– Ça m'a l'air formidable, dit Bruno. Alors, vous leur dites simplement quelle allure ça aura?

– Non. Il faut plaire à tout un tas de gens.

Guy renversa la tête en arrière et se mit à rire.

– Vous allez devenir célèbre, alors? Vous l'êtes peut-être déjà.

Les journaux publieraient des photos, il y aurait peut-être quelque chose aux actualités. Les dirigeants du Palmyra n'avaient pas encore donné leur accord, mais il était tellement sûr de leur décision. Myers, l'architecte qui partageait avec lui son bureau à New York, en était sûr aussi. Anne était catégorique. Et Mr. Brillhart également. C'était la plus grosse commande de sa carrière.

– Peut-être serai-je célèbre après. C'est le genre de construction autour de laquelle on fait du battage.

Bruno se lança dans une longue histoire sur sa vie au collège : il serait devenu photographe s'il n'y avait pas eu à un moment donné un accrochage avec son père. Guy n'écoutait pas. Il sirotait distraitement son whisky en pensant aux commandes qui viendraient quand il aurait fini le Palmyra. Bientôt peut-être un immeuble de bureaux à New York. Il avait une idée pour un immeuble de bureaux à New York, et il avait hâte de la réaliser. Guy-Daniel Haines. Il aurait un nom. Finie alors l'impression irritante, et dont il n'arrivait jamais à se débarrasser tout à fait, qu'il avait moins d'argent qu'Anne.

– Vous ne trouvez pas, Guy? disait Bruno.

– Quoi donc?

Bruno prit une profonde aspiration.

– Si votre femme allait faire un esclandre à propos de votre divorce. Si elle le faisait par exemple pendant que vous seriez à Palm Beach et que cela vous fît renvoyer, vous ne trouvez pas que ce serait un motif suffisant pour tuer?

– Qui ça, Miriam?

– Bien sûr.

– Non, dit Guy.

Mais cette question l'inquiéta. Il craignait que Miriam n'eût entendu parler de l'affaire du Palmyra par la mère de Guy et que, par pur plaisir de lui nuire, elle n'essayât d'intervenir.

– Quand elle vous cocufiait, vous n'aviez pas envie de la tuer?

– Non. Vous ne pouvez pas parler d'autre chose?

Un instant, Guy eut la vision des deux moitiés de sa vie, son mariage et sa carrière, et jamais, lui sembla-t-il, l'impression de coupure n'avait été aussi forte. Son cerveau travaillait désespérément, il essayait de comprendre comment il pouvait être si stupide et si incapable dans sa vie privée et si capable dans son métier. Il jeta un coup d'œil sur Bruno, dont le regard était toujours braqué sur lui, et se sentit un peu gris; il reposa son verre sur la table et le repoussa des doigts.

– Vous avez quand même dû en avoir envie une fois, dit Bruno, avec une douce insistance d'ivrogne.

– Non.

Guy aurait voulu descendre faire quelques pas, mais le train roulait inlassablement en ligne droite, comme s'il n'allait jamais s'arrêter. Et si Miriam lui faisait perdre la commande du Palmyra. Il allait passer plusieurs mois là-bas et devrait vivre sur un pied d'égalité avec les dirigeants du cercle. Bruno comprenait cela très bien. Il passa la main sur son front humide de transpiration. Ce qui compliquait tout évidemment, c'était qu'il ne saurait pas ce que Miriam avait derrière la tête avant de l'avoir vue. Il était fatigué et, dans ces cas-là, Miriam parvenait à l'envahir comme une armée. Cela lui était arrivé si souvent au cours des deux ans qu'il lui avait fallu pour se débarrasser de son amour pour elle. Et voilà que cela recommençait. Il en avait assez de Bruno. Bruno, lui, souriait.

– Voulez-vous que je vous expose une des idées que j'ai trouvées pour tuer mon père ?

– Non, dit Guy.

Il couvrit de sa main le verre que Bruno allait remplir.

– Laquelle voulez-vous entendre, la douille électrique qui éclate dans la salle de bains ou l'oxyde de carbone dans le garage ?

– Mais faites-le donc une bonne fois et n'en parlez plus !

– Je le ferai, vous pouvez être tranquille ! Vous savez ce que je ferai aussi un de ces jours ? Si l'envie me prend de me suicider, je m'y prendrai si bien que j'aurai l'air d'avoir été assassiné par mon pire ennemi.

Guy le regarda, écœuré. Bruno semblait s'étendre indéfiniment sur les bords, comme par un phénomène de déliquescence. Il n'était plus qu'une voix, que l'incarnation d'un esprit, de l'esprit du mal. « Bruno, pensa Guy, représentait tout ce que lui-même méprisait. Tout ce que lui-même ne voudrait pas être, Bruno l'était ou le deviendrait. »

– Vous voulez que je vous combine un crime parfait pour que vous soyez débarrassé de votre femme ? Ça pourrait vous rendre service un jour.

Bruno se tortilla d'un air gêné sous le regard scrutateur de Guy.

Celui-ci se leva.

– J'ai envie de marcher un peu.

Bruno claqua dans ses mains.

– Hé ! Bon sang, quelle idée formidable ! Ecoutez : chacun de nous tue pour le compte de l'autre, vous comprenez ? Je tue votre femme et vous tuez mon père ! Nous nous sommes rencontrés dans le train et personne ne sait que nous

nous connaissons ! Nous avons chacun un alibi parfait ! Vous saisissez ?

Le mur que Guy avait devant lui se mit à battre comme s'il allait s'ouvrir en deux. *Un meurtre.* Ce mot lui donnait la nausée, le terrifiait. Il voulait briser là avec Bruno, sortir du salon, mais un engourdissement cauchemardesque le clouait sur place. Il essaya de se dominer, d'arrêter les pulsations du mur, de comprendre ce que disait Bruno, car il sentait qu'il y avait dans ses propos une certaine logique; c'était comme un problème dont il fallait trouver la solution.

Les mains teintées de nicotine de Bruno tressaillirent et se crispaient sur ses genoux.

– Des alibis sans la moindre fissure ! clama-t-il. C'est l'Idée avec un *i* majuscule ! Vous ne voyez pas ? Je pourrais le faire à un moment où vous êtes dans une autre ville et vous pourriez le faire pendant que je suis absent de New York.

Guy comprit. Il était impossible que personne découvrît jamais la vérité.

– Ça me ferait plaisir de mettre un terme à une carrière comme celle de Miriam et d'aider en même temps au succès de la vôtre.

Bruno gloussait d'aise.

– Vous ne trouvez pas qu'il faudrait l'arrêter avant qu'elle ruine je ne sais combien d'autres personnes ? Asseyez-vous, Guy !

Guy voulait lui rappeler que Miriam ne l'avait pas ruiné, mais Bruno ne lui en laissa pas le temps.

– Bon, alors supposons que nous fassions le coup comme ça, hein ? Vous pourriez me donner tous les renseignements sur l'endroit où elle habite et j'en ferais autant : vous connaîtriez l'endroit comme si vous y aviez passé toute votre vie. Nous pourrions laisser des empreintes digitales dans tous les coins, de quoi rendre les flics dingos !

Il ricana.

– Nous le ferions à des mois d'intervalles bien

entendu, et on ne pourrait établir aucun rapport entre nous. Bon Dieu, ce serait quelque chose!

Il se leva et faillit tomber en prenant son verre. Puis, se plantant devant Guy, il lui dit, avec une assurance suffocante :

– Vous pourriez le faire, hein, Guy? Y aurait pas d'accrocs, je vous jure! Je mettrais tout au point, Guy, je vous jure.

Guy le repoussa, plus violemment qu'il n'en avait eu l'intention. Bruno rebondit sur la banquette et se retrouva sur ses pieds. Guy jeta des regards affolés autour de lui : les murs étaient intacts et lisses. La pièce était devenue un petit enfer. Que faisait-il ici? Comment et quand avait-il tant bu?

– Je suis absolument certain que vous en seriez capable! fit Bruno, sévère.

« La barbe avec vos sacrées théories », avait envie de lui crier Guy, mais au lieu de cela il dit, comme dans un souffle :

– J'en ai assez.

Il vit l'étroit visage de Bruno se crisper bizarrement : un sourire de surprise affectée, qui lui donnait une expression d'étrange, de hideuse omniscience. Bruno haussa les épaules d'un air bon enfant.

– Comme vous voudrez. Je persiste à dire que c'est une bonne idée et que nous tenons là une combinaison épatante. Je m'en servirai un jour. Avec quelqu'un d'autre, naturellement. Où allez-vous?

Guy avait enfin pensé à la porte. Il sortit sur la plate-forme : là l'air frais le gifla comme pour le gronder, et la voix du train s'éleva comme une fanfare de reproche. Il y ajouta ses propres malédictions et attendit avec impatience la nausée.

– Guy?

En se retournant, il aperçut Bruno qui se glissait par la porte.

– Guy, excusez-moi.

— Ça n'est rien, fit Guy tout aussitôt, car l'expression de Bruno le bouleversa.

Il arrivait avec une humilité de chien battu.

— Merci, Guy.

Bruno baissa la tête et à cet instant, le martèlement des essieux commença à s'affaiblir; Guy dut s'accrocher à la rampe pour ne pas perdre l'équilibre.

Il fut soulagé de voir le train s'arrêter. Il envoya une grande claque sur l'épaule de Bruno.

— Descendons prendre un peu l'air!

Ils débarquèrent dans un monde silencieux et qui baignait dans une nuit totale.

— Foutue idée! cria Bruno. On n'y voit rien!

Guy leva les yeux. Il n'y avait pas de lune non plus. L'air froid le ragaillardit. Il entendit quelque part le claquement familier d'une porte en bois. Un point lumineux devint en s'approchant une lanterne, et un homme passa, courant vers la queue du train, où la porte d'un fourgon découpait sur le quai un carré de lumière. Guy s'avança lentement vers la lumière et Bruno le suivit.

Très loin dans le noir de la prairie une locomotive poussa un hurlement plaintif, puis recommença à plusieurs reprises en s'éloignant chaque fois davantage. C'était un beau son, pur et solitaire, qui éveilla chez Guy des souvenirs d'enfance. Cela évoquait un cheval sauvage secouant une crinière blanche. Dans une bouffée d'amitié, Guy passa son bras sous celui de Bruno.

— Mais je ne veux pas marcher! s'écria Bruno, qui se dégagea brusquement et s'arrêta. L'air pur l'étouffait.

Le train démarrait. Guy poussa sur le marchepied le grand corps dégingandé de Bruno.

— Le coup de l'étrier? dit celui-ci d'un air las en arrivant devant sa porte : il paraissait sur le point de s'effondrer d'épuisement.

— Merci, j'en serais incapable.

Les rideaux verts assourdissaient leurs murmures.

– N'oubliez pas de venir me voir demain matin. Je ne fermerai pas ma porte à clef. Si je ne réponds pas, vous n'avez qu'à entrer.

En titubant entre les murs de rideaux verts, Guy regagna sa couchette.

Par habitude, il pensa à son livre en se couchant. Il l'avait laissé dans le salon de Bruno. Son Platon. Il se dit avec ennui que son livre allait passer la nuit dans la chambre de Bruno, que Bruno allait le toucher ou l'ouvrir.

III

Dès son arrivée, Guy avait téléphoné à Miriam, et elle avait convenu de le retrouver devant le collège qui séparait leurs maisons.

Et maintenant, planté au coin de la piste d'asphalte du terrain de jeux, il attendait. Bien entendu, elle serait en retard. Pourquoi, se demanda-t-il, avoir choisi le collège comme lieu de rendez-vous ? Parce que là elle était sur son propre terrain ? Il l'aimait du temps qu'il l'attendait là chaque jour.

Le ciel au-dessus de sa tête était d'un bleu étincelant. Le soleil déversait une chaleur de four : il n'était pas jaune, mais incolore comme un objet chauffé à blanc. Derrière les arbres, Guy aperçut le faîte élancé d'une construction rougeâtre qui n'était pas encore là lors de son dernier passage à Metcalf, voici deux ans. Il se détourna. On ne voyait pas âme qui vive, comme si la chaleur avait fait déserter le collège et même les maisons environnantes. Il regarda les larges marches grises qui s'étalaient devant le porche sombre du collège. Il se souvenait encore de l'odeur d'encre un peu moite attachée aux bords dépenaillés du livre d'algèbre de Miriam. Il voyait encore le MIRIAM écrit au crayon sur la tranche et le dessin de la fille au chignon victorien sur la page de garde quand il ouvrait le bouquin pour aider Miriam à faire ses problèmes. Pourquoi avait-il cru Miriam différente de toutes les autres ?

Il franchit la large porte qui s'ouvrait sur la clôture de fils de fer et inspecta une nouvelle fois l'avenue du Collège. C'est alors qu'il la vit sous les arbres jaune-vert qui bordaient le trottoir. Son cœur commença à battre plus fort, mais il cligna des paupières avec une négligence étudiée. Elle marchait comme toujours de son pas plutôt lourd, en prenant son temps. Il apercevait sa tête maintenant, auréolée d'un large chapeau clair. Des taches d'ombre et de lumière mouchetaient son visage. Elle lui fit un vague signe de reconnaissance; Guy sortit la main de sa poche, l'y remit et revint près du terrain de jeux; il était brusquement tendu et timide comme un collégien. « Elle est au courant de la commande de Palm Beach, pensa-t-il, elle est au courant, cette étrangère qui s'avance sous les arbres. » La mère de Guy lui avait dit, une demi-heure plus tôt, qu'elle en avait parlé à Miriam la dernière fois que celle-ci avait téléphoné.

– Bonjour, Guy.

Miriam sourit et resserra bien vite ses fortes lèvres d'un rose orangé. A cause de l'espace qui séparait ses dents de devant, se rappela Guy.

– Comment vas-tu, Miriam ? Il ne put s'empêcher de jeter un coup d'œil au corps de sa femme : elle était potelée, mais ne semblait pas enceinte, et il pensa soudain qu'elle avait peut-être menti. Elle portait une jupe à fleurs aux couleurs éclatantes et un chemisier blanc à manches courtes. Elle tenait à la main une grande pochette blanche en vernis tressé.

Elle s'assit d'un air guindé sur l'unique banc de pierre qui était à l'ombre et posa à Guy quelques questions sans intérêt sur son voyage. Son visage s'était encore arrondi, surtout au bas des joues, et son menton en paraissait plus pointu. Elle avait de petites rides sous les yeux, nota Guy. Pour une fille de vingt-deux ans, elle avait beaucoup vécu.

– C'est pour janvier, lui disait-elle d'une voix terne. J'attends l'enfant pour janvier.

Elle était enceinte de deux mois alors.

– Je suppose que tu veux épouser le père.

Elle détourna légèrement la tête et baissa les yeux. Le soleil mettait en valeur les taches de rousseur qu'elle avait sur la joue, et Guy en reconnut auxquelles il n'avait pas pensé depuis leur séparation. Comme il avait été certain jadis de la posséder, de posséder jusqu'à sa pensée la plus fugitive! Il lui sembla tout à coup que l'amour n'était qu'une illusion de connaissance horriblement décevante. Il ne connaissait pas la plus petite parcelle du nouvel univers qu'était aujourd'hui l'esprit de Miriam. Etait-il possible qu'il en fût un jour de même avec Anne?

– N'est-ce pas, Miriam? insista-t-il.

– Pas tout de suite. Tu comprends, il y a des complications.

– Lesquelles?

– Eh bien, nous ne pourrons peut-être pas nous marier aussi vite que nous le souhaiterions.

– Oh!

Nous. Il se le représentait, grand et brun, avec un visage long comme celui de Steve. Le type d'homme qui avait toujours attiré Miriam. Le seul type d'homme dont elle souhaitât avoir un enfant. Et elle le voulait de toutes ses forces, cet enfant, il en aurait juré. Il s'était passé quelque chose, qui n'avait aucun rapport peut-être avec cet homme, et qui lui avait donné envie d'avoir un enfant. Il le voyait bien à la façon raide et guindée qu'elle avait de s'asseoir sur le banc, avec cette espèce d'extase pleine d'abandon que Guy avait toujours vue ou cru voir sur le visage des femmes enceintes.

– Mais je ne pense pas que ce soit une raison de retarder le divorce.

– Eh bien, je ne le pensais pas non plus... jusqu'à avant-hier. Je croyais qu'Owen pourrait se remarier ce mois-ci.

– Oh ! Il est marié ?

– Oui, il est marié, admit-elle avec un petit soupir.

Guy baissa les yeux, vaguement gêné, et fit deux ou trois pas sur l'asphalte. Il aurait parié d'avance que le père de l'enfant était marié, et qu'il n'avait pas l'intention d'épouser Miriam à moins d'y être forcé.

– Où est-il ? Ici ?

– Il habite Houston, répondit-elle. Tu ne veux pas t'asseoir ?

– Non.

– Tu n'as jamais aimé t'asseoir.

Il ne répondit pas.

– Tu as toujours ta chevalière ?

– Oui.

Sa chevalière de collège, qui avait toujours fait l'admiration de Miriam parce qu'elle prouvait qu'il avait fait des études. Elle contemplait la bague avec un sourire embarrassé. Il remit les mains dans ses poches.

– J'aimerais autant tout régler tant que je suis ici. Est-ce que nous ne pouvons pas faire cela cette semaine ?

– Je veux m'en aller, Guy.

– Pour divorcer ?

Elle ouvrit ses petites mains courtes dans un geste ambigu et il pensa brusquement aux mains de Bruno. Il avait complètement oublié Bruno, en descendant du train ce matin. Et son livre.

– Je commence à en avoir assez d'être ici, dit-elle.

– Nous pouvons aller divorcer à Dallas, si tu veux.

C'était tout bonnement parce que ses amies étaient au courant, pensa-t-il, rien de plus.

– Je voudrais attendre, Guy ? Ça ne t'ennuie pas d'attendre un tout petit peu ?

— J'aurais cru que c'était plutôt toi que cela ennuierait. Cet homme a-t-il l'intention de t'épouser ou non ?

— Il pourrait m'épouser en septembre. Il aura divorcé d'ici là, seulement...

— Seulement quoi ?

Devant le silence de Miriam, il comprit dans quel pétrin elle se trouvait. Elle désirait tellement avoir cet enfant qu'elle était prête à se sacrifier aux yeux de tout Metcalf, en attendant d'être enceinte de cinq mois pour épouser le père. Il ne put se retenir d'éprouver pour elle une certaine pitié.

— Je veux m'en aller, Guy. Avec toi.

Il y avait dans son expression un réel effort de sincérité, si bien qu'il en oublia presque ce qu'elle lui demandait et pourquoi elle le demandait.

— Qu'est-ce que tu veux, Miriam ? De l'argent pour t'en aller quelque part ?

Au fond de ses yeux gris-vert le reflet rêveur se dispersait comme une brume.

— Ta mère m'a dit que tu allais à Palm Beach.

— Il se peut que j'y aille. Pour travailler.

Il pensa au Palmyra avec un frisson d'angoisse. Le projet lui semblait déjà s'enfuir.

— Emmène-moi avec toi, Guy ? C'est la dernière chose que je te demanderai. Si je pouvais rester avec toi jusqu'en décembre et obtenir le divorce ensuite...

— Oh ! fit-il seulement, mais il sentit quelque chose battre dans sa poitrine, comme si son cœur se rompait.

Brusquement elle le dégoûtait, elle et tous les gens qui l'entouraient, qu'elle connaissait et qu'elle attirait dans un sillage. L'enfant d'un autre. S'en aller avec elle, rester son mari jusqu'à ce qu'elle mette au monde l'enfant d'un autre. A Palm Beach !

— Si tu ne veux pas m'emmener, je viendrai quand même.

— Miriam, je pourrais obtenir ce divorce maintenant. Je n'ai pas besoin d'attendre de voir l'enfant. La loi non plus, d'ailleurs, acheva-t-il d'une voix tremblante.

– Tu ne me ferais pas ça, répliqua Miriam, avec ce mélange de menace et de supplication qui, du temps que Guy l'aimait, excitait à la fois sa colère et son amour, et le déconcertait toujours.

Il se sentait confondu aujourd'hui. Elle avait raison. Il ne demanderait pas le divorce maintenant. Mais ce n'était pas parce qu'il l'aimait encore, ni parce qu'elle était encore sa femme et qu'il lui devait encore sa protection, mais parce qu'il avait pitié d'elle et parce qu'il se souvenait l'avoir jadis aimée. Il se rendait compte maintenant qu'il avait eu pitié d'elle, même à New York, même quand elle lui écrivait pour demander de l'argent.

– Si tu viens là-bas, je refuserai la commande de Palm Beach. Ça ne rimerait à rien d'accepter, d'ailleurs, dit-il calmement; mais à quoi bon discuter puisque c'était déjà une certitude, pensa-t-il.

– Je ne crois pas que tu renoncerais à une commande comme celle-là, riposta-t-elle.

Il se détourna pour ne pas voir son rictus de triomphe. « C'était en cela qu'elle se trompait », se dit-il, mais il ne répondit rien. Il fit deux pas sur l'asphalte crissant, puis fit demi-tour, la tête haute. « Du calme, se dit-il. A quoi mènerait la colère ? » Miriam le détestait quand il réagissait ainsi, parce qu'elle aimait les discussions orageuses. Maintenant encore elle aimerait en avoir une. Elle l'avait longtemps détesté pour son calme, jusqu'au jour où elle avait compris combien il lui en coûtait. Il savait qu'il était en train de jouer son jeu à elle, et pourtant il était incapable de réagir autrement.

– Je ne l'ai même pas encore, cette commande, tu sais. Je n'aurais qu'à envoyer un télégramme en disant que je la refuse.

Par-delà les arbres, il remarqua une fois de

plus le nouvel immeuble rougeâtre qu'il avait aperçu avant l'arrivée de Miriam.

– Et après ?

– Oh ! après, un tas de choses. Mais tu n'en sauras rien.

– Tu fileras ? lui lança-t-elle. C'est le meilleur moyen de t'en tirer à bon compte.

Il fit encore quelques pas, puis revint vers elle. Il y avait Anne. Avec Anne, il pourrait supporter cela, il pourrait supporter n'importe quoi. Et en fait, il se sentait plein d'une étrange résignation. Parce qu'il était là en ce moment avec Miriam, avec Miriam qui symbolisait l'échec de sa jeunesse ? Il se mordit le bout de la langue. Il y avait en lui, comme une tache au cœur d'une gemme, invisible à la surface : la crainte, la certitude d'échouer, dont jamais il n'avait réussi à se débarrasser. L'échec parfois était une éventualité qui le fascinait : ainsi au collège, à l'Université, il s'était laissé refuser à des examens qu'il aurait pu passer; ainsi il avait épousé Miriam, pensa-t-il, malgré leurs familles et leurs amis à tous les deux. N'avait-il pas su alors que cela ne pourrait pas marcher ? Et voilà que, maintenant, il avait renoncé à la plus grosse commande qu'on lui eût jamais confiée, sans un murmure. Il allait partir pour le Mexique, passer quelques jours avec Anne. Tout son argent y passerait, mais pourquoi pas ? Pouvait-il rentrer à New York et reprendre son travail, sans avoir d'abord vu Anne ?

– Tu n'as rien d'autre à me dire ? demanda-t-il.

– Je te l'ai dit, fit-elle, entre l'espace qui séparait ses dents de devant.

IV

Il rentra chez lui, à pas lents, en prenant par Travis Street, calme et ombragée, pour regagner

Ambrose Street, où il habitait. Il y avait maintenant un petit magasin de fruits au coin de Travis Street et de Delancey Street, installé en plein devant une pelouse, comme un étalage d'enfants qui jouent au marchand. Le grand bâtiment de Blanlinge, qui déparait le côté ouest de Ambrose Street, déversait un flot de femmes et de filles en uniforme blanc, qui, tout en jacassant, s'en allaient déjà déjeuner. A son soulagement, il ne rencontra personne. Il se sentait abattu, calme, résigné et même plutôt heureux. C'était bizarre comme, cinq minutes après leur conversation, Miriam lui semblait lointaine — presque étrangère — et comme tout vraiment paraissait sans importance. Il avait honte maintenant d'avoir éprouvé une telle angoisse dans le train.

— Ça n'a pas été trop mal, maman, dit-il avec un sourire en entrant chez lui.

Sa mère l'avait accueilli avec un froncement de sourcils interrogateur.

— Je suis bien contente de te l'entendre dire.

Elle avança un rocking-chair et s'assit. C'était une petite femme, à qui son nez droit donnait un beau profil paisible, et dont l'énergie semblait jaillir en étincelles dans les fils d'argent de ses cheveux châtain clair. Elle était presque toujours gaie. C'était cela surtout qui faisait trouver à Guy que sa mère et lui étaient bien différents, et qui l'avait un peu détaché d'elle depuis que Miriam l'avait fait tant souffrir. Guy aimait bien nourrir ses chagrins, les étudier sous toutes les coutures, tandis que sa mère lui conseillait d'oublier.

— Qu'est-ce qu'elle a dit ? Tu n'as vraiment pas été longtemps parti. Je pensais que tu déjeunerais peut-être avec elle.

— Non, maman.

Il s'assit en soupirant sur le divan broché.

— Tout va bien, mais je vais probablement refuser la commande du Palmyra.

— Oh ! Guy. Pourquoi ? Est-ce qu'elle... Est-ce vrai qu'elle attend un enfant ?

« Maman est déçue, pensa Guy, mais elle le serait encore davantage si elle savait ce que représentait vraiment cette commande. » Il était bien content qu'elle ne s'en rendît pas exactement compte.

– C'est vrai, dit-il, en renversant la tête en arrière jusqu'à ce qu'il sentît sur sa nuque la fraîcheur du bois du divan. Il songeait à l'abîme qui le séparait de sa mère. Il lui avait raconté très peu de choses sur sa vie avec Miriam. Sa mère, qui avait eu une enfance agréable et heureuse dans le Mississippi, dont la vie maintenant se partageait entre l'entretien de sa grande maison, son jardin et ses bons et fidèles amis de Metcalf, que pouvait-elle comprendre à une méchanceté aussi absolue que celle de Miriam ? Ou, encore, pouvait-elle comprendre qu'il était prêt à mener à New York une existence précaire à cause d'une ou deux idées qu'il avait sur son travail ?

– Voyons, qu'est-ce que Palm Beach a à voir avec Miriam ? demanda-t-elle enfin.

– Miriam veut venir avec moi là-bas. Elle a besoin de ma protection pour un temps. Et je ne pourrais pas le supporter.

Le poing de Guy se crispa. Il se représenta brusquement Miriam à Palm Beach, Miriam rencontrant Clarence Brillhart, le directeur du Palmyra. Et pourtant, Guy le savait bien, ce n'était pas la perspective de voir Brillhart choqué sous le calme inébranlable de sa courtoisie, mais la répulsion que lui-même en éprouvait, qui rendait cette seule idée impensable. Il ne pouvait tout simplement pas supporter d'avoir Miriam auprès de lui quand il travaillait sur un projet comme celui-ci.

– Je ne pourrais pas le supporter, répéta-t-il.

– Oh ! dit-elle seulement, mais son silence n'avait plus rien de compréhensif.

« Si elle faisait un commentaire, se dit Guy, ce serait sûrement pour lui rappeler qu'elle avait désapprouvé ce mariage. Mais ce n'était pas le moment. »

— Tu ne pourrais pas le supporter, ajouta-t-elle, le temps que cela durerait ?

— Je ne pourrais pas.

Il se leva et prit dans ses mains le doux visage de sa mère.

— Je m'en fiche, maman, dit-il, en l'embrassant sur le front. Je t'assure que je m'en fiche complètement.

— Je vois bien que cela ne te fait pas tellement d'effet. Pourquoi donc ?

Il traversa la pièce et s'approcha du piano.

— Parce que je vais voir Anne au Mexique.

— Ah ! oui ? fit-elle en souriant, et pour la première fois depuis le matin, sa gaieté reprit le dessus. Toujours un pied en l'air, alors ?

— Tu veux venir au Mexique ?

Il se retourna en souriant. Il se mit à jouer une sarabande qu'il avait apprise étant enfant.

— Au Mexique ! fit sa mère, d'un ton faussement horrifié. On ne me ferait pas aller au Mexique pour un empire. Mais tu pourrais peut-être m'amener Anne au retour.

— Peut-être.

Elle vint lui poser sur l'épaule une main timide.

— Quelquefois, Guy, il me semble que tu es à nouveau heureux. Aux moments les plus inattendus.

V

« Que s'est-il passé ? Ecrivez par *retour du courrier*. Ou mieux, téléphonez avec préavis. Nous sommes ici au Ritz pour encore une quinzaine. Vous m'avez beaucoup manqué dans ce voyage; c'est navrant que nous n'ayons pu prendre l'avion tous les deux, mais je comprends. Je pense à vous à chaque heure de la journée, mon chéri. Tout cela doit être bientôt fini et nous en serons débarrassés. Quoi qu'il arrive, dites-le-moi et affrontons les difficultés ensemble. J'ai souvent l'impression que vous ne le faites pas. Je parle d'affronter les ennuis.

« Vous êtes si près, c'est idiot que vous ne puissiez pas venir pour un jour ou deux. J'espère que vous en aurez envie. J'espère que vous aurez le temps. J'aimerais tant vous avoir ici, et mes parents aussi, vous le savez bien. Chéri, j'aime tellement vos croquis du Palmyra et je suis si fière de vous que je ne peux même pas supporter l'idée que vous passiez des mois loin de moi parce que vous serez occupé à le construire. Papa est très impressionné aussi. Nous parlons de vous tout le temps.

« Tout mon amour et tout ce que cela comporte.

« Soyez heureux, chéri.

« A. »

Guy envoya un télégramme à Clarence Brillhart, le directeur du Palmyra : « Circonstances m'empêchent accepter commande. Profonds regrets et merci de m'avoir soutenu et constamment encouragé. Lettre suit. »

Il pensa tout à coup aux plans qu'ils allaient utiliser au lieu des siens : le faux Wright de William Harkness. « Bien mieux, se dit-il tout en dictant le télégramme par téléphone, ils allaient sans doute demander à Harkness de reprendre quelques-unes de ses idées à lui. Et Harkness le ferait, naturellement. »

Il télégraphia à Anne qu'il prendrait l'avion lundi et qu'il aurait plusieurs jours de liberté. Et comme il y avait Anne, il ne prit même pas la peine de se demander dans combien de mois, dans combien d'années peut-être, il retrouverait une commande aussi importante que le Palmyra.

VI

Ce soir-là, Charles Bruno, étendu sur son lit, dans sa chambre d'hôtel à El Paso, essayait de faire tenir en équilibre un stylo d'or sur la fine arête de son nez. Il était trop énervé pour se coucher, mais n'avait pas le courage de descendre dans un des bars du quartier et de faire un tour. Il s'était déjà promené tout l'après-midi et El Paso ne l'avait pas emballé. Le Grand Canyon, non plus. Il était plus content de l'idée qui lui était venue avant-hier soir dans le train. C'était dommage que Guy ne l'eût pas réveillé le matin. Non que Guy fût le genre de type à mettre au point un crime avec lui, mais Bruno le trouvait sympathique en tant qu'individu. Guy était quelqu'un qui valait la peine d'être connu. D'ailleurs, Guy avait oublié son livre, et Bruno aurait pu le lui rendre.

Au plafond, le ventilateur bourdonnait un peu, car une des quatre pales manquait. « S'il avait eu ses quatre pales, pensa Bruno, il aurait sans doute fait un peu plus frais. » Un robinet des toilettes fuyait, le crampon qui fixait la veilleuse au-dessus du lit était cassé, et la lampe pendait au bout de son fil, et la porte des cabinets était couverte d'empreintes. Et on lui avait dit que c'était le meilleur hôtel de la ville ! Pourquoi y avait-il toujours quelque chose qui clochait, ne fût-ce qu'un détail, dans toutes les chambres d'hôtel où il était descendu ? Un jour il trouverait la chambre d'hôtel modèle, même s'il devait aller jusqu'en Afrique du Sud, et alors il achèterait l'hôtel.

Il s'assit sur le bord de son lit et décrocha le téléphone.

— Donnez-moi l'inter.

Il regarda d'un air absent la tache de poussière rougeâtre que sa chaussure avait laissée sur le couvre-pieds blanc.

– Je voudrais le 166 à Great Neck... Great Neck, oui.

Il attendit un peu.

– Long Island... A New York, abruti, vous n'en avez jamais entendu parler?

Moins d'une minute plus tard, il avait sa mère au bout du fil.

– Oui, je suis ici. Tu pars toujours dimanche? Ça vaut mieux... Oui, j'ai fait cette excursion à dos de mulet. Ça m'a claqué... Oui, j'ai vu le canyon... D'accord, mais ça fait plutôt chromo comme couleurs... Et toi, comment ça va?

Il se mit à rire. Il laissa tomber ses chaussures et roula sur le lit avec le téléphone, en riant aux éclats. Elle était en train de lui raconter qu'en rentrant à la maison, elle avait trouvé le Capitaine recevant deux de ses amis à elle, deux hommes dont elle avait fait la connaissance la veille au soir et qui étaient passés la voir, avaient cru que le Capitaine était son père et avaient commencé à dire tout ce qu'il ne fallait pas.

VII

Accoudé sur son lit, Guy contemplait la lettre écrite au crayon qu'il venait de recevoir.

– Je pense qu'il va encore se passer un bout de temps avant que j'aie de nouveau à venir te réveiller, dit sa mère.

Guy prit la lettre de Palm Beach.

– Peut-être pas si longtemps, maman.

– A quelle heure part ton avion demain?

– Une heure vingt.

Elle se pencha et fit mine de reborder le pied du lit.

– Je suppose que tu n'auras pas le temps de faire un saut pour voir Ethel?

– Oh! bien sûr que si, maman.

Ethel Peterson était une des plus vieilles amies de sa mère. C'était elle qui avait donné à Guy ses premières leçons de piano.

La lettre de Palm Beach était de Mr. Brillhart. Il confirmait à Guy qu'on lui donnait la commande. Mr. Brillhart avait également obtenu l'accord du conseil d'administration au sujet des fenêtres en abat-vent.

– J'ai fait du bon café bien fort ce matin, lui dit sa mère en sortant de la chambre. Ça te ferait plaisir de déjeuner au lit ?

Guy lui sourit.

– Si ça me ferait plaisir !

Il relut la lettre de Mr. Brillhart de bout en bout, la remit dans son enveloppe et la déchira lentement. Puis il ouvrit l'autre. C'était une seule feuille griffonnée au crayon. La signature au parafe chargé le fit à nouveau sourire : Charles A. Bruno.

« Cher Guy,

« C'est votre ami du train, vous vous souvenez ? Vous avez oublié votre livre dans mon compartiment et j'ai trouvé à l'intérieur une adresse au Texas que j'espère être encore bonne. Je vous envoie le bouquin. J'en ai lu quelques pages, je ne savais pas que Platon avait tant de conversation.

« J'ai eu grand plaisir à dîner avec vous l'autre soir et j'espère que je peux me compter au nombre de vos amis. Je serais ravi de vous voir à Santa Fé, et si jamais vous changez d'avis, mon adresse est Hôtel La Fonda, Santa Fé, Nouveau-Mexique, pour encore au moins quinze jours.

« Je pense toujours à cette idée des deux meurtres couplés. Je suis sûr que ça pourrait se faire. Je ne peux pas vous dire à quel point j'ai confiance dans cette idée ! Mais je sais que cela ne vous intéresse pas.

« Où en êtes-vous avec votre femme ? J'aimerais le savoir. Ecrivez-moi donc bientôt. A part le fait que j'ai perdu mon portefeuille à El Paso (on me l'a volé sous mon nez dans un bar), il ne m'est rien arrivé de remarquable. Permettez-moi de vous dire que El Paso ne m'a pas plu.

« En espérant avoir bientôt de vos nouvelles,

« Votre ami,

« CHARLES A. BRUNO.

« *P.S.* – Désolé d'avoir dormi trop tard et de vous avoir manqué l'autre matin.

« C.A.B. »

Sans qu'il sût trop pourquoi, la lettre lui faisait plaisir. C'était agréable de penser à la liberté de Bruno.

– De la farine de gruau! dit-il joyeusement à sa mère. A New York, on ne m'a jamais donné de farine de gruau avec mes œufs frits.

Il enfila une vieille robe de chambre qu'il aimait bien et qui était trop chaude pour la saison, et vint se rasseoir dans son lit avec le *Metcalf Star* et le vieux plateau écaillé sur lequel était posé son petit déjeuner.

Il prit ensuite une douche et s'habilla comme s'il avait des projets pour la journée, mais il n'en était rien. Il avait rendu visite aux Cartwright la veille. Il aurait pu aller voir Peter Wriggs, son ami d'enfance, mais Peter avait une situation à New Orléans maintenant. Que faisait donc Miriam? se demanda-t-il. Peut-être se faisait-elle faire les ongles sur sa terrasse, ou jouait-elle aux échecs avec une petite fille du quartier qui était en adoration devant elle et qui ne rêvait que de lui ressembler. Miriam n'était pas la fille à broyer du noir parce qu'un de ses plans avait échoué. Guy alluma une cigarette.

Du rez-de-chaussée montait de temps en temps un doux tintement métallique : c'était sa mère ou Ursuline, la cuisinière, qui nettoyait l'argenterie et laissait tomber chaque pièce sur le tas déjà frotté.

Pourquoi n'était-il pas parti aujourd'hui pour le

Mexique ? Il savait bien que les vingt-quatre heures qui l'attendaient encore ne seraient pas drôles. Ce soir, son oncle allait revenir, avec sans doute quelques amis de sa mère. Tout le monde voulait le voir. Depuis son dernier passage à Metcalf, le *Metcalf Star* lui avait consacré toute une colonne, parlant de la bourse qu'il avait obtenue, du Prix de Rome dont il n'avait pu profiter à cause de la guerre, du magasin qu'il avait construit à Pittsburgh et de la petite infirmerie annexe à l'hôpital de Chicago. Cela faisait beaucoup d'effet dans un journal. Cela lui avait presque donné un sentiment d'importance, il s'en souvenait, ce triste jour, à New York, où il avait reçu la coupure dans une lettre de sa mère.

Une brusque envie d'écrire à Bruno le fit s'asseoir à sa table de travail, mais, la plume à la main, il s'aperçut qu'il n'avait rien à lui dire. Il imaginait Bruno dans son costume rouille, le Rolleifex en bandoulière, gravissant une colline desséchée de Santa Fé, un sourire découvrant ses mauvaises dents, levant d'une main mal assurée son appareil et prenant une photo. Bruno, avec mille dollars à dépenser en poche, assis dans un bar en attendant sa mère. Qu'avait-il à dire à Bruno ? Il revissa le capuchon de son stylo et le reposa sur la table.

– Maman ! appela-t-il.

Il descendit l'escalier quatre à quatre.

– Si on allait au cinéma cet après-midi ?

Sa mère lui dit qu'elle était déjà allée deux fois au cinéma cette semaine.

– Tu sais bien que tu n'aimes pas le cinéma, fit-elle d'un ton de reproche.

– Maman, j'ai vraiment envie d'y aller ! insista-t-il en souriant.

VIII

Ce soir-là, vers onze heures, le téléphone sonna. La mère de Guy répondit puis vint l'appeler dans le salon où il était assis avec son oncle, sa tante et ses deux cousins, Ritchie et Ty.

– C'est l'inter, dit sa mère.

Guy hocha la tête. C'était Brillhart, évidemment, qui demandait des explications complémentaires. Guy avait répondu l'après-midi même à sa lettre.

– Allô, Guy, fit la voix. Ici, Charley.

– Charley qui ?

– Charley Bruno.

– Oh !... Comment allez-vous ? Merci pour le livre.

– Je ne l'ai pas encore envoyé, mais je vais le faire, dit Bruno avec la gaieté d'ivrogne dont Guy se souvenait. Vous venez à Santa Fé ?

– Malheureusement, cela m'est impossible.

– Et Palm Beach ? Est-ce que je peux venir vous y rendre visite d'ici une quinzaine ? J'aimerais voir quelle allure ça a.

– Je suis navré, mais je n'y vais pas.

– Non ? Pourquoi ?

– Des complications. J'ai changé d'avis.

– A cause de votre femme ?

– N-non.

Guy était vaguement agacé.

– Elle veut rester avec vous ?

– Oui. Enfin, si vous voulez.

– Miriam veut vous accompagner à Palm Beach ?

Guy fut étonné qu'il se souvînt du nom de sa femme.

– Vous n'avez pas obtenu votre divorce, n'est-ce pas ?

– C'est en train, fit Guy sèchement.

– *Oui, figurez-vous que je paie cette communi-*

cation ! cria Bruno à quelqu'un. Bon sang, reprit-il d'un air dégoûté. Voyons, Guy, c'est à cause d'elle que vous avez refusé la commande ?

– Pas exactement. Mais ça n'a pas d'importance. C'est une histoire enterrée.

– Il faut que vous attendiez jusqu'à la naissance de l'enfant pour divorcer ?

Guy ne répondit rien.

– L'autre type ne veut pas l'épouser, hein ?

– Oh ! si, il est...

– Ouais ? coupa Bruno.

– Je ne peux pas parler plus longtemps. Nous avons du monde à la maison ce soir. Je vous souhaite bon voyage, Charley.

– Quand pouvons-nous parler ? Demain ?

– Demain, je ne serai pas ici.

– Oh !

– Bruno avait l'air perdu et Guy espérait bien qu'il l'était. Mais la voix reprit, sur un ton obstinément amical :

– Ecoutez, Guy, si vous avez besoin de quoi que ce soit, vous savez, vous n'avez qu'à me faire signe.

Guy fronça les sourcils. Une question se forma dans sa tête, et la réponse lui apparut tout aussitôt. Il se souvint de l'idée de Bruno.

– Qu'est-ce que vous voulez, Guy ?

– Rien. Je suis très content. Compris ?

Mais c'était pure bravade d'ivrogne de la part de Bruno. Pourquoi devrait-il prendre cela au sérieux ?

– C'est vrai, Guy, vous savez, bredouilla la voix, plus pâteuse que jamais.

– Au revoir, Charley, dit Guy.

Il attendit que Bruno raccrochât.

– On ne dirait pas à vous entendre que tout va très bien, riposta Bruno.

– Je ne vois pas en quoi cela vous regarde.

– Guy !

C'était un gémissement larmoyant.

Guy allait parler, mais on raccrocha, et la ligne

fut coupée. Il eut brusquement envie de demander à la téléphoniste d'où venait l'appel. Puis il pensa : bravade d'ivrogne. Et ennui aussi. Cela l'agaçait pourtant que Bruno eût son adresse. Guy se passa la main sur les cheveux et revint au salon.

IX

Tout ce qu'il venait de lui raconter à propos de Miriam, pensa Guy, n'avait pas autant d'importance que le fait qu'Anne et lui étaient ensemble sur cette allée. Tout en marchant, il lui prit la main et regarda le paysage qui l'entourait et dont chaque détail était étranger : une grande avenue bordée d'arbres géants comme les Champs-Elysées, des statues de généraux sur leurs piédestaux, et, au fond, des bâtiments qu'il ne connaissait pas. Le Paseo de la Reforma. Anne était à ses côtés, la tête encore baissée, marchant presque au même pas que lui. Leurs épaules s'effleurèrent, et il lui jeta un coup d'œil pour voir si elle allait parler, lui dire qu'il avait eu raison de prendre cette décision, mais elle semblait toujours songeuse. Ses cheveux d'un blond pâle, tirés sur sa nuque par une barrette d'argent, s'agitaient paresseusement au vent. C'était le second été où Guy la voyait au moment où le soleil commençait à peine à lui hâler le visage, si bien que sa peau n'était guère plus colorée que ses cheveux. Bientôt elle aurait le teint plus foncé, mais Guy la préférait comme elle était maintenant; elle paraissait toute en or blanc.

Elle se tourna vers lui avec un sourire imperceptiblement embarrassé parce qu'il venait de la dévisager.

– Vous n'auriez pas pu le supporter, n'est-ce pas, Guy ?

— Non. Ne me demandez pas de vous dire pourquoi. J'en serais incapable.

Il vit que son sourire persistait, nuancé de perplexité, d'inquiétude peut-être.

— Vous renoncez à un si grand projet.

Cela commençait à le mortifier. Il en avait assez.

— Je méprise Miriam, c'est tout, dit-il tranquillement.

— Mais ce n'est pas une raison pour tout mépriser.

Il eut un geste d'agacement.

— Je la déteste parce que je dois vous raconter tout cela pendant que nous nous promenons ici !

— Guy, vraiment !

— Elle représente tout ce qui est exécrable ! continua-t-il, le regard fixé devant lui. Je pense parfois que je déteste tout dans ce monde. Il n'a pas d'honneur, pas de conscience. Miriam est ce à quoi pensent les gens quand ils disent que l'Amérique est une nation enfantine, que l'Amérique récompense la corruption. C'est le genre de fille qui va voir les mauvais films, qui joue dedans, qui lit les magazines sentimentaux, et qui tanne son mari pour qu'il gagne davantage d'argent cette année et qu'ils puissent acheter d'autres choses à crédit l'année prochaine, qui brise le ménage du voisin...

— Assez, Guy ! Vous parlez vraiment comme un enfant !

Elle s'écarta un peu.

— Et le fait que je l'ai jadis aimée, reprit Guy, que je l'ai aimée tout entière, me rend malade.

Ils s'arrêtèrent et se regardèrent. Il avait fallu qu'il le dît, là, aujourd'hui, qu'il dît la chose la plus horrible qu'il pouvait trouver. Il voulait souffrir aussi de la désapprobation d'Anne; elle allait peut-être le laisser là finir tout seul sa promenade. Elle l'avait déjà fait une ou deux fois quand il n'avait pas été raisonnable.

Anne parla de ce ton distant et neutre qui le

terrifiait, parce qu'il avait l'impression qu'elle pourrait l'abandonner pour ne jamais revenir :

– Je me demande parfois si vous n'êtes pas encore amoureux d'elle.

Il sourit, et elle se radoucit.

– Pardonnez-moi, dit-il.

– Oh ! Guy !

Elle tendit la main, comme pour l'implorer, et il la prit.

– Si seulement vous n'étiez plus un enfant !

– J'ai lu quelque part que, sentimentalement, les gens restent toujours des enfants.

– Peu m'importe ce que vous avez lu. Les gens grandissent. Je vous le prouverai, même s'il faut y mettre du temps.

Il eut soudain une impression de sécurité.

– A quoi d'autre voulez-vous que je pense en ce moment ? demanda-t-il méchamment, en baissant la voix.

– Que jamais vous n'avez été aussi près de vous libérer d'elle que maintenant, Guy. A quoi croyez-vous que vous devriez penser ?

Il releva la tête. Sur le haut d'un immeuble, il y avait un grand panneau : TOME XX, et il se demanda aussitôt ce que cela signifiait et il eut envie d'interroger Anne. Il voulait lui demander pourquoi tout était tellement plus facile et plus simple quand il était avec elle, mais son orgueil l'en empêcha; ç'aurait d'ailleurs été une question de pure forme, à laquelle Anne n'aurait pu répondre par des mots, parce que la réponse était tout simplement Anne. Il en avait été ainsi depuis le jour où il l'avait rencontrée dans le sous-sol crasseux de l'Institut des Beaux-Arts de New York; ce jour de pluie où il s'était précipité sur la seule chose vivante qu'il avait aperçue, un imperméable rouge sombre surmonté d'un capuchon, et l'avait interpellée. L'imperméable rouge s'était retourné en disant :

– Pour la salle 9, vous pouviez y aller du rez-de-chaussée. Vous n'aviez pas besoin de descendre jusqu'ici.

Et puis elle avait eu son petit rire amusé qui, brusquement, sans qu'il comprît pourquoi, l'avait mis en rage. Il avait appris depuis à sourire de façon imperceptible, à avoir peur d'elle, tout en méprisant un peu son nouveau cabriolet vert sombre.

— Une voiture est indispensable, disait Anne, quand on habite Long Island. C'était l'époque où il méprisait tout et où les cours qu'il suivait n'étaient que des moyens de s'assurer qu'il savait tout ce que le professeur avait à dire, ou de voir avec quelle rapidité il pouvait apprendre et passer à autre chose. « Comment croyez-vous qu'on arrive sinon par piston ? Les gens peuvent toujours vous flanquer dehors si vous ne leur plaisez pas. » Il avait fini par adopter son point de vue, le bon point de vue, et il avait passé un an à l'Académie d'Architecture de Brooklyn, grâce au père d'Anne, qui connaissait un des directeurs.

— Je sais, Guy, dit Anne en rompant le silence, que vous avez en vous la possibilité d'être terriblement heureux.

Guy acquiesça aussitôt, mais Anne ne le regardait pas. Il avait un peu honte. Anne avait la capacité d'être heureuse. Elle était heureuse en ce moment, elle avait déjà été heureuse avant de le rencontrer, et c'était lui avec ses problèmes qui semblait pour un instant abattre ce bonheur. Il serait heureux aussi, quand il vivrait avec Anne. Il le lui avait dit, mais il ne pouvait pas supporter de le lui répéter maintenant.

— Qu'est-ce que c'est que cela ? demanda-t-il.

On apercevait un grand bâtiment rond vitré sous les arbres du parc Chapultepec.

— Le jardin botanique, dit Anne.

Il n'y avait personne dans les serres, pas même un gardien. L'air sentait la terre tiède et fraîchement retournée. Ils se promenèrent en lisant des noms imprononçables de plantes qui auraient pu venir d'une autre planète. Anne avait là une plante favorite. Elle en surveillait la croissance depuis trois ans, dit-elle, en venant chaque été avec son père.

– Seulement, je n'arrive jamais à me rappeler ces noms, dit-elle.

– Pourquoi devriez-vous vous en souvenir ?

Ils déjeunèrent au Sandborn avec la mère d'Anne, puis se promenèrent jusqu'à l'heure où Mrs. Faulkner se retirait pour sa sieste. Mrs. Faulkner était une femme mince et d'une énergie débordante, aussi grande qu'Anne et, pour son âge, aussi séduisante. Guy avait fini par bien l'aimer parce qu'elle l'aimait bien. Les premiers temps, il s'était imaginé que les riches parents d'Anne constitueraient un obstacle infranchissable, mais cela avait été tout le contraire, et peu à peu ses inquiétudes s'étaient dissipées. Ce soir-là, ils allèrent tous les quatre à un concert donné à la salle des Bellas Artes, puis soupèrent au restaurant Lady Baltimore, en face du Ritz.

Les Faulkner étaient navrés qu'il ne pût passer l'été avec eux à Acapulco. Le père d'Anne, qui était importateur, avait l'intention de faire construire un entrepôt sur les docks.

– On ne peut pas s'attendre à ce qu'il s'intéresse à un entrepôt s'il construit tout un club, dit Mrs. Faulkner.

Guy ne dit rien. Il ne pouvait pas regarder Anne. Il lui avait demandé de ne pas parler du Palmyra à ses parents avant son départ. Où irait-il la semaine prochaine ? Il pourrait aller étudier deux mois à Chicago. Il avait mis au garde-meuble tout ce qu'il avait à New York, et sa propriétaire attendait un mot de lui disant si elle pouvait ou non disposer de l'appartement qu'il occupait. S'il allait à Chicago, il pourrait voir le grand Saarinen à Evanston et Tim O'Flaherty, un jeune architecte dont le talent n'était pas encore reconnu, mais dont Guy croyait qu'il avait de l'avenir. Il trouverait peut-être une ou deux commandes à Chicago. Mais la perspective de New York sans Anne était trop décourageante.

Mrs. Faulkner posa en riant la main sur le bras de Guy.

– Il ne sourirait pas comme cela s'il avait tout New York à reconstruire, n'est-ce pas, Guy ?

Il n'avait pas écouté la conversation. Il voulait qu'Anne vînt marcher un peu avec lui, mais elle insista pour qu'il montât à leur appartement du Ritz pour voir la robe de soie qu'elle avait achetée pour sa cousine Teddy, avant qu'elle l'envoie. Et après cela, bien sûr, il serait trop tard pour se promener.

Il était descendu à l'hôtel Montecarlo, à une dizaine de rues du Ritz, une grande bâtisse miteuse qui avait dû être l'ancienne résidence d'un général. On y entrait par une grande porte cochère pavée de mosaïque noire et blanche comme le carrelage d'une salle de bain. Cette entrée donnait dans un vaste hall sombre, également pavé de mosaïque. Il y avait un bar qui avait l'air d'une grotte et un restaurant toujours vide. Un escalier de marbre tout taché montait autour du patio, et en suivant hier le garçon qui l'accompagnait à sa chambre, Guy avait vu, par des fenêtres et des portes ouvertes, un couple de Japonais qui jouaient aux cartes, une femme agenouillée en prière, des gens assis à leur table en train de faire leur courrier, ou tout simplement debout avec un air étrange de prisonniers. Tout l'hôtel baignait dans une ambiance ténébreuse et vaguement surnaturelle qui avait tout de suite séduit Guy, bien que les Faulkner, y compris Anne, l'eussent raillé de son choix.

Sa petite chambre sordide était encombrée de meubles peints en rose et brun; elle avait un lit qui ressemblait à un gâteau qui n'aurait pas monté et la salle de bain était au fond du couloir. En bas, quelque part dans le patio, l'eau dégoulinait continuellement et l'on entendait de temps en temps le flux torrentiel d'une chasse d'eau.

Quand il rentra du Ritz, Guy déposa sa montre-bracelet, un cadeau d'Anne, sur la table de chevet rose et son portefeuille et ses clefs sur la commode éraillée tout comme il faisait chez lui. Il se sentait très content en se couchant avec ses journaux mexicains et un livre sur l'architecture anglaise qu'il avait trouvé dans l'après-midi à la librairie de l'Alameda. Après un coup d'œil aux journaux, il renversa la tête sur son oreiller et contempla le décor déplaisant de la chambre, tout en écoutant les bruits de rongeurs que faisaient les gens aux quatre coins de l'hôtel. « Est-ce là ce que j'aime ? se demanda-t-il. Me plonger dans une existence sordide et inconfortable pour m'y forger des forces neuves ? Ou bien est-ce l'impression de me cacher à Miriam ? » Qui aurait l'idée de venir le chercher ici ?

Anne téléphona le lendemain matin pour dire qu'il y avait un télégramme pour lui.

— Je les ai entendus par hasard vous appeler dans le hall, dit-elle. Ils allaient y renoncer.

— Voudriez-vous me le lire, Anne ?

Anne lut : « Miriam a fait fausse couche hier. Malade et demande te voir. Peux-tu rentrer ? Maman. »

— Oh ! Guy !

Il en avait assez, il en avait par-dessus la tête.

— Elle l'a fait exprès, murmura-t-il.

— Vous n'en savez rien, Guy.

— Si, je le sais.

— Vous ne croyez pas que vous feriez mieux d'aller la voir ?

Les doigts de Guy se crispèrent sur l'appareil.

— En tout cas, je vais rattraper la commande du Palmyra, dit-il. Quand le télégramme est-il parti ?

— Le 9. Mardi à quatre heures de l'après-midi.

Il télégraphia à Mr. Brillhart, pour demander s'il pouvait à nouveau poser sa candidature.

« Bien sûr que oui, se dit-il, mais j'ai l'air idiot. A cause de Miriam. » Il écrivit à celle-ci :

« Cela change naturellement nos plans à tous les deux. J'ignore ce que sont les tiens, mais j'entends obtenir le divorce maintenant. Je serai au Texas dans quelques jours. J'espère que tu seras rétablie à ce moment, mais sinon, je peux très bien faire tout le nécessaire seul.

« Encore tous mes vœux de prompt rétablissement.

« Guy.

« Je serai à cette adresse jusqu'à dimanche. »

Il envoya la lettre par avion en exprès.

Puis il appela Anne. Il voulait l'emmener dans le meilleur restaurant de la ville, ce soir. Il voulait pour commencer prendre un cocktail, tous les cocktails les plus exotiques au Ritz.

– Vous êtes vraiment heureux ? demanda Anne en riant, comme si elle n'arrivait pas tout à fait à le croire.

– Heureux et... dépaysé. *Muy extranjero.*

– Pourquoi ?

– Parce que je ne croyais pas que c'était écrit. Je ne croyais pas que c'était dans mon destin. Je parle du Palmyra.

– Moi, si.

– Oh ! vous y croyiez !

– Pourquoi pensez-vous que j'étais si furieuse contre vous hier ?

Il n'attendait pas vraiment une réponse de Miriam. Pourtant, le vendredi matin – Anne et lui étaient partis en excursion à Xochimilco –, il éprouva le besoin de téléphoner à son hôtel pour voir s'il y avait un message pour lui. Il avait reçu un télégramme. Il dit d'abord qu'il passerait le prendre puis, incapable d'attendre plus longtemps, dès qu'il fut de retour à Mexico, il retéléphona à son hôtel d'un drugstore du Socalo. L'employé du Montecarlo lui lut le texte : « Dois d'abord te parler. Prière venir bientôt. Affections, Miriam. »

– Elle va faire des histoires, dit Guy, après avoir répété le message à Anne. Je suis persuadé que l'autre type ne veut pas l'épouser. Il est marié.

– Oh !

Il lui lança un coup d'œil; il voulait lui dire quelque chose sur la patience dont elle avait fait preuve dans toute cette histoire. Mais, « n'y pensons plus », fit-il en souriant, et il hâta le pas.

– Vous partez maintenant ?

– Certainement pas ! Peut-être lundi ou mardi. J'ai besoin de ces quelques jours avec vous. On ne m'attend pas en Floride avant une quinzaine. Enfin, s'ils s'en tiennent au plan originel.

– Miriam ne va pas vous suivre maintenant, n'est-ce pas ?

– Cette fois, dit Guy, elle n'aura plus rien à me demander.

X

Elsie Bruno, assise devant sa coiffeuse, à l'hôtel La Fonda, à Santa Fé, enlevait sa crème de nuit avec une serviette à démaquiller. De temps en temps, elle approchait du miroir ses yeux bleus au regard vide pour examiner le petit réseau de rides qui s'était formé autour de ses paupières et les marques creusées par le rire à la base de son nez. Bien que son menton fût plutôt fuyant, le bas de son visage faisait saillie, avec ses lèvres qui ne s'avançaient pas du tout comme celles de Bruno. Santa Fé, pensa-t-elle, était le seul endroit où elle pouvait apercevoir ces marques sur son visage quand elle s'examinait devant sa coiffeuse.

– Cette lumière... on dirait des rayons X, remarqua-t-elle.

Bruno, en pyjama, enfoncé dans un vieux fauteuil, leva vers la fenêtre un œil bouffi de sommeil. Il était trop fatigué pour aller tirer le store.

– Tu es très bien, maman, grogna-t-il.

Il abaissa ses lèvres jusqu'au verre d'eau posé sur sa poitrine nue, et fronça les sourcils d'un air songeur.

Comme une énorme noix entre les pattes faibles et tremblantes d'un écureuil, une idée, plus vaste et plus secrète que toutes celles qu'il avait jamais eues, tournait dans son esprit depuis plusieurs jours. Quand sa mère serait partie, il avait l'intention de craquer la coquille qui entourait cette idée et de commencer à y réfléchir sérieusement. Il voulait aller tuer Miriam. Il était largement temps. Guy en avait besoin. Dans quelques jours, une semaine au plus, il serait trop tard pour cette commande de Palm Beach, et cela, Bruno ne le voulait pas.

Elsie trouvait qu'elle s'était un peu empâtée de visage, pendant ces quelques jours passés à Santa Fé. Elle le voyait à la rondeur de ses joues par rapport au petit triangle tendu de son nez. Elle dissimula ses rides en se souriant, pencha sa tête blonde et bouclée et cligna des yeux.

– Charley, tu crois que je devrais acheter cette ceinture d'argent ce matin ? demanda-t-elle, aussi négligemment que si elle se parlait à elle-même. La ceinture coûtait deux cent cinquante et quelques dollars, mais Sam lui enverrait encore mille dollars en Californie. C'était une si jolie ceinture, on n'en trouvait pas de pareilles à New York. Qu'y avait-il de bien à Santa Fé, à part l'argent travaillé ?

– A quoi d'autre est-il bon ? murmura Bruno.

Elsie prit son bonnet de douche et se tourna vers lui avec son large sourire qui était toujours le même.

– Chéri, fit-elle d'un ton câlin.

– Hmm ?

– Tu ne feras pas de bêtises pendant que je serai partie ?

– Non, m'man.

Elle percha son bonnet de caoutchouc sur le haut de son crâne, contempla un de ses longs ongles rouges, puis prit un gant de crin. Bien sûr, Fred Wiley serait trop heureux de lui acheter la ceinture d'argent – il arriverait sans doute à la gare avec une horreur qu'il aurait payée deux fois plus cher – mais elle ne voulait pas avoir Fred sur le dos en Californie. Au moindre encouragement, il partirait avec elle. Il valait bien mieux qu'il lui jurât sur le quai un amour éternel, qu'il pleurât un peu et qu'il rentrât sagement chez sa femme.

– Je dois dire qu'on s'est vraiment bien amusés hier soir, continua Elsie. C'est Fred qui l'a vu le premier.

Elle se mit à rire et le gant de crin en trembla.

– Je n'y étais pour rien, dit Bruno froidement.

– Bon, mon chéri, entendu, tu n'y étais pour rien !

Bruno se mordit les lèvres. Sa mère l'avait réveillé à quatre heures du matin, en riant comme une folle, pour lui raconter qu'il y avait un taureau mort dans la Plaza. Un taureau assis sur un banc, avec un manteau et un chapeau, en train de lire un journal. Tout à fait le genre de canulars de Wilson. Wilson en parlerait toute la journée, Bruno le savait, en enjolivant l'histoire, jusqu'à ce qu'il eût trouvé une blague plus idiote à faire. Hier soir, à la Placita, le bar de l'hôtel, Bruno avait préparé le plan d'un meurtre... pendant que Wilson déguisait un taureau mort. Même quand Wilson se mettait à raconter ses campagnes, il ne prétendait jamais avoir tué personne, pas même un Japonais. Bruno ferma les yeux, en pensant avec satisfaction à la soirée de la veille. Vers dix heures, Fred Wiley et toute une bande de vieux chauves à moitié saouls avaient fait irruption dans La Placita, comme un chœur de vieux beaux dans une opérette, pour emmener sa mère à une soirée. On l'avait invité aussi, mais il avait dit à sa mère qu'il avait rendez-vous avec Wilson, parce qu'il avait besoin de réfléchir tranquillement. Et dans la soirée, il avait pris sa décision : il le ferait. Il y pensait en fait depuis qu'il avait parlé samedi à Guy au téléphone. On était à nouveau samedi, et il fallait que ce fût demain quand sa mère partirait en Californie, ou jamais. En était-il capable ? Il en était malade à force de se le demander. Depuis combien de temps cette question le hantait-il ? Cela remontait à plus loin qu'il ne pouvait se souvenir. Il avait l'impression qu'il en serait capable. Quelque chose lui disait sans cesse que le moment, les circonstances, le motif ne seraient jamais meilleurs. Un meurtre gratuit, sans motifs personnels ! Il ne considérait pas comme motif la possibilité de faire tuer son père par Guy, parce qu'il n'y comptait pas. Peut-être parviendrait-il à persuader Guy, peut-être pas. Ce qui importait c'était que le moment d'agir était venu, parce que les conditions s'y prêtaient parfaitement. Il avait à nouveau téléphoné chez Guy la veille pour bien s'assurer qu'il n'était pas encore rentré de Mexico. Guy était là-bas depuis dimanche, lui avait dit sa mère.

Il avait l'impression qu'un pouce lui pressait la base de la gorge; il porta la main à son col, mais la veste de son pyjama était entièrement ouverte. Il se mit à la reboutonner rêveusement.

— Tu ne vas pas changer d'avis ? Tu ne viens pas avec moi ? demanda sa mère en se levant. Dans ce cas, je monterai à Reno. Helen est là-bas, ainsi que George Kennedy.

— Il n'y a qu'une raison pour laquelle j'aimerais te voir à Reno, maman.

— Charley... (Elle lui effleura la tête.) Il faut être patient. S'il n'y avait pas Sam, nous ne serions pas ici, n'est-ce pas ?

— Bien sûr que si.

Elle soupira.

– Tu ne changeras pas d'avis ?

– Je m'amuse beaucoup ici, grommela-t-il.

Elle examina de nouveau ses ongles.

– Je t'ai toujours entendu dire que tu t'ennuyais.

– Avec Wilson, oui. Mais je ne vais pas le revoir.

– Tu ne vas pas rentrer à New York ?

– Qu'est-ce que j'irais faire à New York ?

– Bonne maman serait déçue si tu étais encore recalé cette année.

– Quand est-ce que j'ai jamais été recalé ? fit Bruno en essayant de plaisanter, et brusquement il se sentit malade à crever, trop malade même pour rendre.

Il connaissait cette impression, cela ne durait qu'une minute, mais Dieu, pensa-t-il, faites que nous n'ayons pas le temps de déjeuner avant l'heure du train, qu'elle ne prononce même pas le mot de déjeuner. Il se contracta, tous ses muscles tendus, respirant à peine entre ses lèvres crispées. Un œil fermé, il regarda sa mère s'avancer vers lui dans son peignoir de soie bleu pâle, une main sur la hanche; elle arborait une expression qu'elle croyait rusée, mais qui ne l'était guère à cause de ses yeux tout ronds. Et en plus de cela, elle souriait.

– Qu'est-ce que vous mijotez encore, Wilson et toi ?

– Cette cloche ?

Elle s'assit sur le bras du fauteuil où il était toujours.

– Parce qu'il change d'avis comme de chemise, dit-elle en le secouant gentiment par l'épaule. Ne va pas faire trop de bêtises, chéri, parce que je n'ai pas d'argent à ficher par les fenêtres pour te tirer du pétrin où tu te seras fourré.

– Demande-lui encore un peu de fric. Tâche de m'avoir mille dollars aussi.

— Chéri — elle posa sa paume fraîche sur le front de Bruno — tu vas me manquer.

— Je serai sans doute là après-demain.

— On s'amusera bien en Californie.

— Bien sûr.

— Pourquoi es-tu si sérieux ce matin ?

— Mais je ne suis pas sérieux, maman.

Elle tira la petite mèche qui lui pendait sur le front et passa dans la salle de bain.

Bruno sauta sur ses pieds et cria par-dessus le fracas du bain qu'elle faisait couler :

— Maman, j'ai de quoi payer ma note d'hôtel ici !

— Comment, mon ange ?

Il s'approcha de la porte et répéta ce qu'il venait de dire, puis se laissa retomber, épuisé, dans son fauteuil. Il ne voulait pas que sa mère sût qu'il avait téléphoné à Metcalf. Si elle n'était pas au courant, tout allait très bien. Elle ne semblait pas regretter beaucoup qu'il restât, elle ne s'en souciait même pas assez. Aurait-elle pris rendez-vous avec ce pantin de Fred dans le train ? Bruno se leva lourdement, il sentait monter en lui une sourde animosité contre Fred Wiley. Il avait envie de dire à sa mère qu'il restait à Santa Fé pour réaliser la plus grande expérience de sa vie. Elle ne serait pas en train de se faire couler un bain comme ça, sans faire attention à lui, si elle connaissait seulement une fraction de ses projets. Il avait envie de lui dire : Maman, la vie va s'améliorer beaucoup pour nous deux, parce que cela n'est que le commencement et que bientôt nous serons débarrassés du Capitaine. Que Guy s'acquitte ou non de son rôle dans le marché, si lui-même réussissait avec Miriam, il aurait démontré quelque chose. Il aurait accompli un crime parfait. Un jour, une autre personne qu'il ne connaissait pas encore surviendrait, et ils concluraient un accord. Bruno pencha le menton sur sa poitrine, saisi d'une soudaine angoisse. Comment pourrait-il expliquer tout cela à sa mère ? Sa mère et le meurtre n'allaient pas ensemble. « Quelle horreur ! » dirait-elle. Il lança vers la porte de la salle de bain un regard distant et blessé. L'idée venait de lui venir qu'il ne pourrait en parler à personne. Sauf à Guy. Il se rassit.

– Marmotte !

Il cligna des yeux en l'entendant claquer dans ses mains. Puis il sourit. Mélancoliquement, en se disant qu'il se passerait bien des choses avant qu'il les revît, il regarda les jambes de sa mère se fléchir, tandis qu'elle tendait ses bas. Les lignes élancées de ces jambes lui faisaient toujours quelque chose, le remplissaient d'orgueil. Sa mère avait les plus jolies jambes qu'il eût jamais vues à n'importe quelle femme de n'importe quel âge. Ziegfield l'avait repérée et Ziegfield s'y connaissait, n'est-ce pas ? Mais elle avait fini par retrouver en se mariant le genre de vie auquel précisément elle avait voulu échapper. Bruno allait la délivrer bientôt, et elle n'en savait rien.

– N'oublie pas de mettre ça à la porte, dit sa mère.

Bruno tressaillit en voyant les deux têtes de serpents à sonnettes braquées sur lui. C'était un porte-cravates qu'ils avaient acheté pour le Capitaine; il était fait de cornes de vaches entrecroisées et surmontées de deux petits serpents à sonnettes empaillés qui dardaient leur langue l'un vers l'autre au-dessus d'un miroir. Le capitaine détestait les porte-cravates, détestait les serpents, les chiens, les chats, les oiseaux... Que ne détestait-il pas ? Il détesterait certainement le porte-cravates en corne, et c'était pourquoi Bruno avait conseillé à sa mère de le lui acheter. Bruno sourit affectueusement au porte-cravates. Il avait eu du mal à persuader sa mère de faire cette acquisition.

XI

Il trébucha sur une satanée pierre, puis se redressa fièrement en essayant de remettre sa chemise dans son pantalon. Heureusement qu'il avait pris une petite rue : dans une grande artère, les flics l'auraient peut-être ramassé et il aurait manqué son train. Il s'arrêta et chercha son portefeuille dans ses poches, il tâtonna plus fiévreusement encore que tout à l'heure pour voir s'il était toujours là. Ses mains tremblaient tellement que c'est à peine s'il put lire 10 h 20 sur son billet de chemin de fer. Il était maintenant 8 h 10, selon diverses pendules. Si l'on était bien dimanche. Bien entendu, c'était dimanche : tous les Indiens étaient en chemise blanche. Il regardait du coin de l'œil s'il n'apercevait pas Wilson, mais il ne l'avait pas vu de toute la journée d'hier, et il y avait peu de chances qu'il fût dehors à cette heure-ci. Il ne voulait pas que Wilson sût qu'il quittait la ville.

La Plaza s'étendit soudain devant lui, pleine de poules, de gosses et du groupe familier de vieillards qui mangeaient les *piñones* de leur petit déjeuner. Il s'immobilisa et compta les piliers du palais du gouverneur, pour voir s'il était capable de compter jusqu'à dix-sept : oui. Les piliers ne semblaient plus être un étalon de mesure assez précis. Il avait une épouvantable gueule de bois et mourait d'envie de s'endormir sur ces satanés cailloux. Pourquoi avait-il tant bu ? se demanda-t-il, au bord des larmes. Mais c'est qu'il était tout seul, et il buvait toujours davantage quand il était seul. Etait-ce vrai ? Et quelle importance cela avait-il d'ailleurs ? Il se souvint d'une pensée d'une remarquable profondeur qui lui était venue la veille au soir tandis qu'il regardait à la télévision la retransmission d'une partie de galets : *la meilleure façon de voir le monde, c'était de le voir ivre.* Tout avait été créé pour être vu quand on était en état d'ivresse. L'état où il se trouvait maintenant, avec sa tête qui se fendait en deux chaque fois qu'il tournait les yeux n'était sûrement pas le meilleur pour voir le monde. La veille, il avait voulu fêter sa dernière soirée à Santa Fé. Aujourd'hui, il serait à Metcalf, et il faudrait qu'il soit éveillé. Mais avait-il jamais connu gueule de bois qui résistât à quelques verres ? Peut-être même, se dit-il, que cela l'aiderait d'être dans cet état : il avait l'habitude de tout faire lentement et minutieusement quand il avait la gueule de bois. Et pourtant, il n'avait encore fait aucun plan. Il aurait le temps pour cela dans le train.

— Pas de courrier? demanda-t-il machinalement à la réception, mais il n'y en avait pas.

Il se baigna avec solennité, et commanda du thé bien chaud et un œuf pour se faire un oyster-cocktail, puis il passa dans la penderie et y resta planté un long moment, se demandant vaguement ce qu'il allait mettre. Il se décida, en l'honneur de Guy, pour le costume rouille. C'était un costume peu voyant, remarqua-t-il quand il l'eut sur le dos, et il fut ravi de penser qu'il l'avait sans doute choisi inconsciemment pour cette raison. Il goba son oyster-cocktail et se détendit... mais tout d'un coup la décoration indienne de la chambre, les drôles de petites lampes d'étain, et le papier rayé qui couvrait les murs, tout lui fut intolérable, et il se mit à trembler de la tête aux pieds, tant il avait hâte de prendre ses affaires et de s'en aller. Mais quelle affaires? Il n'avait vraiment besoin de rien. Seulement du papier sur lequel il avait écrit tout ce qu'il savait de Miriam. Il le prit dans un étui de sa valise et le fourra dans la poche de son veston. Ce geste lui donnait des airs d'homme d'affaires, trouvait-il. Il mit une pochette blanche dans sa poche de poitrine, sortit et ferma la porte à clef. Il pensait pouvoir être de retour demain soir, plus tôt même s'il arrivait à terminer le soir même et à attraper un train de nuit pour rentrer.

Ce soir !

Il ne pouvait y croire tout en se dirigeant vers l'arrêt où on prenait un car jusqu'à Lamy, le terminus de la voie ferrée. Il avait toujours cru qu'il serait heureux et excité — ou peut-être au contraire calme et sombre — et il n'était rien de tout cela. Il se rembrunit tout d'un coup, et son visage pâle aux yeux creux prit une expression beaucoup plus jeune. Quelque chose allait-il venir le frustrer de son plaisir ? Quoi d'ailleurs ? Mais il s'était toujours trouvé quelque chose pour venir le frustrer de tous les plaisirs sur lesquels il avait compté. Mais cette fois, cela ne se passerait pas comme ça. Il se contraignit à sourire. C'était peut-être la gueule de bois qui le faisait douter. Il entra dans un bar, acheta un quart de whisky à un barman qu'il connaissait, remplit sa gourde et demanda une bouteille vide pour mettre le reste. Le barman regarda autour de lui, mais il n'en avait pas.

Bruno arriva à la gare de Lamy, avec pour tout bagage la bouteille à moitié vide, enveloppée dans du papier, sans même une arme. Il n'avait pas encore fait de plan, se répétait-il, mais ce n'étaient pas toujours les plans soigneusement médités qui faisaient d'un crime une réussite. Tenez, par exemple...

— Hé, Charley ! Où vas-tu ?

C'était Wilson, avec un tas de gens. Bruno dut s'avancer à leur rencontre. Ils venaient sans doute de débarquer du train. Ils avaient l'air épuisés et flapis.

— Où étais-tu ces deux derniers jours ? demanda Bruno à Wilson.

— A Las Vegas. Je ne pensais pas y aller, sans ça, je t'aurais demandé de venir. Je te présente Joe Gedbey. Je t'ai parlé de Joe.

— B'jour, Joe.

– Qu'est-ce qui te rend si morose? demanda Wilson, avec une bourrade amicale.

– Oh! Charley a la gueule de bois! cria une des filles, d'une voix qui vibra aux oreilles de Bruno comme un timbre de bicyclette.

– Charley G.D.B., voici Joe Gedbey! fit Joe, plié en deux par le rire.

– Ha! Ha!

Bruno dégagea doucement son bras dont s'était emparé une fille avec un foulard autour du cou.

– Bon sang, il ne faut pas que je rate mon train.

Celui-ci était déjà en gare.

– Où vas-tu? demanda Wilson, en fronçant les sourcils au point de les faire se toucher.

– Quelqu'un à voir à Tulsa, marmonna Bruno.

L'énervement lui donnait envie de pleurer, de lacérer la chemise rouge de Wilson de ses poings.

Wilson fit un grand mouvement qui balayait Bruno comme on efface la craie sur un tableau noir.

– Tulsa!

Lentement, en grimaçant un sourire, Bruno fit un geste analogue et tourna les talons. Il s'attendait à les voir le rejoindre, mais ils n'en firent rien. Avant de monter dans le train, il se retourna et aperçut le petit groupe qui s'éloignait en tanguant pour entrer dans l'ombre du toit. Il lança un regard mauvais dans leur direction, il leur trouvait des airs de conspirateurs. Avaient-ils vent de quelque chose? Etait-ce à son sujet qu'ils chuchotaient? Il monta sans hâte dans le train, et celui-ci s'ébranla avant que Bruno ait trouvé sa place.

Quand il s'éveilla de son somme, le monde semblait avoir beaucoup changé. Le train glissait rapidement dans un décor de montagnes envahi d'une fraîcheur bleutée. Les vallées d'un vert sombre étaient pleines d'ombres. Le ciel était gris. Le wagon climatisé et l'aspect tranquille du paysage étaient rafraîchissants comme un paquet de glace. Il avait faim. Au wagon-restaurant, il fit un déjeuner délicieux : côtelettes d'agneau, pommes frites, salade, tarte aux pêches, le tout arrosé de deux whiskies-sodas; puis il regagna sans se presser son compartiment; il se sentait heureux comme un poisson dans l'eau.

Un sentiment étrange et doux de devoir à accomplir l'entraîna dans un irrésistible courant. Le regard perdu dans la contemplation du paysage, il lui semblait découvrir entre l'œil et l'esprit de nouveaux rapports. Il commençait à se rendre compte de ce qu'il avait l'intention de faire. Il était parti pour accomplir un meurtre qui, non seulement réaliserait un désir qu'il traînait depuis des années, mais qui rendrait encore service à un ami. Et la victime méritait son sort. Il n'y avait qu'à penser à tous les autres braves types à qui Bruno épargnerait de jamais la connaître! La conscience qu'il prenait de son importance l'éblouit et, pendant un long moment, il se sentit parfaitement et joyeusement ivre. Ses forces, qu'il avait jusque-là dissipées, avec l'ampleur d'une rivière en crue, plate et monotone comme le Llano Estacado qu'ils traversaient, semblaient maintenant se concentrer dans un tourbillon dont la pointe se dirigeait vers Metcalf, menaçante comme un train lancé à toute allure. Il s'assit sur le bord de son siège, en regrettant que Guy ne fût pas en face de lui. Mais, il le savait, Guy essaierait de l'arrêter; Guy ne comprendrait pas à quel point la volonté de Bruno était tendue vers cet acte et comme c'était chose facile à faire. Mais, pour l'amour du ciel, il faudrait que Guy comprît l'utilité de son geste! Bruno frottait son poing dur et lisse comme du caoutchouc contre sa paume, en souhaitant que le train allât encore plus vite. Dans tout son corps, de petits muscles se crispaient et tremblaient.

Il prit le papier sur lequel il avait noté les renseignements concernant Miriam et le posa sur le siège vide en face de lui. *Miriam Joyce Haines, environ vingt-deux ans,* avait-il marqué en caractères bien nets, car c'était la troisième copie qu'il en faisait. *Plutôt jolie. Cheveux roux. Potelée, pas très grande. Enceinte de deux ou trois mois sans doute. Genre mondain bruyant. Probablement habillée de façon voyante. Cheveux peut-être coupés courts, peut-être longs avec permanente.* Ce n'était pas grand'chose, mais c'était tout ce qu'il avait pu rassembler. Encore une chance qu'elle soit rousse. Pourrait-il vraiment le faire ce soir? se demanda-t-il. Cela dépendait de la rapidité avec laquelle il la trouverait. Il serait peut-être obligé de faire toute la liste des Joyce et des Haines. Elle vivait sans doute avec sa famille. Il était sûr de la reconnaître s'il la voyait. La petite garce! Il la détestait déjà. Il pensa au moment où il la verrait et la reconnaîtrait et il en tapa des pieds d'impatience. Des gens allaient et venaient dans le couloir, mais Bruno ne leva pas les yeux de son papier.

Elle attend un enfant, disait la voix de Guy. La petite grue! Les femmes qui couchaient avec tout le monde le rendaient furieux, malade; c'était comme les maîtresses de son père qui avaient transformé en cauchemar toutes ses vacances scolaires parce qu'il ne savait pas si sa mère était au courant et faisait seulement mine d'être heureuse, ou si elle ignorait tout. Il essaya de rappeler chaque mot de sa conversation avec Guy dans le train. Guy lui parut soudain tout proche. Guy, se dit-il, était le garçon le plus digne d'estime qu'il eût jamais rencontré. Il avait réussi à obtenir la commande du Palm Beach et il méritait de la garder. Bruno aurait aimé annoncer lui-même à Guy qu'il avait encore la commande.

Quand Bruno remit enfin le papier dans sa poche et se renversa sur son siège, une jambe confortablement passée par-dessus l'autre, les mains croisées sur un genou, on l'aurait pris pour un jeune homme qui avait des responsabilités et du caractère, et probablement un avenir plein de promesses. Evidemment il n'avait pas le teint rose de la santé, mais il respirait l'équilibre et un bonheur intérieur qu'on ne voyait pas sur tous les visages et qu'on n'avait jamais vu sur celui de Bruno. Sa vie jusqu'à ce jour avait été comme un terrain en friche, il avait cherché au hasard et n'avait rien trouvé qui signifiât quelque chose. Il y avait eu des crises – il aimait les crises et les provoquait parfois entre ses amis et entre son père et sa mère – mais il avait toujours su s'en écarter à temps pour éviter d'y prendre part. Cela, joint au fait qu'il était généralement incapable de témoigner de la sympathie, même quand c'était sa mère qui souffrait, avait conduit celle-ci à penser qu'il y avait chez lui un côté cruel, alors que son père et bien d'autres gens le croyaient simplement sans cœur. Et pourtant la froideur qu'il s'imaginait trouver chez un étranger, chez un ami à qui il téléphonait à la fin d'une journée solitaire et qui ne pouvait passer la soirée avec lui, pouvait le rendre cafardeux, le plonger dans une profonde mélancolie. Mais seule sa mère savait cela. Il évitait de se mêler aux crises parce qu'il trouvait du plaisir à se priver même d'émotions. Il avait passé si longtemps à attendre que sa vie prît un sens et à souhaiter vaguement d'accomplir un acte qui lui en donnât un, qu'il en était venu à préférer ces espoirs déçus, comme les amants généralement malheureux. La douceur d'un vœu accompli, c'était là une chose qu'il ne connaîtrait jamais. Il s'était toujours, dès le début, senti trop découragé pour se mettre en quête, avec une direction et un espoir. Il avait toujours eu cependant la force de vivre encore un jour. La mort pourtant ne lui faisait pas peur : c'était seulement une aventure qu'il n'avait pas encore connue. Il accueillait volontiers les entreprises périlleuses. « C'était, pensait-il, quand il avait conduit une voiture de course, les yeux bandés, sur une route droite, le pied écrasant l'accélérateur, qu'il avait frôlé la mort de plus près. Il n'avait jamais entendu le coup de revolver de son ami qui était le signal d'arrêt, parce qu'il gisait inanimé dans un fossé, avec une fracture du bassin. » Parfois, il s'ennuyait tellement qu'il envisageait sans peur le suicide avec tout ce qu'il comprenait d'irrévocable. Jamais l'idée ne lui était venue que c'était peut-être du courage de regarder sans peur la mort en face, que son attitude était aussi résignée que celle des maîtres hindous, et que le suicide exigeait une sort de courage désespéré. Bruno avait toujours eu ce genre de cran. Il avait même un peu honte chaque fois qu'il songeait au suicide, car c'était une chose si évidente et si dénuée d'intérêt.

Maintenant, dans le train qui l'emmenait à Metcalf, il avait une direction. Il ne s'était pas senti si vivant, si réel et si semblable à tout le monde depuis le jour où, encore enfant, il était allé au Canada avec ses parents : c'était aussi dans un train, il s'en souvenait. Il s'était imaginé que Québec était plein de châteaux qu'on lui permettrait d'explorer, mais il n'y avait pas eu de châteaux et il n'avait même pas eu le temps de les chercher parce que sa grand-mère maternelle était mourante, ce qui était d'ailleurs le seul motif de ce voyage, et jamais depuis il n'avait plus eu confiance dans les promesses d'un voyage. Mais cette fois, il avait confiance.

A Metcalf, il alla aussitôt consulter un annuaire du téléphone pour regarder les Haines. Il lui sembla vaguement reconnaître au passage l'adresse de Guy. Mais pas de Miriam Haines, et d'ailleurs il ne s'attendait pas à en trouver. Des Joyce, il y en avait sept. Bruno les nota tous sur un bout de papier. Trois habitaient à la même adresse, 1235 Magnolia Street, et parmi eux une Mrs. M. J. Joyce. Bruno tira la langue d'un air hésitant. Il était probable que c'était la bonne adresse. Peut-être la mère s'appelait-elle Miriam aussi. Le quartier le renseignerait certainement. Il ne pensait pas que Miriam habitât dans un quartier snob. Il se précipita pour prendre un taxi jaune qui stationnait au bord du trottoir.

XII

Il était presque neuf heures. Le long crépuscule virait brusquement à la nuit et, dans les petites maisons de pacotille, on ne voyait guère d'autre lumière que celle d'un perron par-ci par-là, où des gens étaient assis dans leurs fauteuils à bascule ou sur les marches.

– Vous n'avez qu'à me laisser là, dit Bruno au chauffeur.

C'était le coin de Magnolia Street et de College Avenue, le bloc des mille. Il se mit en marche.

Une petite fille, plantée sur le trottoir, le dévisageait.

– Salut, fit Bruno du ton dont il lui aurait dit de ficher le camp.

– B'jour, dit la petite fille.

Bruno jeta un coup d'œil aux gens installés sur le perron éclairé, un homme rebondi qui s'éventait, et deux femmes étendues sur le hamac. Ou bien il était encore plus noir qu'il ne croyait, ou bien il était dans un jour de chance, mais il avait vraiment eu du flair en se décidant pour le 1235. Il n'aurait pu rêver un quartier qui convînt mieux à Miriam. S'il s'était trompé, il pourrait toujours essayer les autres adresses. La liste était dans sa poche. Le ventilateur installé sur le perron lui rappela qu'il faisait chaud, indépendamment de la fièvre qui l'avait tracassé depuis la fin de l'après-midi. Il s'arrêta pour allumer une cigarette, et fut ravi de constater que ses mains ne tremblaient plus du tout. La demi-bouteille qu'il avait vidée depuis le déjeuner avait guéri sa gueule de bois et l'avait mis dans une sorte de bonne humeur calme. Des grillons grésillaient partout autour de lui. Tout était si paisible qu'il entendit une voiture changer de vitesse à deux blocs de là. Un groupe de jeunes gens tourna le coin de la rue, et le cœur de Bruno se mit à battre, en pensant que Guy pourrait se trouver parmi eux, mais il n'était pas là.

– Espèce de vieux crétin ! dit l'un.

– Je lui ai dit qu'à sa place j' m'amusais pas à sortir avec un type qu'est même pas fichu de donner un coup de main à son frangin...

Bruno les toisa d'un air hautain. On aurait dit une autre langue. Ils ne parlaient pas du tout comme Guy.

Bruno passa devant quelques maisons sur lesquelles il ne vit aucun numéro. Et s'il n'arrivait pas à trouver le 1235 ? Mais quand il arriva à la hauteur de la maison, il lut très nettement 1235 en chiffres métalliques au-dessus de la véranda. A cette vue, Bruno sentit un lent frisson de plaisir. Guy avait dû escalader ces marches bien souvent, pensa-t-il, et c'était le seul fait qui distinguât vraiment cette maison des autres. C'était une petite construction comme toutes les autres du même bloc, mais dont les bardeaux jaunâtres avaient davantage besoin d'être repeints. Elle était bordée d'une allée et d'une pelouse pouilleuse, et une vieille Chevrolet était arrêtée devant le trottoir. Une lumière brillait à une fenêtre du rez-de-chaussée et une autre à une fenêtre du premier étage dont Bruno pensa que c'était peut-être celle de la chambre de Miriam. Mais pourquoi n'en était-il pas sûr ? Guy ne lui en avait peut-être pas assez dit, au fond !

Bruno traversa nerveusement la rue et revint un peu sur ses pas. Il s'arrêta, se retourna et contempla la maison en se mordant la lèvre. On ne voyait pas âme qui vive et, sauf à celui du coin, il n'y avait de lumière à aucun des perrons. Il n'arrivait pas à décider si le murmure assourdi d'une radio venait de la maison de Miriam ou de celle d'à côté. Peut-être pourrait-il remonter l'allée qui longeait la maison et jeter un coup d'œil sur la cour?

Le regard de Bruno glissa vers la véranda de la maison d'à côté qui venait de s'éclairer. Un homme et une femme sortirent de la maison; la femme s'assit dans un rocking-chair et l'homme descendit vers la rue. Bruno se réfugia à l'abri d'un garage qui dépassait l'alignement.

– S'ils n'ont pas de pêche, prends-m'en à la pistache, Don, cria la femme.

– Je prendrais bien une vanille, murmura Bruno, et il but une gorgée à sa gourde.

Il considéra la maison jaunâtre, appuya sa semelle droite contre le mur derrière lui et sentit quelque chose de dur contre sa cuisse : le couteau qu'il avait acheté à la gare de Big Springs, un couteau de chasse avec une lame de quinze centimètres dans un étui. S'il pouvait l'éviter, il ne tenait pas à s'en servir. Les couteaux le rendaient malade. Et un revolver faisait du bruit. Comment allait-il s'y prendre? Cela lui donnerait une idée de voir Miriam. Etait-ce bien sûr? Il avait cru que la vue de la maison lui donnerait des idées; or il avait bien l'impression d'être devant, mais cela ne lui suggérait rien. Cela voulait-il dire que ce n'était pas la maison? Et s'il allait se faire chasser avant d'avoir trouvé à force de rôder comme ça? Guy ne lui en avait pas dit assez, vraiment! Il avala rapidement un autre gorgée de whisky. Il ne fallait pas commencer à s'inquiéter, cela allait tout gâcher! Son pied glissa. Il essuya ses mains moites de sueur sur les jambes de son pantalon et passa sur ses lèvres une langue tremblante. Il tira de sa poche le papier avec les adresses des Joyce et le regarda à la lumière du lampadaire. Mais il n'arrivait pas à lire. Fallait-il aller essayer une autre adresse pour peut-être finir par revenir ici?

Il attendrait un quart d'heure, peut-être une demi-heure.

L'idée lui était venue dans le train qu'il valait

mieux attaquer Miriam dehors; toute la question était donc de s'approcher d'elle. La rue, par exemple, était presque assez sombre, sous les arbres il faisait très noir. Il préférait se servir de ses mains nues ou la frapper sur la tête avec un objet quelconque. Il ne se rendit compte à quel point il était énervé que quand il se sentit sauter à droite et à gauche, en pensant à la façon dont il s'y prendrait réellement pour attaquer Miriam. De temps en temps il pensait à quel point Guy serait heureux quand ce serait fait. Miriam était devenue un objet, petit et dur.

Il entendit une voix d'homme, et un rire; il était sûr que cela venait de la chambre du 1235 où l'on voyait de la lumière, puis une voix de femme qui disait sans conviction : « Arrêtez... Non. N... n... non. » Peut-être la voix de Miriam. Une voix bébête et épaisse, mais qui ne manquait quand même pas de force.

La lumière s'éteignit, et les yeux de Bruno demeurèrent fixés sur la fenêtre obscure. Puis la lampe de la véranda s'alluma brusquement et deux hommes et une femme – *Miriam* – sortirent. Bruno retint son souffle et se planta solidement sur le sol. Il apercevait les reflets roux de ses cheveux. Le plus grand des deux hommes était roux aussi : c'était peut-être son frère. D'un coup d'œil, Bruno nota mille détails : la silhouette un peu soufflée de la femme, les chaussures plates, l'aisance avec laquelle elle se retournait pour lever les yeux vers un des hommes.

– Vous croyez qu'il faut lui téléphoner, Dick ? demanda-t-elle d'une petite voix flûtée. Il est tard pour la déranger.

Dans l'ombre, une fenêtre s'entrebâilla.

– Chérie ? Ne rentre pas trop tard !

– Non, maman.

Ils se dirigèrent vers la voiture garée le long du trottoir.

Bruno tourna le coin, pour chercher un taxi. Il pouvait toujours compter dessus dans un bled pareil ! Il se mit à courir. Cela faisait des mois qu'il n'avait pas couru et il se sentait frais comme un athlète.

« Taxi ! » Il n'en voyait même pas; enfin il en aperçut un et se précipita.

Il fit faire demi-tour au chauffeur et ils prirent Magnolia Street dans la direction qu'avait dû suivre la Chevrolet. Celle-ci n'était plus en vue. L'obscurité était encore plus épaisse. Très loin, Bruno aperçut un feu rouge qui clignotait sous les arbres.

– Roulez toujours !

La voiture s'arrêta au feu rouge, le taxi alors s'approcha et Bruno vit que c'était bien la Chevrolet : il se laissa retomber sur les coussins avec un soupir de soulagement.

– Où voulez-vous aller ? demanda le chauffeur.

– Roulez toujours !

La Chevrolet prit une grande avenue.

– Tournez à droite.

Il s'assit sur le bord de la banquette. En jetant un coup d'œil au croisement, il aperçut la plaque « Crockett Boulevard » et sourit. Il avait entendu parler du Crockett Boulevard, la grande artère de Metcalf.

– Comment s'appellent les gens chez qui vous voulez aller ? demanda le chauffeur. Je les connais peut-être.

– Une seconde, une seconde, dit Bruno, en se mettant machinalement à jouer un rôle.

Il fit mine de fouiller parmi les papiers qu'il venait de sortir de sa poche et parmi lesquels se trouvaient les renseignements sur Miriam. Il rit sous cape, amusé tout d'un coup et très sûr de lui. Voilà qu'il jouait au corniaud qui n'était pas d'ici et même pas fichu de retrouver l'adresse où il voulait aller. Il pencha la tête pour que le chauffeur ne le vît pas rire et chercher instinctivement sa gourde.

– Vous voulez de la lumière ?

– Non, non, merci.

Il avala une gorgée qui lui brûla la gorge. Puis la Chevrolet recula dans l'avenue mais Bruno dit au chaufeur de continuer son chemin.

– Où va-t-on?

– Roulez toujours et bouclez-la! cria Bruno, d'une voix que l'inquiétude faisait trembler.

Le chauffeur secoua la tête en clappant de la langue. Bruno se rongeait, mais la Chevrolet était toujours en vue. Bruno se dit qu'ils n'allaient jamais s'arrêter et que ce Crockett Boulevard devait traverser le Texas sur toute sa longueur. Deux fois il perdit de vue la Chevrolet, et deux fois il la retrouva. Ils poussèrent devant des stations-services, et des cinémas en plein air, puis roulèrent entre deux murs d'ombre. Bruno commençait à s'inquiéter. Il ne pouvait pas les filer en pleine campagne. A ce moment, un grand arc illuminé apparut au-dessus de la route. BIENVENUE AU LAC DE METCALF, LE ROYAUME DU RIRE, lisait-on; la Chevrolet passa dessous et entra dans un parc à voitures. Des lumières brillaient partout dans les bois et on entendait le fracas d'une musique de manège. Un parc d'attractions! Bruno était ravi.

– Quatre dollars, dit le chauffeur d'un ton revêche, et Bruno lui passa par la vitre un billet de cinq.

Il resta en arrière, puis, quand Miriam, accompagnée des deux types et d'une autre fille qu'ils avaient prise en passant, eut franchi le tourniquet, il les suivit. Il profita des lumières pour bien examiner Miriam. « Elle était mignonne, avec des airs de collégienne potelée, mais décidément très ordinaire », estima Bruno. Les socquettes rouges avec les sandales assorties l'exaspérèrent. Comment Guy avait-il pu épouser ça? Brusquement il tressaillit et resta figé sur place : elle n'était pas enceinte. Il écarquilla les yeux d'un air perplexe. Pourquoi ne s'en était-il pas aperçu tout de suite? Peut-être que cela ne se voyait pas encore. Il se mordit violemment la lèvre. Potelée comme elle était, elle avait la taille encore plus plate qu'on n'aurait cru. C'était peut-être une sœur de Miriam. Ou bien elle s'était fait avorter. Ou alors elle avait fait une fausse couche. Et allez donc! Elle avait des hanches bien rondes sous sa jupe grise ajustée. Il les suivit, comme hypnotisé. Guy avait-il menti à propos de cette histoire de grossesse? Mais Guy n'était pas un type à mentir. Bruno ne savait plus que penser. Il examina Miriam du coin de l'œil. Une lumière se fit soudain dans son esprit : s'il était arrivé quelque chose à l'enfant, raison de plus alors pour se débarrasser d'elle, parce que Guy n'arriverait pas à obtenir le divorce. Et si elle s'était fait avorter, elle pouvait très bien être rétablie maintenant.

Elle s'arrêta devant une baraque où une bohémienne faisait tomber des choses dans un aquarium. L'autre fille se mit à rire, appuyée de tout son long sur le garçon rouquin.

– Miriam!

Bruno sursauta.

– Oooh, oui!

Miriam s'avança jusqu'à un stand où on vendait des crèmes glacées.

Ils en achetèrent tous. Bruno attendit en souriant d'un air las, les yeux levés vers les lumières de la grande roue et les silhouettes minuscules des gens qui se balançaient sur leurs bancs contre le ciel noir. Très loin derrière les arbres, il aperçut des lumières qui scintillaient sur l'eau. C'était vraiment un grand parc. Il avait envie de faire un tour de roue. Il se sentait en pleine forme. Il était très bien, pas énervé du tout. Le manège jouait *Casey would waltz with the strawberry blonde...* Il se retourna en souriant vers Miriam et leurs yeux se rencontrèrent, mais le regard de Miriam s'éloigna aussitôt; il était sûr qu'elle ne l'avait pas remarqué, mais il ne fallait pas recommencer. Cette bouffée d'inquiétude le fit rire sous cape. Miriam n'avait vraiment pas l'air futée, pensa-t-il avec amusement. Il comprenait pourquoi Guy la détestait. Il la détestait, lui aussi, de toutes ses forces! Peut-être mentait-elle à Guy quand elle parlait d'avoir un enfant. Et Guy qui était si honnête qu'il la croyait. Garce!

Quand ils repartirent avec leurs esquimaux, il lâcha l'oiseau à queue fourchue qu'il tripotait à l'éventaire du marchand de ballons, puis revint sur ses pas, et en acheta un, un jaune clair. Il retrouvait des sensations de gosse, en agitant son ballon et en écoutant le sifflement de la queue.

Un petit garçon qui marchait à côté de ses parents tendit la main pour l'attraper et Bruno faillit le lui donner, mais il changea d'avis.

Miriam et ses amis pénétrèrent dans une zone violemment éclairée, où se trouvaient la machine de la roue Ferris, et une foule de baraques et d'attractions. La roue d'une loterie crépitait comme une mitrailleuse au-dessus de leurs têtes. On entendit un grand bruit et des exclamations : quelqu'un venait d'envoyer à cent la flèche rouge du marteau-dynamomètre. « Il n'aimerait pas tuer Miriam avec un marteau de forgeron », se dit-il. Il examina Miriam et ses trois compagnons pour voir si aucun d'eux ne l'avait remarqué, mais il était bien sûr que non. S'il ne faisait rien ce soir, il ne fallait pas qu'ils le remarquassent. Et pourtant quelque chose lui disait qu'il le ferait ce soir. Il sentait que les circonstances allaient le lui permettre. Ce soir, c'était son soir. Il baignait dans l'air plus frais de la nuit, et s'y ébattait comme dans une baignoire. Il fit tournoyer son oiseau de baudruche. Il aimait le Texas, l'Etat natal de Guy! Tout le monde y avait l'air heureux et plein d'énergie. Il laissa le petit groupe de Miriam se mêler à la foule, le temps d'avaler une gorgée de whisky. Puis il bondit à leur suite.

Ils regardaient la roue Ferris et Bruno espérait qu'ils allaient décider d'y monter. « On faisait vraiment les choses en grand au Texas », pensa-t-il, en examinant la roue d'un air admiratif. Il n'en avait jamais vu d'aussi grande. Une étoile à cinq branches en ampoules bleues était inscrite dans sa circonférence.

– Ralph, on fait un tour de roue? piailla Miriam, en enfournant dans sa bouche la pointe de son esquimau.

– Bah! ça n'est pas drôle. Si on faisait quelques tours de manège?

Ils y allèrent tous. Le manège ressemblait à une ville illuminée au milieu des bois; c'était une forêt de barres nickelées sur quoi s'entassaient des zèbres, des chevaux, des girafes, des taureaux et des chameaux, qui montaient ou descendaient, certains avec le cou tendu vers l'extérieur, figés dans un bond ou dans un galop, comme s'ils attendaient désespérément un cavalier. Bruno s'était arrêté, incapable d'en détacher ses yeux éblouis, même pour surveiller Miriam, vibrant au son de la musique qui annonçait le départ immédiat du manège. Il sentit qu'il allait revivre encore une fois un délicieux moment d'enfance oublié que le chuintement creux de la petite machine à vapeur camouflée en locomotive, le lancinant accompagnement d'orgue de Barbarie et le fracas des cymbales lui rendaient presque tangible.

Les gens choisissaient leurs montures. Miriam et ses amis étaient encore en train de manger, Miriam picorait dans un sac de pop-corn que Dick lui tendait. Les porcs! Bruno avait faim, lui aussi. Il acheta une saucisse de Francfort, et, quand ses regards revinrent à eux, ils montaient sur le manège. Il chercha fiévreusement de la monnaie et se mit à courir. Il prit le cheval qui lui faisait envie, un cheval bleu roi, avec la tête dressée, et la chance voulut que Miriam et ses amis vinssent vers lui en serpentant entre les animaux : Miriam et Dick prirent la girafe et le cheval qui étaient juste devant lui. La chance décidément était de son côté ce soir! C'est ce soir qu'il devrait jouer!

Just like the strain – te te dum –
Of a haunting refrain – te te dum –
Sh'll start upon – Boom! a marathon – Boom!

Bruno aimait bien cette chanson, sa mère aussi. Il rentra le ventre, et s'assit, droit comme un *i*. Il balançait gaiement les pieds dans les étriers. Il sentit quelque chose lui heurter la nuque, et se retourna d'un air belliqueux, mais ce n'étaient que quelques garçons qui chahutaient.

Ils entonnèrent avec une lente solennité *The Washington Post March*. Hop! hop! hop! il montait et hop! hop! hop! Miriam descendait sur sa girafe. Le monde autour du manège se fondit dans un brouillard strié de lumières bleues. Bruno tenait d'une main les rênes, comme on le lui avait enseigné quand il apprenait le polo, et de l'autre mangeait sa saucisse.

– Yiiii-hoooo! hurla le rouquin.

– Yiiii-hoooo! riposta Bruno. Je suis un cavalier du Texas!

– Katie? fit Miriam en se penchant sur le cou de sa girafe, sa jupe grise lui moulant les cuisses. Tu vois ce type là-bas, avec la chemise à carreaux?

Bruno regarda. Il aperçut le type en chemise à carreaux. « Il ressemblait un peu à Guy », pensa Bruno, et cette pensée lui fit manquer ce que Miriam disait de ce garçon. Sous l'éclairage nu, il vit que Miriam était criblée de taches de rousseur. Elle lui paraissait de plus en plus écœurante et il sentit qu'il lui répugnerait de poser les mains sur cette chair trop douce et un peu poisseuse. Eh bien, il avait encore le couteau. Un bel instrument. « Un bel instrument! » s'écria joyeusement Bruno, car personne ne pouvait l'entendre. Son cheval était sur le bord extérieur et à côté de lui se trouvait un siège à deux places en forme de cygnes, sur lequel il n'y avait personne. Il cracha dedans. Il jeta le reste de sa saucisse et se passa les mains sur la crinière du cheval pour essuyer la moutarde.

« Casey voulait danser avec la belle rousse, et l'orchestre... jouait... tralalala! » chantait vigoureusement le cavalier de Miriam.

Tous reprirent en chœur et Bruno avec eux. Tous les clients du manège chantaient. Si seulement on avait pu leur servir à boire! Tout le monde aurait dû boire un coup!

« Il avait la tête si pleine qu'elle faillit sauter, chantait Bruno à pleins poumons, et la pauvre fille en tremblai-ait! »

– Ou-ou! roucoula Miriam en ouvrant la bouche pour attraper le pop-corn que Dick essayait de lui lancer.

– Yooopi! cria Bruno.

Miriam était laide et avait l'air stupide avec sa bouche ouverte; on aurait dit qu'on l'étranglait et qu'elle rosissait et se congestionnait. Sa vue était insupportable à Bruno; il détourna les yeux. Le manège ralentissait. Il espérait qu'ils allaient rester pour un autre tour, mais ils descendirent, et, bras dessus, bras dessous, se dirigèrent vers les lumières qui scintillaient sur l'eau.

Sous les arbres, Bruno s'arrêta pour lamper une petite gorgée de whisky : sa gourde était presque vide.

Miriam et les autres prenaient une barque. Bruno fut enchanté par la perspective d'une rafraîchissante partie de canotage. Il loua une barque lui aussi. Le lac semblait immense et noir, piqueté seulement du clignotement des feux, et couvert de bateaux où des couples s'enlaçaient. Bruno resta assez près de la barque de Miriam pour voir que le garçon roux avait pris les rames, et que Dick et Miriam, blottis l'un contre l'autre sur le siège du fond, poussaient de petits rires. En trois coups de rames, Bruno dépassa leur bateau et laissa pendre ses avirons dans l'eau.

– Vous voulez aller dans l'île ou vous balader? demanda le garçon roux.

Bruno se pencha sur son siège avec agacement en attendant qu'ils se décident. Dans les recoins de la berge, il entendait monter, comme d'autant de chambres plongées dans l'ombre, des murmures, des radios qui jouaient en sourdine, des rires. Il prit sa gourde et la vida. Qu'arriverait-il s'il criait : « Guy! » Que penserait Guy s'il le voyait maintenant? Peut-être Guy et Miriam avaient-ils eu des rendez-vous sur le lac, peut-être avaient-ils pris cette barque dans laquelle il était aujourd'hui. L'alcool entretenait un agréable frémissement dans ses mains et dans ses jarrets. S'il avait Miriam dans son bateau en ce moment, il lui tiendrait la tête sous l'eau avec plaisir. Ici, dans le noir. Une nuit d'encre, sans lune. L'eau léchait doucement la coque du bateau. Bruno frémit d'impatience. De la barque de Miriam lui parvint le bruit de succion d'un baiser et Bruno l'imita en l'agrémentant d'un grognement de plaisir.

Vlouk, vlouk! Ils avaient dû l'entendre, car ils éclatèrent de rire.

Il les laissa le dépasser, puis les suivit sans se presser. Une masse noire approchait, piquetée çà et là de la flamme d'une allumette : l'île. Ça avait l'air d'un endroit rêvé pour se peloter. « Peut-être que Miriam allait remettre ça ce soir », se dit Bruno en riant tout seul.

Quand la barque de Miriam eut accosté, il rama encore quelques mètres, monta sur la berge et installa le nez de son bateau sur une bûche; ainsi il le reconnaîtrait facilement. Le sentiment d'une tâche à accomplir l'emplit à nouveau, plus violent, plus imminent que dans le train. Cela faisait à peine deux heures qu'il était à Metcalf et voilà qu'il se trouvait dans une île avec elle! Il serra le couteau contre sa cuisse à travers l'épaisseur de son pantalon. S'il pouvait seulement l'amener dans un coin toute seule et lui appliquer une main sur la bouche... est-ce qu'elle n'irait pas le mordre? Il frissonna de dégoût en songeant à la bouche humide de Miriam sur sa main.

Il les suivit à pas lents tandis qu'ils cheminaient vers le couvert des arbres.

– On ne peut pas s'asseoir là, la terre est toute mouillée, pleurnicha la fille qu'on appelait Katie.

– Asseyez-vous sur mon veston si vous voulez, dit un des types.

« Seigneur, pensa Bruno, cet horrible accent du Sud ! »

« Quand je me promène avec ma blonde... » chantait une voix dans les buissons.

Murmures de la nuit. Insectes. Grillons. Un moustique vrombit à son oreille. Bruno se donna une grande claque et son oreille se mit à sonner, il n'entendait plus les voix.

– ... Plus loin.

– Pourquoi est-ce qu'on ne peut pas trouver un coin ? fit Miriam, d'un ton geignard.

– Parce que. Faites gaffe où vous mettez les pieds.

– Faites gaffe, les filles ! reprit le type roux avec un gros rire.

Que diable allaient-ils faire ? Il en avait assez ! La musique du manège semblait lasse et infiniment lointaine, seuls parvenaient les *tsouin* des cymbales. Ils firent demi-tour, et Bruno se trouva brusquement nez à nez avec eux, et dut s'écarter comme s'il allait ailleurs. Il s'empêtra dans des broussailles épineuses dont il se débarrassa péniblement tandis qu'ils le dépassaient. Il se mit alors à les suivre le long du sentier qui descendait vers la berge. Il croyait sentir le parfum de Miriam, à moins que ce ne fût celui de l'autre fille, une odeur douceâtre de salle de bain pleine de buée, qui l'écœura.

« ... Et maintenant, dit un poste de radio, voici que Léon s'approche... et Léon envoie un direct du droit en plein dans la figure de Babe et *écoutez les cris de la foule !* » On entendit une vaste clameur.

Bruno vit un couple qui se roulait dans les buissons, comme si eux aussi se battaient.

Miriam s'arrêta sur une petite éminence, à moins de trois mètres de Bruno, tandis que les autres se laissaient dégringoler jusqu'au bord de l'eau. Bruno s'approcha. La tête et les épaules de Miriam se découpaient en silhouette sur le fond des lumières du lac. Jamais il n'avait été si près !

– Hé ! chuchota Bruno; il la vit se retourner. Dites donc, vous ne vous appelez pas Miriam ?

Elle le dévisageait, mais elle pouvait à peine le voir dans l'ombre.

– Oui. Mais qui êtes-vous ?

Il fit un pas vers elle.

– Est-ce que je ne vous ai pas déjà rencontrée quelque part ? demanda-t-il d'un ton railleur, les narines pleines à nouveau de parfum. Elle n'était qu'un point d'horrible et sombre tiédeur. Il bondit avec une telle violence que ses poignets se heurtèrent.

– Dites donc, mais qu'est-ce... ?

Les mains de Bruno emprisonnèrent la gorge de Miriam avant qu'elle ait eu le temps de finir sa phrase, étouffant en même temps son geste de surprise. Il la secoua. Bruno sentait son corps prendre la dureté du roc et ses dents craquer. Miriam émit un son râpeux, mais il la serrait trop fort pour qu'elle pût crier. Une jambe derrière elle, il la tordit en arrière et ils tombèrent tous les deux sur le sol sans autre bruit que celui des feuilles froissées. Il enfonça ses doigts plus profondément, il supportait l'exécrable pression du corps de Miriam sur le sien pour éviter que les contorsions de celle-ci ne les remissent debout l'un et l'autre. La gorge de Miriam était plus chaude et plus grasse sous ses doigts. Assez, assez, assez ! Il l'avait voulu ! Et la tête cessa de s'agiter. Il était sûr maintenant que cela faisait assez longtemps qu'il la tenait, mais il ne relâcha pas son étreinte. Jetant un coup d'œil derrière lui, il ne vit rien venir. Quand il desserra les doigts, il lui sembla qu'il avait fait de profondes indentations dans la gorge de Miriam, comme dans de la pâte. Puis elle émit un son qui ressemblait à un banal accès de toux, mais qui le terrifia comme s'il voyait une morte se relever, et il se laissa retomber sur elle, à genoux, et lui serra la gorge si fort qu'il crut se rompre les pouces. Toute l'énergie qu'il avait en lui, il la concentrait dans ses mains. Et si cela ne suffisait pas ? Il s'entendit geindre. Elle était silencieuse et molle maintenant.

— Miriam ? appela l'autre fille.

Bruno sauta sur ses pieds et s'en alla d'un pas vacillant vers le centre de l'île, puis tourna à gauche pour rejoindre sa barque. Il se surprit à se frotter les mains avec son mouchoir : pour enlever la bave de Miriam. Il jeta le mouchoir, mais le ramassa bien vite parce qu'il était marqué à son chiffre. Il pensait à tout ! Il se sentait en pleine forme ! C'était fait !

— Mi-ri-am ! fit la voix pleine d'une paresseuse impatience.

Et s'il ne l'avait pas achevée, si elle venait de se rasseoir et qu'elle racontait tout ? Cette pensée l'aiguillonna soudain, et il faillit dégringoler jusqu'à la rive. Au bord de l'eau il trouva une brise soutenue. Il ne voyait pas son bateau. Il allait prendre n'importe lequel, puis se ravisa, et, deux mètres plus loin, trouva le sien, perché sur sa bûche.

— Hé, elle est évanouie !

Bruno s'éloigna, rapidement, mais sans précipitation.

— Au secours ! cria la fille, d'une voix haletante.

— Bon Dieu !... Au secours !

Le ton affolé était contagieux. Bruno donna quelques coups d'avirons tremblants, puis s'arrêta brusquement et laissa la barque glisser sur l'eau noire. De quoi avait-il peur, bon sang ? Personne n'avait l'air de le poursuivre.

— Hé !

— Bon Dieu, elle est *morte !* Il faut appeler quelqu'un !

Un hurlement de femme décrivit dans le silence

une lente trajectoire, puis retomba. « Un beau cri », pensa Bruno, avec une étrange et calme admiration. Il approcha doucement du quai, suivant une autre barque. Il paya la location du bateau sans se hâter le moins du monde.

– Dans l'île! fit une voix haletante qui venait d'une barque. Ils disent qu'il y a une femme morte!

– Morte?

– Il faut appeler les flics!

Il entendit une galopade sur le bois du ponton derrière lui.

Bruno se dirigea d'un pas nonchalant vers la sortie du parc. Dieu merci, il était assez ivre ou du moins avait encore une gueule de bois suffisamment soignée pour marcher lentement. En passant le tourniquet, il sentit une terreur insurmontable monter en lui, mais qui se dissipa aussitôt. On ne le regardait même pas. Pour se calmer, il se concentra sur l'idée qu'il avait envie de boire quelque chose. Il aperçut sur la route une maison avec des lampes rouges qui avait l'air d'un bar, et il se dirigea dans cette direction.

– Une gnôle, dit-il, au barman.

– D'où venez-vous, fiston?

Bruno le regarda. Les deux hommes qui étaient à sa droite le regardaient aussi.

– Je voudrais un scotch.

– On sert pas d'alcool ici, mon vieux.

– Comment, ça fait partie du parc d'attractions?

Sa voix chancela comme le hurlement de la fille tout à l'heure.

– On ne sert pas d'alcool dans l'Etat du Texas.

– Servez-moi de ça alors! fit Bruno en désignant la bouteille de rye que les deux hommes avaient devant eux.

– Tenez. Quand on a soif comme ça.

L'un des hommes versa du rye dans un verre et le poussa vers Bruno.

Ça râpait la gorge comme si on avalait tout le

sable du Texas, mais c'était bon quand ça arrivait en bas. Bruno voulut payer, mais l'homme refusa.

On entendit se rapprocher des sirènes de police.

Un homme apparut sur le seuil.

— Qu'est-ce qui se passe? Un accident? lui demanda quelqu'un.

— J'ai rien vu, dit l'homme, d'un ton indifférent.

« *Mon frère!* » pensa Bruno en toisant l'homme, mais cela ne lui parut pas indiqué d'aller lui parler.

Il se sentait très bien. L'homme insista pour qu'il reprît du rye, et Bruno en avala trois rasades coup sur coup. En levant son verre, il aperçut une marque sur sa main, sortit son mouchoir et s'essuya calmement entre le pouce et l'index. C'était une trace laissée par le rouge un peu orangé de Miriam. A la lumière du bar, il la voyait à peine. Il remercia le type au rye et s'en alla dans la nuit, en flânant le long de la route à la recherche d'un taxi. Il n'avait aucune envie de se retourner pour voir le parc illuminé. Il n'y pensait même pas. Un tramway passa et il l'attrapa au vol. Il se trouva bien dans la voiture brillamment éclairée, et lut tous les panonceaux. Un petit garçon frétillant vint s'asseoir en face de lui, et Bruno se mit à bavarder. L'idée d'aller voir Guy lui traversa l'esprit, mais naturellement Guy n'était pas là. Il aurait voulu célébrer ça. Il pourrait bien retéléphoner à la mère de Guy, comme ça pour rien, mais à la réflexion, cela ne lui parut pas prudent. Cela venait gâcher un peu cette soirée, qu'il ne pût voir Guy, ni même lui parler ou lui écrire pendant quelque temps. Guy serait convoqué pour l'enquête, évidemment. Mais il était libre! C'était fait, fait, fait! Dans une bouffée de satisfaction, il ébouriffa les cheveux du petit garçon.

Celui-ci fut un moment déconcerté, puis, devant le sourire amical de Bruno, il sourit également.

A la gare, il prit une couchette dans le train

d'une heure trente, ce qui lui laissait encore une heure et demie à tuer. Tout était parfait et il se sentait pleinement heureux. Il acheta un demi-litre de scotch au drugstore près de la gare, pour remplir sa gourde. Il pensa à aller du côté de la maison de Guy, pour voir à quoi elle ressemblait, réfléchit longuement et décida qu'il pouvait se le permettre. Il allait aborder un homme qui était près de la porte pour lui demander le chemin – il savait qu'il ne fallait pas aller là-bas en taxi – quand il se rendit compte qu'il avait envie d'une femme. Il en avait envie comme jamais, et cette découverte lui fit un immense plaisir. Cela ne lui était pas arrivé depuis son arrivée à Santa Fé, bien que deux fois Wilson eût essayé de l'entraîner. Il obliqua juste sous le nez de l'homme en se disant qu'il vaudrait mieux demander aux chauffeurs de taxi arrêtés devant la gare. Il avait tellement envie d'une femme, qu'il en tremblait ! Mais c'était un tremblement différent de celui que lui donnait l'alcool.

– Ah, j'en sais rien, dit le chauffeur, au visage criblé de taches de rousseur, en se penchant sur son garde-boue.

– Comment ça, vous n'en savez rien ?

– J'en sais rien, c'est tout.

Ecœuré, Bruno le laissa.

Un autre chauffeur se montra plus obligeant. Il écrivit une adresse et deux noms au dos d'une carte de sa compagnie : c'était si près que ce n'était même pas la peine de prendre un taxi pour y aller.

XIII

Au Montecarlo, Guy, adossé au mur derrière son lit, regardait Anne tourner les pages d'un album de photos de famille qu'il avait rapporté de Metcalf. Ces deux dernières journées avec Anne avaient été merveilleuses. Demain, il partait pour Metcalf. Et après, la Floride. Le télégramme de Mr. Brillhart était arrivé trois jours auparavant, disant que Guy pouvait encore avoir la commande. Cela lui faisait six mois de travail en perspective, et en décembre, il commencerait à construire leur maison. Il avait de l'argent pour le faire maintenant. Et pour le divorce aussi.

– Vous savez, dit-il tranquillement, si je n'avais pas eu la commande de Palm Beach, s'il fallait que je rentre demain à New York travailler, cela me serait égal, je pourrais supporter n'importe quoi.

Mais tout en disant cela, il avait conscience que la commande de Palm Beach lui avait donné son courage, son élan, sa volonté, ou quelque nom qu'on voulût donner à la chose et que, sans Palm Beach, ces journées passées avec Anne ne lui auraient laissé qu'un sentiment de culpabilité.

– Mais vous n'avez pas à le faire, dit Anne d'un ton catégorique.

Elle se pencha davantage sur l'album.

Il sourit. Il savait qu'elle l'avait à peine écouté. Et d'ailleurs ce qu'il disait n'avait pas d'importance, Anne le savait bien. Il se pencha sur l'album avec elle, et lui énuméra les noms des gens; il la regardait d'un air amusé examiner la double page où sa mère avait rassemblé des photos de lui depuis ses premiers mois jusqu'à l'âge de vingt ans. Sur tous les clichés, il souriait, et une tignasse noire lui donnait un air plus robuste, plus insouciant qu'aujourd'hui.

– Ai-je l'air assez heureux, demanda-t-il.

– Et très beau garçon aussi, remarqua-t-elle ironiquement. Pas de photos de Miriam ?

Elle était parvenue aux dernières pages.

– Non, dit Guy.

– Cela me fait très plaisir que vous ayez apporté cela.

– Ma mère m'arracherait les yeux si elle savait que son album est au Mexique.

Il le remit dans sa serviette pour être sûr de ne pas l'oublier.

– C'est la façon la plus humaine de faire connaissance avec une famille.

– Guy, est-ce que je vous ai trop traîné dans la mienne ?

Le ton plaintif d'Anne le fit sourire.

– Non ! Cela ne m'a jamais ennuyé !

Il se rassit sur le lit et l'attira vers lui. Il avait été présenté aux membres de la famille d'Anne par deux, par trois, par douzaines, aux dîners et aux soirées des Faulkner. C'était une des plaisanteries de la famille que d'énumérer combien ils étaient de Faulkner, et de Weddell et de Morrison, habitant tous l'Etat de New York ou Long Island. Le Noël qu'il avait passé chez les Faulkner l'année précédente avait été le plus heureux de sa vie. Il embrassa Anne sur les deux joues, puis sur la bouche. Quand il reposa sa tête contre le mur, il aperçut sur le couvre-pieds les dessins d'Anne, et se mit machinalement à les ranger en tas. C'étaient des idées de modèles qui lui étaient venues après leur visite au Museo Nacionale cet après-midi. Les lignes en étaient bien noires et nettes, comme les esquisses de Guy.

– Je pense à notre maison, Anne.

– Vous la voulez grande.

Il sourit.

– Oui.

– Eh bien, qu'elle soit grande.

Elle se pelotonna dans ses bras. Tous deux soupirèrent à l'unisson et elle eut un petit rire tandis qu'il la serrait plus fort.

C'était la première fois qu'elle était d'accord sur la taille de la maison. Celle-ci devait être en forme d'Y, et la question était de savoir si l'on supprimerait une des branches. Mais l'image de la maison dansait dans la tête de Guy, avec les deux branches. Cela coûterait cher, bien plus que vingt mille dollars, mais Guy comptait bien que le Palmyra apporterait un flot d'autres commandes, des travaux vite faits et bien payés. Anne avait dit que son père serait ravi de leur offrir une aile en cadeau de noces, mais cela semblait à Guy aussi impensable que l'idée de supprimer une branche. Il voyait l'image de la maison se détacher, d'un blanc étincelant, avec des lignes nettes, sur le fond marron de la commode de l'autre côté de la chambre. Elle jaillissait d'un certain roc blanc qu'il avait vu près d'Alton, une ville du bas Connecticut. La maison était longue, avec un toit en terrasse, comme si l'alchimie l'avait créée à partir du roc, tel un cristal.

– On pourrait l'appeler « le Cristal », dit Guy.

Anne contempla le plafond d'un air songeur.

– Je n'aime pas tellement donner des noms aux maisons. Peut-être aussi que je n'aime pas « le Cristal ».

Guy se sentit vaguement vexé.

– C'est toujours mieux qu'Alton. Tous ces noms ridicules! C'est bien la Nouvelle-Angleterre. Prenez le Texas...

– Entendu, vous prenez le Texas et je prends la Nouvelle-Angleterre.

Anne, en souriant, lui coupa l'herbe sous le pied, parce qu'en fait c'était elle qui aimait le Texas et Guy qui aimait la Nouvelle-Angleterre.

Guy regarda le téléphone, avec le bizarre pressentiment qu'il allait sonner. Il se sentait un peu étourdi, comme s'il avait pris un léger stimulant. C'était l'altitude, prétendait Anne, qui donnait cette impression à Mexico.

– Il me semble, dit Guy lentement, que si je pouvais appeler Miriam ce soir, et lui parler, tout s'arrangerait; il me semble que je trouverais exactement ce qu'il faut lui dire.

– Le téléphone est là, dit Anne, très sérieuse.

Les secondes passèrent, et il entendit Anne soupirer.

– Quelle heure est-il? demanda-t-elle en se

redressant. J'ai dit à ma mère que je serais de retour vers midi.

– Onze heures sept.

– Vous n'avez pas un peu faim?

Ils passèrent une commande au restaurant en bas. Leurs œufs au jambon étaient d'un vermillon méconnaissable, mais, somme toute, très bons.

– Je suis contente que vous soyez venu à Mexico, dit Anne. C'était un endroit que je connaissais bien et vous pas, un endroit que je voulais vous faire connaître. Mexico n'est pas une ville comme les autres. Elle a sa nostalgie, comme Paris ou comme Vienne, et quoi qu'il vous y soit arrivé, vous avez envie d'y revenir.

Guy se rembrunit. Il était allé à Paris et à Vienne avec Robert Treacher, un ingénieur canadien, un été où ils n'avaient d'argent ni l'un ni l'autre. Ils n'avaient certainement pas vu le même Paris, ni le même Vienne, qu'Anne. Ses regards tombèrent sur le petit pain qu'elle venait de lui beurrer. Il avait parfois le désir passionné de connaître la saveur de toutes les expériences d'Anne, de savoir ce qui lui était arrivé à chaque heure de son enfance.

– Qu'entendez-vous par quoi qu'il me soit arrivé à Mexico?

– Je veux dire même si vous y avez été malade. Ou si on vous a volé.

Elle leva les yeux vers lui et sourit. Mais la lumière de la lampe qui allumait une lueur dans ses yeux bleu fumée, un croissant lumineux qui mordait sur le bord plus sombre de l'iris, conférait à son expression une mystérieuse tristesse.

– Je pense que ce sont les contrastes qui rendent Mexico si séduisante. Comme les gens dont le caractère n'est qu'incroyables contrastes.

Guy la regarda, son doigt passé dans l'anse de sa tasse à café. Quelque chose, dans l'attitude ou les propos d'Anne, lui donnait un vague sentiment d'infériorité.

– Je regrette de ne pas avoir d'incroyables contrastes.

– Oh ! ho ! ho !

Elle éclata de son rire joyeux qui enchantait Guy, même quand c'était à ses dépens qu'elle riait, même quand elle ne manifestait aucune intention d'expliquer les causes de son hilarité.

Il se leva d'un bond.

– Que diriez-vous d'un gâteau ? Je vais vous fabriquer un gâteau, comme un lutin. Un merveilleux gâteau !

Il sortit le moule d'un coin de sa serviette de cuir. Il avait oublié jusqu'alors le gâteau que sa mère lui avait préparé avec la confiture de mûres qu'il avait trouvée si bonne au petit déjeuner.

Anne téléphona au bar pour commander une liqueur très particulière qu'elle connaissait : elle était d'un somptueux rouge pourpré, assorti au gâteau, et servie dans des flûtes guère plus larges qu'un doigt. Le garçon venait de sortir et ils levaient leurs verres quand la sonnerie du téléphone retentit, nerveuse, insistante.

– C'est sans doute mère, dit Anne.

Guy alla répondre. Il entendit une voix dans le lointain qui parlait à une téléphoniste. Puis la voix se rapprocha, inquiète et perçante, la voix de sa mère :

– Allô ?

– Allô, maman.

– Guy, il est arrivé quelque chose.

– Quoi donc ?

– Miriam.

– Qu'est-ce qui lui est arrivé ?

Guy colla l'écouteur à son oreille. Il se tourna vers Anne et la vit changer de visage en le regardant.

– Elle a été tuée, Guy. Hier soir...

Sa voix se brisa.

– Quoi, maman ?

– C'est arrivé hier soir.

Elle parlait de ce ton perçant et mesuré à la

fois que Guy n'avait jamais entendu qu'une ou deux fois dans sa vie.

– Guy, elle a été assassinée.

– Assassinée !

– Comment, Guy ? demanda Anne en se levant.

– Hier soir, au lac. On ne sait rien.

– Tu...

– Peux-tu venir, Guy ?

– Oui, maman... Mais comment ? demanda-t-il stupidement, en tordant l'appareil comme s'il pouvait lui arracher des renseignements. Comment a-t-elle été tuée ?

– Etranglée.

Rien que ce mot, puis le silence.

– Est-ce que tu... commença-t-il. Est-ce ?...

– Guy, que se passe-t-il ?

Anne lui prit le bras.

– Je rentre le plus tôt possible, maman. Ce soir. Ne t'inquiète pas. A très bientôt.

Il raccrocha pesamment et se tourna vers Anne.

– C'est Miriam. Miriam a été tuée.

– Assassinée... c'est ce que vous avez dit ? murmura Anne.

Guy hocha la tête, mais il lui parut tout d'un coup que c'était peut-être une erreur. Si ce n'était qu'une fausse nouvelle...

– Quand cela ?

Mais c'est vrai, c'était hier soir.

– Maman a dit hier soir.

– Sait-on qui l'a tuée ?

– Non. Il faut que je parte ce soir.

– Mon Dieu !

Il regarda Anne, immobile devant lui.

– Il faut que je parte ce soir, répéta-t-il machinalement.

Puis il se dirigea vers le téléphone pour retenir une place dans l'avion, mais ce fut Anne qui le fit pour lui, en s'exprimant rapidement en espagnol.

Il commença ses bagages. Il lui sembla passer des heures à mettre ses quelques affaires dans sa valise. Il contempla la commode, en se demandant s'il avait déjà passé en revue les tiroirs pour voir s'il n'y avait rien oublié. Et maintenant, là où quelques instants plus tôt lui était apparue la vision de la maison blanche, il vit un visage ricanant, d'abord le croissant de la bouche, puis le visage : le visage de Bruno. La langue se relevait d'un air crapuleux sur la lèvre supérieure, et le rire silencieux et convulsé reprit, secouant les cheveux filasse au-dessus du front. Guy fronça les sourcils.

— Guy, qu'y a-t-il ?

— Rien, dit-il.

Quelle tête pouvait-il bien avoir maintenant ?

XIV

Et si c'était Bruno qui avait fait le coup ? C'était impossible, bien sûr, mais en supposant qu'il l'eût fait ? L'avait-on arrêté ? Bruno avait-il dit qu'ils avaient mis au point ensemble le projet du meurtre ? Guy imaginait très bien Bruno disant n'importe quoi, en pleine crise de nerfs. Comment savoir ce qu'un névrosé comme Bruno pouvait dire ? Guy fouilla le souvenir vague qu'il avait de leur conversation dans le train, et essaya de se rappeler si, en riant, ou sous l'influence de la colère ou de l'alcool, il avait dit quelque chose que l'esprit malsain de Bruno aurait pu prendre pour un consentement. Mais non. Il confronta cette réponse négative avec la lettre de Bruno dont il se souvenait mot pour mot : *cette idée que nous avions eue, des deux meurtres couplés. Je suis sûr que ça pourrait se faire. Je ne peux pas vous dire à quel point j'ai confiance...*

Par le hublot de l'avion, le regard de Guy plongea dans l'obscurité totale. Pourquoi n'était-il pas plus inquiet ? Au fond de la carlingue une allumette éclaira l'extrémité d'une cigarette. Le tabac mexicain avait un parfum douceâtre, amer et un peu écœurant. Il regarda sa montre : quatre heures vingt-cinq.

Vers l'aube, il s'assoupit, s'abandonnant au rugissement vibrant des moteurs qui semblait vouloir faire éclater l'avion, lui faire éclater la cervelle et en disperser les fragments dans le ciel. Il s'éveilla par un matin gris et couvert, avec une nouvelle pensée : c'était l'amant de Miriam qui l'avait tuée. Cela sautait aux yeux. Il l'avait tuée au cours d'une scène. On lisait des histoires semblables tous les jours dans la presse, et les victimes étaient presque toujours des femmes dans le genre de Miriam. En première page du *Grafico*, qu'il avait acheté à l'aérodrome – il n'avait pas pu trouver de journal américain et avait failli manquer l'avion à cause de cela – il y avait un article à propos d'une fille qui avait été assassinée, et une photo souriante de son amant mexicain, tenant encore le couteau du crime; Guy se mit à lire l'article, mais fut incapable d'aller plus loin que le second paragraphe.

Un policier en civil vint à sa rencontre sur l'aérodrome de Metcalf et lui demanda s'il voulait bien répondre à quelques questions. Tous deux montèrent dans un taxi.

– A-t-on trouvé l'assassin ? demanda Guy.

– Non.

Le policier avait l'air fatigué; il avait dû passer la nuit debout, avec les journalistes, les employés et les autres inspecteurs du vieux commissariat de North Side. En entrant dans la grande pièce, toute en boiseries, Guy jeta un coup d'œil circulaire : machinalement il cherchait Bruno. Il alluma une cigarette, et l'homme assis à côté de lui lui demanda quelle en était la marque et accepta celle que Guy lui offrait. C'étaient les Belmonts d'Anne qu'il avait fourrées dans sa poche en faisant ses bagages.

– Guy Daniel Haines, 717 Ambrose Street,

Metcalf... Quand avez-vous quitté Metcalf?... Et quand êtes-vous arrivé à Mexico?

Des chaises raclèrent le parquet. Puis une machine à écrire se mit à cliqueter silencieusement.

Un autre inspecteur en civil dont le veston s'ouvrait sur un ventre bedonnant s'approcha nonchalamment.

– Qu'êtes-vous allé faire à Mexico?

– Voir des amis.

– Qui ça?

– Les Faulkner. Alex Faulkner, de New York.

– Pourquoi n'avez-vous pas dit à votre mère où vous alliez?

– Mais si, je le lui ai dit.

– Elle ne savait pas votre adresse à Mexico, remarqua tranquillement l'inspecteur en civil, en consultant ses notes. Dimanche vous avez envoyé une lettre à votre femme lui demandant le divorce. Qu'a-t-elle répondu?

– Qu'elle voulait me parler.

– Mais vous vous n'aviez plus envie de lui parler, n'est-ce pas? demanda une voix claire.

Guy regarda le jeune officier de police sans rien dire.

– Son enfant était-il de vous?

Il allait répondre, mais on l'interrompit.

– Pourquoi êtes-vous venu voir votre femme la semaine dernière?

– Vous aviez très envie de divorcer, n'est-ce pas, Mr. Haines?

– Vous êtes amoureux d'Anne Faulkner?

Rires.

– Vous savez que votre femme avait un amant, Mr. Haines? Etiez-vous jaloux?

– Vous comptiez sur cet enfant pour obtenir le divorce, n'est-ce pas?

– C'est tout! dit quelqu'un.

On colla une photographie sous le nez de Guy; la colère d'abord brouilla l'image, puis il aperçut un long visage brun, de beaux yeux sombres stupides, un menton mâle : un visage qui aurait pu être celui d'un acteur de cinéma et dont personne n'avait besoin de lui dire que c'était celui de l'amant de Miriam, parce que c'était le genre de visage qu'elle avait aimé voici trois ans.

– Non, dit Guy.

– Vous ne vous êtes jamais adressé la parole, lui et vous ?

– C'est tout !

Un sourire amer lui tirait le coin de la bouche, et pourtant il avait l'impression qu'il aurait pu pleurer, comme un enfant. Il héla un taxi devant le commissariat. Pendant le trajet jusque chez lui il lut l'article qui s'étalait sur deux colonnes à la première page du *Metcalf Star*.

ON CHERCHE TOUJOURS L'ASSASSIN
DE LA JEUNE FEMME

12 juin. – On cherche toujours l'assassin de Mrs. Miriam Joyce Haines, notre concitoyenne, étranglée par un agresseur inconnu dans l'île de Metcalf dimanche soir.

On annonce aujourd'hui l'arrivée de deux experts qui vont s'efforcer de classer les empreintes digitales relevées sur des rames et des embarcations du lac de Metcalf. Mais la police craint que ces empreintes ne soient peu nettes. On déclarait hier après-midi que le crime pouvait être l'œuvre d'un fou. A part quelques empreintes digitales suspectes et diverses traces de pas à l'entour du lieu du crime, la police ne possède encore aucun indice important.

« Le témoignage capital de l'enquête, estime-t-on, sera celui d'Owen Markman, débardeur à Houston, et ami intime de la victime.

« L'enterrement de Mrs. Haines aura lieu aujourd'hui au cimetière Remington. On se réunira à l'entreprise de pompes funèbres Howell, College Avenue, à 14 heures. »

Guy alluma une cigarette au mégot de la précédente. Ses mains tremblaient toujours, mais il se sentait un peu mieux. Il n'avait pas pensé à l'hypothèse d'un fou qui ramenait les choses aux proportions d'un horrible accident.

Sa mère était assise dans le living-room, un mouchoir pressé sur la tempe; elle l'attendait, mais ne se leva pas quand il entra. Guy la serra dans ses bras et l'embrassa, soulagé de voir qu'elle n'avait pas pleuré.

– J'ai passé la journée d'hier avec Mrs. Joyce, dit-elle, mais je ne me sens pas la force d'aller à l'enterrement.

– Ce n'est pas la peine, maman.

Il jeta un coup d'œil à sa montre et constata qu'il était déjà deux heures passées. Un instant il eut la sensation qu'on allait peut-être enterrer Miriam vivante, qu'elle allait peut-être s'éveiller et hurler. Il se détourna et se passa les mains sur le front.

– Mrs. Joyce, dit sa mère doucement, m'a demandé si par hasard tu ne savais pas quelque chose.

Guy la regarda. Mrs. Joyce ne l'aimait pas, il le savait bien. Il la détestait maintenant en pensant à tout ce qu'elle avait pu raconter à sa mère.

– Ne les revois plus, maman. Tu n'y es pas forcée, n'est-ce pas ?

– Non.

Sur son bureau, dans sa chambre, il trouva trois lettres et un petit paquet avec l'étiquette d'un bazar de Santa Fé. Le paquet contenait une étroite ceinture en lézard tressé avec une boucle d'argent en forme d'H; elle était accompagnée d'un petit mot :

« Perdu votre Platon en allant à la poste. J'espère que ceci vous aidera à vous consoler.

« CHARLEY. »

Guy prit l'enveloppe crayonnée à l'en-tête d'un hôtel de Santa Fé. Dedans, il n'y avait qu'une petite carte. Sur le dos de la carte il lut :

LA BELLE VILLE DE METCALF

Il la retourna machinalement et vit :

LES TAXIS DONAVAN JOUR ET NUIT
PAR TOUS LES TEMPS
SONT A VOTRE SERVICE
Tél. 2-3333
VOITURES RAPIDES
CHAUFFEURS COURTOIS

On avait gratté quelque chose sous le message écrit au dos. En regardant la carte à la lumière, Guy déchiffra un mot : Ginnie. C'était la carte d'une compagnie de taxis de Metcalf, mais on l'avait postée de Santa Fé. « Ça ne prouve rien, absolument rien », pensa-t-il. Mais il roula en boule la carte, l'enveloppe et l'emballage et jeta le tout dans la corbeille à papier. Il se rendit compte qu'il détestait Bruno. Il ouvrit la boîte qu'il avait jetée dans la corbeille et fourra la ceinture dedans. C'était une très belle ceinture, mais justement il avait horreur du lézard et de la peau de serpent.

Ce soir-là, Anne lui téléphona de Mexico. Elle voulait savoir tout ce qui s'était passé, et il lui raconta ce qu'il savait.

– Ils n'ont aucun soupçon sur l'identité du criminel ? demanda-t-elle.

– Il ne semble pas.

– Vous n'avez pas l'air dans votre assiette, Guy. Vous vous êtes reposé un peu ?

– Pas encore.

Il ne pouvait pas lui parler de Bruno maintenant. Sa mère lui avait dit qu'un homme avait appelé deux fois et demandé à lui parler, et Guy se doutait bien de qui il s'agissait. Mais il savait qu'il ne pouvait pas parler de Bruno à Anne avant d'être sûr. Il ne pouvait pas commencer.

— Nous venons d'envoyer nos dépositions, chéri. Vous savez, pour témoigner que vous étiez ici avec nous.

Il lui avait câblé pour les lui demander après son entrevue avec la police.

— Tout ira bien après l'enquête, dit-il.

Mais il passa le reste de la nuit à se reprocher de ne pas lui avoir parlé de Bruno. Ce n'était pas l'horreur qu'il voulait lui épargner. Il avait l'impression d'un sens personnel de culpabilité qu'il était incapable de supporter.

Le bruit courait que Owen Markman avait refusé d'épouser Miriam après sa fausse couche et qu'elle avait intenté une action contre lui en rupture de promesse de mariage. Selon la mère de Guy, c'était vraiment par accident que Miriam avait fait cette fausse couche. Mrs. Joyce lui avait dit que Miriam s'était pris les pieds dans une chemise de nuit de soie noire qu'elle aimait beaucoup, un cadeau d'Owen, et qu'elle avait dévalé l'escalier. Guy croyait en la véracité de l'histoire. Un sentiment de compassion et de remords qu'il n'avait jamais auparavant éprouvé pour Miriam lui emplissait le cœur. Elle lui paraissait aujourd'hui pitoyablement malchanceuse et tout à fait innocente.

XV

— Pas plus de sept mètres et pas moins de cinq, répondit le jeune homme grave et sûr de lui assis dans le fauteuil des témoins. Non, je n'ai vu personne.

— Quatre ou cinq mètres, je crois, dit Katherine Smith, la fille aux grands yeux qui semblait aussi effrayée que si le crime venait d'être commis. Peut-être un peu plus, ajouta-t-elle doucement.

— Six mètres environ. Je suis arrivé le premier à la barque, dit Ralph Joyce, le frère de Miriam. Il avait les cheveux roux de sa sœur, et les mêmes yeux gris-vert, mais sa lourde mâchoire carrée détruisait toute ressemblance. Je ne dirais pas qu'elle n'avait pas d'ennemis. Mais pas assez acharnés pour faire ça.

— Je n'ai rien entendu, insista Katherine Smith en secouant la tête.

Ralph Joyce dit qu'il n'avait rien entendu, et Richard Schuyler conclut catégoriquement :

— Il n'y avait pas un bruit.

A force d'être répétés et répétés, les faits perdaient aux yeux de Guy leur horreur et même leur aspect dramatique. C'étaient comme les coups sourds d'un marteau clouant à jamais dans sa mémoire le souvenir de cette histoire. Ce qui était incroyable, c'était la proximité des trois autres au moment du crime. Seul un fou aurait osé venir si près, se dit Guy, c'était certain.

— Etiez-vous le père de l'enfant que Mrs. Haines a perdu ?

— Oui.

Owen Markman se pencha en avant. Un air maussade et sournois gâchait la belle allure qui avait frappé Guy sur la photographie. Il portait des souliers de daim gris comme s'il sortait de son travail à Houston. Miriam n'aurait pas été fière de lui aujourd'hui, pensa Guy.

— Connaissez-vous quelqu'un qui aurait pu souhaiter la mort de Mrs. Haines ?

— Oui.

Markman désigna Guy :

— Lui.

Tous les regards se tournèrent vers Guy, qui, assis avec raideur sur sa chaise, lança un regard mauvais à Markman; pour la première fois, il le soupçonnait.

— Pourquoi ?

Owen Markman hésita un long moment, marmonna quelque chose, puis dit seulement :

— Par jalousie.

Markman fut incapable de donner une seule raison plausible de la jalousie de Guy, mais, après cela, les accusations de jalousie déferlèrent de toutes parts. Même Katherine Smith dit :

— Ça ne m'étonnerait pas.

L'avocat de Guy ricana. Il avait les dépositions des Faulkner à la main. Ce ricanement exaspéra Guy. Il avait toujours abhorré la procédure. C'était comme un jeu pervers dont l'objectif n'était pas de découvrir la vérité mais de permettre à un avocat de lancer des piques à l'autre et de le désarçonner sur un point de technique.

— Vous avez renoncé à une commande importante... commença le coroner.

— Je n'y ai pas renoncé, dit Guy. J'ai écrit à Palm Beach avant d'avoir été désigné, en disant que je refusais.

— Vous avez télégraphié. Parce que vous ne vouliez pas que votre femme vous suivît. Mais quand, à Mexico, vous avez appris que votre femme avait fait une fausse couche, vous avez envoyé un nouveau télégramme à Palm Beach pour dire que vous souhaitiez voir votre candidature reprise en considération. Pourquoi ?

— Parce que je ne pensais pas qu'elle me suivrait désormais. Je la soupçonnais de vouloir faire traîner indéfiniment le divorce. Mais j'avais l'intention de la voir... cette semaine pour en discuter.

Guy s'épongea le front et vit son avocat faire la grimace : il lui déplaisait que Guy eût fait allusion au divorce à propos de son changement d'attitude à l'égard de la commande. Mais Guy s'en fichait bien. C'était la vérité et ils pouvaient en faire ce qu'ils voulaient.

— A votre avis, votre gendre était-il capable de mettre au point cet assassinat, Mrs. Joyce ?

– Oui, dit Mrs. Joyce en frémissant imperceptiblement, la tête haute.

Les lourdes paupières aux cils d'un roux sombre étaient presque closes, comme Guy les avait vues si souvent, et personne ne savait dans quelle direction se portait le regard.

– Il voulait divorcer.

On objecta que, quelques instants plus tôt, Mrs. Joyce avait dit que sa fille voulait divorcer et que Guy Haines refusait parce qu'il l'aimait toujours.

– Si tous les deux voulaient divorcer, et en ce qui concerne Mr. Haines, cela a été prouvé, pourquoi ne l'ont-ils pas fait ?

Les distractions ne manquèrent pas à l'assistance. Les experts ne parvenaient pas à se mettre d'accord sur la classification des empreintes digitales. Un quincaillier, dans le magasin duquel Miriam était venue la veille de sa mort, s'embrouilla quand on lui demanda si Miriam était accompagnée d'une femme ou d'un homme; et l'hilarité de l'assistance fit oublier le fait qu'on lui avait donné la consigne de dire que c'était un homme. L'avocat de Guy plaida l'impossibilité géographique, les contradictions de la famille Joyce, les témoignages qu'il avait en main, mais Guy était sûr que sa franchise avait suffi à l'absoudre de tout soupçon.

Dans ses conclusions le coroner laissa entendre que le meurtre semblait avoir été commis par un fou inconnu de la victime et des témoins. Le verdict parla de meurtre commis par « un ou des inconnus » et l'affaire fut remise aux mains de la police.

Le lendemain un télégramme arriva, juste au moment où Guy partait.

« MEILLEURS VŒUX DE CALIFORNIE.

« *Sans signature.* »

— Un télégramme des Faulkner, dit-il vivement à sa mère.

Elle sourit.

— Dis à Anne de bien soigner mon garçon.

Elle le tira doucement par l'oreille et l'embrassa sur la joue.

Il avait toujours le télégramme de Bruno chiffonné dans sa poche quand il arriva à l'aérodrome. Il le déchira en fragments minuscules et jeta ceux-ci dans une corbeille à papier sur le bord du terrain. Les morceaux de papier passèrent à travers le grillage de la corbeille et s'en allèrent danser sur l'asphalte, comme de gais confettis emportés par le vent.

XVI

Guy se demanda désespérément : « Bruno était-il ou non le meurtrier? » puis il renonça. C'était une hypothèse trop incroyable. Quel poids avait la carte de la compagnie de taxis de Metcalf? Cela ressemblait bien à Bruno d'avoir trouvé une de ces cartes à Santa Fé et de la lui expédier. S'il ne s'était pas agi du geste d'un fou, comme le pensaient le coroner et tout le monde, n'était-il pas beaucoup plus probable que Owen Markman eût tout combiné?

Il se refusa de penser plus longtemps à Metcalf, à Miriam et à Bruno; il se concentra sur le travail du Palmyra qui, il l'avait vu dès le premier jour, allait exiger de lui des trésors de diplomatie, de connaissances techniques et de pure résistance physique. Anne mise à part, il refusa de penser à tout son passé; malgré ses rêves d'idéaliste, malgré les efforts qu'il avait soutenus pour les défendre et les quelques succès qu'il avait connus, tout ce passé lui semblait misérable et pénible, comparé à la construction d'un club somptueux. Et plus il se plongeait tout entier dans ce nouvel effort, plus il sentait ses soucis disparaître et lui-même retrouver une forme différente et plus parfaite.

Des photographes des journaux et des magazines prenaient des photos du bâtiment principal, de la piscine, des bains et de la terrasse aux premiers stades de construction. On photographiait aussi des membres du club en train d'inspecter les travaux, et Guy savait que sous leurs photos figurerait la somme que chacun d'eux avait consacrée à ce lieu de récréation princier. Il se demandait parfois si une part de son enthousiasme n'était pas due peut-être à ce qu'il avait conscience de l'argent qu'il y avait derrière cette entreprise, à la somptuosité du cadre et des matériaux qu'il avait à travailler, à la flatterie dont l'entouraient tous ces gens riches qui l'invitaient sans cesse chez eux. Guy refusait toujours les invitations. Il savait qu'il perdait peut-être ainsi les petites commandes dont il aurait besoin l'hiver prochain, mais il savait aussi qu'il ne pourrait jamais se contraindre aux mondanités que la plupart des architectes acceptaient tout naturellement. Les soirs où il n'avait pas envie d'être seul, il prenait un bus jusqu'à la maison de Clarence Brillhart, à quelques kilomètres de là, et ils dînaient ensemble, écoutaient des disques et bavardaient. Clarence Brillhart, le directeur du Palmyra Club, était un ancien agent de change, un grand vieux monsieur à cheveux blancs, dont Guy pensait souvent qu'il aurait aimé l'avoir pour père. Guy admirait par-dessus tout sa nonchalance, dont il ne se départait pas plus sur les chantiers bourdonnants d'activité que chez lui. Guy espérait être comme lui quand il aurait son âge. Mais il avait le sentiment qu'il marchait trop vite, il avait toujours marché trop vite. Un pas rapide, trouvait-il, manquait inévitablement de dignité.

Presque tous les soirs, Guy lisait, écrivait de longues lettres à Anne, ou allait tout bonnement se coucher, car il était toujours debout à cinq heures et travaillait souvent toute la journée, avec une lampe à souder, un marteau ou une truelle. Il connaissait presque tous les ouvriers par leur nom. Il aimait juger du caractère de chaque homme et voir dans quelle mesure chacun apportait sa contribution à l'esprit de ce qu'il construisait. « C'est comme si je dirigeais une symphonie », écrivait-il à Anne. Au crépuscule, quand il s'asseyait pour fumer une pipe dans un bosquet du terrain de golf, et contemplait les quatre bâtiments blancs, il avait l'impression que ce Palmyra allait être parfait. Il en avait pris conscience en voyant poser les premiers paliers sur les colonnes de marbre du bâtiment principal. Le magasin de Pittsburgh avait été gâché parce qu'au dernier moment le client avait changé d'avis sur la surface de la vitrine. L'annexe de l'hôpital de Chicago avait été saccagée, Guy se le rappelait, par la corniche qui était d'une pierre plus sombre qu'il ne le voulait. Mais Brillhart ne permettait à personne d'intervenir : le Palmyra serait aussi parfait que son auteur l'avait conçu et jamais jusque-là Guy n'avait rien créé dont il eût le sentiment que ce serait une œuvre parfaite.

En août, il alla dans le Nord voir Anne. Elle travaillait dans le service de création artistique d'une firme de textiles de Manhattan. A l'automne, elle envisageait de monter une affaire en association avec une autre décoratrice dont elle avait fait la connaissance. Aucun d'eux ne fit la moindre allusion à Miriam jusqu'au quatrième et dernier jour de la visite de Guy. Ils étaient près du ruisseau derrière la maison d'Anne, et dans quelques minutes elle allait le conduire en voiture à l'aérodrome.

— Croyez-vous que c'est Markman, Guy? lui demanda Anne brusquement.

Guy hocha la tête :

– C'est terrible... dit-elle, mais j'en suis presque sûre.

Et puis un soir, en rentrant de chez Brillhart, dans la chambre meublée où il habitait, il trouva une lettre de Bruno qui l'attendait ainsi qu'une lettre d'Anne. La lettre avait été postée à Los Angeles, et la mère de Guy l'avait fait suivre de Metcalf. Bruno le félicitait pour son travail à Palm Beach, formulait des vœux de réussite, et le priait de lui mettre ne fût-ce qu'un mot. Le *P.-S.* ajoutait :

« J'espère que cette lettre ne vous ennuie pas. J'en ai déjà écrit beaucoup que je n'ai jamais envoyées. J'ai téléphoné à votre mère pour avoir votre adresse, mais elle n'a pas voulu me la donner. Franchement, Guy, il n'y a aucune raison de s'inquiéter, sinon, je n'aurais pas écrit. Vous savez bien que je serai le premier à être prudent. Ecrivez-moi bientôt. Je vais peut-être partir prochainement pour Haïti. Toujours votre ami et fidèle admirateur. C. A. B. »

Guy sentit une lente douleur le traverser. Il ne pouvait supporter de rester seul dans sa chambre. Il descendit dans un bar et, avant presque de s'être rendu compte de ce qu'il faisait, il but deux ryes, aussitôt suivis d'un troisième. Dans la glace accrochée derrière le comptoir, il aperçut son visage tanné par le soleil et fut frappé de se voir un regard faux et furtif. *C'était Bruno.* L'idée le frappa avec une violence écrasante qui ne laissait plus de place au doute, comme un cataclysme que seule la déraison d'un fou avait pu garder si longtemps en suspens. Il jeta des coups d'œil affolés autour de lui, comme s'il s'attendait à voir les murs s'écrouler sur sa tête. *C'était Bruno.* Il comprenait maintenant avec quel orgueil Bruno insistait sur la liberté dont Guy jouissait maintenant. Et le *P.-S.* Peut-être même le voyage à Haïti. Mais que *comptait faire* Bruno ? Guy se contempla d'un air morne dans le miroir, et baissa les yeux : ses regards tombèrent sur ses mains, sur le devant de sa veste de tweed, sur son pantalon de flanelle, et il pensa tout à coup que ce matin, quand il avait enfilé ces vêtements, il était une certaine personne, et que, quand il les enlèverait ce soir, il serait un autre, celui qu'il serait désormais. Il *savait* maintenant. C'était un instant... Il était incapable de dire exactement ce qui arrivait, mais il sentait que toute sa vie allait être différente, devrait être différente désormais.

Puisqu'il savait que c'était Bruno, pourquoi ne le dénonçait-il pas? Qu'éprouvait-il pour Bruno, en dehors de la haine et du dégoût? Avait-il peur? Il ne s'en rendait pas bien compte.

Il résista à l'envie de téléphoner à Anne jusqu'à ce qu'il fût trop tard pour le faire, puis finalement, à trois heures du matin, il fut incapable de résister plus longtemps. Etendu sur son lit dans le noir, il lui parla très calmement de choses et d'autres, il rit même une fois. En raccrochant, il se dit que même Anne n'avait rien remarqué d'anormal. Il se sentit un peu délaissé et vaguement alarmé.

Sa mère lui écrivit que l'homme qui avait téléphoné pendant que Guy était à Mexico et qui avait dit s'appeler Phil avait rappelé pour demander comment il pourrait le joindre. Elle craignait que cela n'eût un rapport avec Miriam et se demandait si elle devait en parler à la police.

Guy lui répondit : « J'ai trouvé qui était le raseur qui a téléphoné. C'est Phil Johnson, un type que j'ai connu à Chicago. »

XVII

– Charley, qu'est-ce que toutes ces coupures de journaux?

– C'est sur un de mes amis, maman! cria Bruno à travers la porte de la salle de bain.

Il fit couler l'eau plus fort, se pencha sur la cuvette du lavabo et se concentra sur le clapet nickelé qui fermait le conduit d'écoulement. Au bout d'un moment, il alla prendre la bouteille de scotch qu'il rangeait sous les serviettes dans la malle à vêtements. Avec le verre de scotch à l'eau à la main, il se sentait moins chancelant, et il passa même quelques secondes à inspecter le liséré d'argent sur la manche de son smoking neuf. Il aimait tant la veste qu'il la portait aussi comme peignoir de bain. Dans le miroir, les revers ovales encadraient le portrait d'un jeune oisif, d'un jeune casse-cou aux aventures mystérieuses, d'un jeune homme plein d'humour et de profondeur, et chez qui la douceur n'excluait pas la puissance (ainsi qu'en témoignait la façon impériale qu'il avait de tenir délicatement son ventre entre le pouce et l'index), d'un jeune homme qui avait une double vie. Il but à sa santé.

– Charley ?

– Une minute, maman !

Il jeta un regard autour de lui. La salle de bain n'avait pas de fenêtre. Cela faisait quelque temps que cela lui arrivait à peu près deux fois par semaine. Une demi-heure environ après son lever, il avait l'impression que quelqu'un s'agenouillait sur sa poitrine et l'étouffait. Il ferma les yeux et aspira puis rejeta l'air aussi vite qu'il put. Puis la liqueur agit. Elle calma ses nerfs à vif comme une main apaisante descendant le long de son corps. Il se redressa et ouvrit la porte.

– Je me rasais, dit-il.

Sa mère était en short de tennis et en pull-over, penchée sur le lit défait de Bruno où s'étalaient les coupures de journaux.

– Qui était cette femme ?

– La femme d'un type que j'ai rencontré dans le train en venant de New York. Guy Haines.

Bruno sourit. Il aimait prononcer le nom de Guy.

– C'est intéressant, n'est-ce pas? On n'a pas encore arrêté le meurtrier.

– Sans doute un fou, soupira-t-elle.

Le visage de Bruno se rembrunit.

– Oh! ça m'étonnerait. Les circonstances sont trop compliquées.

Elsie se leva et passa son pouce à l'intérieur de sa ceinture. Le renflement qu'il y avait à la taille disparut et, un moment, elle apparut comme Bruno l'avait vue toute sa vie jusqu'à cette année, impeccable comme une fille de vingt ans jusqu'à ses chevilles si fines.

– Il n'est pas mal, ton ami Guy.

– C'est le meilleur garçon du monde. C'est navrant qu'il ait été entraîné dans cette histoire. Il m'a raconté dans le train qu'il n'avait pas vu sa femme depuis deux ans. Guy n'est pas plus un assassin que moi!

Bruno sourit à cette plaisanterie involontaire, et se hâta d'ajouter :

– Sa femme était une drôle de traînée d'ailleurs...

– Chéri.

Elle le prit par les revers de sa veste de smoking.

– Tu ne veux pas surveiller un peu ton langage ces temps-ci? Je sais que bonne-maman est horrifiée parfois.

– Bonne-maman ne saurait pas ce que c'est qu'une traînée, fit Bruno d'une voix rauque.

Elsie renversa la tête en arrière en riant aux éclats.

– Maman, tu te mets trop au soleil. Je ne t'aime pas aussi bronzée.

– Et moi, je ne t'aime pas aussi pâle.

Bruno se renfrogna. Le front tanné de sa mère le choquait douloureusement. Il l'embrassa soudain sur la joue.

– Promets-moi quand même de t'asseoir une demi-heure au soleil aujourd'hui. Il y a des gens qui font des milliers de kilomètres pour venir en Californie, et toi, tu restes assis dans ta chambre!

Bruno fit la moue.

– Maman, tu ne t'intéresses pas à mon ami!

– Mais si, je m'intéresse à ton ami. Seulement, tu ne m'as pas dit grand-chose sur lui.

Bruno sourit d'un air timide. C'est vrai, il avait été parfait. Pour la première fois aujourd'hui, il avait laissé traîner les coupures dans sa chambre, parce qu'il était sûr que Guy et lui ne risquaient plus rien. S'il parlait maintenant de Guy à sa mère pendant un quart d'heure, demain elle n'y penserait sans doute plus. Et d'ailleurs quelle importance cela avait-il?

– Tu as lu tout cela? fit-il en désignant le lit.

– Non, pas tout. Combien de verres ce matin?

– Un seul.

– J'en sens deux.

– D'accord, maman, j'en ai pris deux.

– Chéri, fais attention à ces petits verres du matin. C'est la fin de tout. J'ai vu bien des alcooliques...

– Alcoolique est un vilain mot.

Bruno se remit à arpenter la pièce.

– Je me sens mieux depuis que je bois un petit peu plus, maman. Tu l'as dit toi-même, je suis plus gai et j'ai meilleur appétit. Le scotch est une liqueur très pure. Il y a des gens à qui cela convient très bien.

– Tu as trop bu hier soir, et bonne-maman l'a vu. Ne crois pas qu'elle ne remarque rien, tu sais.

– Ne me parle pas d'hier soir.

Bruno sourit avec un petit geste négligent.

– Sammie vient ce matin. Pourquoi ne pas t'habiller et venir arbitrer notre partie?

– Sammie me donne des ulcères.

Elle se dirigea vers la porte aussi gaiement que si elle n'avait rien entendu.

– Promets-moi que tu prendras un bain de soleil aujourd'hui.

Il acquiesça et se passa la langue sur ses lèvres

sèches. Il ne lui rendit pas son sourire quand elle sortit, parce qu'il lui semblait qu'un couvercle noir venait de se refermer sur lui, qu'il lui fallait échapper à quelque chose avant qu'il fût trop tard. Il fallait voir Guy avant qu'il fût trop tard ! Il fallait se débarrasser de son père avant qu'il fût trop tard ! Il en avait des choses à faire ! Il en avait assez d'être ici, dans la maison de sa grand-mère, meublée comme chez lui dans le style Louis XV, l'éternel Louis XV ! Mais il ne savait pas où il avait envie d'être. Quand il était loin de sa mère, il était malheureux aussi. Il fronça les sourcils en se mordillant la lèvre inférieure, mais ses petits yeux gris étaient absolument vides d'expression. Pourquoi avait-elle dit qu'il n'avait pas besoin de boire le matin ? Il en avait plus besoin qu'à aucun autre moment de la journée. Il fléchit lentement les épaules. Pourquoi se sentir aussi abattu ? Les coupures de journaux ne parlaient que de lui. Les semaines passaient et ces imbéciles de policiers n'avaient toujours rien contre lui, rien sauf des marques de talons et cela faisait belle lurette qu'il avait jeté ses chaussures ! La soirée de la semaine dernière avec Wilson, à l'hôtel de San Francisco, n'était rien à côté de ce qu'il ferait aujourd'hui si Guy était auprès de lui pour célébrer ça. Un crime parfait ! Combien de gens seraient capables de commettre un crime parfait dans une île au milieu de deux cents personnes ?

Il n'était pas un de ces abrutis dont on parle dans les journaux, qui tuaient « pour voir quelle impression cela faisait » et qui ne trouvaient jamais rien à dire sinon quelquefois un écœurant « Je m'attendais à mieux ». Si on l'interviewait, lui, il dirait : « C'était formidable ! Il n'y a rien au monde de comparable à ça ! » (« Seriez-vous prêt à recommencer, Mr. Bruno ? ») « Ma foi, peut-être bien », répondrait-il d'un air songeur, sans s'emballer, comme un explorateur polaire à qui un journaliste demanderait s'il comptait retourner dans le Nord l'année prochaine. (« Pouvez-vous nous parler un peu de vos sensations ? ») Il approcherait le microphone de sa bouche, lèverait les yeux et réfléchirait, tandis que le monde attendrait sa réponse. Quelle impression cela lui avait-il faite ? Eh bien, voyez-vous, il n'y a que ça de vrai, et ça ne ressemble à rien. D'ailleurs, c'était une saleté, vous savez. C'était comme si on tuait un petit rat palpitant, seulement comme c'était une femme, ça s'appelle un meurtre. La chaleur même de son corps l'avait dégoûté et, sur le moment, il s'en souvenait très bien, il était persuadé que cette chaleur se dissiperait avant qu'il eût retiré ses doigts, et que dès qu'il l'aurait lâchée, elle deviendrait froide et hideuse, comme elle l'était en fait. (« Hideuse, Mr. Bruno ? ») Oui, hideuse. (« Estimez-vous qu'un cadavre est hideux ? ») Bruno fronçait les sourcils. Non, ce n'était pas son avis. Quand la victime était foncièrement mauvaise, comme Miriam, les gens devraient être très contents de voir son cadavre, vous ne trouvez pas ? (« Avez-vous eu un sentiment de puissance, Mr. Bruno ? ») Oh ! oui, il avait éprouvé un sentiment formidable de puissance ! Exactement. Il avait ôté la vie. Personne au fond ne savait ce que c'était que la vie, tout le monde la défendait, on disait que c'était le bien le plus précieux mais lui, il avait ôté la vie. Il avait éprouvé une impression de danger ce soir-là, de douleur aux mains aussi, de peur, il craignait qu'elle ne fît du bruit, mais dès l'instant où il avait senti que la vie l'avait quittée, tout le reste n'avait plus compté, seul demeurait le mystérieux *fait* de l'acte qu'il venait de commettre, le mystère et le miracle d'avoir ôté la vie. On parlait toujours du miracle de la naissance, du commencement de la vie, mais comme c'était facile à expliquer ! On partait de deux cellules vivantes ! Mais le mystère d'ôter la vie, ça, c'était autre chose ! Pourquoi la vie devait-elle s'arrêter parce qu'il serrait trop fort la gorge d'une femme ? Et qu'était-ce que la vie, d'ailleurs ? Qu'avait ressenti Miriam quand il l'avait lâchée ? Où était-elle ? Non, il ne croyait pas à une vie après la mort. La vie s'était arrêtée, et c'était ça, le miracle. Oh ! il pourrait en raconter aux journalistes ! (« Quelle signification avait à vos yeux le fait que la victime fût une femme ? ») Qui est-ce qui avait demandé cela ? Bruno hésita, puis retrouva son aplomb. Eh bien, le fait que ce fût une femme lui avait donné une plus grande jouissance. Non, il n'en concluait pas que son plaisir avait eu quelque chose de sexuel. Non, il ne détestait pas les femmes non plus. Pas du tout, au contraire ! La haine est parente de l'amour, vous savez. Qui avait dit cela ? Il n'en croyait pas un mot. Non, tout ce qu'il voulait dire c'était que cela ne lui aurait pas fait autant de plaisir s'il avait tué un homme. A moins que ce n'eût été son père.

Le téléphone...

Bruno le contemplait depuis un moment. Le téléphone lui faisait toujours penser à Guy. En deux coups de téléphone judicieusement donnés il pourrait joindre Guy, mais cela ennuierait peut-être celui-ci. Guy était peut-être encore nerveux. Il attendrait que Guy écrivît. Il allait recevoir une lettre d'un jour à l'autre maintenant, parce que Guy avait dû recevoir la sienne à la fin de la semaine dernière. Ce qui manquait à Bruno pour que son bonheur fût complet, c'était d'entendre la voix de Guy, d'avoir un mot de lui, disant qu'il était heureux. Le lien qu'il y avait entre Guy et lui était plus fort maintenant que celui qui unit deux frères. Combien de frères aimaient autant leurs frères qu'il aimait Guy ?

Bruno passa une jambe par la fenêtre et s'installa sur le balcon. Le soleil du matin était bien bon. La pelouse s'étendait, lisse comme un terrain de golf, jusqu'à l'océan. Il aperçut Sammie Franklin, en tenue de tennis blanche, ses raquettes sous le bras, qui s'avançait en souriant vers sa mère. Sammie était un grand type mollasson, comme un boxeur qui se serait laissé avachir. Il rappelait à Bruno un autre cabot de Hollywood qui avait tourné autour de sa mère la dernière fois qu'ils étaient venus ici, trois ans plus tôt, Alexander Phipps. Il entendit Sammie glousser en serrant la main de sa mère et une vague d'un vieil antagonisme monta en Bruno, puis se calma. *Merde*. Il détourna dédaigneusement les yeux du large derrière de Sammie tendu de flanelle blanche, et promena ses regards sur le paysage. Un couple de pélicans s'envola lourdement par-dessus une haie et retomba avec un bruit mou sur le gazon. Très loin, sur l'eau pâle, il aperçut un voilier. Voici trois ans, il avait supplié sa grand-mère de lui donner un voilier, et maintenant qu'il en avait un, il n'avait jamais envie de s'en servir.

Derrière le coin de la maison, les balles de tennis claquaient avec un bruit sifflant. Un carillon tintait en bas, et Bruno rentra dans sa chambre pour ne pas savoir quelle heure il était. Il aimait bien voir une pendule par hasard, aussi tard que possible dans la journée, et s'apercevoir qu'il était plus tard qu'il n'avait cru. « S'il n'y avait pas de lettre de Guy au courrier de midi, pensa-t-il, il pourrait prendre un train pour San Francisco. » D'un autre côté, son dernier souvenir de San Francisco n'était guère agréable. Wilson avait ramené à l'hôtel deux Italiens, et Bruno avait payé le dîner, sans parler de plusieurs bouteilles de rye. Ils avaient appelé Chicago de sa chambre. L'hôtel lui avait compté deux communications pour Metcalf, et il était incapable de se souvenir de ce qu'était la seconde. Et le dernier jour, il lui manquait vingt dollars pour payer sa note. Il n'avait pas de compte en banque, et l'hôtel, le meilleur hôtel de la ville, avait gardé sa valise en gage en attendant que sa mère envoyât un mandat télégraphique. Non, il ne retournerait pas à San Francisco.

– Charley ? appela la douce voix un peu grêle de sa grand-mère.

Il vit tourner la poignée incurvée de la porte,

faillit plonger machinalement pour ramasser les coupures étalées sur le lit, mais changea d'avis et fit demi-tour vers la salle de bain. Il se versa de la poudre dentifrice dans la bouche. Sa grand-mère flairait la liqueur comme un inspecteur du temps de la prohibition.

– Tu viens prendre ton petit déjeuner avec moi ? demanda la vieille dame.

Il sortit en se peignant.

– Fichtre, tu es sur ton trente et un !

Elle fit pivoter son petit corps un peu vacillant comme un mannequin, et Bruno sourit. Il aimait la robe de dentelle noire sous laquelle on apercevait le satin rose.

– Ça ressemble aux balcons en fer forgé qu'il y a ici.

– Merci, Charley. Je vais en ville en fin de matinée. J'ai pensé que tu aimerais peut-être venir avec moi.

– Peut-être. Oui, avec plaisir, bonne-maman, dit-il joyeusement.

– C'est donc toi qui découpais des articles dans mon *Times* ! Je croyais que c'était un des domestiques. Tu dois te lever terriblement tôt le matin.

– Hé ! oui, reconnut Bruno.

– Quand j'étais jeune, nous prenions les poèmes qui paraissaient dans les journaux pour les mettre dans nos albums de découpures. Nous mettions de tout dans ces albums. Que vas-tu faire de ces coupures ?

– Oh ! je les garde, simplement.

– Tu n'as pas d'album de découpures ?

– Mais non.

Elle le regardait, mais Bruno aurait voulu qu'elle regardât les coupures.

– Oh ! tu n'es qu'un bé-bé ! dit-elle en lui pinçant la joue. C'est à peine si tu as un peu de poil au menton ! Je ne sais pas pourquoi ta mère s'inquiète à ton sujet...

– Elle ne s'inquiète pas.

— ... alors qu'il faut simplement te laisser le temps de grandir. Viens déjeuner avec moi en bas. Mais oui, en pyjama.

Bruno lui donna le bras pour descendre l'escalier.

— J'ai juste quelques courses à faire, dit sa grand-mère en lui versant du café, et puis j'ai pensé que nous pourrions nous amuser un peu. Peut-être aller voir un bon film — avec un meurtre — ou peut-être aller au parc d'attractions. Cela fait des années que je ne suis pas allée dans un parc d'attractions!

Bruno ouvrit de grands yeux.

— Qu'est-ce qui te ferait plaisir? Nous n'aurons qu'à voir ce qu'on joue dans les cinémas en passant.

— J'aimerais bien aller au parc d'attractions, bonne-maman.

Bruno savoura sa journée; il aida sa grand-mère à monter et à descendre de voiture, il la pilota dans le parc d'attractions, bien qu'au fond il n'y eût pas grand-chose qu'elle pût y faire ou y manger. Mais ils firent un tour de grande roue tous les deux. Bruno parla à sa grand-mère de la grande roue de Metcalf, mais elle ne lui demanda pas quand il y était allé.

Quand ils rentrèrent, Sammie Franklin était toujours là : il restait dîner. Bruno fronça les sourcils du plus loin qu'il l'aperçut. Il savait que sa grand-mère n'aimait pas plus que lui Sammie, et Bruno éprouva soudain pour elle une grande tendresse parce qu'elle acceptait Sammie avec une telle résignation, comme elle acceptait n'importe quel cabot que sa mère ramenait. Qu'avaient-ils fait toute la journée, sa mère et lui? Ils étaient allés au cinéma, dirent-ils, voir un des films de Sammie. Et il y avait une lettre pour lui dans sa chambre, annonça-t-on à Bruno.

Bruno grimpa quatre à quatre. La lettre venait de Floride. Il ouvrit l'enveloppe d'une main qui tremblait comme s'il avait pris dix cuites. Jamais il n'avait tellement désiré une lettre, pas même au collège, quand il attendait celles de sa mère.

6 septembre.

« Cher Charles,

« Je ne comprends pas votre lettre, ni le grand intérêt que vous me portez. Je ne vous connais que très superficiellement, mais assez toutefois pour être sûr que nous n'avons rien en commun sur quoi fonder une amitié. Puis-je vous demander de bien vouloir ne plus téléphoner à ma mère ni essayer encore de communiquer avec moi ?

« Merci d'avoir voulu me renvoyer le livre. Sa perte n'est pas bien grave.

« GUY HAINES. »

Bruno relut cette lettre, son regard s'arrêtant, incrédule, sur un mot ici ou là. La pointe de sa langue darda vers sa lèvre supérieure, puis disparut brusquement. Il se sentait dépouillé. C'était une impression aussi réelle que le chagrin ou que la mort. Pis ! D'un coup d'œil il embrassa la chambre : il détestait le mobilier, il détestait ses affaires. Puis la douleur se concentra dans sa poitrine et il se mit à pleurer.

Après le dîner, Sammie Franklin et Bruno se lancèrent dans une discussion au sujet des vermouths. Sammie dit que plus le vermouth était sec, plus il fallait en mettre dans un martini, bien qu'il reconnût n'être pas lui-même amateur de martini. Bruno dit qu'il n'était pas non plus amateur de martini, mais qu'il s'y connaissait quand même mieux. La discussion se poursuivit même après le départ de bonne-maman qui monta se coucher. Ils étaient en haut sur la terrasse, dans le noir, la mère de Bruno dans un hamac, Sammie et lui accoudés à la balustrade. Bruno descendit au bar chercher les ingrédients nécessaires à sa démonstration. Tous deux préparèrent des martinis; il était clair que Bruno avait raison, mais Sammie ne voulut pas en démordre, ricanant comme s'il ne pensait pas tout à fait ce qu'il disait, ce qui mit Bruno hors de lui.

– Allez donc apprendre à vivre à New York! cria Bruno.

Sa mère venait de rentrer.

– Vous ne savez même pas ce que vous dites, répliqua Sammie.

Le clair de lune donnait à son visage des reflets jaunes et bleu-vert : on aurait dit un gorgonzola.

– Vous passez vos journées à vous piquer le nez. Vous...

Bruno attrapa Sammie par le plastron de sa chemise et le plia en arrière par-dessus la balustrade. Les pieds de Sammie raclèrent les carreaux de la terrasse. Sa chemise se déchira. Il finit par se dégager et quand il fut à nouveau en sûreté, son visage n'était plus que d'un blanc jaunâtre, sans une ombre.

– Qu... qu'est-ce qu... qui vous prend? haleta-t-il. Vous m'auriez bien flanqué en bas, je suis sûr.

– Non! hurla Bruno, plus fort que Sammie.

Tout d'un coup il se mit à suffoquer comme le matin quand cela le prenait. Il baissa ses mains crispées et moites. Il avait déjà commis un crime, n'est-ce pas? Pourquoi en commettrait-il un second? Mais il s'était représenté Sammie se tortillant sur les pointes de la grille en bas, et cela lui avait fait envie. Il entendit Sammie se verser un grand verre de whisky. Bruno franchit d'un pas trébuchant le seuil de la porte-fenêtre et entra dans la pièce.

– Et restez où vous êtes! cria Sammie.

La passion qui tremblait dans la voix de Sammie lui fit un peu peur. Bruno croisa sans rien dire sa mère dans le hall. Il descendit l'escalier, en se cramponnant des deux mains à la rampe, maudissant le vacarme infernal qui résonnait dans sa tête, maudissant les martinis qu'il avait bus avec Sammie. Il pénétra d'un pas chancelant dans le living-room.

— Charley, qu'as-tu fait à Sammie?

Sa mère était entrée derrière lui.

— Ah! qu'est-ce que j'ai fait à Sammie!

Bruno étendit les mains vers la silhouette confuse de sa mère et se laissa tomber sur le divan où il rebondit.

— Charley... viens t'excuser.

La tache blanche de sa robe de soirée s'approcha, un bras bronzé avança vers lui.

— Est-ce que tu couches avec ce type? Dis, est-ce que tu couches avec?

Il savait qu'il n'avait qu'à s'allonger sur le divan pour s'éteindre comme une lampe qu'on souffle; il s'étendit et ne sentit même pas le bras de sa mère le toucher.

XVIII

Pendant le mois qui suivit son retour à New York, la nervosité de Guy, le mécontentement qu'il ressentait à l'égard de lui-même, à l'égard de son travail, d'Anne aussi, tout cela se concentra peu à peu sur Bruno. C'était à cause de Bruno qu'il avait horreur maintenant de regarder les photos du Palmyra, c'était lui qui était à la source même de l'inquiétude qu'il éprouvait et qu'il avait d'abord expliquée par la pénurie de commandes recueillies depuis son retour de Palm Beach. C'était à cause de Bruno qu'il avait eu l'autre soir cette discussion stupide avec Anne qui lui reprochait de ne pas prendre un bureau mieux situé ni même d'acheter de nouveaux meubles pour celui-ci et de changer le tapis. C'était à cause de lui qu'il avait dit à Anne qu'il ne trouvait pas qu'il avait réussi et que le Palmyra ne signifiait rien. A cause de Bruno encore qu'Anne avait tranquillement tourné les talons et fermé la porte derrière elle, et qu'il avait attendu le départ de l'ascenseur avant de dévaler les huit étages pour la supplier de lui pardonner.

Et, après tout, qui savait si ce n'était pas à cause de Bruno qu'il ne trouvait pas de commandes ? Bâtir était un acte spirituel. La certitude qu'il avait de la culpabilité de Bruno le corrompait lui-même en un sens. C'était, lui semblait-il, quelque chose que l'on pouvait percevoir chez lui. Il avait pris la décision de laisser à la police le soin d'attraper Bruno. Mais comme les semaines passaient sans apporter aucun résultat, l'impression qu'il devrait agir lui-même le harcelait sans cesse. Ce qui l'arrêtait, c'était, en même temps que la répugnance à accuser un homme de meurtre, un doute absurde mais persistant : Bruno n'était peut-être pas coupable. Que Bruno fût l'auteur du crime lui semblait parfois si fantastique que toutes ses convictions s'en trouvaient un moment ébranlées. Il lui semblait parfois qu'il aurait douté même si Bruno lui avait envoyé une confession écrite. Et pourtant, il devait bien s'avouer qu'il était absolument sûr de la culpabilité de Bruno. Les semaines qui passaient sans que la police découvrît la moindre piste valable paraissaient confirmer cette impression. Bruno l'avait bien dit : comment pourrait-on trouver l'auteur d'un crime commis sans motif ? La lettre qu'il avait envoyée à Bruno en septembre avait réduit celui-ci au silence tout l'automne, mais juste avant de quitter la Floride, il avait reçu un petit mot de Bruno disant qu'en décembre il serait de retour à New York et qu'il espérait pouvoir rencontrer Guy. Mais il était bien déterminé à tout faire pour éviter cette rencontre.

Il continuait à se tourmenter à propos de tout et de rien, mais surtout à propos de son travail. Anne lui disait d'être patient. Elle lui rappelait qu'il avait déjà fait ses preuves en Floride. Plus que jamais, elle lui offrait la tendresse et le réconfort dont il avait tant besoin, et pourtant, dans ses pires moments de dépression, il ne parvenait pas toujours à les accepter.

Un matin de mi-décembre, Guy, assis dans un fauteuil, étudiait nonchalamment les croquis qu'il avait faits de leur maison du Connecticut, quand le téléphone sonna.

— Allô, Guy. Ici Charley.

En reconnaissant la voix, Guy sentit ses muscles se tendre comme pour un combat. Mais Myers était à l'autre bout de la pièce, à portée d'oreille.

— Comment allez-vous ? demanda Bruno avec une cordialité souriante. Bon Noël.

Lentement, Guy raccrocha.

Il jeta un coup d'œil à Myers, l'architecte, avec qui il partageait ce grand bureau. Myers était toujours penché sur sa table à dessin. Sous l'ombre verte du store, les pigeons continuaient à picorer, en dodelinant de la tête, le grain que Myers et lui avaient éparpillé sur le rebord de la fenêtre quelques instants plus tôt.

La sonnerie du téléphone retentit de nouveau.

— J'aimerais vous voir, Guy, dit Bruno.

Guy se leva

— Je regrette, mais je n'ai pas envie de vous voir.

— Qu'est-ce qu'il y a ? fit Bruno avec un petit rire forcé. Vous êtes nerveux, Guy ?

— Non, je n'ai simplement aucune envie de vous voir.

— Oh ! bon, dit Bruno, d'une voix rauque et vexée.

Guy attendit, décidé à ne plus lâcher pied le premier, et Bruno finit par raccrocher.

Guy avait la gorge sèche; il alla boire un verre d'eau à la petite fontaine installée dans un coin de la pièce. Derrière la fontaine, les rayons du soleil tombaient en diagonale sur la grande photo aérienne des quatre constructions presque terminées du Palmyra. Il tourna le dos. Anne lui rappellerait qu'on lui avait demandé de faire un speech à son collège à Chicago. Il avait aussi un article à écrire pour un important magazine d'architecture. Mais pour ce qui était des commandes, c'était à croire que le Palmyra avait eu l'effet d'une déclaration publique annonçant qu'il fallait le boycotter. Et pourquoi pas ? Est-ce qu'il ne devait pas le Palmyra à Bruno ? Ou, en tout cas, à un meurtrier ?

Un soir de neige, quelques jours plus tard, Anne et lui descendaient les marches de son appartement de la 53e Rue, quand Guy aperçut une grande silhouette, tête nue, plantée sur le trottoir et qui les contemplait. Un frisson d'inquiétude lui courut entre les épaules et sa main se crispa machinalement sur le bras d'Anne.

– Bonjour, dit Bruno d'une voix doucement mélancolique.

On voyait à peine son visage dans la pénombre.

– Bonjour, répondit Guy, comme s'il s'adressait à un étranger, et il continua sa marche.

– Guy !

Anne et lui se retournèrent tous deux en même temps. Bruno s'avança vers eux, les mains dans les poches de son manteau.

– Qu'est-ce qu'il y a ? demanda Guy.

– Je voulais juste vous dire bonjour. Vous demander comment vous alliez.

Bruno dévisagea Anne en souriant d'un air un peu embarrassé.

– Je vais bien, dit Guy calmement.

Il fit demi-tour, entraînant Anne avec lui.

– Qui est-ce ? souffla-t-elle.

Guy brûlait d'envie de se retourner. Il savait que Bruno était toujours là où ils l'avaient laissé, qu'il les regardait partir, qu'il pleurait peut-être.

– C'est un type qui est venu me demander du travail la semaine dernière.

– Vous ne pouvez rien faire pour lui ?

– Non. C'est un alcoolique.

Guy, pour détourner la conversation, se mit à parler de leur maison, parce que c'était la seule chose dont il fût pour l'instant capable de parler en gardant l'air normal. Il avait acheté le terrain, et on était en train de poser les fondations. Après le nouvel an, il irait passer quelques jours à Alton. Pendant le film, il se demanda comment il pourrait se débarrasser de Bruno, le terrifier pour l'empêcher de revenir.

Que lui voulait Bruno? Guy avait les poings crispés. La prochaine fois, il menacerait Bruno de demander à la police une enquête sur son compte. Et il mettrait sa menace à exécution. Quel mal y avait-il à suggérer qu'on fît une enquête sur quelqu'un?

Mais que lui voulait Bruno?

XIX

Bruno n'avait pas envie d'aller à Haïti, mais c'était une évasion. New York, la Floride, tout le continent américain étaient une torture pour lui, puisque Guy y était aussi et refusait de le voir. Chez lui, à Great Neck, il avait bu beaucoup pour dissiper son chagrin et son découragement, et pour s'occuper, il avait mesuré la maison et le jardin; armé d'un mètre de tailleur, il avait mesuré la chambre de son père, avec obstination, se baissant, prenant et reprenant des mesures, comme un automate infatigable, qui ne s'éloignait qu'imperceptiblement de son chemin tracé, et encore voyait-on bien que ce n'était pas dû à un déréglage de l'appareil mais à l'ivresse. Il passa dix jours ainsi, après sa rencontre avec Guy, en attendant que sa mère et une amie de celle-ci, Alice Leffingwell, fussent prêtes à partir pour Haïti.

Il avait l'impression, par moments, que tout son être passait par un stade d'une métamorphose encore impénétrable. Durant ses heures de solitude, dans la maison, dans sa chambre, il sentait le forfait qu'il avait commis lui cerner la tête comme une couronne mais une couronne que personne d'autre que lui ne pouvait voir. Pour un rien, il éclatait brusquement en sanglots. Une fois, il avait eu envie d'un sandwich au caviar noir pour déjeuner, parce que seuls les mets les plus fins au caviar lui paraissaient dignes de lui; et comme il n'y avait dans la maison que du caviar rouge, il avait envoyé Herbert en chercher du noir. Il avait mangé un quart de sandwich tout en sirotant un scotch à l'eau, puis s'était presque endormi en contemplant le triangle de pain grillé qui avait fini par se racornir. Il l'avait contemplé jusqu'à ce que ce ne fût plus un sandwich, ni le verre qui contenait son whisky, un verre : seule la liqueur dorée qui emplissait le verre était devenue partie intégrante de sa personne et il l'avait bue d'un trait. Le verre vide et le toast qui se recroquevillait étaient devenus des choses animées qui se moquaient de lui et contentaient le droit qu'il s'arrogeait de les utiliser. Un camion de boucher avait démarré à cet instant précis, et Bruno avait froncé les sourcils, parce que tout soudain s'animait et glissait hors de son atteinte : le camion, le sandwich, et le verre et les arbres qui ne pouvaient pas s'en aller, mais qui avaient des airs dédaigneux comme la maison qui l'emprisonnait. Ses deux poings s'étaient abattus en même temps sur le mur, puis il avait saisi le sandwich et brisé son insolente petite bouche triangulaire, il l'avait brûlé morceau par morceau dans la cheminée vide, et les grains de caviar avaient eu des soubresauts comme si chacun d'eux était un être vivant qui mourait.

A la mi-janvier, Alice Leffingwell, sa mère et lui partirent pour Haïti, avec un équipage de quatre hommes, dont deux Porto-Ricains, sur le *Prince-Charmant*, le yacht à vapeur qu'Alice avait mis tout l'automne et tout l'hiver à arracher à son ex-mari. Elle faisait ce voyage pour célébrer son troisième divorce, et elle avait invité Bruno et sa mère des mois à l'avance. Bruno, pour cacher le ravissement que lui causait ce voyage, affecta les premiers jours l'indifférence et l'ennui. Personne ne le remarqua. Alice et sa mère passaient les après-midi et les soirées en tête à tête à bavarder dans leur cabine, et leurs matinées à dormir. Pour justifier à ses propres yeux le bonheur qu'il éprouvait devant la morne perspective d'être parqué un mois sur un bateau dans la compagnie d'une vieille peau comme Alice, Bruno se persuada qu'il s'était beaucoup énervé à détourner de lui la police et qu'il avait besoin de loisirs pour trouver comment il allait se débarrasser de son père. Il se dit aussi que plus il se passerait de temps, plus il y avait de chances pour que l'attitude de Guy se modifiât.

A bord, il mit au point les détails de deux ou trois plans clefs pour le meurtre de son père, dont on pouvait concevoir bien des variantes. Il était très fier de ses plans : il y avait celui d'un meurtre au revolver dans la chambre de son père, un autre au couteau, avec deux moyens de s'échapper, et un troisième au revolver, au couteau ou par strangulation dans le garage où son père garait sa voiture chaque soir à six heures et demie. Ce dernier plan avait le désavantage de ne pas se passer dans le noir, mais il avait pour lui une plus grande simplicité. Il entendait presque le cliquetis des différentes parties de ses plans d'opérations s'emboîtant les unes dans les autres. Et pourtant, chaque fois qu'il venait d'achever un de ses résumés soigneusement établis, il se croyait tenu de le déchirer par mesure de précaution. Il passait son temps à tracer les plans d'opérations et à les déchirer. De Bar Harbour à l'extrémité méridionale des îles de la Vierge, la mer était jonchée de fragments déchiquetés de ses idées. C'est alors que le *Prince-Charmant* doubla le cap Maisi et mit le cap sur Port-au-Prince.

– Un port de prince pour mon *Prince*! cria

Alice, qui se reposait entre deux conversations avec la mère de Bruno.

Dans un coin d'ombre, derrière elles, Bruno froissa le papier sur lequel il griffonnait et leva la tête. A gauche, à l'horizon, on apercevait la ligne grisâtre de la terre. Haïti. Il parut à Bruno qu'il était encore plus loin maintenant qu'il voyait l'île. Il s'éloignait de plus en plus de Guy. Il se leva de son transatlantique et vint s'accouder au bastingage. Ils allaient passer quelques jours à Haïti, puis ils descendraient encore plus au Sud. Bruno ne bougeait pas, il sentait la déception le brûler intérieurement comme le soleil tropical brûlait en ce moment l'intérieur pâle de ses jambes. Il déchira brusquement en pièces le plan qu'il tenait à la main et laissa les morceaux s'envoler : le vent les entraîna.

Trouver quelqu'un pour faire le coup était naturellement aussi important que les plans. Il le ferait bien lui-même, se dit-il, s'il n'avait pas la certitude que Gérard, le détective privé de son père, le coincerait, en dépit de toutes les précautions qu'il pourrait accumuler. D'ailleurs, il voulait mettre une fois de plus à l'épreuve sa thèse du crime sans motif. Il y avait bien Matt Levine ou Carlos, mais l'ennui était qu'il les connaissait. Et il était dangereux d'ouvrir des négociations avec quelqu'un sans être sûr qu'il accepterait. Bruno avait vu Matt plusieurs fois, sans parvenir à lui en parler.

Il se produisit à Port-au-Prince un incident que Bruno ne devait jamais oublier. L'après-midi du second jour, en rentrant à bord, il tomba de la planche d'embarquement.

La chaleur suffocante l'avait abruti et le rhum n'avait fait qu'empirer les choses en lui donnant plus chaud. En rentrant de l'hôtel de la Citadelle au bateau pour chercher les chaussures du soir de sa mère, il s'arrêta dans un bar du port pour prendre un whisky glacé. Un des Porto-Ricains de l'équipage, que Bruno avait détesté depuis le premier jour, se trouvait là, ivre mort et le verbe haut, pérorant comme si la ville, le *Prince-Charmant* et le reste de l'Amérique latine étaient sa propriété personnelle. Il traita Bruno de « clochard b-blanc » et d'un tas d'autres noms que Bruno fut incapable de comprendre, mais qui firent rire tout le monde. Bruno sortit avec dignité, trop fatigué et trop dégoûté pour se battre, mais bien déterminé à rapporter l'incident à Alice et à faire congédier et mettre sur la liste noire le Porto-Ricain. A cinquante mètres du bateau le marin le rattrapa et reprit la conversation. Et puis, en traversant la planche d'embarquement, Bruno trébucha contre la corde du garde-fou et dégringola dans l'eau sale. Il ne pouvait pas dire que c'était le Porto-Ricain qui l'avait poussé, parce que ce n'était pas vrai. Celui-ci le repêcha même aidé d'un autre matelot qui riait aux larmes, et l'amena jusqu'à son lit. Bruno se releva pour prendre sa bouteille de rhum. Il en but une bonne rasade, puis retomba sur le lit et s'endormit dans son tricot de corps mouillé.

Plus tard, Alice et sa mère entrèrent et le secouèrent pour le réveiller.

– Que s'est-il passé? demandèrent-elles, tout en gloussant au point de pouvoir à peine parler. Qu'est-il arrivé, Charley?

Il distinguait mal leurs silhouettes, mais leurs rires étaient perçants. Il sentit sur son épaule les doigts d'Alice et se recroquevilla. Il était incapable de parler, mais il savait ce qu'il voulait dire. Que faisaient-elles donc dans sa cabine si elles n'avaient pas un message de Guy?

– Quoi? Quel Guy? demanda sa mère.

– Gu... arti! cria-t-il.

– Oh! oui, il a perdu connaissance, dit sa mère d'un ton navré, comme s'il était un malade à l'hôpital, déjà condamné. Pauvre garçon! Pauvre, pauvre garçon!

Bruno secoua la tête dans tous les sens, pour éviter la serviette humide. Il les détestait toutes les deux, et il détestait Guy! Il avait tué pour lui, il avait échappé à la police pour lui, il s'était tu quand Guy le lui avait demandé, il était tombé pour lui dans l'eau puante, et Guy ne voulait même pas le voir! Guy passait son temps avec une fille! Guy n'avait pas peur, il n'était pas malheureux, il n'avait pas de temps à lui consacrer tout simplement! Trois fois Bruno avait vu cette fille près de la maison de Guy à New York! S'il la tenait maintenant, il la tuerait tout comme il avait tué Miriam!

— Charley, Charley, calme-toi!

Guy allait se remarier et jamais il n'aurait de temps à consacrer à Bruno. Il n'y avait qu'à voir la sympathie qu'il témoignait déjà maintenant à Bruno avec cette fille qui le menait par le bout du nez! C'était elle qu'il était allé voir à Mexico, et non pas simplement des amis. Pas étonnant qu'il eût voulu se débarrasser de Miriam! Et dire que, dans le train, il n'avait même pas fait allusion à Anne Faulkner! Guy s'était servi de lui. Peut-être Guy allait-il le débarrasser de son père, que cela lui plaise ou non. N'importe qui est capable d'assassiner. Bruno s'en souvenait : Guy n'y croyait pas.

XX

— Venez prendre un verre, dit Bruno, qui avait surgi du néant au milieu du trottoir.

— Je n'ai pas envie de vous voir. Je ne vous pose pas de questions. Je ne tiens pas à vous voir.

— Peu m'importe que vous ne me posiez pas de questions, dit Bruno avec un pâle sourire. Traversez. Dix minutes.

Guy jeta un coup d'œil autour de lui. « Il est là, se dit-il. C'est le moment d'appeler la police. Allez, saute-lui dessus, jette-le par terre. » Mais

Guy ne bougeait pas. Il vit que les mains de Bruno étaient enfoncées dans ses poches, comme s'il tenait un revolver.

– Dix minutes, fit Bruno, avec un sourire enjôleur.

Cela faisait des semaines que Guy n'avait pas eu un mot de Bruno. Il essaya de faire renaître la colère qui s'était emparée de lui ce dernier soir, dans la neige, de se rappeler la décision qu'il avait prise de livrer Bruno à la police. C'était le moment critique. Guy suivit Bruno. Ils entrèrent dans un bar de la 6e Avenue et s'installèrent dans une niche du fond.

Le sourire de Bruno s'élargit.

– De quoi avez-vous peur, Guy ?

– De rien.

– Etes-vous heureux ?

Guy se tenait très raide sur le bord de sa banquette. Il se disait qu'il avait en face de lui un assassin. C'étaient ces mains-là qui avaient serré la gorge de Miriam.

– Ecoutez, Guy, pourquoi ne m'avez-vous pas parlé d'Anne ?

– Comment cela ?

– J'aurais bien aimé connaître son existence, c'est tout. Quand vous m'avez parlé dans le train, vous vous souvenez ?

– Bruno, c'est la dernière fois que nous nous voyons.

– Pourquoi ça ? Je veux que nous soyons amis, Guy.

– Je vais vous livrer à la police.

– Pourquoi ne l'avez-vous pas fait à Metcalf ? demanda Bruno, avec une flamme imperceptible dans les yeux, sur ce ton qui n'était qu'à lui, impersonnel et triste, avec pourtant une note de triomphe.

Guy eut l'étrange impression qu'une voix intérieure lui avait posé la même question.

– Parce que je n'étais pas assez sûr.

– Qu'est-ce qu'il vous faut, une confession écrite?

– Je peux toujours demander qu'on fasse une enquête sur vous.

– Mais non. La police en a plus contre vous que contre moi, fit Bruno en haussant les épaules.

– Que voulez-vous dire?

– Que croyez-vous qu'ils ont contre moi? Rien.

– Je pourrais tout leur raconter!

Il était furieux tout d'un coup.

– Si j'avais envie de dire que vous m'avez payé pour le faire, dit Bruno avec un air de pudeur offensée, tout collerait admirablement.

– Quoi, tout? Qu'est-ce que ça veut dire?

– Oh! pour vous, peut-être rien, mais ce ne serait pas l'avis de la justice.

– Comment ça?

– Cette lettre que vous avez écrite à Miriam, dit lentement Bruno, cette histoire fumeuse de démission. Tout ce voyage au Mexique qui est tombé si bien à propos.

– Vous êtes fou!

– Regardez les choses en face, Guy! Ce que vous dites ne rime à rien!

La voix nerveuse de Bruno domina le vacarme de l'appareil à disques qu'on venait de mettre en marche à côté d'eux. Il poussa sa main en travers de la table vers Guy, puis serra le poing.

– Je vous aime bien, Guy, je vous jure. Nous ne devrions pas parler comme ça!

Guy ne broncha pas. Le bord de la banquette lui coupait les cuisses.

– Je ne tiens pas à ce que vous m'aimiez.

– Guy, si vous dites la moindre chose à la police, on se retrouvera tous les deux en prison. Vous ne comprenez donc pas?

Guy n'avait jamais pensé à cela. Si Bruno s'accrochait à ses mensonges, il y aurait peut-être un long procès, un verdict qui serait toujours indécis, à moins que les nerfs de Bruno ne le lâchent, et il ne fallait pas compter là-dessus. Guy voyait bien l'intensité de monomaniaque avec laquelle Bruno le dévisageait en ce moment. « Ne t'occupe plus de lui, se dit-il. Va-t'en. Laisse la police l'arrêter. Il est assez fou pour te tuer si tu fais un mouvement. »

– Vous ne m'avez pas dénoncé à Metcalf, parce que vous m'aimez aussi, Guy. Dans un sens, vous m'aimez bien aussi.

– Je ne vous aime pas le moins du monde.

– Mais vous n'allez pas me dénoncer, n'est-ce pas ?

– Non, dit Guy entre ses dents.

Le calme de Bruno le stupéfiait. Bruno n'avait pas peur de lui.

– Ne commandez rien d'autre pour moi. Je m'en vais.

– Attendez une minute.

Bruno prit de l'argent dans son portefeuille et le donna au garçon.

Guy resta assis, retenu par une impression d'inachevé.

– Vous avez un costume bien coupé, dit Bruno.

Son nouveau costume de flanelle grise à petites rayures blanches. Acheté avec l'argent du Palmayra, pensa Guy, ainsi que les chaussures neuves et la serviette neuve en crocodile posée à côté de lui sur la banquette.

– Où allez-vous ?

– En ville.

Il avait rendez-vous avec le représentant d'un client éventuel à l'hôtel de la 5e Avenue à sept heures. Guy fixa les yeux durs et mélancoliques de Bruno; l'autre croyait sûrement que c'était avec Anne qu'il avait rendez-vous.

– Allons, qu'est-ce que vous voulez, Bruno ?

– Vous le savez, dit Bruno tranquillement. Nous en avions parlé dans le train. L'échange de victimes. Vous allez tuer mon père.

Guy eut un grognement de mépris. Il le savait avant que Bruno l'eût dit, il s'en doutait depuis la mort de Miriam. Il plongea ses regards dans les yeux fixes et toujours mélancoliques de Bruno, fasciné par leur éclat de froide folie. Une fois, quand il était enfant, il se souvenait avoir dévisagé ainsi un Mongolien dans un tramway, avec une curiosité éhontée que rien n'avait pu ébranler. Une curiosité mêlée de peur.

– Je vous ai dit que je pouvais tout mettre au point.

Bruno eut un petit sourire en coin, à la fois amusé et confondu.

– Ce serait très simple.

« Il me déteste, pensa brusquement Guy. Il aimerait me tuer aussi. »

– Vous savez ce que je ferai si vous refusez ?

Bruno esquissa le geste de claquer ses doigts, mais sa main reposait mollement sur la table.

– Je vous mettrai la police aux trousses tout simplement.

« Ne fais pas attention à lui, se dit Guy, ne fais pas attention à lui ! »

– Vous ne me faites absolument pas peur. Il serait bien facile de prouver que vous êtes fou.

– Je ne suis pas plus fou que vous !

Ce fut Bruno qui mit fin à l'entretien, quelques minutes plus tard. Il avait rendez-vous avec sa mère à sept heures, dit-il.

La rencontre suivante, qui fut très rapide, Guy sentit qu'il l'avait perdue aussi, bien que sur le moment il eût l'impression de l'avoir gagnée. Un vendredi après-midi, Bruno essaya de l'arrêter au passage, à la sortie de son bureau, alors qu'il allait voir Anne à Long Island. Guy se contenta de l'écarter et de sauter dans un taxi. Et pourtant il eut la pénible impression d'avoir couru pour lui échapper, et cela porta les premiers coups à un certain sentiment de dignité qu'il avait jusqu'alors réussi à conserver intact. Il regretta de n'avoir rien dit à Bruno. Il regretta de ne pas lui avoir fait face, ne fût-ce qu'un instant.

XXI

Après cela, il ne se passa guère de soirs sans que Bruno fût planté sur le trottoir en face du bureau de Guy. Ou, s'il n'était pas là, il était devant son appartement, comme si Bruno savait quels soirs Guy rentrait directement chez lui. Jamais un mot, jamais un signe, rien que la grande silhouette, les mains dans les poches du long manteau, de coupe plutôt militaire, qui lui donnait une allure de tuyau de poêle. Seuls les yeux le suivaient, Guy le savait, bien qu'il n'osât se retourner que quand il était hors de vue. Cela dura deux semaines. Puis vint la première lettre.

Deux feuilles de papier: sur la première, un plan de la maison de Bruno et des routes et terrains environnants, avec l'itinéraire que Guy devrait suivre, bien marqué de traits tirés à la règle, avec des parties en pointillé; la seconde feuille était une lettre tapée à la machine, qui développait de façon fort claire le plan conçu par Bruno pour l'assassinat de son père. Guy déchira le tout, puis le regretta aussitôt. Il aurait dû conserver cette lettre comme preuve contre Bruno. Il garda les morceaux.

Mais c'était une précaution inutile. Il reçut tous les deux ou trois jours une lettre analogue. Elles étaient toutes postées de Great Neck, comme si Bruno résidait là-bas maintenant – de fait, depuis la première lettre, Guy ne l'avait pas revu –, écrivant peut-être sur la machine à écrire de son père les lettres qui devaient lui demander deux ou trois heures de préparation. Il écrivait parfois en état d'ivresse. Cela se voyait aux fautes de frappe et aux débordements sentimentaux des derniers paragraphes. Quand il était à jeun, le dernier paragraphe était plein de phrases affectueuses et rassurantes, affirmant que ce meurtre n'était rien à faire. Quand au contraire il était ivre, ce paragraphe était ou bien un torrent d'amour fraternel, ou une menace de hanter Guy toute sa vie, de ruiner sa carrière et son « roman d'amour»; Bruno lui rappelait par la même occasion que c'était lui qui avait les atouts en main. Chacune des lettres contenait tous les renseignements nécessaires, comme si Bruno s'attendait à ce que Guy les déchirât pour la plupart sans les décacheter. Mais, malgré sa détermination de déchirer la suivante, Guy les ouvrait toujours quand elles arrivaient; il était curieux de voir les variantes du dernier paragraphe. Des trois plans conçus par Bruno, celui du revolver en passant par la porte de derrière était celui qui revenait le plus souvent, bien que dans chaque lettre Guy fût invité à faire lui-même son choix.

Les lettres avaient sur lui un étrange effet. Une fois dissipée l'impression de choc suscitée par la première, les suivantes le laissèrent assez froid. Puis, quand apparurent dans sa boîte à lettres la dixième, puis la douzième, puis la quinzième, il lui sembla qu'elles martelaient sa conscience et ses nerfs d'une façon qu'il était incapable d'analyser. Dans la solitude de sa chambre, il passait des quarts d'heure à essayer de repérer la blessure et de la soigner. Son inquiétude était absurde, se disait-il, s'il ne croyait pas que Bruno se retournerait contre lui et essaierait de le tuer. Et vraiment il ne le croyait pas. Bruno ne l'en avait jamais menacé. Mais les raisonnements ne pouvaient soulager son anxiété, ni la rendre moins épuisante.

La vingt et unième lettre contenait la première allusion à Anne. « Cela ne vous ferait pas plaisir si Anne était au courant du rôle que vous avez joué dans l'assassinat de Miriam, n'est-ce pas? Quelle femme épouserait un assassin? Certainement pas Anne. Vous n'avez plus beaucoup de temps. Je vous donne encore la première quinzaine de mars. Ce serait une bonne période.»

Puis vint le revolver. Il lui fut remis par sa propriétaire, dans un gros paquet enveloppé de papier brun. Guy eut un petit rire quand l'arme tomba au milieu des emballages défaits. C'était un gros Lugar, brillant et qui semblait neuf, à l'exception d'un éclat qui avait sauté sur la crosse contre-taillée.

Poussé par un obscur instinct, Guy alla prendre son propre revolver dans le fond du premier tiroir de la commode et soupesa la belle crosse ornée de perles. Il sourit et l'examina de plus près. Il avait quinze ans quand il l'avait vu dans la vitrine surchargée d'une boutique de prêteur sur gages dans la Grande Rue de Metcalf; il l'avait acheté sur son argent de poche, non pas parce que c'était un revolver, mais parce que c'était beau. La masse compacte, la sobriété de lignes du canon ramassé l'avaient ravi. Plus il avait appris à connaître le mécanisme de l'arme, plus il avait été content de son revolver. Cela faisait quinze ans qu'il le traînait partout de tiroir en tiroir. Il ouvrit le magasin, enleva les balles et fit tourner le cylindre en appuyant sur la détente, rempli d'admiration par les cliquetis profonds du mécanisme. Puis il remit les balles dans le chargeur, rentra le revolver dans son étui de flanelle lavande et le rangea dans le tiroir.

Comment fallait-il se débarrasser du Lugar? Allait-il le jeter à l'eau en passant sur un pont? Dans une boîte à ordures? Le mettre à la poubelle avec ses ordures? Toutes les solutions lui semblaient dangereuses ou mélodramatiques. Il décida de le glisser sous ses chaussettes dans un fond de tiroir, en attendant d'avoir une meilleure inspiration. Pour la première fois, tout d'un coup, il pensa à Samuel Bruno en tant que personne. La présence du Lugar faisait se juxtaposer dans sa tête l'existence de l'homme et sa mort éventuelle. Il avait dans sa chambre le portrait complet de l'homme et de sa vie suivant Bruno, ainsi que le plan conçu par celui-ci pour tuer son père et le revolver avec lequel Guy était censé commettre le crime; et, posée sur son lit, il y avait aussi une lettre qui attendait depuis ce matin dans la boîte et qu'il n'avait pas ouverte. Guy sortit d'un tiroir une des dernières missives de Bruno.

« Samuel Bruno (Bruno disait rarement « mon père», est le plus bel exemple de ce que l'Amérique peut produire de pire. Il descend d'une famille de petits paysans hongrois, guère supérieurs aux animaux. Dès qu'il en a eu les moyens, avec son avidité habituelle, il s'est trouvé une femme de bonne famille. Ma mère a toujours supporté sans mot dire l'infidélité de son mari, ayant pour sa part quelque conscience du caractère sacré du mariage. Samuel Bruno essaie maintenant de jouer au saint homme sur ses vieux jours, avant qu'il soit trop tard, mais il est trop tard. Je regrette de ne pouvoir le tuer moi-même, mais je vous ai expliqué qu'à cause de Gérard, son détective privé, cela m'est impossible. Si jamais vous aviez affaire à Samuel, il deviendrait aussi votre ennemi personnel. C'est le genre d'homme qui trouverait idiotes toutes vos idées sur l'architecture, sur la beauté et sur la nécessité de construire pour chacun une maison qui lui convienne: peu lui importe quelle usine il a pourvu qu'il n'y ait pas de trous dans la toiture et que la pluie ne vienne pas abîmer ses machines. Peut-être cela vous intéressera-t-il de savoir que son personnel est actuellement en grève. Voyez le *New York Times* de jeudi dernier, page 31, en bas à gauche. Ils sont en grève pour obtenir un salaire qui leur permette de vivre. Samuel Bruno n'hésite pas à voler son propre fils...»

Qui croirait une telle histoire s'il la racontait? Qui accepterait un conte aussi fantastique? La lettre, le plan, le revolver... C'étaient comme les accessoires d'une pièce de théâtre, des objets préparés pour rendre vraisemblable une histoire qui manquait de réalité, qui n'en aurait jamais. Guy brûla la lettre. Il brûla toutes celles qu'il avait, puis fit hâtivement ses préparatifs pour aller à Long Island.

Anne et lui devaient passer la journée à se promener en voiture et à pied dans les bois, et partir pour Alton le lendemain. La maison serait terminée à la fin de mars, ce qui leur laisserait deux mois de loisir pour la meubler avant de se marier. Guy sourit en regardant le paysage par la vitre de son compartiment. Anne n'avait jamais dit qu'elle voulait se marier en juin; cela s'était trouvé comme cela. Elle ne lui avait jamais dit qu'elle voulait un mariage à grand tralala, mais seulement : « Ne faisons quand même pas un mariage à la sauvette. » Et quand il lui avait dit que si cela lui était égal à elle, lui ne voyait pas d'inconvénient à un grand mariage, elle avait poussé un « Oh-h ! » et lui avait sauté au cou. Non, il ne voulait pas d'un mariage de trois minutes avec un témoin ramassé dans la rue. Il se mit à crayonner au dos d'une enveloppe l'esquisse de l'immeuble commercial de vingt étages dont on lui avait dit la semaine dernière qu'il avait de bonnes chances d'avoir la commande: il en réservait la surprise à Anne. Il lui sembla soudain que le futur était devenu présent. Il avait tout ce qu'il voulait. Il dévala les marches de la gare et aperçut dans la petite foule rassemblée devant la sortie le manteau de léopard d'Anne. Jamais il n'oublierait, se dit-il, les fois où elle venait l'attendre, le petit pas d'impatience qu'elle ébauchait quand elle l'apercevait, la façon dont elle souriait en pivotant à moitié sur ses talons, comme si elle était incapable de l'attendre davantage.

– Anne !

Il la prit dans ses bras et l'embrassa sur la joue.

– Vous n'aviez pas de chapeau.

Il sourit parce que c'était exactement ce à quoi il s'attendait.

– Ma foi, vous non plus.

– Je suis en voiture. Et il neige.

Elle lui prit la main et ils traversèrent en courant la piste cendrée qui les séparait du parc à voitures.

– J'ai une surprise pour vous !

– Moi aussi. Quelle est la vôtre?

– J'ai vendu cinq modèles hier.

Guy secoua la tête.

– Je suis battu. J'ai tout juste la commande d'un immeuble commercial. Peut-être.

Elle sourit, les sourcils en accent circonflexe.

– Peut-être, oui ?

– Oui, oui, oui ! dit-il en l'embrassant encore.

Ce soir-là, sur le petit pont de bois qui enjambait le ruisseau derrière la maison d'Anne, Guy faillit dire : « Savez-vous ce que Bruno m'a envoyé aujourd'hui ? Un revolver. » Il fut soudain bouleversé de voir, non pas qu'il avait failli le dire, mais qu'un étranger comme Bruno eût avec lui des liens qui le séparaient d'Anne. Il ne voulait pas avoir de secrets pour Anne et c'en était là un plus énorme que tous ceux qu'il lui avait jamais confiés. Bruno, ce nom qui le hantait, ne dirait rien à Anne.

– Qu'est-ce qu'il y a, Guy ?

« Elle savait qu'il y avait quelque chose », se dit-il. Elle savait toujours.

– Rien.

Il la suivit, et tous deux se dirigèrent vers la maison. La nuit avait obscurci la terre, le sol couvert de neige se distinguait à peine des bois et du ciel. Et Guy éprouva une fois de plus l'impression d'une présence hostile dans les bois à droite de la maison. Devant lui, la porte de la cuisine répandait sur la pelouse une chaude lumière jaune. Guy se retourna, laissant ses regards errer sur les ténèbres qui s'étendaient à l'orée du bois. En regardant ainsi dans le vide, il avait une impression tout à la fois déprimante et réconfortante, comme quand on mord sur une dent qui vous fait mal.

– Je vais marcher encore un peu, dit-il.

Anne entra dans la maison, et il fit demi-tour. Il voulait vérifier si la sensation était plus forte ou plus faible quand Anne n'était plus avec lui. Il essayait de sentir plutôt que de voir. L'impression persistait, là où l'ombre s'épaississait, à la lisière du bois. Il n'y avait rien, bien sûr. Quelle étrange combinaison d'ombre et de bruit son imagination avait-elle créée ?

Il enfonça les mains dans les poches de son pardessus et s'approcha quand même.

Le craquement sourd d'une brindille le fit retomber sur terre, fixant aussitôt son attention sur un point précis. Il se précipita dans cette direction. Il y eut un froissement de feuillage et une silhouette noire passa dans l'obscurité. Guy plongea, saisit l'ombre qui s'enfuyait et reconnut le souffle rauque de Bruno. Bruno glissa dans ses bras comme un grand poisson des profondeurs, se tordit et envoya à Guy un terrible coup sur la pommette. Accrochés l'un à l'autre, ils roulèrent sur le sol, chacun essayant de se dégager, comme s'il s'agissait d'une lutte à mort. Malgré la parade de son bras tendu, Guy sentit les doigts de Bruno lui égratigner frénétiquement la gorge. Il entendait la respiration sifflante de Bruno entre ses lèvres serrées. Guy frappa de nouveau la bouche de son poing droit si fort qu'il lui sembla qu'il venait de le casser, qu'il ne pourrait plus jamais le refermer.

– Guy ! s'écria Bruno, indigné.

Guy l'attrapa par le col. Brusquement, ils cessèrent de se battre.

– Vous saviez que c'était moi ! fit Bruno, furieux. Salaud !

– Qu'est-ce que vous faites ici ? demanda Guy en le remettant debout.

La bouche saignante s'ouvrit plus grande, comme si Bruno allait pleurer.

– Lâchez-moi !

Guy le poussa. Bruno s'écroula sur le sol comme un sac et se releva en trébuchant.

– Allez-y, tuez-moi donc si ça vous chante ! Vous pourrez dire que vous étiez en état de légitime défense ! pleurnicha Bruno.

Guy jeta un coup d'œil en direction de la maison. En se battant, ils s'étaient enfoncés assez profondément dans les bois.

– Je ne veux pas vous tuer. Mais je le ferai sûrement la prochaine fois que je vous trouverai ici.

Bruno eut un petit rire de triomphe.

Guy s'avanca, menaçant. Il ne voulait plus toucher Bruno. Et pourtant, un instant auparavant, il s'était battu avec lui, et une voix dans sa tête criait : « Tue, tue ! » Guy savait que rien n'arrêterait le sourire de Bruno, que le tuer même ne servirait à rien.

– Décampez.

– Vous êtes disposé à faire ce que je vous ai dit d'ici quinze jours ?

– Disposé à vous livrer à la police, oui.

– A vous livrer, vous voulez dire ? railla Bruno. Vous êtes prêt à tout raconter à Anne, hein ? Prêt à passer les vingt ans qui viennent en prison ? Bien sûr que je suis prêt !

Il joignit les mains. Ses yeux brillèrent d'une lueur rouge. Sa silhouette vacillante semblait celle d'un esprit du mal qui serait sorti de l'arbre noir et tordu derrière lui.

– Trouvez quelqu'un d'autre pour votre sale boulot, marmonna Guy.

– Non. Mais regardez-moi ça ! C'est vous que je veux, et c'est vous que j'ai ! Compris ?

Il éclata de rire.

– Je vais commencer. Je vais tout raconter à votre petite amie. Je vais lui écrire ce soir.

Il s'éloigna d'un pas lourd, trébucha et reprit sa

marche vacillante, vague silhouette dans le noir. Il se retourna pour crier :

— A moins que je n'aie de vos nouvelles d'ici un jour ou deux.

Guy dit à Anne qu'il s'était battu avec un rôdeur dans le bois. Il n'avait qu'un œil au beurre noir, mais il feignit d'être malade : il ne voyait pas d'autre moyen de rester à la maison, de ne pas aller à Alton le lendemain. Il avait reçu un coup dans l'estomac, dit-il. Mr. et Mrs. Faulkner étaient inquiets; ils insistèrent auprès du policeman qui faisait une ronde dans le secteur pour avoir un homme de garde pendant quelques nuits. Mais un garde ne suffisait pas. Si Bruno revenait, Guy tenait à être là lui-même. Anne lui proposa de rester encore lundi pour qu'on pût s'occuper de lui s'il était malade. Guy accepta.

Rien, jamais, ne lui avait fait autant honte que les deux jours qu'il passa chez les Faulkner. Il avait honte d'éprouver le besoin de prolonger son séjour, honte d'être allé le lundi matin dans la chambre d'Anne pour regarder sur la table où la bonne posait le courrier s'il n'y avait pas une lettre de Bruno. Mais Bruno n'avait pas écrit. Tous les matins Anne partait pour son magasin de New York, avant l'arrivée du courrier. Le lundi matin, Guy examina les quatre ou cinq lettres posées sur sa table, puis s'esquiva comme un voleur, de crainte d'être surpris par la bonne. Mais il se rappela qu'il lui arrivait souvent d'entrer dans la chambre d'Anne quand elle n'était pas là. Parfois, quand la maison était pleine de monde, il s'échappait pour aller passer quelques instants dans la chambre d'Anne. Et elle aimait le trouver là. Sur le seuil, il appuya la tête contre le chambranle de la porte, et regarda le désordre de la chambre : le lit défait, les grands livres d'art qui n'entraient pas dans les rayons, les derniers modèles d'Anne épinglés au mur avec des punaises, sur un coin de la table un verre rempli d'une eau bleuâtre qu'elle avait oublié de vider, le carré de soie marron et jaune jeté sur le dossier d'une chaise, elle avait dû changer d'avis au dernier moment. L'odeur de gardénia de l'eau de Cologne dont elle s'était tamponné le cou juste avant de partir flottait encore dans l'air. Il avait hâte de mêler sa vie à celle d'Anne.

Guy resta jusqu'au mardi matin, et comme il n'y avait toujours pas de lettre de Bruno, il regagna Manhattan. Un travail énorme l'attendait. Il retrouva mille sujets d'irritation. Le contrat avec la Compagnie immobilière Shaw pour l'immeuble commercial n'était toujours pas signé. Guy sentait sa vie désorganisée, sans direction, plus chaotique encore que quand il avait appris le meurtre de Miriam. Pas de lettre de Bruno cette semaine, sauf celle qui l'attendait depuis lundi. C'était un petit mot, disant que, Dieu merci, sa mère allait mieux aujourd'hui et qu'il pourrait donc sortir : elle était dangereusement malade depuis trois semaines, avec une pneumonie, expliquait-il, et il était resté auprès d'elle.

Le jeudi soir, en rentrant d'une réunion d'un club d'architectes, Guy trouva sa propriétaire, Mrs. Mac Causland, qui lui annonça qu'on lui avait téléphoné trois fois. A ce moment précis, le téléphone sonna. C'était Bruno, maussade et ivre. Il voulait savoir si Guy était prêt à discuter sérieusement.

– Je pensais bien que non, dit Bruno. J'ai écrit à Anne.

Et il raccrocha.

Guy monta dans sa chambre et se versa à boire. Il ne croyait pas que Bruno eût écrit à Anne ni qu'il eût l'intention de le faire. Il essaya de lire une heure, appela Anne pour lui demander comment elle allait, puis sortit sans but précis et trouva une seconde séance de cinéma.

Il avait rendez-vous le samedi après-midi avec Anne à Hampstead, pour visiter une exposition canine. Si Bruno avait écrit la lettre, se dit Guy, Anne l'aurait reçue le matin. Il était évident qu'il n'en était rien. Sinon, elle ne lui ferait pas ces signes d'accueil par la vitre de la voiture où elle l'attendait. Il lui demanda si elle s'était bien amusée chez Teddy la veille : c'était l'anniversaire de son cousin Teddy.

— Excellente soirée. Seulement personne ne voulait rentrer. Et finalement il était si tard que je suis restée. Je ne me suis même pas encore changée.

Et elle démarra.

Guy serra les dents. En ce cas la lettre l'attendait peut-être à la maison. Il fut sûr tout d'un coup que la lettre l'attendrait là-bas et l'impossibilité où il se trouvait de rien faire pour l'arrêter maintenant le rendait abattu et silencieux.

Il chercha désespérément quelque chose à dire tandis qu'ils arpentaient les allées de l'exposition.

— Avez-vous eu des nouvelles de la Shaw? lui demanda Anne.

— Non.

Il contemplait un basset frétillant et essayait d'écouter ce que lui disait Anne à propos d'un chien qui appartenait à une de ses tantes.

Elle ne savait pas encore, se dit Guy, mais ce ne serait qu'une question de temps, de quelques jours peut-être, avant qu'elle sût. Qu'elle sût quoi? se demandait-il sans cesse; et sans cesse, était-ce pour se rassurer ou par masochisme, il n'en savait rien, il se répétait la même réponse : que dans le train, l'été dernier, il avait fait la connaissance de l'homme qui avait assassiné sa femme et que lui, Guy, avait donné son accord à ce meurtre. C'était cela que Bruno expliquerait, avec quelques détails pour rendre ses affirmations plus convaincantes. Et dans un prétoire, pour peu que Bruno déformât un tout petit peu leur conversation dans le train, ne pourrait-on voir dans cet entretien un accord passé entre deux assassins? Il revoyait soudain très clairement les heures qu'il avait passées dans le compartiment de Bruno, dans cet enfer en miniature. C'était la haine qui l'avait fait parler tant, la même haine mesquine qui l'avait fait se mettre en rage contre Miriam dans le parc de Chaputelpec, en juin dernier. Anne avait été furieuse sur le moment, non pas tant de ce qu'il avait dit, mais de la haine qu'il avait mise dans ses paroles. La haine aussi était un péché. Le Christ avait dénoncé la haine, exactement comme il avait dénoncé l'adultère et le meurtre. La haine était la graine du mal. Devant un tribunal chrétien, ne serait-il pas tenu pour au moins partiellement responsable de la mort de Miriam ? Ne serait-ce pas l'avis d'Anne ?

– Anne... fit-il.

Il fallait la préparer. Et lui, il fallait qu'il sût.

– Si quelqu'un allait m'accuser d'avoir joué un rôle dans le meurtre de Miriam, qu'est-ce que vous... ? Est-ce que vous... ?

Elle s'arrêta et le regarda. Le monde semblait s'être arrêté autour d'Anne et de lui.

– D'avoir joué un rôle ? Que voulez-vous dire, Guy ?

Quelqu'un le bouscula. Ils étaient au beau milieu de l'allée.

– Simplement ça. Si quelqu'un m'accusait, rien de plus.

Elle eut l'air de chercher ses mots.

– Si on m'accusait, continua Guy. C'est pour savoir. Si on m'accusait sans aucune raison. Ça n'aurait pas d'importance, n'est-ce pas ?

L'épouserait-elle quand même, c'était cela qu'il voulait demander, mais c'était une question si pitoyable, si implorante qu'il n'osait pas.

– Guy, pourquoi dites-vous cela ?

– Pour savoir, c'est tout !

Elle le fit reculer sur le côté de l'allée.

– Guy, est-ce que quelqu'un vous a vraiment accusé ?

– Non ! protesta-t-il.

Il se sentait gêné et humilié.

— Mais si cela arrivait, si quelqu'un essayait de monter une accusation contre moi...

Elle le regarda avec cet éclair de désappointement, de surprise et d'incrédulité qu'il lui avait déjà vu quand il venait de dire ou de faire quelque chose sous le coup de la colère ou de la rancœur, quelque chose qu'Anne n'approuvait pas, ne comprenait pas :

— Vous vous y attendez ? demanda-t-elle.

— C'est seulement pour savoir !

Il avait hâte d'entendre sa réponse et cela lui paraissait si simple !

— Il y a des moments, dit-elle lentement, où vous me donnez l'impression que nous sommes de parfaits étrangers.

— Je suis désolé, murmura-t-il.

Il lui semblait qu'elle venait de couper entre eux un lien invisible.

— Je ne crois pas que vous soyez désolé, sinon, vous ne continueriez pas à agir ainsi !

Elle le regarda bien en face, sans élever la voix, les yeux pleins de larmes.

— C'est comme ce jour à Mexico où vous vous êtes lancé dans cette tirade contre Miriam. Ça ne m'intéresse pas... je n'aime pas cela, ce n'est pas mon genre ! J'ai l'impression de ne pas du tout vous connaître !

« De ne pas vous aimer », pensa Guy. Il lui parut qu'elle l'abandonnait, qu'elle renonçait à le connaître ou à l'aimer. Guy restait planté là, désespéré, désemparé, incapable de faire un mouvement ou d'articuler un mot.

— Eh bien, puisque vous me le demandez, je vous réponds oui, dit Anne. Je crois que cela me ferait quelque chose si on vous accusait. J'aimerais savoir pourquoi vous vous y attendez. Pourquoi, dites-moi ?

— Mais je ne m'y attends pas !

Elle se détourna, alla jusqu'au fond de l'allée, et resta là, la tête basse.

Guy la suivit.

– Anne, vous me connaissez, voyons. Personne au monde ne me connaît mieux que vous. Je ne veux avoir aucun secret pour vous ! C'est une idée qui m'est passée par la tête et j'ai voulu avoir votre avis !

Il eut le sentiment qu'il venait de lui faire une confession et, dans l'impression de soulagement qui suivit, il eut brusquement la certitude – comme il l'avait eue que Bruno avait écrit la lettre – que Bruno ne l'avait pas fait et ne le ferait pas.

Elle essuya d'un geste indifférent une larme au coin de son œil.

– Guy, je vous en prie. Ne voulez-vous pas cesser de toujours attendre le pire... pour tout ?

– Si, dit-il. Mon Dieu, si.

– Allons reprendre la voiture.

Il passa la journée avec Anne, puis ils dînèrent chez elle. Toujours pas de lettre de Bruno. Guy en écarta sa pensée; c'était comme une crise qui serait passée maintenant.

Le lundi soir, vers huit heures, Mrs. Mac Causland lui passa une communication. C'était Anne.

– Chéri... je suis dans tous mes états.

– Qu'y a-t-il ?

Il savait très bien ce qu'il y avait.

– J'ai reçu une lettre. Au courrier de ce matin. A propos de ce dont vous me parliez samedi.

– Anne, de quoi s'agit-il ?

– C'est à propos de Miriam... tapé à la machine. Et ce n'est pas signé.

– Que dit cette lettre ? Lisez-la-moi.

D'une voix tremblante, mais parfaitement claire, Anne lut :

« Chère Miss Faulkner,

« Il vous intéressera peut-être de savoir que Guy Haines a joué dans le meurtre de sa femme un rôle plus important que ne le croit pour l'instant la justice. Mais la vérité se fera jour. J'estime de mon devoir de vous avertir, au cas où vous auriez le projet d'épouser un individu à la personnalité aussi trouble. L'auteur de cette lettre sait également que Guy Haines ne restera pas longtemps un homme libre.

« *Signé :* UN AMI. »

Guy ferma les yeux.

– Mon Dieu !

– Guy, savez-vous qui cela pourrait être ?... Guy ? Allô ?

– Oui, dit-il.

– Qui cela peut-il être ?

Il devinait à l'entendre qu'elle avait seulement peur, qu'elle le croyait, mais qu'elle avait peur pour lui.

– Je ne sais pas, Anne.

– C'est vrai, Guy ? demanda-t-elle anxieusement. Vous devriez savoir. Il faut faire quelque chose.

– Je ne sais pas, répéta Guy d'une voix morne.

Son esprit était comme pris dans un nœud inextricable.

– Vous devez savoir. Réfléchissez, Guy. Vous ne vous voyez pas d'ennemi ?

– D'où est le cachet de la poste ?

– C'est celui de la grande poste. Un papier parfaitement uni. On ne peut en tirer aucune indication.

– Gardez-moi cette lettre.

– Bien sûr, Guy. Et je n'en parlerai à personne. Je n'en parlerai pas à la famille.

Un silence.

– Il *doit* y avoir quelqu'un. Vous pensiez à quelqu'un samedi, n'est-ce pas ?

– Mais non.

Sa gorge se serrait.

– Ce sont des choses qui arrivent après un procès, vous savez.

Il se sentait le besoin de protéger Bruno aussi soigneusement que si Bruno avait été lui-même et que c'eût été lui, Guy, le coupable.

— Quand puis-je vous voir, Anne ? Est-ce que je peux venir ce soir ?

— C'est-à-dire que... je dois aller à un gala de bienfaisance avec papa et maman. Je peux vous envoyer la lettre par la poste. Par express, vous l'aurez demain matin.

Elle arriva donc le lendemain matin, ainsi qu'une nouvelle lettre contenant les plans de Bruno, dont le dernier paragraphe, affectueux mais insistant, faisait allusion à la lettre envoyée à Anne et en promettait d'autres.

XXII

Guy était assis sur le bord de son lit, la tête enfouie dans ses mains; il se redressa. C'était la nuit, se dit-il, qui donnait corps à ses pensées, qui les déformait, c'était la nuit, le noir, l'insomnie. La nuit, pourtant, avait sa vérité à elle. La nuit, on n'approchait la vérité que sous un certain angle, mais au fond, la vérité ne changeait jamais. S'il racontait tout à Anne, n'estimerait-elle pas qu'il avait été partiellement coupable dans cette affaire ? Accepterait-elle encore de l'épouser ? Comment le pourrait-elle ? Quel drôle d'animal il était, capable d'être assis comme ça dans une chambre, avec dans le fond d'un tiroir les plans d'un meurtre et le revolver pour le réaliser !

A la pâle lueur de l'aube naissante, il regarda son visage dans une glace. Le coin gauche de la bouche était tiré vers le bas. La lèvre inférieure était mince à force d'être crispée. Il s'efforça de garder le regard absolument fixe. Ses yeux brillaient au-dessus de cernes pâles, ils semblaient dévisager leur tortionnaire.

Devait-il s'habiller et aller faire un tour, ou essayer de dormir ? Il marchait d'un pas léger sur le tapis, évitant machinalement le coin près du fauteuil où le parquet craquait. *Par mesure de précaution,* disaient les lettres de Bruno, *vous éviterez ces marches qui craquent. La porte de mon père est juste à droite, comme vous le savez. J'ai passé en revue tous les détails, et rien ne peut clocher. Vous voyez sur le plan l'emplacement de la chambre du maître d'hôtel (Herbert). C'est la chambre la plus proche. Le plancher du couloir craque là où j'ai fait une croix...* Guy se jeta sur le lit. *Quoi qu'il arrive, il ne faut pas essayer de vous débarrasser du Lugar entre la maison et la gare.* Il savait tout cela par cœur, il connaissait le bruit que faisait la porte de la cuisine, et la couleur du tapis de l'entrée.

Si Bruno trouvait quelqu'un d'autre pour tuer son père, Guy aurait là bien assez de preuves pour le faire condamner. Il pourrait se venger de ce que Bruno lui avait fait. Mais Bruno se contenterait de riposter par des mensonges qui feraient accuser Guy d'avoir prémédité le meurtre de Miriam. Non, il n'y avait qu'à attendre que Bruno trouvât quelqu'un d'autre. S'il réussissait à faire traîner encore un peu les menaces de Bruno, tout ce cauchemar se dissiperait et il pourrait dormir. S'il tuait le père de Bruno, il ne se servirait pas du gros Lugar, il prendrait son petit revolver...

Guy se leva, endolori, furieux, et effrayé par les mots qui venaient de lui traverser l'esprit. « Le Building Shaw » se dit-il, comme s'il annonçait un changement de décor, comme s'il pouvait à volonté faire passer sa pensée des chemins de la nuit à ceux du jour. *Le Building Shaw. La pelouse va jusqu'aux marches de l'entrée de derrière, il y a juste un endroit où il y a du gravier, mais vous n'aurez qu'à l'enjamber... Vous sautez la troisième marche, vous sautez la quatrième, et vous faites un grand pas en arrivant en haut, c'est facile à se rappeler.*

« *Mr. Haines ! Téléphone !* »

Guy tressaillit et se coupa. Il posa son rasoir et sortit sur le palier.

– Bonjour, Guy. Vous êtes prêt? fit la voix dans l'appareil.

Elle prenait dans le petit matin un accent crapuleux, lourd des horreurs de la nuit :

– Ça ne vous suffit pas comme ça?

– Je me fiche pas mal de ce que vous faites.

Bruno se mit à rire.

Guy raccrocha, tremblant.

Mais le choc se répercuta sur toute la journée : le souvenir en demeurait sensible et douloureux comme un bleu. Il avait une envie désespérée de voir Anne ce soir-là, une envie désespérée de cet instant où il l'apercevait quand ils s'étaient donné rendez-vous quelque part. Mais il voulait aussi se priver de ce plaisir. Il fit une longue promenade du côté de Riverside Drive pour se fatiguer, mais cela ne l'empêcha pas de mal dormir et d'avoir toute une suite de rêves désagréables. Une fois le contrat Shaw signé, se dit Guy, ce ne serait pas la même chose : il pourrait se lancer à corps perdu dans son travail.

Le lendemain matin, Douglas Frear, de la Compagnie immobilière Shaw, téléphona ainsi qu'il l'avait promis.

– Mr. Haines, dit-il de sa voix pesante et rauque, nous avons reçu une lettre où l'on parle de vous en termes fort curieux.

– Comment cela? Quel genre de lettre?

– C'est à propos de votre femme. Je ne savais pas... Voulez-vous que je vous la lise?

– Je vous en prie.

– « A qui de droit : il vous intéressera sans nul doute d'apprendre que Guy Daniel Haines, dont la femme a été assassinée en juin dernier, a joué dans le meurtre un rôle plus important que celui que la justice lui attribue. L'auteur de cette lettre le sait, et il sait aussi que bientôt s'ouvrira un nouveau procès qui dévoilera la véritable part que Haines a prise dans ce meurtre. » Je suis persuadé, Mr. Haines, que c'est une lettre de fou.

Mais j'ai jugé préférable de vous mettre au courant.

– Naturellement.

Dans un coin, Myers travaillait à ses dessins, calmement, comme tous les matins.

– Il me semble avoir entendu parler de... heu... de la tragédie de l'année dernière. Il n'est pas question de rouvrir le procès, n'est-ce pas ?

– Certainement pas. Enfin, je n'ai entendu parler de rien.

Guy maudit son affolement. Mr. Frear devait tout bonnement se demander si éventuellement il pourrait bien se charger de la commande.

– Je suis désolé, nous n'avons pas encore pris de décision définitive en ce qui concerne ce contrat, Mr. Haines.

La Compagnie immobilière Shaw attendit le lendemain matin pour lui faire savoir qu'on n'était pas tout à fait satisfait de ses devis. En fait, c'était au projet d'un architecte concurrent qu'on s'intéressait.

Comment Bruno avait-il appris l'existence de ce projet ? se demanda Guy. Il y avait bien des hypothèses possibles. On en avait peut-être parlé dans les journaux : Bruno se tenait au courant de l'actualité en matière d'architecture; ou bien Bruno avait peut-être appelé à une heure où il savait ne pas trouver Guy, et appris incidemment la nouvelle par Myers. Les regards de Guy revinrent à Myers : il se demanda s'il avait parlé à Bruno au téléphone. Cette hypothèse était un peu trop tirée par les cheveux.

Maintenant que la commande lui avait passé sous le nez, Guy se mit à penser à tout ce que cela représentait de perspectives supprimées. Il n'aurait pas la forte somme d'argent sur laquelle il comptait pour l'été. Ni le prestige, le prestige aux yeux de la famille Faulkner. L'idée ne lui vint pas un instant – et pourtant il y avait cela aussi à la base de sa douleur – qu'il était déçu de voir une création de son esprit se réduire à néant.

Bientôt Bruno écrirait au prochain client, puis au suivant. C'était cela qu'il entendait quand il parlait de ruiner la carrière de Guy. Et sa vie avec Anne? La pensée d'Anne le traversa douloureusement. Il lui semblait pendant de longs intervalles oublier qu'il l'aimait. Il se passait quelque chose entre Anne et lui, mais il ne pouvait dire quoi. Il avait l'impression que Bruno détruisait chez lui le courage d'aimer. Les moindres détails ne faisaient qu'accroître son inquiétude, tout, depuis le fait qu'il avait perdu sa meilleure paire de chaussures en oubliant chez quel cordonnier il l'avait portée, jusqu'à la maison d'Alton qui lui paraissait une entreprise démesurée, dont il doutait qu'ils puissent arriver à bout.

Dans le bureau, Myers travaillait à ses éternels devis qu'il faisait pour des agences, et le téléphone de Guy ne sonnait jamais. Bruno n'appelle pas, se dit Guy un jour, parce qu'il veut qu'on attende cet appel, qu'on l'attende au point que sa voix soit la bienvenue quand elle se fera entendre. Ecœuré de lui-même, Guy sortit au beau milieu de l'après-midi et alla boire des martinis dans un bar de Madison Avenue. Il devait déjeuner avec Anne, mais elle avait téléphoné pour se décommander, il ne se rappelait pas pourquoi. Elle n'avait pas paru précisément froide, mais il réfléchit qu'elle n'avait donné aucune raison pour ne pas déjeuner avec lui. Elle n'avait certainement pas dit qu'elle allait faire des courses pour la maison, sinon, il s'en serait souvenu. S'en serait-il souvenu, au fait? Ou bien était-ce une mesure de représailles parce que Guy n'était pas venu, comme il l'avait promis, dîner avec les Faulkner, dimanche dernier? Il était trop fatigué et trop déprimé pour voir personne ce jour-là. Une querelle silencieuse et inavouée couvait entre Anne et lui. Ces temps derniers, il se sentait trop lamentable pour infliger sa présence à Anne, et elle, de son côté, prétendait être trop occupée pour le voir quand il le lui demandait. Elle était occupée à faire des projets pour la maison et occupée à se disputer avec lui. Tout cela ne tenait pas debout. Rien d'ailleurs ne rimait à rien, sinon d'échapper à Bruno. Mais il n'y avait aucun moyen viable de le faire. Ce qui se passerait devant un tribunal ne rimait à rien non plus.

Il alluma une cigarette, et s'aperçut alors qu'il en avait déjà une. Accoudé sur la table de matière plastique noire, il les fuma toutes les deux. Les reflets dans la table multipliaient les mains, les bras et les cigarettes. Que faisait-il là à une heure et quart de l'après-midi, à s'abrutir sur son troisième martini, à se rendre incapable de travailler, à supposer qu'il eût quelque chose à faire ? Lui, Guy Haines, qui aimait Anne, qui avait construit le Palmyra ? Il n'avait même pas le courage de flanquer son verre de martini par terre. Des sables mouvants. Et s'il allait s'enliser complètement ? S'il tuait vraiment pour Bruno ? Ce serait si simple, comme disait Bruno, quand il n'y aurait que son père et le maître d'hôtel dans la maison : Guy connaissait mieux cette maison que celle où il était né à Metcalf. Il pourrait laisser des indices qui compromettraient Bruno, laisser le Lugar dans la chambre, par exemple. Cette pensée se chargea soudain d'un poids de réalité. Il serra machinalement le poing en songeant à Bruno, puis l'impuissance de son poing crispé sur la table lui fit honte. Il ne fallait pas qu'il laissât son esprit vagabonder comme ça. C'était exactement ce que souhaitait Bruno !

Il versa un peu d'eau sur son mouchoir et se tamponna le visage. Une coupure qu'il s'était faite en se rasant se mit à le cuire. Il la regarda dans la glace à côté de lui. Cela commençait à saigner à l'endroit d'une minuscule marque rouge, sur le côté de son menton. Il avait envie de lancer un coup de poing au menton qu'il voyait dans la glace. Il se secoua et alla régler ses consommations.

Mais maintenant que son esprit avait pris ce

chemin, il lui était facile de le reprendre. Pendant ses nuits d'insomnie, il accomplissait le meurtre, et cela le calmait comme une drogue. Ce n'était pas un meurtre ce qu'il faisait là, mais une action qui le débarrassait de Bruno, comme le coup de bistouri qui tranche une tumeur maligne. La nuit, le père de Bruno n'était pas une personne, mais un objet, et lui-même n'était pas une personne, mais une force. En faisant cela, en laissant le Lugar dans la chambre, puis en suivant la marche de Bruno vers la condamnation et la mort, c'était comme s'il exorcisait ses démons.

Bruno lui envoya un portefeuille en crocodile, avec des coins dorés et ses initiales G. D. H. sur le côté. « J'ai pensé que ce portefeuille vous irait bien, Guy, disait le petit mot qu'il trouva à l'intérieur. Je vous en prie, n'envenimez pas les choses. J'ai beaucoup d'affection pour vous. Votre fidèle Bruno. » Le premier mouvement de Guy fut de jeter le portefeuille dans une poubelle, mais il le fourra dans sa poche. Il avait horreur de jeter un bel objet. Il trouverait bien à l'utiliser.

Ce matin-là, Guy déclina une invitation à parler à la radio. Il n'était pas en état de travailler et il s'en rendait compte. Pourquoi même continait-il à venir au bureau ? Il aurait été ravi de se saouler toute la journée et surtout toute la nuit. Il regarda sa main qui faisait inlassablement pivoter son compas sur son bureau. Quelqu'un lui avait dit un jour qu'il avait des mains de capucin. Tim O'Flaherty, de Chicago. Il lui avait dit ça un jour où ils mangeaient des spaghetti dans le petit appartement de Tim, en parlant de Le Corbusier et de l'éloquence innée des architectes, et de l'utilité de cette éloquence pour se faire un chemin. C'était encore une vie possible dans ce temps-là, même avec la présence épuisante de Miriam : ce n'était jamais qu'un combat réconfortant qui l'attendait et qui ne sortait pas des difficultés ordinaires de l'existence. Il faisait pivoter le compas machinalement, quand il se dit que le bruit gênait peut-être Myers, et il s'arrêta.

– Allons, Guy, secouez-vous un peu, fit gentiment Myers.

– Ce n'est pas quelque chose dont on se débarrasse comme ça. Ou bien on tient le coup, ou bien on s'effondre, répliqua Guy, avec un calme glacé.

Et puis, incapable de se maîtriser, il ajouta :

– Je n'ai pas besoin de vos conseils, Myers. Merci.

– Voyons, Guy...

Myers se leva, en souriant, calme et dégingandé. Mais il resta près de son bureau.

Guy prit son manteau à la patère.

– Excusez-moi, je suis désolé.

– Oh! je sais ce que c'est. L'énervement d'avant le mariage. J'ai connu ça aussi. Qu'est-ce que vous diriez d'aller prendre un verre?

La familiarité de Myers piqua chez Guy un certain sens de la dignité dont il n'avait conscience que quand on lui portait atteinte. Le visage paisible et vide de Myers, sa plate banalité, lui parut insupportable.

– Merci, dit-il, ça ne me dit rien.

Et il referma doucement la porte derrière lui.

XXIII

Guy jeta un coup d'œil sur le trottoir d'en face; il était certain d'avoir vu Bruno. Ses yeux fouillèrent la pénombre du soir qui tombait. Il l'avait vu, il en aurait juré, là, près de cette grille noire, là où il n'était pas. Guy tourna les talons et pressa le pas. Il avait pris des places pour un opéra de Verdi. Anne devait le retrouver au théâtre à huit heures et demie. Il n'avait guère envie de voir Anne ce soir, il n'avait pas envie de supporter sa gaieté réconfortante, ni de s'épuiser à prétendre qu'il était mieux qu'il ne l'était en fait. Elle s'inquiétait parce qu'il avait des insomnies. Elle n'avait pas dit grand-chose, mais le peu qu'elle avait dit l'avait agacé. Et surtout, il n'avait aucune envie d'entendre du Verdi. Qu'est-ce qu'il lui avait pris d'aller chercher des places pour un opéra de Verdi ? Il avait voulu faire plaisir à Anne, mais au fond elle n'aimait pas tellement Verdi : n'était-ce pas un peu insensé de prendre des places pour un spectacle que ni l'un ni l'autre n'aimait ?

Mrs. Mac Causland lui donna un numéro de téléphone auquel il devait rappeler. Cela lui sembla être le numéro d'une des tantes d'Anne. « Peut-être serait-elle prise ce soir », se dit-il, avec une nuance d'espoir.

– Guy, je ne vois vraiment pas comment m'arranger, dit Anne. Ces gens auxquels tante Julie voulait me présenter ne viennent qu'après dîner.

– Je comprends.

– Je ne peux absolument pas me défiler.

– Mais c'est tout naturel.

– Je suis navrée, savez-vous que je ne vous ai pas vu depuis samedi ?

Guy se mordit le bout de la langue. Il éprouvait une véritable répulsion devant l'attachement d'Anne, devant son inquiétude, et même sa voix douce et bien timbrée qui jadis était comme une étreinte : c'était comme une révélation, il ne l'aimait plus.

– Pourquoi n'emmenez-vous pas Mrs. Mac Causland ? Ce serait gentil.

– Mais, Anne, je n'en ai aucune envie.

– Vous n'avez pas reçu d'autres lettres, Guy ?

– Non.

C'était la troisième fois qu'elle le lui demandait !

– Je vous aime, vous savez. Vous n'oublierez pas ?

– Non. Anne.

Il remonta quatre à quatre dans sa chambre, ôta son veston et fit un peu de toilette, se donna un coup de peigne, et brusquement, il n'eut plus rien à faire et il eut besoin d'Anne. Il avait terriblement besoin d'elle. Pourquoi avait-il été assez fou pour croire qu'il ne voulait pas la voir ? Il chercha dans sa poche la note de Mrs. Mac Causland avec le numéro de téléphone, courut la chercher en bas, mais elle avait disparu, comme si quelqu'un l'avait délibérément enlevée pour le contrarier. Il jeta un coup d'œil par la vitre de la porte-fenêtre. « Bruno, se dit-il, c'était Bruno qui avait pris la note. »

Les Faulkner connaîtraient le numéro de la tante d'Anne. Il la verrait, il passerait la soirée avec elle, même si cela signifiait passer la soirée avec sa tante Julie. Le téléphone sonna longuement à Long Island, et personne ne répondit. Il essaya de se rappeler le numéro de téléphone de la tante, mais n'y parvint pas.

Sa chambre lui parut pleine d'un silence incertain, palpable. Ses regards parcoururent les rayonnages qu'il avait disposés le long des murs, aperçurent le lierre que Mrs. Mac Causland lui avait donné pour mettre sur les appliques murales, le fauteuil de peluche rouge près de la lampe, le dessin accroché au-dessus de son lit et qui s'appelait « Zoo Imaginaire », et les rideaux de bure qui dissimulaient sa kitchenette. Il se leva d'un air las pour écarter les rideaux et regarder derrière. Sans en être le moins du monde effrayé, il avait la nette impression que quelqu'un l'attendait dans la chambre. Il prit le journal et se mit à lire.

Quelques instants plus tard, il se retrouva dans un bar en train de boire son second martini. Il fallait absolument qu'il dormît, se dit-il pour se justifier, même s'il fallait pour cela boire tout seul, ce qui le dégoûtait. Il alla jusqu'à Times Square, se fit couper les cheveux et en rentrant acheta un litre de lait et deux journaux. Après avoir écrit à sa mère, il boirait un peu de lait, lirait les journaux et irait se coucher. Ou bien peut-être trouverait-il le numéro de téléphone d'Anne par terre en rentrant. Mais il n'était pas là.

Vers deux heures du matin, il se leva et se mit à arpenter la pièce : il avait faim et pourtant n'avait pas envie de manger. La semaine dernière, il s'en souvenait, il avait ouvert au milieu de la nuit une boîte de sardines et les avait dévorées en les piquant avec un couteau. La nuit, les affinités bestiales se réveillaient, on se repliait sur soi. Il prit sur l'étagère un carnet de croquis et le feuilleta fiévreusement. C'était son premier carnet de croquis sur New York : il avait vingt-deux ans alors. Il y avait de tout : l'immeuble de Chrysler, la clinique psychiatrique Payne Whitney, les quais d'East River, des ouvriers penchés sur leurs perforeuses enfoncées à l'horizontale dans le roc. Il y avait aussi toute une série de croquis sur le Radio City, et sur la page d'en face des modifications qu'il aurait voulu y apporter, avec même un projet de reconstruction de fond en comble. Il referma précipitamment le carnet : tout cela était bon, et il n'était pas sûr de pouvoir faire aussi bien aujourd'hui. Le Palmyra lui semblait le dernier sursaut d'énergie d'une jeunesse heureuse. Le sanglot qu'il venait de réprimer lui laissa dans la poitrine une contraction douloureuse, douloureuse et familière, qui lui rappelait toutes ces années avec Miriam. Il s'allongea sur son lit pour étouffer le prochain sanglot.

Ce fut la présence de Bruno dans le soir qui réveilla Guy; il ne l'avait pourtant pas entendu arriver. Le premier choc de la surprise passé, il trouva cette visite toute naturelle. Comme il se l'était imaginé les nuits précédentes, il était heureux que Bruno fût venu. Etait-ce *vraiment* Bruno? Oui. Guy aperçut le rougeoiement de sa cigarette du côté du bureau.

– Bruno?

— Salut, fit Bruno doucement. Je suis entré avec un passe. Vous êtes prêt maintenant, n'est-ce pas ?

Bruno avait l'air calme et fatigué.

Guy se souleva sur un coude. Bien sûr, c'était Bruno qui était là. Il voyait la lueur orangée de sa cigarette.

— Oui, dit Guy, et il eut l'impression que ce oui avait été englouti dans les ténèbres; ce n'était pas comme les autres nuits où le oui était silencieux, ne sortait même pas. Le nœud qu'il avait dans la tête se défit si brusquement que c'en fut douloureux. C'était cela qu'il attendait depuis si longtemps de dire, cela que le silence de la chambre attendait d'entendre. Et les bêtes au-delà des murs.

Bruno s'assit sur le bord du lit, les bras croisés.

— Guy, je ne vous reverrai jamais.

— Non.

Bruno dégageait un parfum abominable de tabac, de brillantine et de vieil alcool, mais Guy ne s'écarta pas. Sa tête était encore toute à la joie de sentir ce nœud se défaire.

— J'ai essayé d'être gentil avec lui ces deux derniers jours, dit Bruno. Non, pas gentil, convenable, simplement. Ce soir, juste avant que je sorte, il a dit quelque chose à ma mère...

— Je ne veux pas le savoir ! fit Guy.

Il avait toujours arrêté Bruno parce qu'il ne voulait pas savoir ce que son père avait dit, quelle mine il avait, il ne voulait rien savoir sur lui.

Tous deux se turent un moment, Guy parce qu'il ne voulait pas s'expliquer, et Bruno, parce que Guy l'avait fait taire.

Bruno renifla de façon écœurante.

— Demain, nous partons pour le Maine, à midi, c'est décidé. Ma mère et moi, avec le chauffeur. Demain soir ce sera parfait, n'importe quel soir, d'ailleurs, sauf jeudi. Après onze...

Il continua, répétant ce que Guy savait déjà, et Guy le laissa parler, parce qu'il savait qu'il allait entrer dans la maison de Long Island et que tout cela allait devenir réalité.

— Il y a deux jours, j'étais noir et j'ai cassé le verrou en claquant la porte. On ne l'aura sûrement pas fait réparer, ils sont trop occupés. Mais si jamais ils l'avaient fait réparer...

Il mit une clé dans la main de Guy.

— Et je vous ai apporté ça aussi.

— Qu'est-ce que c'est ?

— Des gants. Des gants de femme, mais ça s'agrandit.

Bruno se mit à rire.

Guy tâta les gants de coton mince.

— Vous avez le revolver, hein ? Où est-il ?

— Dans le fond du tiroir.

Guy l'entendit trébucher contre le secrétaire, puis ouvrir le tiroir. L'abat-jour craqua, puis la lumière s'alluma, et Bruno apparut, grande silhouette efflanquée, vêtu d'une veste polo si claire qu'elle était presque blanche, et d'un pantalon noir avec de fines rayures blanches. Une écharpe de soie blanche lui pendait négligemment autour du cou. Guy l'examina, des petites chaussures marron aux cheveux gominés, comme s'il pouvait découvrir dans l'apparence physique de Bruno la raison de son changement d'attitude, ou même la définition de celle-ci. C'était de la familiarité et quelque chose de plus, qui était presque fraternel. Bruno vérifia le mécanisme du revolver et se tourna vers Guy. Il avait le visage plus lourd que la dernière fois, remarqua Guy, un peu congestionné et plus vivant qu'il ne se souvenait jamais l'avoir vu. Ses yeux gris semblaient agrandis par les larmes, et avaient des reflets dorés. Il regarda Guy comme s'il essayait de trouver des mots ou qu'il suppliât Guy de les trouver lui-même. Puis il passa la langue sur ses lèvres minces, secoua la tête et allongea le bras vers la lampe. La lumière s'éteignit.

Guy prit à peine conscience du départ de

Bruno. Il n'y avait qu'eux deux dans la chambre silencieuse, et le sommeil.

Une lumière grise éblouissante emplissait la chambre quand Guy s'éveilla. Le réveil marquait trois heures vingt-cinq. Il s'imagina plus qu'il ne se souvint s'être levé le matin pour répondre au téléphone : Myers lui avait demandé pourquoi il n'était pas venu au bureau, et il avait répondu qu'il ne se sentait pas bien. Au diable Myers. Il resta allongé, clignotant pour dissiper sa torpeur en essayant de se persuader que c'était pour ce soir et qu'après cela, ce serait fini. Puis il se leva et procéda sans hâte à sa toilette; rien n'avait d'importance que cette heure entre onze heures et minuit, cette heure que rien ne ferait venir plus vite ni plus lentement, et qui serait là en temps voulu. Il avait l'impression maintenant qu'il avançait sur un chemin tout tracé et que, même s'il l'avait voulu, il n'aurait pas pu s'arrêter ni changer de route.

Tout en prenant un petit déjeuner tardif dans un café, il eut soudain l'étrange sentiment que, la dernière fois qu'il avait vu Anne, il lui avait dit tout ce qu'il allait faire; et elle l'avait écouté patiemment, sachant que cela lui faisait plaisir, parce qu'il était absolument obligé de faire ce qu'il allait faire. Cela lui paraissait si naturel, si inévitable qu'il lui semblait que tout le monde devait être au courant, le type assis à côté de lui, qui mangeait sans s'occuper de Guy, Mrs. Mac Causland, qui balayait son couloir quand il était sorti et qui lui avait adressé un sourire particulièrement maternel en lui demandant s'il se sentait bien. Vendredi 12 mars, disait le calendrier sur le mur du café. Guy le contempla un moment, puis finit son repas.

Il voulait continuer à marcher. Il se dit qu'en remontant Madison Avenue, puis en prenant la Cinquième Avenue jusqu'à Central Park et en redescendant de Central Park jusqu'à Pennsylvania Station, il arriverait juste à l'heure pour prendre le train de Great Neck. Il se mit à réfléchir à ce qu'il allait faire ce soir, mais cela l'ennuyait, c'était comme une matière d'examen qu'il aurait déjà trop préparée, et il s'arrêta. Les baromètres de cuivre dans les devantures des opticiens de Madison Avenue avaient un attrait tout particulier maintenant, comme s'il allait bientôt prendre des vacances et pouvoir jouer avec un de ces instruments. Il ne devait pas y avoir un aussi beau baromètre sur le yacht d'Anne, se dit-il, sinon, il l'aurait remarqué. Il faudrait qu'il en achetât avant qu'ils partent en croisière dans le Sud pour leur voyage de noces. Il pensait à son amour comme à un merveilleux trésor. Il arrivait à Central Park quand il s'aperçut brusquement qu'il n'avait pas pris le revolver. Ni les gants. Et il était huit heures moins le quart. Cela commençait bien ! Il héla un taxi et se fit conduire en toute hâte chez lui.

Mais il avait encore largement le temps, après tout; si bien qu'il arpenta machinalement sa chambre un moment. Devait-il prendre la précaution de porter des chaussures à semelles crêpe ? Fallait-il prendre un chapeau ? Il prit le Lugar dans le tiroir et le posa sur le bureau. Sous le revolver, il y avait un exemplaire des plans de Bruno, et il le déplia, mais aussitôt chaque mot lui en parut si familier qu'il le jeta dans la corbeille à papier. Il prit les gants de coton pourpre sur sa table de chevet. Il en tomba un petit carton jaune. C'était un billet pour Great Neck.

Il contempla le Lugar noir et, une fois de plus, il le trouva exagérément gros. Fallait-il être assez idiot pour faire un revolver aussi gros ! Il prit dans son tiroir son petit revolver. Le manche orné de perles brillait d'un éclat discret. Son petit canon court et mince avait un air interrogateur, volontaire et plein d'une vigueur contenue. Mais il ne fallait pas oublier de laisser le Lugar dans la chambre là-bas parce que c'était le revolver de

Bruno. Mais cela ne semblait vraiment pas la peine maintenant de trimbaler ce gros revolver rien que pour cela. Il n'éprouvait plus aucune hostilité à l'égard de Bruno, c'était bien ce qu'il y avait de curieux.

Il demeura un instant perplexe. Bien entendu qu'il fallait prendre le Lugar, le Lugar faisait partie du plan ! Il le fourra donc dans la poche de son manteau. Il s'apprêta à enfiler les gants. Les gants étaient rouge foncé et l'étui de flanelle de son revolver bleu lavande. Il lui parut soudain qu'il fallait prendre le petit revolver parce que les couleurs étaient assorties; il remit donc le Lugar dans le tiroir et laissa tomber le petit revolver au fond de sa poche. Il ne s'attarda pas à vérifier s'il n'avait rien d'autre à faire parce qu'il avait la conviction, après avoir si souvent lu et relu les instructions de Bruno, qu'il n'avait rien oublié. Avant de s'en aller, il remplit un verre d'eau et le versa sur les plantes vertes de la console. Il aurait bien pris une tasse de café pour se mettre en train. Il en prendrait une à la gare de Great Neck.

A un moment, dans le train, un homme lui heurta l'épaule en passant, et ses nerfs se mirent à frémir pour arriver finalement à un point d'excitation tel que Guy sentit que quelque chose devait se produire, et un flot de mots se forma dans son esprit, parvint presque à sa langue : *Ce n'est pas vraiment un revolver que j'ai dans ma poche. Je n'ai jamais considéré cela comme un revolver. Je ne l'ai pas acheté pour avoir un revolver.* Et aussitôt il se sentit plus à l'aise, parce qu'il savait qu'il allait tuer quelqu'un avec. Il était comme Bruno. N'en avait-il pas cent fois déjà eu le sentiment, tout en se refusant comme un lâche à l'admettre ? N'avait-il pas toujours su que Bruno était comme lui ? Pourquoi, sinon, aurait-il trouvé Bruno sympathique ? Il aimait bien Bruno. Bruno lui avait préparé le chemin pas à pas et tout irait bien parce que tout allait toujours bien pour Bruno. Le monde était fait pour des gens comme Bruno.

Il tombait un vague crachin. Guy se dirigea droit vers le terminus d'autobus que Bruno lui avait décrit. L'air qui entrait par la vitre ouverte était plus froid que celui de New York, et avait la fraîcheur de la campagne. L'autobus quitta les lumières du centre de l'agglomération pour s'engager sur une route plus sombre bordée de maisons. Guy se rappela qu'il ne s'était pas arrêté pour prendre un café au buffet de la gare. Cet oubli le mit dans un tel état d'irritation qu'il faillit descendre de l'autobus et rebroussa chemin. Une tasse de café pouvait tout changer. Oui, cela pouvait signifier la vie pour lui ! Mais à l'arrêt de Grant Street, il se leva machinalement et l'impression de suivre un chemin tout tracé le réconforta.

Son pas faisait sur la route un clapotis humide et élastique. Devant lui, une petite fille monta en courant les marches d'un perron et claqua la porte derrière elle avec un bruit paisible et bourgeois. Il arrivait au terrain vague avec son arbre solitaire, et à gauche c'étaient les ténèbres des bois. Le lampadaire que Bruno avait signalé sur toutes ses cartes avait un halo d'un bleu glauque et doré. Une voiture approcha lentement, ses phares roulant comme des yeux affolés par les cahots de la route, puis le dépassa.

Guy s'arrêta brusquement; ce fut comme si un rideau venait de se lever sur un décor qu'il connaissait déjà : au premier plan, le grand mur blanc de plus de deux mètres, avec de-ci de-là la tache plus sombre d'un cerisier qui passait pardessus, et au fond, le triangle du toit blanc. La Taule. Il traversa la rue. On entendait sur la route le crissement de pas lents. Il attendit, tapi contre le mur; c'était un policeman, qui faisait sa ronde, les mains derrière le dos, balançant son bâton. Guy n'éprouva aucune inquiétude, encore moins peut-être que si l'homme n'avait pas été un policeman. Quand il se fut éloigné, Guy compta quinze pas le long du mur, sauta, agrippa la corniche et se mit à califourchon. Presque sous ses pieds, il distingua la caisse de conserves que Bruno avait jetée près du mur. Guy se pencha pour examiner la maison à travers les branchages du cerisier. Il apercevait deux des cinq grandes fenêtres du premier étage et une partie du rectangle de la piscine. Il n'y avait pas de lumière. Il sauta.

Il distinguait maintenant les six larges marches de l'entrée de derrière et le foisonnement brumeux des cornouillers sans fleurs qui entouraient la maison. Comme il l'avait soupçonné d'après les dessins de Bruno, la maison était trop petite pour ses dix doubles pignons, qu'on avait manifestement mis là parce que le client y tenait. Voilà tout. Il longea le mur quand soudain un craquement de brindilles lui fit peur. *Coupez en diagonale à travers la pelouse,* avait dit Bruno, sans doute à cause des brindilles.

Une branche accrocha son chapeau tandis que Guy se dirigeait vers la maison. Il fourra le chapeau sous son manteau, contre son veston et remit la main dans la poche où était la clé. Quand donc avait-il mis ses gants ? Il prit une profonde inspiration et traversa la pelouse, mi-courant, mi-marchant, rapide et léger comme un chat. « J'ai déjà fait cela bien des fois, pensa-t-il, ce n'est jamais qu'une fois de plus. » Au bord du gazon, il hésita, jeta un coup d'œil au garage vers lequel conduisait la courbe de l'allée sablée, puis gravit les six marches. La porte de derrière s'ouvrit et pivota lourdement sur ses gonds et il saisit le bouton pour le refermer. Mais la seconde porte, avec sa serrure de sûreté, offrit davantage de résistance; Guy sentit monter en lui une vague de confusion, puis il poussa plus fort, et la porte céda. Il entendit le tic-tac d'un réveil à gauche sur la table de la cuisine. Il savait que c'était une table, et pourtant il ne voyait rien que le noir et des formes moins noires, la grande cuisinière blanche, la table et les chaises des domestiques et les placards. Il coupa en diagonale vers l'escalier de service, en comptant ses pas. *Je vous aurais bien fait passer par le grand escalier mais toutes les marches craquent.* Il marchait à pas lents et raides, les yeux écarquillés, évitant sans les voir les casiers à légumes. La panique le frôla quand l'idée lui vint qu'il devait avoir l'air d'un somnambule.

Vous montez d'abord douze marches, vous sautez la septième. Puis, après le tournant, il y a deux petits paliers... Vous sautez la troisième marche; vous sautez la quatrième, et vous faites un grand pas en arrivant en haut, c'est facile à se rappeler. Il sauta la quatrième marche. Dans le mur, juste avant le dernier petit palier, il y avait un œil-de-bœuf. Guy se souvint d'un essai qu'il avait lu : *Une maison doit être construite en harmonie avec les activités de ceux qui l'habitent... Faut-il qu'avant de monter les quinze marches qui mènent à sa chambre de jeux, l'enfant s'arrête près de la fenêtre pour regarder la vue* ? Trois mètres plus loin à gauche, c'était la porte du maître d'hôtel. *C'est la chambre la plus proche,* fit en crescendo la voix de Bruno, comme il passait devant le rectangle noir de la porte.

Le plancher eut un craquement à peine perceptible, Guy retira son pied, attendit, puis contourna l'endroit dangereux. Sa main tourna délicatement le bouton de la porte du couloir. Le battement de l'horloge qui se trouvait sur le palier du grand escalier devint plus fort, et Guy se rendit compte qu'il l'entendait depuis plusieurs secondes. Il perçut un soupir.

Un soupir dans le grand escalier !

Un carillon se mit à sonner. Le bouton de porte grinça et Guy le serra si fort qu'il crut le briser. *Trois. Quatre.* Vite refermer la porte avant que le maître d'hôtel entende ! C'était pour cela que Bruno avait dit entre onze heures et minuit ? L'abruti ! Et maintenant il n'avait pas le Lugar !

Guy referma la porte avec un bruit sourd. Il était en nage, il sentait la chaleur monter du col de son manteau; et l'horloge continuait à sonner, inlassablement. Enfin, ce fut le dernier coup.

Il tendit l'oreille; on n'entendait plus à nouveau que le tic-tac aveugle et sourd; il ouvrit la porte et pénétra dans le couloir. *La porte de mon père est juste à droite.* Il retrouvait maintenant le chemin tout tracé. Bien sûr, il était déjà venu ici, dans ce couloir désert dont il sentait l'existence tout en fixant la porte du père de Bruno, avec le tapis gris, les panneaux crème des murs et de la table de marbre en haut de l'escalier. Le couloir avait une odeur, et cette odeur même était familière. Il sentit ses cheveux se hérisser sur ses tempes. Il eut soudain la certitude que le vieux était collé contre la porte de l'autre côté, retenant son souffle si longtemps qu'il devait déjà en être mort. Allons, c'était idiot! Il fallait ouvrir cette porte!

Il prit le bouton dans la main gauche et sa main droite alla machinalement se poser sur le revolver dans sa poche. Il se sentait inattaquable, invulnérable, comme une machine. Il était déjà venu ici bien, bien souvent, il avait tué cet homme bien des fois déjà, et cela ne ferait jamais qu'une fois de plus. Il avait les yeux fixés sur l'infime entrebâillement de la porte, il sentait que derrière elle s'ouvrait un espace infini; il attendit un peu que le vertige se dissipât. Et s'il ne le voyait pas, le vieux, en entrant? Si c'était l'autre qui le voyait d'abord? *La veilleuse du perron éclaire un peu la chambre,* mais le lit était dans le coin opposé. Il ouvrit la porte un peu plus grand, tendit l'oreille, et entra trop précipitamment. Mais la chambre était silencieuse, le lit était une masse confuse dans le coin sombre, avec une bande plus claire à la tête. Il referma la porte, *le vent pourrait claquer la porte,* puis se tourna vers le coin.

Le revolver était déjà dans sa main, braqué sur

le lit dans lequel il n'arrivait à distinguer personne.

Il jeta un coup d'œil à la fenêtre par-dessus son épaule droite. Elle était entrouverte, et Bruno avait dit qu'elle serait grande ouverte. C'était à cause de la pluie. Il écarquilla les yeux vers le lit et eut soudain un grand frisson en distinguant la forme d'une tête du côté du mur, penchée de côté comme si l'autre le regardait avec une sorte de mépris amusé. Le visage était plus sombre que les cheveux qui se confondaient avec l'oreiller. Le revolver était braqué droit sur la tête.

C'est le cœur qu'il faut viser. Docilement, le revolver se braqua sur la poitrine. Guy se glissa plus près du lit, jeta à nouveau un coup d'œil à la fenêtre derrière lui. Pas le moindre bruit de respiration. Il n'avait vraiment pas l'air vivant. C'était ce qu'il fallait croire, s'était-il toujours dit, que ce n'était qu'une cible. Et, comme il ne connaissait pas la cible, c'était comme s'il tuait à la guerre. N'est-ce pas ?

– Ha ! ha ! ha !

Un bruit de rire arriva par la fenêtre.

Guy trembla, et avec lui, le revolver.

Le rire venait de loin, un rire de fille, lointain, mais clair et net comme un coup de feu. Guy se passa la langue sur les lèvres. La vivacité de ce rire avait tout balayé, et maintenant le vide se remplissait lentement de la présence de Guy, de Guy qui allait tuer. Cela n'avait duré que le temps d'un battement de cœur. La vie. La jeune fille marchait dans la rue. Avec un jeune homme peut-être. Et l'homme qui dormait dans le lit, il était vivant aussi. *Non, ne pense pas ! C'est pour Anne que tu le fais, tu te souviens ? Pour Anne et pour toi ! C'est comme si tu tuais quelqu'un à la guerre, comme si tu tuais...*

Il appuya sur la détente. Il y eut un petit déclic. Il recommença et, encore une fois, il n'y eut qu'un petit déclic. C'était une blague ! Tout cela était truqué, cela n'existait même pas ! Ce n'était même pas vrai qu'il était là, dans cette pièce ! Il pressa encore une fois la détente.

Le vacarme déchira l'air. Les doigts de Guy se crispèrent de terreur. Le fracas recommença : on aurait cru que l'écorce de la terre éclatait.

« Kagh ! » fit la silhouette sur le lit. Le visage gris se souleva, et on aperçut la ligne de la tête et des épaules.

Guy était sur le toit de la véranda, et tombait. Cela le réveilla comme l'impression de chute qui termine un cauchemar. Il se raccrocha par miracle à une barre qui sous-tendait la tente, et il retomba sur les genoux et sur les mains. Arrivé au bord du toit, il sauta, courut le long de la maison, puis coupa à travers la pelouse, et se dirigea tout droit vers la caisse de conserves vides. Il avait conscience de la terre qui collait à ses semelles, du mouvement désespéré de ses bras pendant qu'il courait de toutes ses forces. Voilà l'impression que cela fait, voilà ce que c'est, pensa-t-il... c'est ça, la *vie,* comme le rire qu'il avait entendu là-haut. Mais c'est comme un cauchemar quand on a trop de chances contre soi.

– Hé ! appela une voix.

Le maître d'hôtel était à ses trousses, comme il l'avait prévu. Il le sentait juste derrière lui. Le cauchemar recommençait !

– Hé là ! Hé !

Sous les cerisiers, Guy se retourna, et s'arrêta, les poings tendus. Le maître d'hôtel n'était pas juste derrière lui. Il était assez loin, mais il avait vu Guy. La silhouette en pyjama blanc courait à toutes jambes, chancelant comme un filet de fumée, puis obliquait vers lui. Guy, paralysé, attendait.

– Hé !

Le poing de Guy alla s'écraser sur le menton qui s'avançait, et la blanche apparition s'effondra. Guy escalada le mur.

Les ténèbres l'entouraient de toute part. Il évita un arbuste, sauta ce qui lui parut être un fossé, et continua à courir. Il se retrouva brusquement la face contre terre, et la douleur rayonnait dans tout son corps, le clouant au sol. Il tremblait de tous ses membres, et il se dit qu'il fallait mater ce tremblement et utiliser cette énergie pour courir, que ce n'était pas là que Bruno avait dit d'aller, mais il était incapable de faire un mouvement. *Vous n'avez qu'à prendre le petit chemin (il n'y a pas de lumière là) au sud de la maison; vous traversez deux grandes rues jusqu'à Columbia Street et, là, vous prenez à droite...* Vers la ligne d'autobus qui allait à une autre gare. C'était facile pour Bruno d'écrire toutes ses fichues instructions sur un papier. Le diable l'emporte! Guy savait où il était maintenant : dans le champ à l'ouest de la maison par lequel aucun plan n'avait jamais prévu qu'il devait passer! Il regarda derrière lui. Où était le nord maintenant? Qu'était devenu le lampadaire? Il n'arriverait peut-être pas à trouver le petit chemin dans le noir. Il ne savait plus si la maison était derrière lui, ou sur la gauche. Une étrange douleur lui martelait l'avant-bras droit, une douleur si vive qu'il s'étonna de ne pas la voir luire dans l'obscurité.

Il lui semblait que la détonation l'avait brisé en miettes, qu'il ne parviendrait jamais à rassembler assez d'énergie pour bouger et que d'ailleurs cela lui était égal. Il se souvenait avoir reçu un coup pendant un match de football au collège : il était resté la face contre terre comme maintenant muet de douleur. Il se souvenait du dîner qui avait suivi, et de la bouillotte que sa mère lui avait apportée au lit, et de la façon dont elle l'avait bordé dans ses couvertures. Sa main, en tremblant, s'écorchait sur une pierre à demi enfouie. Il se mordit la lèvre et continua à penser vaguement, comme on pense dans le demi-sommeil d'un matin où l'on est épuisé, qu'il fallait se lever sans tarder, même si cela lui faisait très mal, parce qu'ici il n'était pas en sûreté. Il était encore tout près de la maison. Et tout d'un coup, ses bras et ses jambes s'agitèrent sous lui, comme sous l'effet d'une énergie longtemps contenue, et un instant plus tard, il avait repris sa course à travers le champ.

Un bruit bizarre le fit s'arrêter : un gémissement harmonieux qui semblait venir de partout à la fois.

C'étaient les sirènes de la police, évidemment ! Et dire que, comme un idiot, il avait d'abord cru que c'était un avion ! Il se remit à courir, aveuglément, en fuyant seulement les sirènes qui étaient à sa gauche maintenant, alors qu'il aurait dû prendre à gauche pour trouver le petit chemin. Il avait dû dépasser le mur de la propriété. Il allait couper à gauche vers la grand-route qui passait sûrement dans cette direction, quand il s'aperçut que les sirènes venaient précisément de la route. Il faudrait attendre... Mais il ne pouvait pas. Il continua à courir, parallèlement aux voitures de police. Puis il se prit le pied dans quelque chose, et s'étala encore en jurant. Il était dans une sorte de fossé, et avait le bras droit étendu sur une pente. La rage lui fit venir les larmes aux yeux. Il avait une étrange sensation à la main gauche : elle était dans l'eau jusqu'au poignet. « Je vais mouiller ma montre », pensa-t-il. Mais plus il faisait d'efforts pour tirer sa main de là, plus il lui semblait impossible de la remuer. Il sentait deux forces, l'une qui voulait remuer son bras et l'autre qui ne voulait pas, deux forces qui s'équilibraient si parfaitement que son bras n'était même pas crispé. Il aurait aimé dormir. « *La police va me cerner* », pensa-t-il vaguement, et, se levant, il se remit à courir.

Très près, sur la droite, une sirène poussa une clameur de triomphe, comme si elle l'avait enfin trouvé.

Un rectangle lumineux jaillit devant lui ; il fit un crochet. Une fenêtre. Il avait failli se jeter dans une maison. Le monde entier était éveillé ! Et il fallait pourtant traverser la route !

La voiture de police passa à dix mètres devant lui et ses phares clignotèrent à travers les buissons. Le gémissement d'une autre sirène retentit à sa gauche, du côté de la maison sans doute, puis se tut. En se baissant, Guy traversa la route derrière la voiture et plongea dans des ténèbres plus profondes. Peu importait maintenant où était le petit chemin; en continuant dans la même direction, il s'éloignait toujours de la maison. *Vers le sud, il y a de petits bois très sombres où vous pourrez facilement vous cacher si jamais vous êtes obligé de quitter le petit chemin... Quoi qu'il arrive, il ne faut pas essayer de vous débarrasser du Lugar entre la maison et la gare.* Il porta la main à sa poche et sentit le froid du petit revolver à travers les trous de ses gants. Il ne se rappelait même pas avoir remis le revolver dans sa poche. Il aurait tout aussi bien pu le laisser sur le tapis bleu! Et s'il l'avait laissé? Allons, c'était bien le moment de penser à ça!

Il s'était pris dans quelque chose dont il ne pouvait pas se dégager. Il battit machinalement l'air de ses poings : il était au milieu de broussailles et de buissons touffus et épineux; il se fraya un chemin quand même parce que les sirènes étaient derrière lui et qu'il ne pouvait aller que dans cette direction. Il concentra toute son attention sur l'ennemi qui était devant lui, sur les côtés et même derrière lui, l'agrippant de mille petites mains dont le craquement commençait à dominer le hurlement des sirènes. Il luttait avec une énergie joyeuse, il savourait le combat loyal qu'on le forçait à livrer.

Il reprit conscience à la lisière des bois, le nez contre la pente d'une colline qui descendait devant lui. Avait-il perdu connaissance ou venait-il de tomber à l'instant? Mais le ciel devant lui s'éclaircissait à l'approche de l'aube et, quand il se releva, il devina à la vision brouillée qu'il avait des choses qu'il avait bien perdu connaissance. Il porta ses doigts à la masse de cheveux poisseux sur le côté de sa tête. « J'ai peut-être une fracture du crâne », pensa-t-il, affolé, et il demeura un instant figé sur place, s'attendant à tomber raide mort.

En bas, les rares lumières d'une petite ville brillaient comme des étoiles au crépuscule. Machinalement, Guy tira de sa poche un mouchoir et l'enroula autour d'une coupure qu'il s'était faite à la base du pouce. Il alla s'appuyer contre un arbre. Il examina la ville et la route qui y conduisait. Rien ne bougeait. Etait-ce bien lui qui était là, appuyé à un arbre, la mémoire résonnant encore du fracas de la détonation, des sirènes et de sa lutte contre les broussailles? Il avait besoin d'eau. Sur la route qui menait à la ville, il aperçut un poste d'essence, et descendit dans cette direction.

A côté du poste, il y avait une vieille pompe à bras. Il se plongea la tête sous le jet d'eau. La figure lui cuisait comme si elle n'était qu'une égratignure. Il commença à y voir un peu plus clair. Il n'était sans doute pas à plus de trois kilomètres de Great Neck. Il enleva son gant droit qui ne tenait plus que par un doigt et par le poignet, et le mit dans sa poche. Où donc était l'autre? L'avait-il laissé dans les bois à l'endroit où il s'était bandé le pouce? La panique à nouveau l'envahit et cette impression familière le réconforta un peu. Il fallait retourner chercher le gant. Il fouilla dans les poches de son manteau, de pantalon. Son chapeau tomba à ses pieds. Il avait oublié l'existence du chapeau; et s'il l'avait laissé tomber quelque part? Il finit par trouver le gant dans sa manche gauche, réduit à une loque qui lui pendait au poignet; il le fourra dans sa poche avec un soulagement qui était presque du bonheur. Il retroussa le bas de son pantalon qui s'était déchiré, puis décida de marcher vers le sud, de prendre n'importe quel autobus qui continuerait dans cette direction et de descendre à la première gare.

Mais à peine avait-il pris cette décision que ses genoux commencèrent à le faire souffrir. Comment allait-il faire tout ce trajet avec des genoux dans cet état ? Il continua pourtant, en se forçant à marcher la tête haute. C'était une heure incertaine entre la nuit et le jour : il faisait encore sombre, mais une pâle irridescence jaillissait de toute part. Il semblait que les ténèbres pourraient encore vaincre la lumière, parce que les ténèbres étaient encore les plus fortes. Si seulement la nuit pouvait durer jusqu'à ce que lui, Guy, fût rentré chez lui et qu'il eût refermé sa porte !

Puis la lumière livra brusquement assaut à la nuit et tout l'horizon à la gauche de Guy s'enflamma. Une ligne argentée cerna le sommet d'une colline; la colline devint mauve, puis verte, puis marron, comme si elle ouvrait lentement les yeux. Au sommet, il y avait une petite maison jaune installée sous un arbre. A la droite de Guy, un champ sombre était devenu une prairie verte et brune qui ondulait doucement comme la mer. Guy vit soudain un oiseau jaillir de l'herbe en criant, et, de ses ailes pointues, dessiner un joyeux message dans le ciel. Guy s'arrêta et le suivit des yeux jusqu'à ce qu'il eût disparu.

XXIV

Il examina pour la centième fois son visage dans la glace de la salle de bain, passa patiemment le crayon astringent sur chaque égratignure et remit du désinfectant. Il soignait sa figure et ses mains avec objectivité, comme s'il ne s'agissait pas de parties de sa personne. Quand ses yeux rencontrèrent dans le miroir le regard fixe qui s'y reflétait, ils se détournèrent comme ils avaient dû se détourner, pensa Guy, cet après-midi dans le train, où il avait essayé d'éviter le regard de Bruno.

Il revint dans sa chambre et se laissa tomber sur son lit. Il avait toute la journée pour se reposer et demain, c'était dimanche. Il n'avait besoin de voir personne. Il pourrait aller passer une quinzaine de jours à Chicago et dire que c'était un voyage d'affaires. Mais cela pourrait paraître suspect qu'il quittât New York le lendemain. C'était hier que cela s'était passé, *hier soir.* Sans ses mains couvertes d'écorchures, il aurait pu croire que ce n'était qu'un rêve comme les autres. Parce qu'il n'avait pas voulu le faire. Ce n'était pas sa volonté, c'était celle de Bruno qui avait agi à travers lui. Il avait envie de maudire Bruno, de le maudire tout haut, mais il n'en avait vraiment pas la force pour le moment. Ce qu'il y avait de curieux, c'était qu'il n'éprouvait aucun sentiment de culpabilité; cela tenait, lui semblait-il maintenant, au fait que c'était la volonté de Bruno qui l'avait poussé. Mais était-ce la culpabilité, ce sentiment qu'il avait éprouvé plus fortement après la mort de Miriam qu'aujourd'hui? Aujourd'hui il était simplement épuisé et indifférent à tout. Ou bien était-ce ainsi que l'on se sentait après avoir tué? Il essaya de dormir, mais il revivait le voyage dans l'autobus de Long Island, avec les deux ouvriers qui le dévisageaient, tandis qu'il faisait mine de dormir en s'abritant derrière son journal. Il avait brusquement eu honte devant les ouvriers...

Sur les marches du perron, ses genoux fléchirent et il faillit tomber. Il ne regarda même pas pour voir si on le guettait, cela semblait bien naturel de descendre acheter un journal. Mais il savait aussi qu'il n'avait pas la force de regarder pour voir si on le guettait, la force même de s'en soucier, et il redoutait le moment où ses forces lui reviendraient, comme un malade ou un blessé redoute la nouvelle opération inévitable.

C'était le *Journal American* qui en parlait le

plus : l'article était accompagné d'une silhouette du meurtrier recomposée d'après la description du maître d'hôtel, celle d'un homme d'un mètre quatre-vingt-cinq, qui devait peser près de quatre-vingt-dix kilos, et qui avait un manteau sombre et un chapeau. Guy lut l'article avec quelque surprise, comme si l'on y parlait d'un autre : lui-même n'avait qu'un mètre soixante-quinze et ne pesait que soixante-dix kilos. Et il n'avait pas son chapeau sur la tête hier soir. Il sauta la partie de l'article qui donnait la biographie de Samuel Bruno, et lut avec le plus vif intérêt les hypothèses que l'on formulait à propos de la fuite du meurtrier. Celui-ci avait dû s'enfuir vers le nord, lit-il, et prendre la route de Newhope, sans doute jusqu'à Great Neck où il avait probablement pris le train de zéro heure dix-huit. En fait, Guy avait fui vers le sud-est. Il se sentit soudain soulagé, sauvé. Mais cette impression de sécurité était sûrement illusoire. Il se leva, saisi pour la première fois de la même panique qui s'était emparée de lui tandis qu'il pataugeait au milieu du terrain vague. Le journal remontait à quelques heures déjà. Peut-être s'étaient-ils maintenant aperçus de leur erreur. Peut-être allaient-ils venir le chercher, peut-être étaient-ils derrière sa porte à ce moment même. Il attendit; on n'entendait pas un bruit; la fatigue l'envahit à nouveau et il se rassit. Il se força à concentrer son attention sur la suite de l'article. On soulignait le sang-froid du meurtrier, ainsi que le fait qu'il s'agissait sans doute de quelqu'un qui connaissait fort bien les lieux. Pas d'empreintes, aucun indice, à l'exception de marques de chaussures de taille quarante-trois et de la trace laissée par un soulier noir sur le mur blanc. Ses vêtements, il fallait qu'il se débarrassât de ses vêtements, et sans perdre de temps, mais quand trouverait-il la force de le faire ? C'était bizarre qu'ils eussent tellement exagéré la pointure de ses chaussures, la terre était tellement boueuse. « ... la balle est d'un petit calibre, peu courant », disait le journal. Il faudrait se débarrasser de son revolver aussi. Cela lui fit un peu mal au cœur. Il détestait déjà le moment où il se séparerait de son revolver! Il rassembla ses forces et alla chercher de la glace fraîche pour la serviette qu'il se mettait sur la tête.

Anne lui téléphona dans le courant de l'après-midi pour lui proposer de l'accompagner à une soirée à Manhattan, le dimanche soir.

– Chez Helen Heyburn. Vous savez bien, je vous en avais parlé.

– Oui, en effet, dit Guy, qui ne s'en souvenait pas du tout. Mais je ne me sens pas d'humeur à aller en soirée, Anne, fit-il tranquillement.

Depuis une heure environ, il se sentait abruti. Les paroles d'Anne prenaient un écho lointain et confus. Il s'écouta répondre ce qu'il fallait, sans même penser, et sans même peut-être se demander si Anne s'apercevrait de quelque chose. Elle lui dit qu'elle pourrait demander à Chris Nelson de l'accompagner dimanche soir, et Guy dit : « Pourquoi pas », en pensant que Nelson serait bien content parce que, avant qu'Anne fasse la connaissance de Guy, elle le voyait beaucoup et qu'il était encore amoureux d'elle.

– Si j'apportais un peu de charcuterie dimanche soir, dit Anne, nous ferions une petite dînette tous les deux? Je pourrais donner rendez-vous à Chris plus tard.

– Je comptais sortir dimanche, Anne. Faire des croquis.

– Oh! je regrette. J'avais quelque chose à vous dire.

– Quoi donc?

– Quelque chose qui vous fera plaisir, je crois. Bah!... ce sera pour une autre fois.

Guy remonta sans bruit dans sa chambre, soucieux d'éviter Mrs. Mac Causland. Anne était froide avec lui, se répétait-il machinalement, Anne était froide avec lui. La prochaine fois qu'elle le verrait, elle saurait et elle le détesterait. « C'est fini avec Anne, fini », marmonna-t-il, avant de s'endormir.

Il dormit jusqu'au lendemain midi, puis passa le reste de la journée au lit dans un état de torpeur tel que ce lui était un supplice que de traverser seulement la chambre pour aller remettre de la glace sur sa serviette. Il avait l'impression qu'il ne dormirait jamais assez pour récupérer ses forces. Il réfléchissait : son corps et son esprit remontaient la longue route qu'ils venaient de parcourir. Et pour arriver à quoi ? Il était allongé, raidi et apeuré, suant et tremblant de terreur. Puis il dut se lever : il avait un peu de diarrhée. « La peur, pensa-t-il. Comme sur le champ de bataille. »

Dans un demi-sommeil, il rêva qu'il traversait la pelouse et se dirigeait vers la maison. Celle-ci était douce et blanche et aussi inconsistante qu'un nuage. Et lui, Guy, était planté là, incapable de se décider à tirer, déterminé à combattre cette hésitation ne fût-ce que pour prouver qu'il était capable de la dominer. Ce fut le coup de feu qui le réveilla. Il ouvrit les yeux pour voir l'aube envahir sa chambre. Il se vit debout près de sa table de travail, exactement comme dans son rêve, le revolver braqué sur un lit où Samuel Bruno s'efforçait de s'asseoir. Un coup de feu retentit à nouveau. Guy hurla.

Il sauta de son lit, les jambes vacillantes. La silhouette du vieux disparut. A sa fenêtre c'était la même lumière incertaine qu'il avait vue l'autre matin, le même mélange de vie et de mort. Ce serait la même lumière qui éclairerait chacune des aurores qu'il vivrait, qui lui révélerait toujours cette chambre. dont l'image à force de se répéter deviendrait de plus en plus distincte, accentuerait l'horreur qui étreignait Guy. Et s'il allait se réveiller à toutes les aurores ?

On sonna.

« La police est en bas », se dit-il. C'était bien le moment où ils viendraient l'arrêter, à l'aube. Et ça lui était égal, bien égal. Il ferait une confession complète. Il lâcherait tout le paquet d'un coup !

Il pressa le bouton d'ouverture de la porte et tendit l'oreille.

Des pas légers montèrent les marches. Les pas d'Anne. Il aurait encore mieux aimé la police ! Il fit demi-tour et stupidement ouvrit les volets. Il se passa les mains dans les cheveux et sentit la bosse qu'il avait sur le crâne.

– C'est moi, chuchota Anne en se glissant dans la pièce. Je suis venue à pied de chez Helen. Il fait un temps radieux !

Elle aperçut le pansement et son visage s'assombrit aussitôt.

– Qu'est-ce que vous vous êtes fait à la main ?

Il recula dans l'ombre à côté de son bureau.

– Je me suis trouvé dans une bagarre.

– Quand cela ? Hier soir ? Et votre figure, oh ! Guy !

– Oui.

Il fallait la retenir, la garder avec lui, pensa-t-il. Sans elle, il serait perdu. Il allait la prendre dans ses bras mais elle le repoussa, et le dévisagea dans la pénombre.

– Où cela, Guy ? Avec qui vous êtes-vous battu ?

– Un homme que je ne connais même pas, fit-il d'une voix sans timbre, sans presque se rendre compte qu'il mentait, parce qu'il fallait absolument garder Anne avec lui. Dans un bar. N'allumez pas, dit-il rapidement. Anne, je vous en prie.

– Dans un bar ?

– Je ne sais pas comment ça s'est passé. Brusquement.

– Quelqu'un que vous n'aviez jamais vu ?

– Oui.

– Je ne vous crois pas.

Elle parlait lentement, et Guy fut tout à coup terrifié : il comprenait tout à coup qu'Anne était un être distinct de lui, une personne qui avait une mentalité différente, des réactions différentes.

– Comment voulez-vous que je vous croie? reprit-elle. Et pourquoi faudrait-il aussi que je vous crusse à propos de cette lettre quand vous me dites ne pas savoir qui l'a envoyée?

– Parce que c'est la vérité.

– Et cet homme avec qui vous vous êtes battu près de la maison? C'était le même?

– Non.

– Guy, vous me cachez quelque chose.

Puis elle s'adoucit, mais chacun des mots qu'elle disait était une attaque :

– Qu'est-ce que c'est, chéri? Je veux vous aider. Mais il faut me dire.

– Je vous ai déjà dit, fit-il en serrant les dents.

Derrière son dos, la lumière déjà changeait. S'il pouvait garder Anne maintenant, il pourrait survivre à chaque aurore. Il regarda le pâle rideau de ses cheveux, et tendit la main pour toucher cette frange, mais elle recula.

– Je ne vois pas comment nous pouvons continuer ainsi, Guy. C'est impossible.

– Mais c'est fini. C'est fini, Anne, je vous le jure. Je vous en prie, croyez-moi.

C'était l'instant décisif : il lui semblait que c'était maintenant ou jamais. « Il devrait la prendre dans ses bras, se dit-il, la serrer farouchement jusqu'à ce qu'elle cessât de se débattre contre lui. » Mais il était incapable de faire un mouvement.

– Comment le savez-vous?

Il hésita.

– Parce que c'était un état d'esprit.

– La lettre était un état d'esprit?

– Elle contribuait à en créer un. J'avais l'impression d'être étouffé dans un nœud. C'était mon travail, Anne!

Il baissa la tête. Comment pouvait-il rattacher ainsi ses péchés à son travail?

– Vous m'avez dit un jour que je vous rendais heureux, dit-elle lentement, que j'y parvenais en dépit de tout. Je ne m'en aperçois pas.

Il ne la rendait pas heureuse, c'était cela qu'elle voulait dire. Mais si elle pouvait encore l'aimer maintenant, comme il essaierait ! Comme il l'adorerait et serait aux petits soins pour elle.

— Mais si, Anne. Je n'ai pas changé, je vous assure.

Il se pencha soudain, et se mit à pleurer, il était secoué de sanglots qu'il ne cherchait même pas à cacher, de longs sanglots qui se calmèrent quand, au bout d'un long moment, Anne lui mit la main sur l'épaule. Et malgré sa gratitude, Guy avait envie de se dérober à cette pression, parce qu'il sentait que c'était par pitié, par humanité qu'elle faisait ce geste.

— Voulez-vous que je vous prépare un petit déjeuner ?

Même dans la nuance de patience exaspérée qu'il percevait dans sa voix, il sentit la promesse du pardon, de la totale absolution. Elle lui pardonnait de s'être battu dans un bar. Jamais, se dit-il, elle ne pénétrerait dans cette nuit du vendredi, parce que son souvenir était déjà enfoui trop profondément pour qu'elle ou tout autre pût parvenir à le lui arracher.

XXV

— Je me fiche pas mal de ce que vous pensez ! dit Bruno, le pied sur une chaise.

Ses minces sourcils blonds étaient froncés au point de se rencontrer et ils se retroussaient aux extrémités comme les favoris d'un chat. Il regardait Gérard avec l'air d'un tigre au poil rare que son dompteur a poussé à bout.

— Je ne vous ai pas dit que je croyais quelque chose, répondit Gérard en haussant ses épaules voûtées, si ?

— Vous l'avez insinué.

— Je n'ai rien insinué du tout.

Le rire secoua ses épaules.

— Vous vous méprenez, Charlie. Je n'ai pas voulu dire que vous aviez délibérément prévenu le meurtrier que vous partiez, mais que vous lui avez donné le tuyau sans vous en rendre compte.

Bruno le dévisagea. Gérard avait simplement laissé entendre que si le criminel était un familier de la maison, Bruno et sa mère devaient y être pour quelque chose, et c'était assurément quelqu'un qui connaissait bien les aîtres. Gérard savait que Bruno et sa mère avaient décidé le jeudi après-midi seulement de partir le vendredi. Quelle idée de faire courir Bruno jusqu'à Wall Street pour lui dire ça! Gérard n'avait aucun indice et n'avait pas besoin d'essayer de lui faire croire qu'il savait quelque chose. Ç'avait encore été un crime parfait.

— Vous permettez que je file? demanda Bruno.

Gérard tripotait des papiers comme s'il avait encore autre chose à lui demander.

— Une minute. Vous prendrez bien un verre, fit Gérard en désignant la bouteille de bourbon sur l'étagère.

— Non, merci.

Bruno en mourait d'envie, mais il n'allait pas accepter un verre de Gérard.

— Comment va votre mère?

— Vous me l'avez déjà demandé.

Sa mère n'était pas bien, elle n'arrivait pas à dormir et c'était surtout pour cela que Bruno voulait rentrer. Cette façon qu'avait Gérard de jouer aux amis de la famille l'exaspérait. Un ami de son père, oui!

— Mais, dites donc, ce n'est pas pour nous faire cuisiner que nous vous payons des honoraires, vous savez.

Gérard leva les yeux, son visage rond et tacheté illuminé d'un sourire.

– Je m'occuperais de cette affaire pour rien, Charles. Vous voyez à quel point elle m'intéresse.

Il alluma un nouveau cigare, qui avait un peu la même forme que ses doigts gras, et Bruno remarqua une fois de plus, non sans dégoût, les taches de sauce qui maculaient les revers du costume marron clair sans forme et l'épouvantable cravate au dessin marbré. Tout chez Gérard agaçait Bruno. Son élocution lente l'agaçait. Des souvenirs des seules autres fois où il avait vu Gérard, c'est-à-dire avec son père, l'agaçaient aussi. Arthur Gérard n'était même pas de ces détectives dont on trouve normal qu'ils n'aient pas l'air de détectives. Malgré les brillants états de service de Gérard, Bruno n'arrivait pas à croire que c'était un détective hors pair.

– Votre père était un homme remarquable, Charles. C'est dommage que vous ne l'ayez pas mieux connu.

– Je le connaissais bien, dit Bruno.

Les petits yeux marron mouchetés de Gérard le fixèrent gravement.

– Je crois qu'il vous connaissait mieux que vous ne le connaissiez. Il m'a laissé différentes lettres traitant de vous, de votre caractère et de ce qu'il espérait faire de vous.

– Il ne me connaissait absolument pas.

Bruno prit une cigarette.

– Je ne sais pas pourquoi nous parlons de tout ça. Ça n'a rien à voir avec l'affaire et c'est morbide.

Il se rassit.

– Vous détestiez votre père, n'est-ce pas ?

– Lui me détestait.

– Mais non justement. C'est en cela que vous ne le connaissiez pas.

La main moite de Bruno se souleva du fauteuil avec un petit bruit de ventouse.

– Je ne vois pas très bien pourquoi vous me retenez. Ma mère ne se sent pas bien et je voudrais rentrer.

– J'espère qu'elle se sentira bientôt mieux parce que j'aurai quelques questions à lui poser. Peut-être demain.

Bruno sentit une chaleur lui monter au visage. Les semaines qui allaient venir seraient terribles pour sa mère, et Gérard ne ferait rien pour arranger les choses parce qu'il était leur ennemi à tous les deux. Bruno se leva et jeta son imperméable sur son bras.

– Je voudrais que vous essayiez encore une fois de vous rappeler, fit Gérard en pointant négligemment un doigt vers Bruno comme si celui-ci n'avait pas fait mine de partir. Où êtes-vous allé et qui avez-vous vu jeudi soir ? Vous avez quitté votre mère, Mr. Templeton et Mr. Russo devant l'Ange Bleu à deux heures quarante-cinq du matin. Où êtes-vous allé ?

– A la Brasserie hambourgeoise.

– Avez-vous vu là-bas quelqu'un de connaissance ?

– Qui est-ce que je connaîtrais là-bas ? Le chat ?

– Où êtes-vous allé ensuite ? continua Gérard en consultant ses notes.

– Chez Clarke dans la Troisième Avenue.

– Vous n'avez vu personne là-bas ?

– Si, bien sûr, le barman.

– Le barman dit qu'il ne vous a pas vu, dit Gérard en souriant.

Bruno fronça les sourcils. Ce n'était pas ce que Gérard avait dit une demi-heure plus tôt.

– Et après ? Il y avait foule. Je n'ai peut-être même pas vu le barman moi non plus.

– Tous les barmen vous connaissent. Ils ont dit que vous n'êtes pas venu jeudi soir. En outre, il n'y avait pas foule. C'était bien jeudi soir ? Trois heures ou trois heures et demie ?... J'essaie simplement de vous aider à rassembler vos souvenirs, Charles.

Bruno serra les lèvres d'un air exaspéré.

– Je ne suis peut-être pas allé chez Clarke,

après tout. Je vais généralement boire le coup de l'étrier chez lui, mais je n'y suis peut-être pas allé jeudi. Il se peut que je sois rentré directement, je n'en sais rien. Pourquoi n'interrogez-vous pas tous les gens auxquels ma mère et moi avons parlé vendredi matin ? Nous avons fait nos adieux à un tas de gens.

– Oh ! nous y songeons. Mais, voyons, Charles...

Gérard se renversa dans son fauteuil, en croisant ses courtes jambes, et fit d'énergiques efforts pour ranimer son cigare.

– ... Ça ne vous ressemble pas de quitter votre mère et ses amis pour aller tout bonnement manger une saucisse de Francfort et rentrer vous coucher.

– Peut-être que si. Ça m'a peut-être dessoulé.

– Pourquoi êtes-vous si vague ?

– Je suis vague, et alors ? J'ai bien le droit d'être vague si j'étais noir !

– Ce qui m'intéresse – et peu importe, bien entendu, que vous soyez allé chez Clarke ou ailleurs – c'est de savoir quelle est la personne que vous avez rencontrée et à qui vous avez dit que vous partiez pour le Maine le lendemain. Vous devez bien trouver vous-même qu'il est curieux que votre père ait été tué le soir même de votre départ.

– Je n'ai vu personne. Vous n'avez qu'à interroger tous les gens que je connais et vous verrez bien.

– Vous vous êtes baladé tout seul jusqu'à plus de cinq heure du matin ?

– Qui a dit que j'étais rentré à cinq heures passées ?

– Herbert. Herbert l'a dit hier.

Bruno poussa un soupir.

– Pourquoi ne s'en souvenait-il pas samedi ?

– Ma foi, vous savez comme la mémoire a des caprices. On oublie des choses qui vous reviennent après. Vous verrez, vous aussi, il y a des détails qui vous reviendront. Vous n'aurez qu'à me faire signe. Voilà, vous pouvez partir maintenant, Charles, fit Gérard avec un geste nonchalant.

Bruno hésita un moment, cherchant désespérément quelque chose à dire et ne trouvant rien; en sortant, il voulut claquer la porte, mais le ferme-porte pneumatique l'en empêcha. Il traversa de nouveau les couloirs crasseux et déprimants de l'Agence de renseignements confidentiels; la machine à écrire qui avait cliqueté avec prévenance durant toute sa conversation avec Gérard repartit de plus belle – Gérard disait toujours « Nous » et ils étaient tous là à trimer derrière leurs portes closes – ; Bruno fit au revoir en passant devant Miss Graham, la secrétaire, qui lui avait exprimé ses condoléances quand il était entré une heure plus tôt. Comme il était gai alors, et bien décidé à ne pas laisser Gérard l'exaspérer, et maintenant... Il était incapable de se maîtriser quand Gérard les mettait en boîte sa mère et lui, il fallait bien le reconnaître. Et après ? Qu'est-ce qu'on avait contre lui ? Quels indices avait-on sur le meurtrier ? Des fausses pistes.

Guy ! Bruno sourit tout en prenant l'ascenseur. Pas une fois dans le bureau de Gérard il n'avait pensé à Guy ! Il n'avait pas bronché même quand Gérard l'avait cuisiné sur son emploi du temps de jeudi soir ! Guy ! Guy et lui ! Qui pouvait se comparer à eux ? Qui était leur égal ? Il aurait aimé avoir Guy auprès de lui maintenant. Il avait envie de serrer la main de Guy et au diable tout le reste ! Leurs exploits étaient sans précédent ! C'était comme la trajectoire d'un météore ! Comme deux traînées de feu qui avaient surgi et disparu si vite que les gens en étaient encore à se demander s'ils les avaient bien vues. Il se souvint d'un poème qu'il avait lu un jour et qui parlait de quelque chose dans ce genre-là. Il se rappela qu'il devait l'avoir dans une poche de son carnet d'adresses.

Il se précipita dans un bar de Wall Street, commanda à boire et tira un petit papier de son carnet. C'était une page arrachée d'un recueil de poésie qu'il avait eu au collège.

LES YEUX TERNES
de
VACHEL LINDSAY.

Ne laissons pas s'éteindre
le feu des jeunes âmes
Avant qu'en de stupéfiantes actions
leur orgueil ait fleuri.
C'est le crime du monde
de laisser ses enfants s'abrutir,
Les pauvres s'avachissent, ils ont les yeux ternes.

Qu'importe s'ils meurent de faim, mais ils n'ont [même pas
le pain des rêves,
Qu'importe s'ils sèment, mais ils récoltent
si rarement,
Qu'importe s'ils servent, mais ils n'ont pas
de dieux à servir,
Qu'importe s'ils meurent, mais ils meurent
comme des bêtes.

Guy et lui n'avaient pas les yeux ternes. Ils ne mourraient plus comme des bêtes maintenant. Ils verraient le temps des moissons. Si Guy voulait bien, Bruno lui donnerait de l'argent.

XXVI

Le lendemain, vers la même heure, Bruno était assis dans un fauteuil de jardin sur la terrasse de sa maison, à Great Neck; il était d'une humeur heureuse et sereine et savourait cet état qui lui était si inhabituel. Gérard avait passé la matinée à rôder dans le secteur, mais Bruno avait montré beaucoup de calme et de courtoisie, il avait veillé à ce que Gérard et son ridicule petit assistant eussent à déjeuner et, maintenant qu'ils étaient repartis, il se sentait très fier de lui. Il ne faudrait jamais laisser Gérard le faire sortir de ses gonds comme hier, parce que c'était le meilleur moyen de s'embrouiller et de faire des gaffes. Evidemment, Gérard était idiot. S'il avait seulement été plus aimable hier, Bruno aurait pu l'aider. L'aider ? Bruno se mit à rire tout seul. Que voulait-il dire par là ? Qu'est-ce qui lui prenait, il se faisait marcher lui-même ?

Au-dessus de sa tête, un oiseau chanta « Touidelddi ? » et se répondit : « Touidelddum ! ». Bruno leva le nez. Sa mère saurait sûrement reconnaître cet oiseau. Son regard erra sur la pelouse un peu roussie déjà, sur le mur blanc, sur les cornouillers qui commençaient à bourgeonner. Cet après-midi, il s'intéressait à la nature. Cet après-midi, sa mère avait reçu un chèque de vingt mille dollars. Elle en recevrait bien plus quand la compagnie d'assurances aurait fini de rouspéter et que les hommes de loi en auraient terminé avec leurs paperasseries. Au déjeuner, sa mère et lui avaient parlé d'un voyage à Capri; ç'avait été une conversation en l'air, mais Bruno savait qu'ils iraient. Et ce soir, ils allaient dîner dehors pour la première fois, dans un petit coin très intime qui était leur restaurant favori, sur la route, un peu après Great Neck. Il comprenait pourquoi il n'aimait pas la nature autrefois. Maintenant que la pelouse et les arbres étaient à lui, ce n'était plus la même chose.

Il feuilleta négligemment les pages de son carnet d'adresses. Il l'avait trouvé ce matin, et comme il était incapable de se souvenir s'il l'avait emporté à Santa Fé ou non, il voulait s'assurer avant que Gérard ait fait main basse dessus qu'il ne contenait aucune allusion à Guy. Maintenant qu'il avait les moyens, il y avait un tas de gens qu'il avait envie de revoir. Saisi d'une brusque inspiration, il prit un crayon dans sa poche. A la lettre P il écrivit :

TOMMY PANDINI
232 W. 76 Street.

et à la lettre S :

« SLITCH »
Poste de sauveteurs côtiers,
Hell Gate Bridge.

Voilà qui donnerait à Gérard quelques gens mystérieux à rechercher.

Dan 8 h 15 Hôtel Astor lut-il sur une page de son agenda. Il ne se rappelait même pas qui était Dan. *Demander du fric au Capt. pour le 1er juin.* La page suivante lui fit passer un petit frisson dans le dos : *Cadeau pour Guy : 25 $.* Il l'arracha. La cadeau c'était la ceinture qu'il avait achetée à Santa Fé pour Guy. Pourquoi avait-il inscrit ça ? Dans un moment d'aberration...

La grosse voiture noire de Gérard arriva en ronronnant dans l'allée.

Bruno se força à rester assis et à finir de passer en revue les feuilles de son agenda. Puis il remit celui-ci dans sa poche et fourra la page déchirée dans sa bouche.

Gérard montait nonchalamment les marches, un cigare à la bouche et les bras ballants.

– Quoi de neuf ? demanda Bruno.

– Des petites choses.

Le regard de Gérard alla du coin de la maison au mur blanc, comme s'il calculait la distance que le meurtrier avait parcourue.

Bruno mâchait négligemment la petite boulette de papier comme du chewing-gum.

– Par exemple ? demanda-t-il.

Il aperçut par-dessus l'épaule de Gérard le petit assistant assis dans la voiture à la place du chauffeur, et qui les regardait fixement derrière le bord de son chapeau gris. « Tous des gueules sinistres », pensa Bruno.

– Par exemple que l'assassin n'est pas repassé par la ville. Il a suivi à peu près cette direction.

Gérard eut un grand geste comme un garagiste qui montre le chemin à un automobiliste.

– Il a coupé à travers les bois par là, et il a dû passer un sale quart d'heure. Voilà ce que nous avons trouvé.

Bruno leva les yeux et vit un fragment de gant pourpre et un lambeau de tissu, bleu comme le manteau de Guy.

– Fichtre. Vous êtes sûr que cela vient des vêtements de l'assassin?

– Raisonnablement sûr. Un des morceaux vient d'un manteau. L'autre... probablement d'un gant.

– Ou d'une moufle.

– Non, il y a une petite couture, fit Gérard en pointant un doigt gras et piqueté de taches de rousseur.

– Drôles de gants.

– Des gants de femme, fit Gérard, une lueur de malice dans les yeux.

Bruno eut un petit sourire forcé qui s'arrêta vite.

– J'ai d'abord cru que c'était un tueur professionnel, disait Gérard en soupirant. Il connaissait certainement la maison. Mais je ne crois pas qu'un tueur professionnel aurait perdu la tête et essayé de passer par ces bois.

– Hm-m! dit Bruno, intéressé.

– Il connaissait la route à prendre aussi. Il en était à dix mètres.

– Comment savez-vous cela?

– Parce que tout cela était soigneusement préparé, Charles. La serrure de la porte de derrière cassée, la vieille caisse de conserves près du mur...

Bruno ne dit rien. Herbert avait dit à Gérard que c'était Bruno qui avait cassé la serrure. Herbert avait dû lui dire également qu'il avait posé la vieille caisse près du mur.

— Eh ! oui, fit Bruno.

Gérard entra dans la maison par la porte de la terrasse.

Au bout d'un moment, Bruno le suivit. Gérard revint dans la cuisine et Bruno monta l'escalier. Il jeta le carnet d'adresses sur son lit et redescendit. Cela lui fit un drôle d'effet de voir la porte de la chambre de son père ouverte, comme s'il venait seulement de prendre conscience que son père était mort. C'était cette porte entrouverte qui lui donnait cette impression, se dit-il, comme un pan de chemise qui pend, une garde qui se relâche; cela n'aurait jamais pu arriver du vivant du Capitaine. Bruno fronça les sourcils et alla vivement fermer la porte sur le tapis que les pieds des inspecteurs avaient foulé après ceux de Guy, sur le bureau aux casiers mis à sac par la police, sur le carnet de chèques encore ouvert, comme s'il attendait la signature de son père. Il ouvrit avec précaution la porte de la chambre de sa mère. Elle était étendue sur son lit, le couvre-pieds rose remonté jusqu'au menton, la tête tournée vers la porte et les yeux ouverts : elle était ainsi depuis samedi soir.

— Tu ne dormais pas, maman ?

— Non.

— Gérard est encore ici.

— Je sais.

— Si tu ne veux pas être dérangée, je le lui dirai.

— Chéri, ne dis pas de bêtises.

Bruno s'assit sur le lit et se pencha ves sa mère.

— J'aimerais que tu pusses dormir, maman.

Elle avait des cernes sombres couverts de rides sous les yeux, et il ne lui avait jamais vu cette bouche mince et tirée vers les coins.

— Chéri, tu es sûr que Sam ne t'a jamais parlé de rien... n'a jamais fait allusion à quelqu'un ?

— Tu le vois me disant cela à moi ?

Bruno fit les cent pas dans la chambre. La présence de Gérard dans la maison le mettait hors de lui. C'était l'attitude de Gérard qui était insupportable : on aurait cru qu'il avait quelque chose dans son sac contre tout le monde, même contre Herbert, alors qu'il savait très bien que celui-ci idolâtrait la victime et de plus accusait presque ouvertement Bruno. Mais Bruno savait qu'Herbert ne l'avait pas vu prendre les mesures du jardin, sinon Gérard le lui aurait déjà dit. Pendant que sa mère était malade, il avait erré dans le jardin, et on n'aurait pas pu se douter en le voyant qu'il comptait ses pas. Il voulait vider Gérard maintenant, mais sa mère ne comprendrait pas. Elle insistait pour continuer à utiliser ses services parce qu'elle pensait que c'était le mieux. Il n'y avait aucune cohésion entre sa mère et lui. Sa mère pourrait très bien dire n'importe quoi à Gérard — par exemple qu'ils avaient décidé seulement jeudi de partir vendredi —, quelque chose qui aurait peut-être d'une énorme importance, sans même le prévenir, lui !

— Tu sais que tu t'empâtes, Charley ? dit sa mère en souriant.

Bruno sourit aussi : elle redevenait elle-même. Assise à sa coiffeuse, elle ajustait son bonnet de bain.

— L'appétit ne va pas mal, dit-il.

En fait, son appétit était plus mauvais que jamais et sa digestion aussi. Et malgré cela, il engraissait.

A peine sa mère avait-elle refermé la porte de la salle de bain que Gérard frappa.

— Elle en a pour un bon moment, lui dit Bruno.

— Dites-lui que je serai dans le hall, voulez-vous ?

Bruno frappa à la porte de la salle de bain et fit la commission, puis retourna dans sa chambre. Il vit d'après la position de son carnet d'adresses sur le lit que Gérard l'avait trouvé et feuilleté.

Bruno se prépara tranquillement un petit whisky-soda, le but, puis descendit sans bruit dans le hall : Gérard parlait déjà avec sa mère.

— ... Pas l'air spécialement excité ni abattu ?

— C'est un garçon très lunatique, vous savez. Je ne sais même pas si je m'en serais aperçue, dit sa mère.

— Oh !... ce sont des états d'âme qu'on perçoit parfois. Vous ne trouvez pas, Elsie ?

Sa mère ne répondit pas.

— ... Dommage, parce que j'aimerais qu'il me facilitât un peu plus les choses.

— Vous croyez qu'il vous cache quelque chose ?

— Je n'en sais rien, fit-il avec son sourire écœurant.

Bruno devinait à son ton que Gérard savait qu'il écoutait.

— Et vous ?

— Bien sûr que non : je ne pense pas qu'il vous dissimule quelque chose. Où voulez-vous en venir, Arthur ?

Elle ne se laissait pas démonter. « Elle n'aurait plus si bonne opinion de Gérard après cela », pensa Bruno. Il gaffait encore, c'était un lourd paysan de l'Iowa, rien de plus.

— Vous voulez que je découvre la vérité, n'est-ce pas, Elsie ? demanda Gérard, très détective de drame policier. Charles est très vague sur son emploi du temps jeudi soir, après vous avoir quittée. Il a quelques relations bigrement louches. L'un de ses amis aurait très bien pu être un mercenaire à la solde d'un ennemi de Sam, un espion ou je ne sais quoi. Et Charles aurait pu dire dans la conversation que vous et lui partiez le lendemain...

— Qu'est-ce que vous voulez prouver, Arthur, que Charles sait quelque chose sur cette affaire ?

— Ça ne m'étonnerait pas, Elsie. Et vous, franchement ?

— Le salaud ! marmonna Bruno.

Quel salaud de dire cela à sa mère !

– Vous pouvez être certain que je vous répéterai tout ce qu'il me dira.

Bruno remonta lentement vers l'escalier. La soumission de sa mère le bouleversait. Et si elle commençait à le soupçonner ? Un meurtre, c'était plus qu'elle n'en supporterait. N'avait-il pas compris cela à Santa Fé ? Et si elle se souvenait de Guy, si elle se souvenait que Bruno lui avait parlé de Guy à Los Angeles ? Si Gérard voyait Guy dans les quinze jours, il aurait peut-être encore des égratignures, ou un bleu, ou une coupure, enfin quelque chose qui pourrait éveiller les soupçons. Bruno entendit le pas glissant d'Herbert dans le couloir, puis il l'aperçut qui arrivait avec le jus de fruits de sa mère sur un plateau, et battit à nouveau en retraite vers les escaliers. Il avait des palpitations, comme s'il était au milieu d'une bataille, d'une étrange bataille qui se livrait sur plusieurs fronts. Il remonta précipitamment jusqu'à sa chambre, se versa une grande rasade de whisky, puis s'étendit et essaya de dormir.

Une secousse le tira de son sommeil et il roula sur le lit pour échapper à la main de Gérard posée sur son épaule.

– Salut, dit Gérard, découvrant dans un sourire ses dents jaunies par le tabac. Je partais et j'ai voulu vous dire au revoir.

– Vous trouvez que ça vaut la peine de réveiller quelqu'un pour ça ? dit Bruno.

Gérard ricana et sortit en se dandinant avant que Bruno ait pu trouver la phrase plus calme qu'il avait vraiment voulu dire. Bruno reposa la tête sur son oreiller et essaya de reprendre son somme, mais, en fermant les yeux, il aperçut la silhouette trapue de Gérard en costume beige errant dans les couloirs, glissant comme un fantôme à travers les portes fermées, se penchant pour regarder dans les tiroirs, pour lire les lettres, pour prendre des notes, se tournant pour pointer vers lui un doigt accusateur, et harcelant sa mère au point de rendre la riposte inévitable.

XXVII

– Quel autre nom peux-tu donner à ça? Il m'accuse! cria Bruno à travers la table.

– Mais non, chéri. Il fait son métier.

Bruno se passa la main sur les cheveux.

– Tu veux danser, m'man?

– Tu n'es pas en état de danser.

C'était vrai.

– Alors je veux un autre verre.

– Chéri, on nous sert le dîner tout de suite.

L'inlassable patience de sa mère, les cernes qu'elle avait sous les yeux le peinaient tant qu'il n'osait pas regarder en face de lui. Il chercha du regard un garçon. Il y avait tellement de monde ce soir qu'on distinguait à peine les serveurs des clients. Les yeux de Bruno s'arrêtèrent sur un homme assis à une table de l'autre côté de la piste de danse et qui ressemblait à Gérard. Il ne pouvait voir le visage de son compagnon, mais, à part son veston noir, il ressemblait diantrement à Gérard avec son crâne presque chauve aux cheveux châtains. Bruno ferma un œil pour arrêter le dédoublement rythmique de l'image.

– Charley, reste donc assis. Voilà le garçon.

C'était bien Gérard, et il riait maintenant comme si l'autre lui avait dit que Bruno les regardait. Pendant une fraction de seconde, Bruno se demanda s'il devait en parler à sa mère. Puis il se rassit et dit sèchement :

– Gérard est là!

– Ah! oui? Où cela?

– A gauche de l'orchestre. Sous la lampe bleue.

– Je ne le vois pas.

Sa mère tendit le cou.

– Chéri, tu te fais des idées.

– Mais non, je ne me fais pas d'idées! cria Bruno en jetant sa serviette dans son rosbif.

— Je vois l'homme dont tu parles et ce n'est pas Gérard, dit Elsie sans s'énerver.

— Tu ne le vois pas aussi bien que moi ! C'est lui et je n'ai pas envie de manger dans la même pièce que lui !

— Charles, soupira-t-elle. Veux-tu un autre whisky ? Tiens, commande quelque chose, voilà le serveur.

— Je n'ai pas envie de boire quand il est là ! Tu veux que je te prouve que c'est lui ?

— A quoi cela avancera-t-il ? Il ne va pas nous gêner. Il est là pour nous garder, probablement.

— Tu vois, tu reconnais que c'est lui ! Il nous espionne et il est en tenue de soirée pour pouvoir nous suivre n'importe où !

— D'ailleurs ce n'est pas Arthur, dit-elle tranquillement, en pressant un citron au-dessus de sa friture de poisson. Tu as des hallucinations.

Bruno la dévisagea, bouche bée.

— Pourquoi me dis-tu des choses comme ça, maman ?

Sa voix tremblait.

— Mon chéri, tout le monde nous regarde.

— Je m'en fiche !

— Chéri, laisse-moi te dire une chose. Tu fais un monde d'un petit incident.

Il allait répondre, elle l'en empêcha.

— Et tu le fais délibérément. Tu as envie de t'énerver. Je te connais.

Bruno avait le souffle coupé. Sa mère se retournait contre lui. Il l'avait déjà vue regarder le Capitaine comme elle regardait son fils maintenant.

— Tu as dû dire je ne sais quoi à Gérard dans une crise de colère, continua-t-elle, il trouve que ta conduite est bizarre. Et ma foi, c'est assez mon avis.

— Est-ce une raison pour être jour et nuit à mes trousses ?

— Chéri, je ne crois pas que cet homme soit Gérard, dit-elle d'un ton ferme.

Bruno se leva pesamment et se dirigea d'un pas

chancelant vers la table où était assis Gérard. Il prouverait que c'était Gérard et il montrerait en même temps à Gérard qu'il n'avait pas peur de lui. Deux tables l'arrêtèrent au bord de la piste, mais maintenant il voyait bien le détective.

Gérard leva les yeux et fit un petit geste amical, et son petit assistant dévisagea Bruno. Et dire que c'était lui, lui et sa mère qui payaient tout ça! Bruno ouvrit la bouche, sans savoir exactement ce qu'il voulait dire, puis s'éloigna en titubant. En tout cas, il savait ce qu'il voulait faire, appeler Guy. Ici, tout de suite. De l'endroit même où était Gérard. Il se fraya un chemin à travers la piste de danse et se dirigea vers la cabine téléphonique près du bar. Les danseurs tournaient lentement comme dans un délire, ils le heurtaient comme des vagues, le bousculaient. La vague revenait vers lui, joyeuse mais infranchissable, le repoussant en arrière, et il évoqua un souvenir analogue : celui d'une soirée chez lui où, petit garçon, il avait essayé de rejoindre sa mère à l'autre extrémité du salon en traversant la foule des danseurs.

Bruno se réveilla à une heure fort matinale, dans son lit, et resta immobile, repassant dans sa tête les derniers instants de la soirée dont il se souvînt. Il savait qu'il avait perdu connaissance. Avait-il appelé Guy avant de s'évanouir? Et dans ce cas, Gérard pourrait-il retrouver son correspondant? Il n'avait sûrement pas parlé à Guy, sinon, il s'en souviendrait, mais il avait peut-être téléphoné chez lui. Il se leva pour demander à sa mère si c'était dans la cabine qu'il s'était évanoui. Mais les frissons recommencèrent et il passa dans la salle de bain. En levant son verre, il s'éclaboussa la figure de whisky-soda. Il se cramponna à la porte de la salle de bain. Les frissons le prenaient matin et soir, maintenant; ils le réveillaient de plus en plus tôt, et chaque soir l'empêchaient davantage de s'endormir.

Et entre les frissons du matin et ceux du soir, il y avait Gérard.

XXVIII

Par moments, Guy éprouvait comme une sensation retrouvée, une vague impression de sécurité et d'indépendance, en s'asseyant à sa table où il avait soigneusement rangé ses notes et ses esquisses.

Le mois dernier, il avait lessivé et repeint toutes ses étagères, nettoyé son tapis et ses rideaux, et tout frotté dans sa kitchenette jusqu'à ce que la porcelaine et l'aluminium y brillassent de tout leur éclat. Par sentiment de culpabilité, avait-il pensé, en vidant les casseroles d'eau sale dans l'évier; mais puisqu'il ne pouvait dormir que deux ou trois heures par nuit et encore seulement après avoir pris de l'exercice, il s'était dit qu'il était encore plus raisonnable de se fatiguer à nettoyer sa maison qu'à marcher dans les rues.

Il regarda le journal posé sur son lit, puis se leva et le feuilleta. Mais les journaux ne parlaient plus du meurtre, vieux maintenant de six semaines. Guy s'était débarrassé de tous les indices : les gants, il les avait coupés et jetés dans les cabinets, le manteau (un bon manteau : il avait pensé le donner à un mendiant, mais qui serait assez ignoble pour donner, fût-ce à un mendiant, le manteau d'un assassin ?) le manteau et le pantalon, il les avait déchirés en lambeaux et mis petit à petit aux ordures. Quant au Lugar, il l'avait jeté par-dessus le pont de Manhattan. Et ses chaussures par-dessus un autre pont. La seule chose qu'il eût gardée, c'était le petit revolver.

Il alla jusqu'à son bureau pour regarder l'arme. La dureté du métal sous ses doigts lui fit du bien. C'était le seul indice dont il ne se fût pas débarrassé et pourtant il n'en fallait pas plus à la police si on le découvrait. Il savait bien pourquoi il gardait le revolver : il était à lui, c'était une partie de lui-même, la troisième main qui avait tué. C'était lui à quinze ans quand il l'avait acheté, lui quand il aimait Miriam et qu'il gardait le revolver dans leur chambre de Chicago, et qu'il le regardait de temps en temps, dans ses moments de plus grande satisfaction intérieure. C'était la meilleure partie de lui-même, d'une logique mécanique, absolue. Comme lui-même, songea-t-il, cette arme avait le pouvoir de tuer.

Si Bruno osait reprendre contact avec lui, il le tuerait aussi. Guy était sûr d'en être capable. Bruno le savait aussi. Bruno avait toujours su lire en lui. Le silence de Bruno était plus réconfortant que le silence de la police. D'ailleurs, Guy ne craignait pas que la police le découvrît, il ne l'avait jamais craint. C'était en lui-même que son anxiété prenait sa source, elle naissait d'une bataille de lui-même contre lui-même, si torturante qu'il aurait parfois volontiers accueilli l'intervention de la justice. La loi de la société était douce à côté de celle de la conscience. Il pourrait bien aller trouver la police et avouer, mais l'aveu semblait un point secondaire, un simple geste, mieux, une issue facile, un moyen d'éviter la vérité. Si la justice l'exécutait, ce serait un simple geste.

« Je n'ai pas grand respect pour la loi », se souvint-il avoir dit à Peter Wriggs à Metcalf, deux ans plus tôt. Pourquoi serait-il respectueux d'une législation qui les déclarait mari et femme, Miriam et lui ? « Je n'ai pas grand respect pour l'Eglise », avait-il dit d'un ton prétentieux à Peter quand il avait quinze ans. Bien sûr : il parlait alors des baptistes de Metcalf. A dix-sept ans, il avait découvert Dieu tout seul. Il avait découvert Dieu par l'intermédiaire des talents qui s'éveillaient en lui, à travers un sens de l'unité de tous les arts, puis de la nature et enfin de la science, bref de toute la création et des forces qui gouvernaient le monde. Il avait la conviction que s'il n'avait pas cru en Dieu, il aurait été incapable de réaliser son œuvre. Et qu'avait-il fait de sa foi quand il avait tué ? Il avait abandonné Dieu, mais Dieu ne l'avait pas abandonné. Jamais, lui semblait-il, créature humaine n'avait supporté, n'avait eu à supporter un tel poids de culpabilité, et sans doute aurait-il été lui-même incapable de l'endurer et de vivre si son âme n'était déjà morte et s'il avait été autre chose qu'une coque vide.

Il se détourna et regarda sa table de travail. Il se passa une main nerveuse sur la bouche. Malgré le vide présent, il sentait que *quelque chose* encore allait venir, qu'il connaîtrait encore quelque sévère châtiment, quelque amère leçon.

« Je ne souffre pas assez ! » murmura-t-il soudain. Mais pourquoi avait-il chuchoté ? Avait-il honte ? « Je ne souffre pas assez ! » dit-il sur un ton normal, en jetant des coups d'œil inquiets autour de lui, comme s'il s'attendait à trouver quelque oreille aux aguets. Et il l'aurait bien clamé s'il n'avait pas senti dans ce cri quelque chose d'implorant, et qu'il se jugeât indigne d'implorer.

Ses livres neufs, par exemple, les beaux livres neufs qu'il avait achetés aujourd'hui, il pouvait encore y penser, les aimer. Il avait l'impression pourtant de les avoir laissés depuis bien longtemps sur sa table, comme sa jeunesse. Il devait se mettre au travail sans tarder. On lui avait demandé d'établir le devis d'un hôpital. Il examina d'un air sombre la petite pile de notes qu'il avait déjà prises, dans le cercle lumineux de sa lampe de travail. Sans qu'il pût expliquer pourquoi, cela lui paraissait irréel d'avoir reçu cette commande. Il allait se réveiller et découvrir que toutes ces semaines avaient été une hallucination, un rêve. Un hôpital. Un hôpital, pourtant, n'était-ce pas plus approprié qu'une prison ? Il fronça les sourcils; il savait que son esprit avait vagabondé follement, que quand, voici quinze jours, il avait commencé les plans d'aménagement intérieur de l'hôpital, pas une fois il n'avait songé à la mort, que seules l'avaient occupé les exigences de la santé et du retour à la santé. Il se souvint brusquement n'avoir pas parlé de l'hôpital à Anne : c'était pour cela que ce projet lui semblait si irréel. C'était à travers Anne qu'il voyait la réalité, et non à travers son travail. Mais alors, pourquoi ne lui avait-il pas parlé ?

Il savait qu'il devait se mettre immédiatement au travail, mais il sentait dans ses jambes ce fourmillement d'énergie frénétique qui lui venait tous les matins, et qui l'envoyait finalement courir les rues dans le vain espoir d'épuiser cette énergie. Elle l'effrayait, parce qu'il était incapable de trouver des tâches qui l'absorbassent, et parce qu'il avait le sentiment parfois que la seule tâche suffisante serait peut-être le suicide. Mais au tréfonds de son cœur, et contre le vœu même de sa volonté, il s'accrochait à la vie, et il comprenait que le suicide était l'échappatoire d'un lâche, un acte qui ne tenait aucun compte de ceux qui vous aimaient.

Il pensa à sa mère et sentit que jamais plus il ne pourrait la laisser l'embrasser. Elle lui disait, se souvenait-il, que tous les hommes étaient également bons parce que tous avaient une âme et que toutes les âmes étaient également bonnes. Le mal, disait-elle, venait toujours de l'extérieur. Et il avait partagé cette croyance, même des mois après avoir rencontré Miriam, quand il avait voulu tuer son amant Steve. Il le croyait encore dans le train, en lisant son Platon. Chez lui le second cheval de l'attelage avait toujours obéi au premier. « Mais l'amour et la haine, songeait-il maintenant, le bien et le mal, cohabitaient dans le cœur humain, et non seulement les proportions différaient suivant les individus, mais certains hommes n'étaient pour ainsi dire que tout bien, d'autres que tout mal. On n'avait qu'à chercher un peu ces derniers pour les trouver, il n'y avait qu'à gratter la surface. Toute chose avait, non loin d'elle, son opposé, toute décision une raison pour ne pas la prendre; pour tout animal, il existait un animal qui le détruit, le mâle avait la femelle, le positif, le négatif. La fission de l'atome était la seule vraie destruction, la seule qui brisât la loi universelle de l'unité. Rien ne pouvait être sans son opposé. L'espace pouvait-il exister dans une construction, sans des objets qui le limitaient ? L'énergie pouvait-elle exister sans la matière, ou la matière sans l'énergie ? On savait aujourd'hui que la matière et l'énergie, l'inerte et l'actif, que jadis on tenait pour antagonistes, ne faisaient qu'un. »

Et Bruno, lui et Bruno. Chacun était ce que l'autre avait choisi de ne pas être, la partie de soi qu'il avait rejetée, qu'il croyait haïr mais qu'il aimait peut-être en réalité.

Guy eut un instant le sentiment qu'il était peut-être fou. « La folie et le génie, pensa-t-il, se chevauchaient aussi. Mais quelles existences médiocres vivaient la plupart des gens ! Entre deux eaux, comme la plupart des poissons ! »

Non, elle existait cette dualité qui imprégnait la nature jusqu'au plus infime proton et au plus miniscule électron du plus infime atome. La science s'efforçait aujourd'hui de désintégrer l'électron, et peut-être était-ce impossible parce qu'il n'y avait plus derrière cela qu'une idée : l'unique et seule vérité, à savoir que l'antagoniste est toujours présent. Qui savait si un électron était matière ou énergie ? Peut-être Dieu et le Diable dansaient-ils la main dans la main autour de chaque électron !

Il lança sa cigarette vers le panier à papier et manqua son but.

En se baissant pour ramasser son mégot, il aperçut dans la corbeille une page froissée sur laquelle hier soir il avait écrit une de ces confessions que lui dictait son sentiment morbide de culpabilité. Il fut ramené non sans écœurement à un présent qui l'assaillait de toutes parts : Bruno, Anne, cette chambre, cette nuit, la réunion au Service central des hôpitaux demain.

Vers minuit, quand il se sentit somnolent, il quitta sa table de travail et s'allongea avec précaution sur son lit, sans oser se déshabiller, de peur de se réveiller.

Il rêva qu'il était tiré de son sommeil au milieu de la nuit par ce souffle lent et méfiant qu'il entendait tous les soirs dans sa chambre quand il essayait de s'endormir. Cette fois cela venait de la fenêtre. Quelqu'un escaladait le mur. Une grande silhouette drapée dans une cape sauta brusquement dans la pièce.

– C'est moi, dit très naturellement la silhouette.

Guy bondit de son lit pour la repousser.

– Qui êtes-vous ?

Puis il vit que c'était Bruno.

Bruno lui résistait plutôt qu'il ne ripostait vraiment. En usant de toutes ses forces, Guy arrivait tout juste à mettre Bruno les épaules au tapis et, dans ce rêve périodique, Guy avait toujours à utiliser toutes ses forces. Guy maintenait Bruno par terre avec ses genoux et l'étranglait, mais Bruno continuait à lui sourire comme s'il ne sentait rien.

– Vous, dit enfin Bruno.

Guy se réveilla, la tête lourde et trempé de sueur. Il se dressa sur son séant, l'œil aux aguets, scrutant sa chambre vide. Des bruits visqueux et humides emplissaient la chambre, comme si un serpent rampait sur le ciment de la cour en bas, en heurtant ses anneaux contre les murs. Puis Guy reconnut soudain le bruit de la pluie, d'une douce pluie d'été, et se laissa retomber sur son oreiller. Il se mit à pleurer silencieusement. Il pensait à la pluie qui tombait sur la terre, et qui semblait dire : Où sont les plantes du printemps ? Où est la vie nouvelle qui compte sur moi ? *Anne, où est la verte vigne qui dans nos jeunes années était l'image de l'amour ?* avait-il écrit hier soir sur la feuille de papier froissée. La pluie trouverait la vie nouvelle qui l'attendait, qui comptait sur elle. Ce qui tombait dans la cour n'était que le trop-plein. *Anne, où est la verte vigne... ?*

Il resta allongé les yeux ouverts jusqu'à ce que l'aurore eût posé à son tour ses doigts sur l'appui de la fenêtre comme l'étranger de son rêve. Comme Bruno. Alors il se leva, alluma l'électricité, ferma les stores et se remit au travail.

XXIX

Guy appuya à fond sur la pédale du frein, mais la voiture fit une embardée, dans un hurlement de pneus, et fonça sur l'enfant. Il y eut un bruit métallique de bicyclette qui tombe. Guy sauta hors de la voiture, se cogna affreusement le genou contre le pare-chocs en passant, et souleva l'enfant par les épaules.

– J'ai rien de cassé, dit le petit garçon.

– Guy, fit Anne en accourant, aussi blanche que l'enfant, il n'a rien ?

– Non, je ne crois pas.

Guy coinça entre ses genoux la roue avant de la bicyclette et redressa le guidon, sentant le regard curieux de l'enfant fixé sur ses mains qui tremblaient violemment.

– Merci, dit le jeune garçon.

Guy le regarda enfourcher son vélo et s'éloigner avec la sensation d'assister à un miracle. Il regarda Anne et dit paisiblement, avec un brusque haussement d'épaules :

– Je ne peux plus conduire aujourd'hui...

– Très bien, répondit-elle tout aussi tranquillement, mais Guy sentait que ses yeux avaient un regard soupçonneux tandis qu'elle faisait le tour pour prendre le volant.

Guy s'excusa auprès des Faulkner et remonta

dans la voiture en marmonnant que c'étaient des choses qui arrivaient de temps en temps à tous les conducteurs. Mais il avait conscience de leur silence derrière son dos, un silence bouleversé, horrifié. Il avait vu le jeune garçon déboucher d'une route latérale, s'arrêter pour laisser passer la voiture, mais Guy avait donné un coup de volant vers lui comme s'il cherchait à le blesser. L'avait-il vraiment cherché ? D'une main tremblante, il alluma une cigarette. « Ce n'était qu'une mauvaise coordination des réflexes », se dit-il; il en avait eu des dizaines d'exemples depuis quinze jours : il se cognait dans les portes tournantes, était incapable de tenir une plume contre une règle, et il avait souvent l'impression qu'il était ailleurs, qu'il ne faisait pas vraiment ce qu'il faisait. En fronçant les sourcils, il revint au présent : il était dans la voiture d'Anne, et ils allaient voir la maison neuve à Alton. Elle était terminée. Anne et sa mère avaient posé les rideaux la semaine dernière. C'était dimanche, il était presque midi. Anne lui avait dit qu'elle avait reçu la veille une lettre de sa future belle-mère : elle lui envoyait trois tabliers brodés et un tas de pots de confiture faite à la maison pour garnir leurs étagères de cuisine. Se souvenait-il encore de toute cela ? Tout ce dont il lui semblait se souvenir, c'était de l'esquisse de l'hôpital de Bronx qui était dans sa poche et dont il n'avait pas encore parlé à Anne. Il aurait eu envie de s'en aller quelque part et de ne rien faire d'autre que travailler, de ne voir personne, pas même Anne. Il jeta un coup d'œil furtif sur le visage un peu froid avec la légère courbe que formait la base du nez. Les mains fines mais robustes d'Anne manœuvraient habilement le volant dans un virage. Il eut la brusque certitude qu'elle aimait mieux sa voiture que lui.

— Si quelqu'un a faim, c'est maintenant qu'il faut le dire, déclara Anne. Après ce petit magasin, il n'y a plus rien pendant des kilomètres.

Mais personne n'avait faim.

– Je compte bien être invité à dîner au moins une fois par an, Anne, dit son père. Et manger un couple de canards ou une caille. J'ai entendu dire qu'il y a pas mal de gibier par ici. Vous êtes bon tireur, Guy ?

Anne engagea la voiture dans la route qui menait à la maison.

– Je me défends, monsieur, dit enfin Guy, en bégayant un peu.

Il se sentait une telle envie de courir qu'il en avait des battements de cœur; seule la course le calmerait, il le savait bien.

– Guy ! fit Anne en souriant.

En arrêtant la voiture, elle lui souffla :

– Prenez donc un petit verre. Il y a du cognac dans la cuisine.

Elle lui posa la main sur le poignet, et Guy machinalement retira sa main.

Il avait besoin d'un cognac ou d'un peu d'alcool. Mais il savait qu'il ne prendrait rien.

Mrs. Faulkner traversait la pelouse à ses côtés.

– C'est tout simplement merveilleux, Guy. J'espère que vous êtes fier de votre œuvre.

Guy hocha la tête. C'était fini, il n'avait plus à s'imaginer la maison, comme il l'avait fait, installé à son petit bureau marron dans la chambre d'hôtel à Mexico. Anne avait voulu des mosaïques mexicaines dans la cuisine. Elle avait souvent sur elle des choses mexicaines. Une ceinture, un sac à main, des *huarachas.* La longue jupe brodée qu'elle portait aujourd'hui avec sa veste de tweed était mexicaine.

Un mois seulement les séparait maintenant de leur mariage. Encore quatre vendredis soir, et Anne serait assise dans le grand fauteuil vert près de la cheminée, elle l'appellerait de la cuisine mexicaine, ils travailleraient tous les deux dans le studio, au premier. Quel droit avait-il de l'emprisonner avec lui ? Il s'arrêta devant leur chambre qui lui parut vaguement encombrée : Anne n'avait pas voulu une chambre moderne.

— N'oubliez pas de remercier mère pour le mobilier, n'est-ce pas ? lui murmura-t-elle. C'est elle qui nous en a fait cadeau, vous savez.

La chambre en merisier, évidemment. Il se souvenait qu'Anne lui en avait parlé ce fameux matin où elle était arrivée à l'heure du petit déjeuner, il se souvenait de sa main bandée, et d'Anne dans la robe noire qu'elle avait à la soirée d'Hélène. Mais au moment où il aurait dû dire quelques mots à propos des meubles, il ne le fit pas, et après, celui lui parut trop tard. Ils doivent savoir qu'il y a quelque chose qui ne va pas. Tout le monde doit le savoir. Ce n'était au fond qu'un sursis qui lui était accordé, en attendant qu'un poids tombe sur lui et l'écrase.

— C'est à une nouvelle commande que vous réfléchissez, Guy ? demanda Mr. Faulkner en lui offrant une cigarette.

Guy, en entrant sur la véranda, ne l'avait pas aperçu. Comme pour se justifier, il tira de sa poche la feuille couverte de croquis et la lui montra, en lui expliquant de quoi il s'agissait. Mr. Faulkner fronça ses sourcils broussailleux d'un air attentif. « Mais il ne m'écoute absolument pas, pensa Guy. Il se penche seulement plus près pour voir ma faute qui s'étend comme un cercle d'ombre autour de moi. »

— C'est drôle, dit Mr. Faulkner, Anne ne m'en a pas parlé.

— Je lui réserve la surprise.

— Oh ! fit Mr. Faulkner en riant. Un cadeau de noces ?

Un peu plus tard, les Faulkner prirent la voiture pour aller chercher des sandwiches au petit magasin qu'ils avaient vu en passant. Guy était fatigué de la maison. Il voulait emmener Anne faire une promenade sur la colline.

— Une minute, dit-elle. Venez un peu.

Elle était plantée devant la grande cheminée de

pierre. Elle lui mit les mains sur les épaules et le regarda droit dans les yeux, un peu inquiète, mais rayonnant encore de l'orgueil de leur maison neuve.

– Vous maigrissez, vous savez, lui dit-elle en passant le doigt sur le creux de ses joues. Je vais vous faire manger.

– J'ai peut-être besoin de sommeil, murmura-t-il.

Il lui avait raconté que récemment il avait dû consacrer de longues heures à son travail. Il lui avait dit notamment qu'il exécutait des travaux pour des agences, de purs gagne-pain qu'il acceptait, comme Myers, pour se faire un peu d'argent.

– Mais, chéri, nous... nous sommes à l'aise. Qu'est-ce qui peut bien vous tourmenter ?

Et elle lui avait demandé plusieurs fois si ce n'était pas le mariage, s'il préférerait ne plus l'épouser. Si elle le lui demandait encore, il était capable de dire oui, mais il savait qu'elle ne le lui redemanderait pas maintenant devant leur foyer.

– Rien ne me tourmente, dit-il très vite.

– Alors, voulez-vous, je vous en prie, ne plus travailler aussi dur ? implora-t-elle, puis brusquement, dans un mouvement de joyeuse impatience, elle se pendit à son cou.

Machinalement – comme si cela ne lui faisait vraiment aucun effet –, il l'embrassa, parce qu'il savait qu'elle s'y attendait. « Elle va s'en apercevoir, songea-t-il, elle s'aperçoit toujours de la plus légère nuance d'un baiser, et cela fait si longtemps que je ne l'ai embrassée. » Mais elle ne dit rien, et il lui parut seulement que le changement qui s'était opéré en lui était trop considérable pour qu'elle y fît allusion.

XXX

Guy traversa la cuisine et se tourna vers la porte de service.

— C'est bien étourdi de ma part de m'inviter le soir où la cuisinière est de sortie.

— Qu'est-ce que cela a de terrible ? Vous partagerez notre repas des jeudis soir, voilà tout, dit Mrs. Faulkner en lui tendant une branche de céleri qu'elle venait de laver dans l'évier. Mais Hazel va être déçue de ne pas avoir été là pour faire le sablé. Il faudra que vous vous contentiez de celui d'Anne pour ce soir.

Guy sortit. L'après-midi était encore bien ensoleillé, mais les piquets de la barrière jetaient de longues barres d'ombres obliques sur les parterres de crocus et d'iris. Il apercevait à peine les cheveux tirés en arrière d'Anne et le vert pâle de son chandail derrière une ondulation de la pelouse. Bien souvent il était allé ramasser de la menthe et du cresson avec Anne, au bord du ruisseau qui sortait des bois où il s'était battu avec Bruno. Bruno, c'était du passé, se répéta-t-il, fini, disparu. Quelque méthode qu'ait utilisée Gérard, Bruno n'avait plus osé revoir Guy.

Il regarda la voiture noire immaculée de Mr. Faulkner s'engager dans l'allée et entrer doucement dans le garage ouvert. Que faisait-il ici, se demanda-t-il tout à coup, ici où il trompait tout le monde, jusqu'à la cuisinière noire qui aimait faire du sablé pour lui parce qu'un jour peut-être il lui avait fait des compliments sur sa pâtisserie ? Il passa derrière les poiriers : ni Anne ni son père ne le verraient facilement là où il était. S'il fallait qu'il sortît de la vie d'Anne, pensa-t-il, qu'est-ce que cela changerait pour elle ? Elle n'avait pas renoncé à tous ses vieux amis; les siens, et la bande de Teddy, les bons partis, les beaux jeunes gens qui jouaient au polo, et un peu au poker, avant d'entrer dans l'affaire de leur père et d'épouser une des belles jeunes filles qui étaient l'ornement de leurs clubs. Anne n'était pas comme les autres, naturellement, sinon, elle n'aurait pas été attirée par lui pour commencer. Ce n'était pas une de ces belles jeunes filles qui essaient de se faire une carrière pendant deux ou trois ans, uniquement pour pouvoir dire qu'elles l'ont fait, et qui finissent par épouser un des bons partis. Mais sans lui, n'aurait-elle pas été semblable aux autres ? Elle lui avait souvent dit qu'il était son inspiration, mais le jour où il l'avait rencontrée, elle avait déjà le même talent et la même énergie; n'aurait-elle pas continué de toute façon ? Et est-ce qu'un autre homme, semblable à Guy, mais digne d'elle, ne l'aurait pas rencontrée ? Guy s'avança vers Anne.

– J'ai presque fini, lui cria-t-elle. Pourquoi n'êtes-vous pas venu plus tôt ?

– Je me suis dépêché, dit-il gauchement.

– Vous êtes resté à flâner le long de la maison dix minutes.

Une touffe de cresson s'en allait dans le courant et il bondit pour la rattraper. Il avait l'air d'un opossum en train de ramasser des herbes.

– Vous savez, Anne, je crois que je vais prendre une place. Elle le regarda, stupéfaite.

– Une place ? Vous voulez dire dans une entreprise ?

C'était une phrase qu'il appliquait parfois à d'autres architectes : travailler dans une entreprise. Il acquiesça, sans oser la regarder.

– Je crois que ça vaut mieux. Quelque chose de stable avec un bon salaire.

– De stable ? fit-elle avec un petit rire. Alors que vous avez un an de travail devant vous avec l'hôpital ?

– On n'aura pas besoin de moi tout le temps là-bas.

Elle se leva.

— C'est à cause de l'argent ? Parce que vous ne vous faites pas payer pour l'hôpital ?

Il se détourna et fit un grand pas le long de la berge humide.

— Pas exactement, marmonna-t-il entre ses dents. Mais peut-être en partie à cause de ça.

Il avait décidé depuis quelques semaines d'abandonner ses honoraires au Service central des hôpitaux après avoir soustrait le salaire de son personnel.

— Mais vous disiez que ça n'avait pas d'importance, Guy. Nous avions reconnu tous les deux que nous... que vous pouviez vous le permettre.

Le monde parut soudain silencieux, comme aux aguets. Guy regarda Anne remettre une mèche en place et laisser sur son front une marque de terreau.

— Ce ne sera pas pour longtemps, reprit-il. Peut-être six mois, peut-être beaucoup moins.

— Mais enfin, pourquoi ?

— Parce que j'en ai envie !

— Pourquoi en avez-vous envie ? Pourquoi tenez-vous à être un martyr, Guy ?

Il ne répondit rien.

Le soleil couchant passa sous les arbres et les inonda de lumière. Guy fronça les sourcils pour se protéger, révélant la cicatrice blanche qu'il s'était faite dans les bois, cette cicatrice qui se verrait toujours, pensa-t-il. Il donna un coup de pied dans une pierre sans parvenir à la déloger. Qu'Anne s'imagine qu'il était encore sous le coup de la dépression qui avait suivi la commande du Palmyra. Qu'elle croie ce qu'elle voudrait.

— Guy, je suis désolée, dit-elle.

Guy la regarda.

— Désolée ?

Elle s'approcha.

— Oui, je crois que je sais ce que vous avez.

Il gardait les mains enfoncées dans ses poches.

— Que voulez-vous dire ?

Elle se tut un long moment.

– Il me semble que tout ça, toutes vos inquiétudes après le Palmyra – même si vous ne vous en rendez pas compte –, tout ça remonte à Miriam.

Il se détourna brusquement.

– Non. Non, ce n'est pas du tout ça!

Il l'avait dit si sincèrement et pourtant cela sonnait faux!

Il se passa les doigts dans les cheveux.

– Ecoutez, Guy, fit Anne d'une voix douce et calme, vous ne tenez peut-être pas tant à vous marier que vous l'imaginez. Si vous croyez que ce mariage est pour quelque chose dans votre inquiétude, dites-le; je le supporterai bien plus facilement que cette idée de prendre une place. Si vous voulez attendre – encore un peu – ou si vous voulez rompre complètement, je peux le supporter.

Sa décision était prise et elle l'avait prise depuis longtemps. Il le sentait au cœur même de son calme. Il pouvait renoncer à Anne maintenant. La douleur qu'il en éprouverait effacerait la douleur de sa culpabilité.

– Hé! Anne! appela son père du seuil de la cuisine. Tu viens? J'attends cette menthe!

– Une minute, papa! cria-t-elle. Qu'avez-vous à dire, Guy?

Sa langue se pressait contre son palais. « Elle est le soleil de ma sombre forêt », pensa-t-il. Mais il n'arrivait pas à le dire. Il répondit simplement!

– Je ne peux pas vous dire...

– Eh bien... moi, je tiens plus que jamais à vous, parce que vous avez plus que jamais besoin de moi.

Elle lui fourra la menthe et le cresson dans la main.

– Voulez-vous porter cela à papa? Et lui tenir compagnie pour l'apéritif. Il faut que je me change.

Elle fit demi-tour et s'éloigna vers la maison,

sans courir, mais trop vite cependant pour que Guy essayât de la suivre.

Guy but plusieurs *mint juleps.* Le père d'Anne les préparait à l'ancienne mode, en laissant le sucre, le bourbon et la menthe reposer dans une douzaine de verres toute la journée, et se refroidir de plus en plus; il se plaisait à demander à Guy s'il en avait jamais bu de meilleurs. Guy sentait la quantité exacte à laquelle sa tension se relâchait, mais il lui était impossible de s'enivrer. Il avait essayé à différentes reprises et s'était rendu malade sans y parvenir.

Pendant un moment, au crépuscule, sur la terrasse auprès d'Anne, il s'imagina qu'il ne la connaissait peut-être pas mieux que le premier soir où il était venu chez elle, et où il s'était senti pris d'une terrible joyeuse envie de se faire aimer d'elle. Puis il se souvint de la maison d'Alton qui les attendait après le mariage dimanche, et le souvenir de tous les moments de bonheur qu'il avait déjà connus avec Anne revint l'assaillir. Il voulait la protéger, réussir quelque entreprise impossible pour lui faire plaisir. Jamais, lui semblait-il, il n'avait eu d'ambition plus catégorique, mieux fondée. S'il parvenait à se pénétrer de ce sentiment, il aurait trouvé une issue. Ce n'était qu'à une partie de lui-même qu'il devait faire appel, pas à son moi tout entier, pas à Bruno, ni à son métier. Il n'avait qu'à écraser l'autre aspect de sa personnalité et se cantonner dans le moi qu'il était aujourd'hui.

XXXI

Mais il y avait trop de points faibles par lesquels son autre moi pouvait envahir le moi qu'il voulait sauvegarder, et l'invasion prenait mille formes diverses : certains mots, certains bruits ou certains éclairages, des gestes que ses mains ou que ses pieds faisaient, et – quand ce n'était rien de tout cela – le cri de triomphe d'une voix intérieure qui le bouleversait et le terrorisait. Le mariage si minutieusement préparé, dans une atmosphère de fête, si pur dans ses flots de dentelles blanches, et si joyeusement attendu par tous, lui semblait la pire trahison qu'il pouvait commettre, et plus la date en approchait, plus il se débattait avec une vaine frénésie pour y échapper. Jusqu'au dernier moment, il n'eut qu'une envie, celle de prendre la fuite.

Robert Treacher, un ami de Chicago, lui téléphona pour lui présenter ses meilleurs vœux et demander s'il pouvait venir au mariage. Guy l'en dissuada en invoquant une vague excuse. « C'était l'affaire des Faulkner, estimait-il, c'étaient leurs amis, cela se passerait dans leur église et la présence d'un de ses amis personnels ne ferait qu'affaiblir sa position. Il n'avait invité que Myers, qui ne comptait pas – depuis la commande de l'hôpital, il ne partageait plus son bureau –, Tim O'Flaherty, qui ne pouvait pas venir, et deux ou trois autres architectes de l'Ecole Deems qui connaissaient plutôt son travail d'architecte que sa personne. » Mais, une demi-heure après le coup de téléphone de Treacher, Guy rappela Montréal pour demander à Bob s'il voulait être son garçon d'honneur.

Guy s'aperçut qu'il n'avait pas pensé à Treacher depuis près d'un an, et qu'il n'avait pas répondu à sa dernière lettre. Il n'avait pas pensé à Peter Wriggs, ni à Vic de Poyster, ni à Gunther Hall. Autrefois, il allait de temps en temps voir Vic et sa femme dans leur appartement de Bleecker Street, il y avait même une fois emmené Anne. Vic était peintre et lui avait envoyé une invitation pour une exposition qu'il avait organisée l'hiver dernier, Guy s'en souvenait : il n'avait même pas répondu. Il se rappelait vaguement maintenant que Tim était passé à New York et lui avait demandé de venir déjeuner avec lui; mais c'était à l'époque où Bruno le harcelait au téléphone et il avait refusé. La *Theologica Germanica* disait que les Germains jugeaient autrefois de l'innocence ou de la culpabilité d'un accusé d'après le nombre de ses amis qui venaient témoigner en faveur de son caractère. Combien témoigneraient pour lui aujourd'hui ? Il n'avait jamais consacré beaucoup de temps à ses amis parce que ce n'était pas leur genre de s'y attendre, mais il avait l'impression maintenant que ses amis à leur tour le fuyaient, comme si, sans le voir, ils se rendaient compte qu'il était devenu indigne de leur amitié.

Le dimanche matin, jour du mariage, Guy, arpentant la sacristie en compagnie de Bob Treacher, se raccrochait au souvenir des croquis qu'il avait faits pour l'hôpital, comme à un dernier espoir; c'était l'unique preuve qu'il gardait de sa propre existence. Il avait fait de l'excellent travail. Son ami Bob Treacher l'avait félicité. Il s'était prouvé à lui-même qu'il était encore capable de créer.

Bob avait renoncé à soutenir la conversation avec Guy. Il était assis, les bras croisés, et son visage joufflu arborait une expression bon enfant mais un peu distraite. Bob croyait son ami simplement nerveux. Bob ne savait pas ce qu'il éprouvait, Guy en était sûr, parce que, bien qu'il fût persuadé que cela se lisait sur son visage, en fait cela ne se voyait pas. Et c'était cela qui était terrible, que sa vie fût si facilement devenue une totale hypocrisie. C'était cela l'essentiel : c'était son mariage et il était là maintenant avec son ami Bob Treacher qui ne le connaissait plus. Et la petite salle aux voûtes de pierre, avec sa haute fenêtre grillagée, était comme une cellule de prison. Et dehors, le murmure des voix, semblable au grondement indigné d'une foule avide d'envahir la prison et de faire justice.

– Tu n'as pas apporté une bouteille par hasard ?

Bob sursauta.

– Bien sûr que si. Elle m'alourdit la poche et je l'avais complètement oubliée.

Il posa la bouteille sur la table et attendit que Guy se servît. Bob était un homme d'environ quarante-cinq ans, d'un tempérament modeste malgré son visage sanguin, un célibataire endurci et satisfait, tout entier tourné vers sa profession, dans laquelle il faisait d'ailleurs autorité.

– Après toi, dit-il à Guy. Je veux boire à la santé d'Anne. Elle est très belle, Guy.

Il ajouta doucement, en souriant :

– Aussi belle qu'un beau pont blanc.

Guy ne bougeait pas, les yeux fixés sur la bouteille. Le brouhaha qui venait par la fenêtre semblait se moquer de lui et d'Anne. Et la bouteille aussi, accessoire classique et vaguement facétieux du mariage. Il avait bu du whisky le jour de son mariage avec Miriam. Guy lança la bouteille dans un coin. Elle s'écrasa avec un fracas humide qui ne couvrit qu'une seconde les voix, les coups de klaxon et le ridicule trémolo de l'orgue, puis tous les bruits envahirent à nouveau la pièce.

– Excuse-moi, Bob. Je suis vraiment désolé.

Bob ne l'avait pas quitté des yeux.

– Je ne t'en veux absolument pas, dit-il.

– Mais c'est moi qui m'en veux !

– Ecoute, mon vieux...

Guy se rendait compte que Bob ne savait s'il devait prendre la chose sérieusement ou en riant.

– Attends, dit Treacher. Je vais en chercher d'autre.

A ce moment, la porte s'ouvrit pour laisser passage à la mince silhouette de Peter Wriggs. Guy fit les présentations. Peter était venu tout exprès de New Orleans pour le mariage. « Pour Miriam, pensa Guy, il ne se serait pas dérangé. » Peter avait toujours détesté Miriam. Il grisonnait aux tempes maintenant, bien que son visage mince eût gardé le sourire d'un garçon de seize ans. Guy lui rendit son accolade; il avait l'impression d'agir comme un automate maintenant, d'être sur des rails comme le fameux Vendredi soir.

— Guy, c'est le moment, dit Bob en ouvrant la porte.

Guy s'avança aux côtés de Bob. Il fallait monter douze marches pour arriver à l'autel. Traverser deux rangées de visages accusateurs. Tous gardaient un silence horrifié, comme les Faulkner l'autre jour dans la voiture. Quand allaient-ils intervenir et mettre fin à cette comédie ? Combien de temps faudrait-il attendre ?

— Guy ! chuchota quelqu'un.

Six, comptait Guy, sept.

— Guy ! reprit doucement une voix parmi la foule des visages, et Guy jeta un coup d'œil furtif, suivant le regard de deux femmes qui s'étaient retournées : il aperçut le visage de Bruno.

Guy regarda de nouveau droit devant lui. Etait-ce Bruno, ou bien une vision ? Le visage arborait un sourire épanoui, les yeux gris brillaient comme des têtes d'épingles. Dix, onze marches. *Vous montez d'abord douze marches, vous sautez la septième... c'est facile à se rappeler.* Il sentit ses cheveux se dresser sur sa tête. N'était-ce pas la preuve même que c'était une hallucination et non pas Bruno ? « Seigneur, pria-t-il, faites que je ne m'évanouisse pas. » « Mieux vaudrait t'évanouir, riposta la voix intérieure, que de te marier. »

Il était debout aux côtés d'Anne, et Bruno était avec eux, et cela n'avait rien d'extraordinaire, c'était quelque chose qui avait toujours été et qui serait toujours. Bruno, lui, Anne. Et l'impression de suivre des rails. Et toute sa vie il aurait ce sentiment de suivre une voie toute tracée, jusqu'à ce que la mort les séparât, car c'était cela le châtiment. Que voulait-il de plus ?

Autour de lui il apercevait confusément une mer de visages souriants, et Guy sentit qu'il les imitait comme un idiot. On était au Yachting-Club. Il y avait un buffet froid et tout le monde avait une coupe de champagne, même lui. Et Bruno n'était pas là. L'assistance ne se composait guère que de vieilles dames fripées, parfumées et parfaitement inoffensives. Et puis Mrs. Faulkner lui passa un bras autour du cou et l'embrassa sur la joue, et par-dessus l'épaule de sa belle-mère, il vit Bruno qui franchissait le seuil avec le même sourire, les mêmes yeux en tête d'épingle qu'il lui avait trouvés tout à l'heure. Bruno s'avança droit vers lui et s'arrêta, en se dandinant d'un pied sur l'autre.

– Tous mes... tous mes vœux, Guy. Vous n'êtes pas fâché que je sois venu jeter un coup d'œil? C'est une heureuse occasion!

– Filez. Filez tout de suite.

Le sourire de Bruno pâlit.

– Je viens de rentrer de Capri, dit-il de sa voix toujours un peu rauque.

Il portait un complet tout neuf en gabardine bleu roi, aux revers larges comme des revers de smoking.

– Qu'est-ce que vous devenez, Guy?

Une tante d'Anne souffla un nuage de parfum et un message dans l'oreille de Guy qui répondit sur le même ton. Guy tourna les talons et se prépara à s'éloigner.

– Je voulais simplement vous offrir tous mes vœux, déclara Bruno. Eh bien, voilà, c'est fait.

– Décampez, dit Guy. La porte est derrière vous.

Il ne fallait pas qu'il en dît plus, pensa-t-il. Sinon, il allait se mettre en colère.

– Allons, Guy, faisons la paix. Je voudrais faire connaissance de la mariée.

Guy se laissa entraîner par deux vieilles dames qui le prirent chacune par un bras. Il ne le voyait plus, mais il savait que Bruno, un petit sourire vexé aux lèvres, avait battu en retraite vers le buffet.

– On tient le coup, Guy? fit Mr. Faulkner en lui prenant le verre à moitié vide qu'il tenait encore à la main. Allons prendre quelque chose d'un peu mieux au bar.

Guy avait à la main un verre à demi rempli de scotch. Il parlait sans savoir ce qu'il disait. Il était certain d'avoir dit : « Arrêtez donc, dites à toutes le monde de partir. » Mais ce ne devait pas être le cas, ou alors Mr. Faulkner ne serait pas en train de rire aux éclats. Et pourquoi pas, au fond ?

Bruno les regarda découper le gâteau de mariage, il avait surtout les yeux fixés sur Anne. Sa bouche n'était plus qu'une mince ligne crispée dans un sourire de dément, ses yeux étincelaient comme le diamant de son épingle de cravate, et Guy lut sur son visage le même mélange de nostalgie, de crainte, de détermination et d'humour qu'il y avait déjà remarqué lors de leur première rencontre.

Bruno se dirigea vers Anne.

– Je crois que nous nous sommes déjà rencontrés. N'êtes-vous pas une parente de Teddy Faulkner ?

Guy les vit se serrer la main. Il avait toujours cru qu'il ne pourrait pas le supporter, mais c'était pourtant bien ce qu'il faisait, et sans bouger encore.

– C'est mon cousin, dit Anne, avec le même sourire naturel qu'elle venait d'adresser à quelqu'un il y avait un instant.

Bruno hocha la tête.

– J'ai fait quelques parties de golf avec lui.

Guy sentit une main sur son épaule.

– Tu as une minute, Guy ? J'aimerais...

C'était Peter Wriggs.

– Non.

Guy fonça vers Anne et Bruno. Il prit dans la sienne la main gauche d'Anne.

Bruno se dandinait de l'autre côté d'Anne, très droit, très à son aise, avec dans son assiette le morceau de gâteau de mariage auquel il n'avait pas encore touché.

– Je suis un vieil ami de Guy. Une vieille connaissance.

Derrière la tête d'Anne, Bruno adressa un clin d'œil à Guy.

– Vraiment? Où vous êtes-vous connus tous les deux?

– En classe. Nous sommes de vieux camarades de classe, fit Bruno en grimaçant un sourire. Vous savez, vous êtes la plus belle mariée que j'aie vue depuis longtemps, Mrs. Haines. Je suis ravi d'avoir fait votre connaissance, dit-il avec une conviction qui fit sourire Anne.

– Je suis enchantée également, répondit-elle.

– J'espère que je vous reverrai tous les deux. Où comptez-vous habiter?

– Dans le Connecticut, dit Anne.

– Un Etat charmant, le Connecticut, dit Bruno avec un nouveau clin d'œil à Guy, puis il s'inclina avec grâce et les quitta.

– C'est un ami de Teddy? demanda Guy. C'est Teddy qui l'a invité?

– N'ayez pas l'air si inquiet, chéri! fit Anne en riant. Nous allons bientôt nous en aller.

– Où est Teddy?

Mais à quoi bon trouver Teddy, à quoi bon créer un incident?

– Je l'ai vu il y a deux minutes, au buffet, lui dit Anne. Oh! voilà Chris. Il faut que j'aille lui dire bonjour.

Guy se retourna, cherchant des yeux Bruno; il l'aperçut en train de prendre des œufs en gelée, tout en discutant joyeusement avec deux jeunes gens qui lui souriaient comme s'ils étaient sous le charme d'un démon.

Ce qu'il y avait de comique dans tout cela, songeait amèrement Guy dans la voiture quelques instants plus tard, c'était qu'au fond Anne n'avait jamais eu le temps de vraiment le connaître. Quand ils s'étaient connus, il traversait une crise de mélancolie. Maintenant les efforts qu'il faisait pour se maîtriser avaient fini par lui sembler naturels. Peut-être pourtant avait-il été véritablement lui-même pendant ces quelques jours à Mexico.

– Est-ce que le garçon en bleu était à l'Ecole Deems aussi ? demanda Anne.

Ils roulaient vers Montauk Point. Une parente d'Anne leur avait prêté sa villa pour les trois jours de leur lune de miel. Ils ne prenaient que trois jours de voyage de noces parce qu'il avait donné sa parole de débuter au cabinet d'architecte Horton, Horton and Keese, dans un mois au plus tard, et qu'il lui faudrait mettre les bouchées doubles pour achever les plans de l'hôpital avant de commencer.

– Non, à l'Institut. Il y a été quelque temps.

Mais pourquoi soutenait-il le mensonge de Bruno ?

– Il a une tête intéressante, dit Anne en serrant sa jupe autour de ses chevilles.

– Intéressante ? demanda Guy.

– Pas séduisante, comprenez-moi, simplement passionnée.

Guy serra les dents. Passionné ? Ne voyait-elle donc pas que Bruno était fou ? Fou à enfermer ? Est-ce que cela ne sautait pas aux yeux ?

XXXII

La réceptionniste de chez Horton, Horton and Keese, tendit à Guy un message disant que Charley Bruno avait téléphoné et qu'il avait laissé son numéro. C'était celui de Great Neck.

– Merci, dit Guy, en s'engageant dans le hall.

Et si la maison gardait trace des messages téléphoniques ? Il n'en était rien, mais enfin supposons qu'ils le fassent. Et que Bruno passe un de ces jours le voir. Mais Horton, Horton and Keese étaient tellement pourris eux-mêmes que Bruno ne s'y ferait guère remarquer. Et n'était-ce pas d'ailleurs cette ambiance pourrie qui avait attiré Guy ici ? Ne croyait-il pas que le sentiment de répulsion qu'il y éprouvait était un commencement de réparation, et qu'il allait bientôt se sentir mieux ?

Guy entra dans le grand fumoir à baie vitrée et aux murs tendus de cuir, et alluma une cigarette. Mainwaring et Williams, deux des meilleurs architectes de l'entreprise, étaient installés dans de profonds fauteuils de cuir, et lisaient des rapports. Là où il était, Guy sentit leurs regards peser sur lui. Ils le surveillaient toujours du coin de l'œil, parce que Horton junior avait affirmé à qui voulait l'entendre que Guy était un type extraordinaire, une espèce de génie; alors qu'est-ce qu'il fichait ici ? Bien sûr, il était peut-être encore plus fauché qu'on ne le croyait, et il venait de se marier, mais à part cela et l'hôpital de Bronx, il était évident que c'était un garçon très nerveux et qui avait flanché. « Il arrivait aux meilleurs de flancher, se disaient-ils, alors pourquoi avoir des scrupules à prendre une situation bien tranquille ? » Le regard de Guy se perdait sur le fatras des toits et des rues de Manhattan : il avait sous les yeux le modèle même de tout ce que ne devait pas être une ville. Quand il se retourna, Mainwaring baissa les yeux comme un collégien pris en faute.

Guy passa la matinée à traîner sur un travail qu'il avait commencé depuis plusieurs jours. « Prenez votre temps », lui avait-on dit. Tout ce qu'il fallait, c'était donner au client ce qu'il demandait et signer de son nom le devis. En l'occurrence il s'agissait d'un bazar pour une riche bourgade du Westchester, et le client voulait quelque chose dans le genre vieille demeure, qui fût en harmonie avec le style général de la ville, tout en étant quand même assez moderne, enfin, vous voyez ? Et il avait insisté pour que Guy Daniel Haines fît le devis. En se mettant au niveau de ce projet, qui relevait tout simplement de la caricature, Guy aurait pu bâcler son devis en quelques instants, mais le fait que l'édifice dût vraiment abriter un grand magasin imposait un certain nombre de nécessités fonctionnelles. Il passa sa matinée à gommer et à tailler des crayons et se dit qu'il lui faudrait encore quatre ou cinq jours, ce qui le mènerait bien avant dans la semaine suivante, avant de pouvoir seulement mettre noir sur blanc une vague esquisse.

– Charley Bruno vient ce soir, lui cria Anne de la cuisine.

– Comment ?

Guy la rejoignit de l'autre côté de la cloison.

– Ce n'est pas comme ça qu'il s'appelle ? Le jeune homme que nous avons vu le jour du mariage.

Anne était en train de couper de la ciboulette sur une planche à hacher.

– C'est toi qui l'as invité ?

– Non, il doit avoir entendu dire que nous pendions la crémaillère et il a téléphoné en s'invitant en quelque sorte tout seul, répondit Anne si négligemment qu'un instant l'idée qu'elle le mettait peut-être à l'épreuve en ce moment même lui fit passer un frisson dans le dos. Hazel... pas de lait, mon ange, il y a plein de crème dans le frigidaire.

– Cela t'ennuie qu'il vienne, Guy ? demanda Anne.

– Pas du tout, mais ce n'est pas un de mes amis, tu sais.

Il s'approcha gauchement du placard et prit une brosse à chaussures. Comment pouvait-il l'arrêter ? Il devait bien y avoir un moyen, mais il avait beau se triturer le cerveau, il savait qu'il ne le trouverait pas.

– Si, je vois que cela t'ennuie, dit Anne en souriant.

– Je le trouve mal élevé, c'est tout.

– Mais cela porte malheur de refuser à quelqu'un de venir à une pendaison de crémaillère. Tu ne savais pas cela?

Bruno avait déjà les yeux un peu injectés de sang quand il arriva. Tous les autres invités avaient fait des compliments sur la maison, mais Bruno entra dans le living-room vert et rouge brique comme s'il était déjà venu une centaine de fois. « Ou comme s'il habitait là », pensa Guy en présentant Bruno aux autres. Toute l'attention de Bruno, ses sourires et sa volubilité étaient réservés aux deux époux; c'était à peine s'il répondait aux phrases de politesse des autres invités — deux ou trois pourtant, remarqua Guy, semblaient le connaître —, à l'exception toutefois d'une Mrs. Chester Boltinoff de Muncey Park, à Long Island : Bruno lui serra les mains comme s'il avait trouvé une alliée. Et Guy vit avec horreur Mrs. Boltinoff lever vers Bruno un visage souriant et amical.

— Et comment ça va? demanda Bruno, après s'être procuré un verre.

— Très bien. Très bien, répondit Guy, déterminé à rester calme, même s'il devait aller jusqu'à s'abrutir à force de boire.

Il avait déjà pris deux ou trois whiskies secs dans la cuisine. Il se surprit pourtant à battre en retraite vers l'escalier en spirale qui partait d'un coin du living-room. « Rien qu'un instant, se dit-il, le temps simplement de s'y retrouver. » Il monta quatre à quatre jusqu'à la chambre à coucher, et se passa sur le visage sa main glacée.

— Excusez-moi, fit une voix de l'autre bout de la pièce, je n'ai pas encore fini d'explorer. C'est une maison si impressionnante, Guy, que j'ai senti le besoin de me réfugier un peu dans le XIXe siècle.

Helen Heyburn, une amie de collège d'Anne, était debout auprès de la commode. « Dans laquelle était le petit revolver », pensa Guy.

— Je vous en prie, faites comme chez vous. Je

suis juste monté prendre un mouchoir. Ça va, vous tenez le coup ?

Guy ouvrit le tiroir du bureau dans lequel se trouvaient côte à côte le revolver qu'il ne voulait pas prendre et le mouchoir dont il n'avait pas besoin.

– Moi oui, mais pas ce que j'ai bu.

« Helen devait encore traverser une de ses " crises ", se dit Guy. Elle faisait du dessin publicitaire, et Anne trouvait qu'elle avait du talent, mais elle ne travaillait que quand elle avait épuisé sa pension trimestrielle et qu'elle glissait dans une période de dépression. Guy sentait qu'elle ne l'aimait pas, depuis ce dimanche soir où il avait refusé d'accompagner Anne à la soirée qu'elle donnait. Elle se méfiait de lui. Et que faisait-elle donc aujourd'hui dans leur chambre à prétendre qu'elle ne se sentait pas dans son assiette ?

– Vous êtes toujours aussi sérieux, Guy ? Savez-vous ce que j'ai dit à Anne quand elle m'a annoncé qu'elle allait vous épouser ?

– Vous lui avez dit qu'elle était folle.

– Je lui ai dit : « Mais il est tellement sérieux, comment peux-tu le supporter ? »

Elle leva vers lui son joli visage un peu carré.

– Vous voyez, vous ne vous défendez même pas. Je parie que vous êtes trop sérieux pour m'embrasser, hein ?

Il se força à s'approcher d'elle et l'embrassa.

– Je n'appelle pas ça embrasser.

– Mais c'est à dessein que je n'étais pas sérieux.

Sur quoi il sortit. « Elle allait tout raconter à Anne, pensa-t-il, elle allait lui dire qu'à dix heures, elle l'avait trouvé dans la chambre, l'air lugubre. Peut-être allait-elle regarder dans le tiroir et trouver le revolver. Mais il n'en croyait rien. Helen était idiote et il ne voyait absolument pas pourquoi Anne la trouvait sympathique, mais ce n'était pas une fille à faire des histoires. Et elle n'avait pas plus qu'Anne le genre à fouiller dans les tiroirs. Est-ce qu'il n'avait pas laissé le revolver là à côté du tiroir d'Anne, depuis qu'ils habitaient ici ? Il ne craignait pas plus de voir Anne fouiller dans la moitié de la commode qui était réservée à ses affaires à lui que de la voir ouvrir son courrier. »

Quand il redescendit, Anne et Bruno étaient assis sur le divan en angle droit, près de la cheminée. Le verre que Bruno agitait négligemment au-dessus du dossier avait fait de grandes taches sombres sur le tissu.

– Il est en train de me parler de Capri, dit Anne en levant les yeux vers Guy. J'ai toujours eu envie que nous allions là-bas.

– Ce qu'il faut faire, continua Bruno, sans s'occuper de Guy, c'est prendre une maison entière, un château, et plus il est grand mieux cela vaut. Ma mère et moi, nous habitions un château si grand que nous en avions toujours négligé toute une aile jusqu'au soir où je me suis trompé de porte. Nous sommes tombés sur toute une famille italienne en train de dîner et dont les douze membres nous ont supplié de leur permettre de travailler pour nous sans être payés, simplement pour pouvoir rester là. Et bien entendu nous avons accepté.

– Et vous n'avez jamais appris l'italien ?

– Pas la peine ! fit Bruno en haussant les épaules; sa voix avait à nouveau ces inflexions rauques dont Guy avait gardé le souvenir.

Guy alluma une cigarette pour se donner une contenance; il sentait derrière lui le regard avide et timidement flirteur de Bruno posé sur Anne et cela lui donnait des picotements dans le dos plus profonds que le vague fourmillement de l'alcool. Bruno, sans nul doute, lui avait déjà fait des compliments sur la robe qu'elle portait, la robe de taffetas gris piqueté de motifs bleus en forme d'yeux de paon que Guy aimait tant. Bruno remarquait toujours les toilettes des femmes.

– Guy et moi, dit clairement la voix de Bruno,

comme s'il s'était soudain tourné vers Guy, Guy et moi, nous avions un jour parlé de faire un voyage ensemble.

Guy écrasa sa cigarette dans le cendrier, éteignant méthodiquement la moindre brindille, et s'approcha du divan.

– Je ne vous ai pas montré notre salle de jeux au premier, dit-il à Bruno. Vous voulez venir la voir ?

– Bien sûr, fit Bruno. A quels jeux y joue-t-on ?

Guy le poussa dans une petite pièce tendue de rouge et referma la porte derrière eux.

– Vous ne trouvez pas que vous y allez un peu fort ?

– Guy ! Vous êtes ivre !

– Qu'est-ce que ça veut dire de raconter à tout le monde que nous sommes de vieux amis ?

– Je ne l'ai pas raconté à tout le monde. Je l'ai dit à Anne.

– Mais à quoi cela rime-t-il de le raconter à elle ou à qui que ce soit ? Et qu'est-ce qui vous a pris de venir ici ?

– Du calme, Guy ! Chut... ch... chut ! fit Bruno en agitant négligemment le verre qu'il tenait à la main.

– La police continue à surveiller vos relations, n'est-ce pas ?

– Pas suffisamment pour m'inquiéter.

– Allez, filez. Filez maintenant.

Sa voix tremblait de l'effort qu'il faisait pour la contenir. Et pourquoi se maîtriser, d'ailleurs ? Le revolver était de l'autre côté du couloir, et il restait une balle dedans.

Bruno le regarda d'un air ennuyé et soupira. En respirant, il faisait le même bruit que le souffle que Guy croyait entendre la nuit dans sa chambre.

Guy vacilla un peu et cela ne fit qu'exciter sa rage.

– Je trouve Anne ravissante, remarqua Bruno d'un air mondain.

– Si je vous reprends à lui adresser la parole, je vous tuerai.

Le sourire de Bruno s'effaça, puis revint, plus épanoui encore.

– C'est une menace, Guy?

– C'est une promesse.

Une demi-heure plus tard, Bruno tomba évanoui derrière le divan où Anne et lui s'étaient assis. Etendu ainsi sur le sol, il semblait d'une longueur démesurée, et sa tête paraissait minuscule sur la pierre du foyer. Trois hommes le ramassèrent, mais ils ne savaient que faire de lui.

– Je pense que vous n'avez qu'à l'emmener dans la chambre d'amis, dit Anne.

– C'est un bon présage, Anne, fit Helen en riant. Tu sais, il faut toujours que quelqu'un reste coucher après une pendaison de crémaillère. C'est le premier invité!

Christopher Nelson s'approcha de Guy.

– Où êtes-vous allé le pêcher? Il était tellement souvent ivre mort au Club de Great Neck qu'on a fini par lui en interdire l'accès.

Guy avait parlé à Teddy après le mariage. Teddy n'avait pas invité Bruno, ne savait rien de lui, sinon qu'il le trouvait antipathique.

Guy monta jusqu'au studio, et referma la porte. Sur sa table de travail, il vit le croquis inachevé du grand magasin, mâtiné blockhaus et vieux manoir, qu'il avait cru devoir emporter pour le finir pendant le week-end. Les lignes familières, brouillées par l'alcool, le mirent au bord de la nausée. Il prit une feuille de papier blanc et commença à dessiner le bâtiment que voulaient ses patrons. Il savait exactement ce qu'ils voulaient. Il espérait qu'il pourrait finir avant d'être malade, et qu'il pourrait alors rendre tout à son aise. Mais quand il eut achevé son croquis, il ne fut pas malade. Il resta assis un moment sur sa chaise, puis alla ouvrir une fenêtre.

XXXIII

Le projet de grand magasin fut accepté et recueillit de grands éloges, d'abord de la part des Horton, puis du client, Mr. Howard Wyndham, de New Rochelle, qui vint au bureau le lundi après-midi pour voir le projet. Pour se récompenser, Guy s'octroya la fin de la journée qu'il passa à fumer dans son bureau et à feuilleter un exemplaire relié en cuir de *Religio Medici* qu'il venait d'acheter chez Brentano pour l'anniversaire d'Anne. De quel travail allait-on le charger ensuite? se demanda-t-il. Il parcourut le livre, et retrouva les passages qui leur avaient plu à Peter et à lui... *l'homme sans nombril vit toujours en moi...* De quelle horreur aurait-il à s'occuper ensuite? Il avait déjà fait un devis. N'était-ce pas assez? Un autre projet dans le genre du grand magasin serait plus qu'il n'en pourrait supporter. Non pas qu'il s'apitoyât sur son sort, c'était la vie qui était ainsi. Il était toujours vivant, si c'était cela qu'il se reprochait. Il se leva, prit sa machine à écrire et se mit à taper sa lettre de démission.

Anne tint à sortir pour célébrer son anniversaire. Elle était si contente, si rayonnante de bonheur que Guy se sentit un peu remonté lui aussi, mais sans assurance, un peu comme un cerf-volant qui essaie de s'arracher du sol par un jour sans vent. Il regarda les doigts minces et agiles d'Anne tirer ses cheveux en arrière et fermer la barrette qui les retenait.

– Oh! Guy, demanda-t-elle, tandis qu'ils descendaient dans le living-room, est-ce que nous ne pouvons pas faire cette croisière maintenant?

Anne pensait toujours à la croisière qu'ils devaient faire le long de la côte à bord de l'*India*, et qui devait être leur voyage de noces. Jusqu'alors Guy avait voulu consacrer tout son temps aux plans de l'hôpital, mais maintenant il ne pouvait pas refuser.

– Quand crois-tu que nous puissions partir ? Dans cinq jours ? La semaine prochaine ?

– Peut-être dans cinq jours.

– Oh ! j'avais oublié, dit-elle en soupirant. Il faut que je reste jusqu'au 23. Il y a cet acheteur de Californie qui est intéressé par nos cotonnades.

– Et n'y a-t-il pas aussi une présentation de collection à la fin du mois ?

– Oh ! Lilian peut s'en charger.

Elle sourit.

– C'est gentil de t'en souvenir !

Il attendit qu'elle eût disposé sur sa tête le capuchon de son manteau de léopard; la perspective de discuter affaires avec l'acheteur de Californie amusait beaucoup Anne : elle ne laisserait pas cela à Lilian. Dans l'affaire, c'était Anne qui s'occupait de la partie commerciale. Guy aperçut soudain les longues fleurs orange sur la table roulante.

– D'où viennent-elles ? demanda-t-il.

– De Charley Bruno. Avec un petit mot pour s'excuser de s'être trouvé mal vendredi soir.

Elle rit.

– Je trouve cela gentil.

Guy contempla les fleurs.

– Qu'est-ce que c'est ?

– Des marguerites d'Afrique.

Elle passa devant lui et ils se dirigèrent vers la voiture.

« Anne était flattée d'avoir reçu des fleurs », pensa Guy. Mais il savait aussi que, depuis la soirée, la cote de Bruno auprès d'elle avait baissé. Comme ils étaient liés maintenant, Bruno et lui, par toute cette foule de gens qui se trouvaient à la pendaison de crémaillère. La police pouvait venir l'interroger d'un jour à l'autre. Elle allait sûrement le faire. Et pourquoi cela ne l'inquiétait-il pas plus que cela ? Quel était donc son état d'esprit, puisqu'il n'était même plus capable de l'analyser ? Etait-ce de la résignation ? Du suicide ? Ou simplement la torpeur de la stupidité ?

Pendant les quelques jours que Guy dut encore passer chez Horton, Horton and Keese pour mettre en train les croquis d'intérieur du grand magasin, il en vint même à se demander s'il ne souffrait pas de dérangement mental, si quelque forme subtile de folie ne s'était pas emparée de lui. Il se souvenait des quelque huit jours qui avaient suivi la fameuse nuit du vendredi, et où sa sécurité, son existence même semblaient tenir à si peu de chose que la moindre défaillance nerveuse le faisait s'écrouler en une seconde. Maintenant c'était fini. Mais il rêvait encore pourtant que Bruno faisait irruption dans sa chambre. S'il s'éveillait à l'aube, il se voyait encore debout dans la chambre, le revolver à la main. Il avait toujours l'impression qu'il lui faudrait, très bientôt, trouver un moyen d'expier ce qu'il avait fait, mais, des obligations ou des sacrifices auxquels il songeait, aucun ne lui semblait suffisant. Il sentait deux êtres en lui, l'un capable de créer et d'être en parfait accord avec Dieu quand il créait, et l'autre capable d'assassiner. « N'importe qui peut tuer », avait dit Bruno dans le train. L'homme qui avait expliqué le principe de l'encorbellement à Bobbie Cartwright voici deux ans à Metcalf ? Non, pas plus que l'homme qui avait fait les plans de l'hôpital ou même du grand magasin, ou qui s'était demandé pendant une demi-heure la semaine dernière de quelle couleur il allait peindre une chaise métallique de jardin; non, celui qui pouvait tuer, c'était l'homme qui la veille au soir avait jeté un coup d'œil dans le miroir et qui un instant y avait aperçu le meurtrier, comme un frère dont on cache l'existence.

Et comment pouvait-il encore penser tranquillement au meurtre alors que dans moins de dix jours il serait avec Anne sur un yacht blanc ? Pourquoi lui avait-on fait don d'Anne ou du pouvoir de l'aimer ? Et n'était-ce pas seulement parce qu'il voulait pour trois semaines se libérer de Bruno qu'il avait si volontiers accepté cette croisière? S'il le voulait, Bruno pourrait lui enlever Anne. Guy avait depuis longtemps essayé d'envisager cette éventualité. Mais depuis qu'il les avait vus tous les deux ensemble, depuis le jour du mariage, cette hypothèse le terrifiait.

Il se leva et prit son chapeau pour aller déjeuner. Au moment où il traversait le hall, il entendit un bourdonnement au standard. La téléphoniste l'appela.

– Prenez la communication d'ici si vous voulez, Mr. Haines.

Guy saisit l'appareil : il savait que c'était Bruno, et il savait qu'il accepterait de voir Bruno aujourd'hui. Bruno lui proposa de déjeuner avec lui et ils prirent rendez-vous à la Villa d'Este dans dix minutes.

A la vitre du restaurant, il y avait de grands rideaux roses et blancs. Guy pensa que Bruno lui avait tendu un piège et qu'il allait trouver des inspecteurs de police derrière les rideaux. « Et cela lui était bien égal, se dit-il, bien égal. »

Bruno l'aperçut du bar et descendit de son tabouret en souriant de toutes ses dents. Guy s'avança, la tête haute à nouveau, maintenant qu'il était à côté de Bruno.

– Salut, Guy, fit celui-ci en lui mettant une main sur l'épaule. J'ai retenu une table au bout de cette rangée.

Bruno portait son vieux complet rouille. Guy se rappela la première fois qu'il avait suivi le long corps dans les couloirs cahotants du train, mais ce souvenir n'évoquait plus de remords maintenant. Il se sentait même fort bien disposé à l'égard de Bruno; cela lui était arrivé souvent la nuit, mais jamais encore de jour. Il n'était même pas agacé par la satisfaction manifeste de Bruno de l'avoir à déjeuner.

Bruno commanda des cocktails puis le déjeuner : du foie pour lui, à cause de son nouveau régime, dit-il, et des œufs pochés pour Guy, parce qu'il savait que Guy les aimait. Guy cependant inspectait les gens assis à la table voisine. Il crut percevoir de la méfiance chez les quatre élégantes quadragénaires, qui toutes souriaient, les yeux mi-clos, en levant leur verre à cocktails. Derrière elles, un gros homme, qui semblait être un Européen, décochait un sourire à son invisible compagne. Les serveurs s'affairaient. Tout cela n'était-il pas un spectacle monté et joué par des fous, un spectacle dont Bruno et lui tenaient les premiers rôles, eux qui étaient les plus fous de tous ? Chaque mouvement, chaque mot lui semblait baigner dans une ambiance héroïque de prédestination.

– Elles vous plaisent ? disait Bruno. Je les ai achetées chez Clyde ce matin. Ils ont le meilleur choix de New York. Pour les modèles d'été en tout cas.

Guy regarda les quatre cravates que Bruno avait déballées sur ses genoux. Il y avait une cravate en tricot, une cravate en soie et lin et un nœud en gros lin lavande. Et encore une en shantung peinte à la main, comme une robe que portait Anne.

Bruno était désappointé : Guy n'avait pas l'air enthousiasmé.

– Vous les trouvez trop voyantes ? Ce sont des cravates d'été, vous savez.

– Elles sont jolies, dit Guy.

– Voilà celle que je préfère. Je n'en ai jamais vu comme ça.

Bruno brandit la cravate tricotée, celle qui avait un filet rouge au centre.

– Je voulais d'abord en acheter une pour moi, mais je tenais à vous les offrir. C'est pour vous, Guy.

– Merci.

Guy sentit sa lèvre supérieure se crisper de façon très désagréable. On aurait pu croire, se dit-il brusquement, qu'il était l'amant de Bruno, et que Bruno lui apportait un cadeau en gage de réconciliation.

– A votre croisière, dit Bruno, en levant son verre.

Bruno avait eu Anne au téléphone le matin et elle lui avait parlé de la croisière. Bruno ne cessait de répéter, avec nostalgie, à quel point il trouvait Anne merveilleuse.

– Elle a l'air si pur. Ce n'est pas souvent qu'on rencontre une fille qui semble aussi... aussi foncièrement bonne. Vous devez être terriblement heureux, Guy.

Il espérait que Guy allait dire quelque chose, une phrase ou même un mot, qui expliquerait pourquoi justement il était heureux. Mais Guy ne dit rien, et Bruno, mortifié, sentit sa gorge se serrer un peu. Comment Guy pouvait-il se vexer ainsi ? Bruno avait très envie de poser sa main sur celle de Guy, rien qu'un instant, comme un frère pourrait le faire, mais il se maîtrisa.

– Est-ce qu'elle vous a tout de suite aimé ou bien a-t-il fallu qu'elle vous connaisse depuis longtemps ?

Guy l'entendit répéter sa question.

– Comment pouvez-vous me demander au bout de combien de temps elle m'a aimé ? L'amour est un fait.

Il regarda le visage étroit et flasque de Bruno, l'épi de cheveux qui donnait encore au front une expression inquiète, mais Bruno semblait infiniment plus confiant et moins susceptible que lors de leur première rencontre. C'était, se dit Guy, parce que maintenant il avait de l'argent.

– Ah ! oui. Je vois ce que vous voulez dire.

Mais Bruno en fait ne voyait pas du tout. Bien que le souvenir du meurtre le hantât encore, Guy était heureux avec Anne. Même s'ils n'avaient plus un sou, Guy serait heureux avec elle. Bruno frémissait aujourd'hui en pensant que l'idée lui avait un jour traversé l'esprit qu'il pourrait offrir de l'argent à Guy. Il imaginait le ton dont Guy lui dirait « Non », avec cette façon qu'il avait de rentrer son regard en lui-même, de se trouver en un instant à mille lieues. Bruno savait que, malgré toute sa fortune et tout l'usage qu'il pourrait en faire, il n'aurait jamais ce que possédait Guy. Il avait découvert qu'avoir sa mère à lui tout seul n'était pas une garantie de bonheur. Il se força à sourire.

– Vous croyez qu'Anne me trouve sympathique ?

– Mais oui.

– Quels sont ses goûts en dehors de la décoration ? Est-ce qu'elle aime faire la cuisine ? Ou le ménage ?

Bruno vit Guy prendre son martini et l'avaler en trois gorgées.

– Vous comprenez, j'aime bien savoir ce que vous faites tous les deux. Si vous vous promenez, si vous faites des mots croisés.

– Ça nous arrive.

– Qu'est-ce que vous faites le soir ?

– Quelquefois Anne travaille le soir.

Avec une facilité qu'il n'avait jamais connue auparavant avec Bruno, son esprit glissait jusqu'au studio où Anne et lui travaillaient souvent le soir. De temps en temps Anne lui parlait ou lui faisait voir un dessin qu'elle venait de finir. Elle semblait toujours travailler sans effort, et quand elle trempait son pinceau dans un verre d'eau, cela faisait comme un bruit de rire.

– J'ai vu sa photo dans le *Harper's Bazaar* il y a deux mois avec celle d'autres décorateurs. Elle réussit bien, n'est-ce pas ?

– Très bien.

– Je...

Bruno croisa les bras sur la table.

– Je suis fichtrement content que vous soyez heureux avec elle.

Evidemment. Guy sentit ses épaules se détendre et sa respiration devenir plus normale. Et pourtant, il avait du mal à se persuader qu'Anne était bien à lui. Elle était une déesse descendue pour l'arracher aux batailles où il aurait certainement trouvé la mort, comme les déesses de la mythologie qui protégeaient les héros, mais qui pourtant introduisaient dans les contes un élément qu'il avait toujours trouvé étranger et un peu déloyal quand il les avait lus, étant enfant. Les nuits où il n'arrivait pas à dormir, quand il sortait furtivement de la maison pour aller marcher sur la colline en pyjama et en manteau, dans la paisible indifférence des nuits d'été, il ne se permettait pas de penser à Anne. *Dea ex machina,* murmura Guy.

– Comment ?

Pourquoi était-il assis là avec Bruno et mangeait-il à sa table ? Il avait envie de battre Bruno et il avait aussi envie de pleurer. Mais il sentit aussitôt ses malédictions se fondre dans un flot de pitié. Bruno ne savait pas aimer et cela lui manquait terriblement. Bruno était trop perdu, trop aveugle devant l'amour pour l'inspirer. Brusquement, Guy trouva cela tragique.

– Vous n'avez jamais été amoureux, Bruno ? demanda-t-il et il vit une expression étrange, inquiète apparaître dans les yeux de l'autre.

Bruno demanda un autre verre.

– Non, pas vraiment amoureux, je ne crois pas.

Il se passa la langue sur les lèvres. Non seulement il n'était jamais tombé amoureux, mais cela ne l'intéressait pas tellement de coucher avec des femmes. Il n'avait jamais pu s'empêcher de penser que c'était un peu idiot : il lui semblait toujours qu'il regardait ça de loin. Une fois, ç'avait été terrible, il s'était mis à rire. Bruno se tortilla d'un air gêné. C'était la différence la plus pénible entre lui et Guy : Guy était capable de s'oublier avec les femmes et s'était pratiquement suicidé pour Miriam.

Guy regarda Bruno et Bruno baissa les yeux.

Bruno attendait, comme si Guy allait lui révéler comment on tombait amoureux.

– Savez-vous quelle est la plus grande vérité de ce monde, Bruno ?

– J'en connais beaucoup, gloussa Bruno. De laquelle voulez-vous parler ?

– Que chaque chose ici a près d'elle son contraire.

– C'est-à-dire que les contraires s'attirent ?

– C'est plus compliqué que cela. Par exemple... vous venez de m'offrir des cravates. Or, moi, l'idée m'était venue que vous aviez peut-être dit à la police de m'attendre ici.

– Bon sang, Guy, mais vous êtes mon *ami* ! dit Bruno, brusquement frénétique. Je vous aime bien !

« Je vous aime bien, je ne vous hais point », pensa Guy. Mais Bruno ne dirait pas cela, parce que justement il le haïssait. Exactement comme lui ne dirait jamais à Bruno je vous aime bien, mais bien je vous déteste, parce qu'en fait il l'aimait bien. Guy serra les mâchoires et se frotta le front. Il entrevoyait un équilibre de positif et de négatif qui le paralyserait au seuil de toute action. C'était cela, par exemple, qui le retenait assis à cette table. Il se leva d'un bond et les consommations qu'on venait de servir éclaboussèrent la nappe.

Bruno fixa sur lui un regard affolé.

– Guy, qu'est-ce qui se passe ? Il le suivit.

– Guy, attendez ! Vous ne croyez pas que je serais capable d'une chose pareille, non ? Je ne le ferais pas pour un empire !

– Ne me touchez pas !

– *Guy !*

Bruno était au bord des larmes. Pourquoi lui faisait-on des choses pareilles ? *Pourquoi ?* Il cria au milieu du trottoir :

– Pas pour un empire ! Pas pour un million de dollars ! Vous pouvez me croire, Guy !

Guy le repoussa et ferma la portière du taxi.

Bruno ne le trahirait pas, à aucun prix, il le savait bien. Mais si tout était aussi incertain qu'il le croyait, comment pouvait-il en être vraiment sûr ?

XXXIV

– Quels sont vos rapports avec Mrs. Guy Haines ?

Bruno s'y attendait depuis un moment. Gérard venait de vérifier ses récentes dépenses et il était tombé sur les fleurs qu'il avait envoyées à Anne.

– C'est une amie. Enfin, je suis un ami de son mari.

– Oh ! Un ami ?

– Une relation, si vous voulez, fit Bruno en haussant les épaules

Gérard devait croire qu'il se vantait parce que Guy était connu.

– Vous le connaissez depuis longtemps ?

– Pas très.

Sans se lever de son fauteuil, Bruno allongea le bras pour prendre son briquet.

– Comment se fait-il que vous ayez envoyé ces fleurs ?

– Je devais être de bonne humeur. J'étais allé à une soirée chez eux la veille.

– Vous le connaissez si bien que ça ?

Bruno haussa encore les épaules.

– Oh ! ça n'avait rien d'intime. Haines est un des architectes auxquels nous avions pensé quand il a été question de faire construire quelque chose.

Il venait de trouver ça maintenant et ça ne lui paraissait pas mal du tout.

– Et Matt Levine. Revenons un peu à lui.

Bruno poussa un soupir. Gérard laissait tomber Guy, peut-être parce qu'il n'était pas à New York pour l'instant, ou bien peut-être le laissait-il vraiment tomber. Et maintenant Matt Levine : c'était vrai que, sans se rendre compte de l'utilité que cela pourrait avoir par la suite, il avait beaucoup vu Matt dans les jours qui avaient précédé le crime.

– Qu'est-ce qu'il y a encore avec Matt ?

– Comment se fait-il que vous l'ayez vu le 24, le 28 et le 30 avril, le 2, le 5, le 6, le 7 mars et l'avant-veille du crime ?

– Ah ! oui ? fit-il en souriant.

La dernière fois, Gérard n'avait que trois dates. Mais Matt n'aimait pas Bruno non plus. Matt avait dû dire pis que pendre sur son compte.

– Il comptait acheter ma voiture.

– Et vous comptiez la vendre ? Pourquoi cela, parce que vous pensiez pouvoir en acheter une neuve bientôt ?

– Je voulais la vendre pour acheter une petite voiture, dit Bruno d'un air songeur. Celle qui est dans le garage maintenant. La Crosley.

– Depuis combien de temps connaissez-vous Mark Lev ?

– Depuis le temps où il s'appelait Mark Levitski, répliqua Bruno. Remontez encore un peu et vous verrez qu'il a tué son propre père en Russie.

Bruno lança à Gérard un regard furieux. « Son propre père », ça faisait un drôle d'effet, il n'aurait pas dû dire ça, mais Gérard était agaçant à essayer de faire le malin.

– Matt n'a pas l'air de vous porter dans son cœur non plus. Comment cela se fait-il, vous n'avez pas pu vous mettre d'accord ?

– Au sujet de la voiture ?

– Charles, fit Gérard avec patience.

– Je ne dis rien.

Bruno regarda ses ongles mordillés, en pensant que Matt répondait parfaitement au signalement du meurtrier fourni par Herbert.

– Vous n'avez pas beaucoup vu Ernie Scroeder ces temps-ci.

Bruno ouvrit la bouche d'un air las pour répondre.

XXXV

Pieds nus, en vieux pantalon de toile blanche, Guy était assis en tailleur sur la plage avant de l'*India.* Ils venaient d'arriver en vue de Long Island, mais il ne voulait pas encore regarder. Le doux tangage du bateau le berçait d'un mouvement agréable et familier, qu'il lui semblait avoir toujours connu. Le jour où il avait pour la dernière fois vu Bruno lui paraissait un jour de folie. Il avait dû être fou. Anne s'en était certainement aperçue.

Il plia le bras et pinça la mince peau brune qui recouvrait ses muscles. Il était aussi brun qu'Egon, le matelot demi-portugais qu'ils avaient engagé sur le quai de Long Island au départ. Seule la petite cicatrice sur son sourcil droit restait blanche.

Ces trois semaines de mer lui avaient donné une paix et une résignation qu'il n'avait jamais connues auparavant et dont, un mois plus tôt, il se serait cru incapable. Il en était arrivé à la conclusion que, quel qu'il fût, son châtiment était partie intégrante de sa destinée et que, comme les autres événements de sa destinée, il le trouverait sans qu'il fût besoin de le chercher. Il s'était toujours fié à son sens de la destinée. Quand Peter et lui étaient enfants, il avait toujours su que lui-même ne se contenterait pas de rêver – comme il avait senti aussi que Peter ne ferait rien d'autre – mais qu'il élèverait des bâtiments célèbres, que son nom aurait une place dans l'architecture et qu'enfin – ce qui lui avait toujours paru être le couronnement de sa carrière – il construirait un pont. Ce serait un pont blanc avec une grande arche comme l'aile d'un ange, avait-il pensé quand il était enfant, semblable au pont blanc suspendu de Robert Maillart qu'il avait vu dans ses livres d'architecture. C'était peut-être un peu arrogant de croire ainsi à sa destinée. Mais, d'un autre côté, existait-il humilité plus grande que celle de l'homme qui se sentait contraint d'obéir aux lois de son destin? Le meurtre qui lui avait semblé un écart révoltant, un péché contre lui-même, il était convaincu maintenant qu'il était également inscrit dans sa destinée. Il était impossible de penser autrement. Et s'il en était bien ainsi, il serait accordé à Guy un moyen d'expier en même temps que la force de le faire. Et si la justice le condamnait à mort avant, il lui serait accordé la force de supporter cela aussi à lui comme à Anne. C'était étrange, il se sentait plus humble que le plus infime poisson de la mer et plus fort que la plus grande montagne. Mais il était sans arrogance. Son arrogance n'avait été qu'une défense, qui avait pris toute son ampleur à l'époque de sa rupture avec Miriam. Et même à ce moment, alors que Miriam l'obsédait encore, n'avait-il pas déjà su qu'il rencontrerait une autre femme qu'il pourrait aimer et qui l'aimerait toujours? Et quelle meilleure preuve lui fallait-il encore de cet amour, après ces trois semaines de mer durant lesquelles jamais Anne et lui n'avaient été plus près, jamais leurs vies plus unies?

Il pivota un peu pour la voir adossée au grand mât. Elle avait en le contemplant un vague sourire aux lèvres, un sourire d'orgueil à demi réprimé, « comme celui d'une mère qui a tiré son enfant d'une longue maladie », pensa Guy; il lui rendit son sourire, s'émerveillant de pouvoir avoir une telle confiance en l'infaillibilité d'Anne et qu'elle ne fût pourtant qu'une simple créature humaine. Et surtout, ce dont il s'émerveillait, c'était qu'elle fût sienne. Puis son regard tomba sur ses mains croisées, et il songea au travail qui l'attendait demain à l'hôpital, à tout le travail à venir et aux événements de sa destinée qu'il trouverait sur son chemin.

Bruno téléphona un soir à quelques jours de là. Il était dans le voisinage, dit-il, et avait envie de passer les voir. Il semblait parfaitement à jeun et un peu déprimé.

Guy lui dit de ne pas venir. Il lui dit avec calme et fermeté que ni lui ni Anne ne voulaient le revoir, mais tout en parlant, il sentait déjà sa patience s'écrouler comme le sable d'une dune et tout l'équilibre de ces dernières semaines crouler à l'idée que cette conversation était réelle.

Bruno savait que Gérard n'avait pas encore parlé à Guy. Il ne pensait pas que Gérard interrogeât Guy plus que quelques minutes. Mais Guy lui parut si froid à l'appareil que Bruno ne put se décider à lui dire maintenant que Gérard connaissait son nom, qu'on allait peut-être venir l'interroger, ni que désormais, si Guy voulait bien, Bruno avait l'intention de ne plus le voir que secrètement : plus de soirées ni de déjeuners ensemble.

– Bon, fit Bruno, d'une voix sourde, et il raccrocha.

Presque aussitôt le téléphone se remit à sonner. Guy écrasa la cigarette qu'il venait d'allumer avec soulagement et alla répondre.

– Allo, ici Arthur Gérard, du Bureau de police privée...

Gérard demanda s'il pouvait venir.

Guy arpentait le living-room, en essayant de se prouver que ses craintes étaient absurdes, que Gérard ne venait pas de surprendre à une table d'écoute la conversation qu'il avait eue avec Bruno, qu'il n'avait pas arrêté Bruno. Il monta prévenir Anne.

– Un détective privé? demanda Anne, surprise. Qu'est-ce qu'il veut?

Guy hésita un instant. Il y avait tant d'occasions où il hésitait peut-être trop longtemps!

Maudit Bruno! Il finissait par lui porter la guigne!

– Je ne sais pas.

Gérard ne se fit pas attendre longtemps. Il baisa la main d'Anne avec élégance, et après s'être excusé de son intrusion, mit poliment la conversation sur la maison et le bout de jardin. Guy le contemplait avec ahurissement. Gérard avait l'air abruti, fatigué et vaguement négligé. Peut-être que Bruno se trompait entièrement sur son compte. Même son air absent, que soulignait encore la lenteur de son élocution, n'évoquait pas la distraction d'un brillant détective. Puis Gérard s'installa avec un cigare et un verre de whisky, et Guy vit alors la lueur rusée des petits yeux noisette et l'énergie des mains courtes. Il se sentit un peu mal à l'aise. Il trouva que Gérard avait un air indéchiffrable.

– Vous êtes un ami de Charles Bruno, Mr. Haines?

– Oui. Je le connais.

– Comme vous devez le savoir, son père a été assassiné en mars dernier, et l'on n'a pas encore trouvé le meurtrier.

– Je ne savais pas cela! dit Anne.

Le regard de Gérard se posa lentement sur elle puis revint à Guy.

– Je ne le savais pas non plus, dit Guy.

– Vous ne le connaissez pas si bien que cela, alors?

– Je le connais à peine.

– Où et quand avez-vous fait sa connaissance?

– A... – Guy jeta un coup d'œil vers Anne – ... l'Institut d'Art. Parker, je crois, aux environs de décembre dernier, dit-il, avec l'impression d'être tombé dans un piège.

Il avait répété la réponse que Bruno avait lancée négligemment le jour du mariage, en présence d'Anne, alors que celle-ci l'avait sans doute oubliée. Gérard le regarda, et il parut à Guy qu'il n'en croyait pas un mot. Pourquoi Bruno ne l'avait-il pas prévenu de la visite de Gérard? Pourquoi n'avaient-ils pas mis au point la version que Bruno avait proposée un jour : qu'ils s'étaient rencontrés pour la première fois dans un bar de New York?

– Et quand l'avez-vous revu? demanda finalement Gérard.

– Eh bien... pas avant mon mariage, en juin.

Il sentit qu'il prenait l'expression surprise d'un homme qui ne sait pas encore où son interlocuteur veut en venir. « Heureusement, pensa-t-il, heureusement il avait déjà affirmé à Anne que c'était une façon de parler quand Bruno prétendait qu'ils étaient de vieux amis. »

– Nous ne l'avions pas invité, ajouta Guy.

– Il est venu comme ça?

Gérard ne semblait pas surpris.

– Mais par contre vous l'aviez bien invité à la soirée que vous avez donnée en juillet? fit Gérard en jetant également un coup d'œil à Anne.

– Il a téléphoné, lui dit Anne, en demandant s'il pouvait venir, alors... j'ai dit oui.

Gérard demanda alors si Bruno avait pu entendre parler de la soirée par des amis à lui qui étaient invités; Guy répondit que c'était possible et donna le nom de la femme blonde qui avait souri de façon si horrible à Bruno ce soir-là. C'était le seul nom qu'il pût donner. Il n'avait jamais vu Bruno avec personne.

Gérard se renversa dans son fauteuil.

– Le trouvez-vous sympathique? demanda-t-il en souriant.

– Assez, dit Anne, poliment, après un silence gêné.

– A dire vrai, fit Guy parce que Gérard avait l'air d'attendre sa réponse, je le trouve un peu indiscret.

Le côté droit de son visage était dans l'ombre. Il se demanda si Gérard cherchait des cicatrices sur son visage.

– C'est un garçon qui a le culte du héros. Le culte du pouvoir, même, dans un certains sens.

Gérard sourit, mais d'un sourire qui n'avait plus rien de naïf, et qui n'avait peut-être d'ailleurs jamais été ainsi.

– Excusez-moi de vous importuner avec toutes ces questions, Mr. Haines.

Cinq minutes plus tard, il était parti.

– Que veut-il dire ? demanda Anne. Est-ce qu'il soupçonne Charles Bruno ?

Guy repoussa le verrou et revint vers elle.

– Il soupçonne probablement une de ses relations. Il croit peut-être que Charles sait quelque chose parce qu'il détestait son père. Tout au moins Charles m'a dit qu'il le détestait.

– Vous croyez que Charles pourrait savoir quelque chose ?

– C'est difficile à dire, n'est-ce pas ?

Guy prit une cigarette.

– Seigneur !

Anne était plantée devant le coin du divan, comme si elle voyait encore Bruno là où il était assis le soir de la pendaison de la crémaillère.

– C'est extraordinaire ce qui se passe dans la vie des gens ! murmura-t-elle.

XXXVI

– Ecoutez, cria Guy dans l'appareil. Ecoutez, Bruno !

Bruno était plus ivre que jamais, mais Guy était résolu à pénétrer jusqu'à son cerveau embrumé. Puis il pensa tout à coup que Gérard était peut-être avec lui et son ton se radoucit, par précaution. Il apprit que Bruno était seul dans une cabine téléphonique.

– Avez-vous dit à Gérard que nous nous étions

rencontrés pour la première fois à l'Institut d'Art ?

Bruno dit que oui. Sa réponse parvint à Guy au milieu de marmonnements inintelligibles d'ivrogne. Bruno voulait venir les voir. Guy n'arrivait pas à lui faire entrer dans la tête que Gérard était déjà venu l'interroger. Guy raccrocha violemment, et ouvrit le col de sa chemise. Bruno qui voulait venir le voir maintenant, c'était le comble ! Gérard avait extériorisé le danger. Guy avait le sentiment qu'il était plus urgent de rompre complètement avec Bruno que de mettre au point avec lui une histoire qui tînt debout. Ce qui l'agaçait le plus, c'était qu'il était impossible de tirer du radotage de Bruno ce qui lui était arrivé ou même dans quelle disposition d'esprit il était.

Guy était en haut dans le studio avec Anne quand la sonnerie de la porte retentit.

Il entrebâilla la porte, mais Bruno l'ouvrit toute grande, entra en trébuchant dans le living-room et s'effondra sur le divan. Guy se planta devant lui, muet de rage d'abord, puis de dégoût. Le cou gras et congestionné de Bruno débordait de son col. Il paraissait plus congestionné que vraiment ivre : on aurait dit qu'une sorte d'œdème mortel gonflait son corps, remplissant même le creux des orbites, si bien que les yeux gris injectés de sang semblaient étrangement proéminents. Bruno le dévisageait. Guy se dirigea vers le téléphone pour appeler un taxi.

– Guy, chuchota Anne dans l'escalier, qui est-ce ?

– Charles Bruno. Il est ivre.

– Non, pas ivre ! protesta soudain Bruno.

Anne descendit au milieu de l'escalier et l'aperçut.

– Est-ce qu'il ne vaudrait pas mieux l'installer dans la chambre en haut ?

– Je ne veux pas de lui ici.

Guy cherchait dans l'annuaire le numéro d'un taxiphone.

– Si-ssi ! siffla Bruno comme un pneu qui se dégonfle.

Guy se retourna. Bruno le fixait d'un seul œil, et cet œil était le seul point vivant dans le corps étendu, comme un cadavre. Il marmonnait quelque chose.

– Que dit-il ? fit Anne en s'approcha de Guy.

Guy s'avança vers Bruno et le saisit par le plastron de sa chemise. La mélopée que Bruno marmonnait d'un air ahuri l'exaspérait. Tandis qu'il essayait de le remettre sur ses pieds, Bruno lui bava sur la main.

– Levez-vous et filez !

Et puis il entendit ce que Bruno marmonnait :

– Je vais lui dire, je vais lui dire... je vais lui dire, je vais lui dire, chantonnait Bruno, un œil tout rouge levé vers Guy. Ne me renvoyez pas, sinon, je vais lui dire... je vais...

Guy le lâcha, horrifié.

– Qu'est-ce qu'il y a, Guy ? Que dit-il ?

– Je vais l'installer dans la chambre d'amis, dit Guy.

Guy s'efforça de prendre Bruno sur son épaule, mais la masse inerte et flasque était trop lourde pour lui. Il finit par allonger Bruno sur le divan. Il regarda par la fenêtre. Il n'y avait pas de voiture dehors. C'était à croire que Bruno était tombé du ciel. Bruno s'endormit sans bruit et Guy s'assit à son chevet et alluma une cigarette.

Vers trois heures du matin Bruno se réveilla et prit coup sur coup deux whiskies pour se remettre. Quelques instants plus tard, à part son visage congestionné, il avait l'air à peu près normal. Il était ravi de se trouver chez Guy et n'avait aucun souvenir de son arrivée.

– Je viens encore d'avoir une séance avec Gérard, dit-il en souriant. Trois jours ça a duré. Vous avez vu les journaux ?

– Non.

– Vous êtes marrant, vous, vous ne lisez même pas les journaux ! dit Bruno d'une voix douce. Gérard est sur une piste, il est tout excité. Un de mes amis, une crapule, Matt Levine, il s'appelle. Il n'a pas d'alibi pour cette nuit-là. Herbert croit que ça pourrait bien être lui. Pendant trois jours on a discuté tous les trois. Matt pourrait bien écoper.

– Il pourrait être condamné à mort, alors ?

Bruno hésita, il souriait toujours.

– Non, pas être condamné à mort, mais se faire coller ça sur le dos. Ça fait deux ou trois coups déjà qu'il a à son actif. Ça ferait plaisir aux flics de le ramasser.

Bruno eut un frisson et vida son verre.

Guy avait envie de prendre le gros cendrier qui était devant lui et d'écraser le visage congestionné de Bruno, pour rompre la tension qu'il sentait monter en lui et qui continuerait à monter jusqu'à ce qu'il eût tué Bruno ou qu'il se fût suicidé. Il agrippa Bruno par les épaules.

– Voulez-vous filer ? Je vous jure que c'est la dernière fois que je vous laisse entrer !

– Non, fit paisiblement Bruno, sans esquisser un geste de résistance, et Guy retrouva chez lui la même indifférence à la douleur et à la mort qu'il avait déjà remarquée le jour où il s'était battu avec Bruno dans les bois.

Guy se passa les mains sur la figure et la sentit crispée sous ses paumes.

– Si ce Matt est condamné, souffla-t-il, je leur raconterai toute l'histoire.

– Oh ! mais il ne sera pas condamné. Ils n'auront pas assez de preuves. Je blaguais, mon vieux ! fit Bruno en grimaçant un sourire. Matt n'est pas coupable mais il a les apparences contre lui. Vous, vous êtes coupable, mais vous avez les apparences pour vous. Vous êtes un type sacrément important, vous savez !

Il tira quelque chose de sa poche et le tendit à Guy.

– J'ai trouvé ça la semaine dernière. C'est très bien, Guy.

Guy regarda la photographie du « Grand Magasin de Pittsburgh », encadrée de noir comme un faire-part. C'était une plaquette éditée par le Musée d'Art Moderne. Il lut : « Guy Daniel Haines, qui n'a même pas trente ans, suit la tradition des Wright. Il a trouvé un style bien à lui, qui se refuse aux compromis, un style dont on remarque la simplicité sans raideur, et cette grâce qu'il qualifie lui-même de " chantante "... » Guy referma la brochure avec agacement, écœuré par le dernier mot qui était une invention du Musée.

Bruno la remit dans sa poche.

– Vous êtes un des pontes de l'architecture. Si vous gardez votre sang-froid, les flics peuvent vous cuisiner tant qu'ils pourront sans jamais rien soupçonner.

Guy baissa les yeux vers lui.

– En tout cas, ce n'est pas une raison pour que vous veniez me voir. Pourquoi faites-vous cela ?

Mais il savait bien pourquoi. Parce que la vie que Guy menait avec Anne fascinait Bruno. Parce que lui-même tirait quelque chose du fait de voir Bruno, c'était une sorte de torture qui lui procurait un soulagement pervers.

Bruno le regarda comme s'il savait tout ce qui passait par la tête de Guy.

– Je vous aime bien, Guy, mais n'oubliez pas... ils ont bien plus de choses contre vous que contre moi. Si vous me donniez, je pourrais toujours m'en tirer, mais pas vous. Il se peut qu'Herbert vous reconnaisse. Et peut-être qu'Anne se souviendrait que vous étiez tout drôle vers cette période-là. Et les égratignures, et la cicatrice. Et tous les petits indices qu'ils vous mettraient sous le nez : le revolver, les morceaux de gants...

Bruno récitait lentement, il semblait se délecter comme à l'évocation de vieux souvenirs.

– Avec moi contre vous, je crois bien que vous ne tiendriez pas le coup.

XXXVII

Dès qu'Anne l'appela, Guy comprit qu'elle avait vu l'éraflure de la coque. Il avait pensé la faire arranger, et puis il avait oublié. Il commença par dire qu'il ne savait pas comment cela était arrivé, puis il dit que c'était sa faute. Il avait pris le bateau la semaine dernière, dit-il, et la coque avait heurté une bouée.

– Ne te désole pas comme ça, fit-elle en riant, ça n'en vaut pas la peine.

Elle lui prit les mains et se leva.

– Egon m'a dit que tu avais pris le bateau un après-midi. C'est pour cela que tu ne m'en as rien dit ?

– Je pense que oui.

– Tu l'as sorti tout seul ?

Anne sourit un peu; elle savait bien qu'il n'était pas assez bon marin pour sortir le yacht tous seul.

Bruno lui avait téléphoné en insistant pour qu'ils aillent faire un tour en mer. Gérard n'était arrivé à rien avec Matt Levine, il n'aboutissait partout qu'à des impasses, et Bruno avait absolument voulu fêter ça.

– Je l'ai pris un après-midi pour aller faire un tour avec Charles Bruno, dit Guy.

Et il avait emporté le revolver ce jour-là.

– Ça n'a aucune importance, Guy. Seulement pourquoi l'as-tu revu ? Je croyais que tu le trouvais tellement antipathique.

– C'est une idée qui m'a passé par la tête, murmura-t-il. Cela faisait deux jours que je travaillais à la maison.

Anne avait beau dire que ça n'avait pas d'importance, Guy savait très bien à quoi s'en tenir. Anne entretenait soigneusement les cuivres et le bois peint en blanc de l'*India*, comme s'il s'agissait d'un bibelot. Et Bruno! Elle se méfiait de Bruno maintenant.

– Mais, Guy, ce n'est pas lui que nous avions vu un soir devant ton appartement? Celui qui nous a abordés ce soir où il neigeait?

– Si. C'est lui.

Les doigts de Guy se crispèrent désespérément dans sa poche autour du petit revolver.

– Comment se fait-il qu'il s'accroche à toi comme ça? dit Anne en le suivant nonchalamment sur le pont. Il ne s'intéresse pas particulièrement à l'architecture. J'ai bavardé avec lui le soir où nous avons pendu la crémaillère.

– Ce n'est pas qu'il s'intéresse spécialement à moi. Mais simplement il ne sait pas quoi faire de lui.

« Quand il se serait débarrassé du revolver, pensa-t-il, il pourrait parler. »

– C'est à l'école d'architecture que tu l'as rencontré?

– Oui. Il errait dans un couloir.

Comme c'était facile de mentir quand il *fallait* mentir! Mais le mensonge enveloppait dans ses vrilles ses pieds, son corps, son cerveau. Un jour, il dirait ce qu'il ne fallait pas dire. Il était condamné à perdre Anne. Peut-être l'avait-il déjà perdue en ce moment, tandis qu'il allumait une cigarette et qu'elle le regardait, adossée au grand mât. Le revolver pesait dans sa poche; il tourna les talons d'un air décidé et se dirigea vers la proue. Il entendit derrière lui le pas d'Anne sur le pont, le piétinement silencieux de ses chaussures de tennis qui s'éloignait vers l'habitacle.

C'était un jour maussade, qui ne se finirait pas sans pluie. L'*India* se balançait lentement sur la houle et ne semblait pas s'être éloigné de la ligne grise du rivage depuis une heure. Guy se pencha sur le beaupré et regarda son pantalon de toile blanche et sa veste de ratine bleue à boutons dorés qu'il avait pris dans le vestiaire du yacht et qui appartenaient peut-être au père d'Anne. Il aurait pu être marin au lieu d'être architecte, se dit-il. A quatorze ans, il ne rêvait que de partir en mer. Qu'est-ce qui l'avait arrêté ? Comme sa vie aurait pu être différente sans... sans quoi au fait ? Sans Miriam bien sûr. Il se redressa brusquement et sortit le revolver de la poche de sa veste.

Accoudé au beaupré, il garda un moment le revolver dans ses mains, au-dessus de l'eau. « Quel bijou intelligent, se dit-il, et comme il avait l'air innocent aujourd'hui. » Lui-même d'ailleurs... Il le laissa tomber. Le revolver pivota la crosse vers le bas, en parfait équilibre, avec son air toujours volontaire, et disparut.

– Qu'est-ce que c'était ?

Guy se retourna et aperçut Anne debout sur le pont, près de l'habitacle. D'un coup d'œil, il apprécia la distance qui les séparait : trois mètres, trois mètres cinquante. Il ne trouva rien, absolument rien à lui répondre.

XXXVIII

Bruno hésita avant de boire son whisky. Les murs de la salle de bain avaient l'air d'être prêts à se briser en miettes, comme si ce n'étaient pas de vrais murs ou comme si lui-même ne se trouvait pas véritablement dans cette salle de bain.

– M'man !

Mais son bêlement apeuré lui fit honte et il vida son verre.

Il entra à pas de loup dans la chambre de sa mère et la réveilla en appuyant sur le bouton près de son lit qui prévenait Herbert dans la cuisine qu'il pouvait apporter le petit déjeuner.

– Oh-h ! bâilla-t-elle, puis elle sourit. Comment vas-tu ?

Elle lui tapota affectueusement le bras, se

glissa hors des draps et passa dans la salle de bain pour se laver.

Bruno s'assit tranquillement sur le lit en attendant qu'elle revînt se coucher.

– Nous avons rendez-vous avec le type de l'agence de voyages cet après-midi. Comment s'appelle-t-il déjà, Saunders ? Tu devrais venir avec moi.

Bruno hocha la tête. Il s'agissait de leur voyage en Europe, qu'ils feraient peut-être dans le cadre d'un tour du monde. Ce matin, cela ne lui disait rien. Si seulement il avait pu faire ce voyage avec Guy. Bruno se leva, en se demandant s'il allait prendre un autre whisky.

– Comment te sens-tu ?

Sa mère le lui demandait toujours aux mauvais moments.

– Très bien, dit-il, en se rasseyant.

On frappa à la porte et Herbert entra.

– Bonjour, madame. Bonjour, monsieur, dit Herbert sans les regarder ni l'un ni l'autre.

Le menton dans sa main, Bruno toisa d'un air mauvais les chaussures impeccablement cirées de Herbert. L'insolence de Herbert était intolérable depuis quelque temps ! Gérard lui avait fait croire que si on mettait la main sur le vrai coupable, il serait la vedette de toute l'affaire. Tout le monde avait trouvé très courageux qu'il eût donné la chasse à l'assassin. Et Samuel Bruno lui avait laissé dans son testament un legs de vingt mille dollars. Herbert pouvait vraiment prendre des vacances !

– Madame sait-elle s'il y aura six personnes pour dîner ou sept ?

Tandis que Herbert parlait, Bruno regarda le menton rose et pointu en se disant : « C'est là que Guy a cogné. »

– Oh ! mon Dieu, je ne sais pas encore, Herbert, mais je crois que nous serons sept.

– Très bien, madame.

« Il y aurait Rutledge Overbeck », pensa Bruno.

Il avait toujours su que sa mère finirait par l'inviter, bien qu'elle prétendît hésiter parce que alors ils seraient un nombre impair. Rutledge Overbeck était follement amoureux d'Elsie, ou tout au moins l'affirmait-il. Bruno voulait dire à sa mère que cela faisait six semaines que Herbert n'avait pas envoyé ses costumes chez le teinturier, mais il était trop malade pour ouvrir la bouche.

– Tu sais, je meurs d'envie d'aller en Australie, dit-elle entre deux bouchées de toast.

Elle avait étalé une carte par-dessus son pot de café.

Il sentit soudain sur les fesses une sensation de frisson, comme s'il était nu. Il se leva.

– Maman, je n'ai pas très chaud.

Elle l'examina d'un air inquiet, ce qui l'effraya encore davantage, car il comprit qu'elle ne pouvait absolument rien pour lui.

– Qu'est-ce qu'il y a, chéri ? Que veux-tu ?

Il sortit précipitamment, avec l'impression qu'il allait vomir. Tout devint noir dans la salle de bain. Il revint en vacillant, et laissa tomber sur le lit la bouteille de scotch qu'il n'avait pas encore ouverte.

– Eh bien, Charley ? Qu'est-ce qu'il y a ?

– Je veux m'allonger.

Il s'affala sur le lit, mais ce n'était pas encore ça. Il écarta sa mère pour pouvoir se lever, mais quand il fut assis, il eut à nouveau envie de s'étendre; il finit par se lever.

– Il me semble que je meurs !

– Etends-toi, chéri. Veux-tu un peu... un peu de thé chaud ?

Bruno arracha sa veste de smoking, puis sa veste de pyjama. Il suffoquait. Il respirait en haletant. Il avait vraiment l'impression de mourir !

Elle se précipita vers lui avec une serviette mouillée.

– Qu'est-ce que c'est ? Ton estomac ?

– Partout.

Il lança ses pantoufles à travers la pièce. Il s'approcha de la fenêtre pour l'ouvrir, mais elle était déjà ouverte. Il se tourna, en nage.

– M'man, peut-être que je meurs. Tu ne crois pas ?

– Je vais te chercher un peu d'alcool !

– Non, appelle plutôt un docteur ! hurla-t-il. Apporte-moi un peu d'alcool aussi !

Il dénoua d'une main molle la ceinture de son pantalon de pyjama et le laissa tomber sur ses chevilles. Qu'est-ce qu'il avait ? Ce n'était pas simplement des tremblements. Il n'avait même pas la force de trembler. Ses mains aussi étaient molles et pleines de fourmillements. Il les leva vers son visage. Il avait les doigts recroquevillés. Il n'arrivait pas à les déplier.

– Maman, j'ai quelque chose aux mains ! Regarde, maman, qu'est-ce que c'est, qu'est-ce que c'est ?

– Bois ça !

Il entendit la bouteille tinter contre le bord du verre. Il ne pouvait plus attendre. Il se précipita dans le couloir, courbé en deux de terreur, les yeux fixés sur ses mains molles aux doigts recroquevillés. C'étaient surtout les médius : ils touchaient presque la paume.

– Chéri, mets ton peignoir ! murmura-t-elle.

– *Appelle un docteur !*

Un peignoir ! Elle parlait de peignoir ! Quelle importance cela pouvait-il bien avoir s'il était nu comme un ver ?

– Maman, mais ne les laisse pas m'emmener !

Il la tirait par la manche de sa robe de chambre tandis qu'elle composait le numéro.

– Ferme toutes les portes à clef ! Tu sais ce qu'ils font ?

Il parlait vite et d'un ton confidentiel, parce que l'engourdissement le gagnait maintenant et qu'il savait ce qui se passait. Il était un malade ! Il serait comme ça toute sa vie !

– Tu sais ce qu'ils font, maman, ils vous passent une camisole de force et ne vous laissent pas boire une goutte d'alcool, et j'en mourrais !

– Le docteur Packer ? Ici, Mrs. Bruno. Pourriez-vous me recommander un médecin dans le voisinage ?

Bruno se mit à hurler. Comment trouver un docteur, dans ce coin perdu du Connecticut ?

– Mmamm...

Il ne pouvait plus parler, ni remuer la langue. Cela lui prenait les cordes vocales !

– Aaaaagh !

Il rejeta la veste de smoking que sa mère essayait de lui jeter sur les épaules. Que Herbert restât bouche bée à le voir dans cet état, qu'est-ce que cela faisait ?

– Charles !

De ses mains crispées, il montra sa bouche. Il courut jusqu'au miroir de la salle de bain. Son visage était blanc, plat autour de la bouche, comme si on l'avait frappé avec une planche, les lèvres découvrant horriblement les dents. Et ses mains ! jamais plus il ne serait capable de tenir un verre ou d'allumer une cigarette. Il ne serait plus jamais capable de conduire une voiture. Il ne pourrait même plus aller au cabinet tout seul !

– Bois donc ça !

Oui, oui, de l'alcool. Il essaya de bien prendre le verre entre ses lèvres raidies. Cela lui brûla le visage et coula sur sa poitrine. Il fit signe qu'il en voulait encore. Il essaya de lui rappeler qu'il fallait fermer les portes à clef. Oh ! mon Dieu, si cela se passait, il en serait toute sa vie reconnaissant ! Il laissa Herbert et sa mère le pousser sur le lit.

– D'me... aisse... p...as ! haleta-t-il.

Il agrippa la robe de chambre de sa mère et faillit la faire tomber sur lui. Mais, au moins, il s'accrochait à quelque chose.

– ...aisse... pppas... pa...tir ! souffla-t-il, et elle lui affirma qu'elle ne l'abandonnerait pas. Il lui dit qu'elle allait fermer toutes les portes à clef.

« *Gérard* », pensa-t-il. Gérard continuait à travailler contre lui, et il continuerait, inlassablement. Pas seulement Gérard, mais toute une armée de gens, qui vérifiaient tout, furetaient partout, allaient chez les gens, tapaient des rapports sur leurs machines à écrire, allaient et venaient, rapportaient de nouvelles pièces, ils en avaient de Santa Fé maintenant, et un jour Gérard finirait peut-être par assembler tous les morceaux comme il fallait. Peut-être qu'un jour Gérard allait venir le trouver comme ce matin pour l'interroger et qu'il lui dirait tout. Il avait tué quelqu'un. On vous tuait quand vous aviez tué quelqu'un. Peut-être qu'il ne tiendrait pas le coup. Il contempla le plafonnier. Il lui rappelait le clapet du lavabo dans la salle de bain de sa grand-mère à Los Angeles. Qu'est-ce qui lui faisait penser à ça ?

La douleur de l'injection le tira de sa torpeur.

Le docteur, un type jeune, qui avait l'air nerveux, parlait avec sa mère dans un coin de la pièce; on avait fermé les rideaux. Mais il se sentait mieux. On n'allait pas l'emmener. Tout allait bien maintenant. Il s'était affolé, voilà tout. Il regarda attentivement ses doigts se plier à nouveau sur le drap. « Guy », chuchota-t-il. Il avait encore la langue épaisse, mais il pouvait parler. Il vit le docteur s'en aller.

— Maman, je ne veux pas aller en Europe ! dit-il d'une voix monocorde.

— Très bien, mon chéri, nous n'irons pas.

Elle s'assit doucement sur le bord de son lit et aussitôt il se sentit mieux.

— Le docteur n'a pas dit que je ne pourrais pas y aller, hein ?

Comme s'il n'irait pas s'il en avait envie ! De quoi avait-il peur ? Même pas d'une autre attaque comme celle-là ! Il toucha l'épaule rembourrée de la robe de chambre de sa mère, mais il se souvint tout d'un coup que Rutledge Overbeck venait dîner ce soir, et il laissa tomber sa main. Il était sûr que sa mère était la maîtresse d'Overbeck.

Elle allait trop souvent le voir à son studio de Silver Springs et elle restait trop longtemps. Il ne voulait pas l'admettre mais enfin, cela se passait vraiment sous son nez! C'était la première aventure qu'elle avait et maintenant qu'elle était veuve, qu'est-ce qui l'en empêchait, seulement pourquoi fallait-il qu'elle choisît un type pareil? Ses yeux semblaient plus noirs maintenant, dans la pénombre de la chambre. La mort de son mari ne l'avait pas embellie. Et elle resterait comme ça, Bruno s'en rendait compte, elle n'aurait plus jamais cette jeunesse qu'il aimait tant chez elle.

– N'aie pas l'air si triste, m'man.

– Chéri, veux-tu me promettre de ne plus boire autant? Le docteur m'a dit que c'était le commencement de la fin. Ce matin, c'était un avertissement, tu comprends? Un avertissement de la nature.

Elle se passa la langue sur les lèvres, et soudain la douceur de ces lèvres rouges si près de lui fut plus que Bruno ne pouvait en supporter.

Il ferma les yeux très fort. S'il promettait, ce serait un mensonge.

– Mais, bon sang, je n'ai pas le *delirium tremens,* non? Je n'ai jamais eu de crises?

– Mais c'est bien pire. J'ai parlé au docteur. Il a dit que l'alcool détruisait ton tissu nerveux, et que cela pouvait te tuer. Est-ce que ça t'est égal?

– Non, maman.

– Tu me promets, alors?

Elle vit ses paupières battre encore et l'entendit soupirer. « Ce n'était pas de ce matin que datait la tragédie, se dit-elle : elle remontait à bien des années, au jour où pour la première fois il s'était mis à boire tout seul. Ce n'était même pas cette première fois qui était à l'origine de la tragédie, parce que cette première fois n'avait été qu'un dernier ressort. D'abord, il y avait eu toute une série d'échecs : elle et Sam, les amis de Bruno, ses espoirs, ce qui l'intéressait, tout avait échoué. Et elle avait beau chercher, elle n'arrivait pas à découvrir pourquoi ni où cela avait commencé, parce que Charley n'avait jamais manqué de rien, et que Sam et elle avaient toujours fait de leur mieux pour l'encourager dans tout ce qui n'avait jamais paru l'intéresser. Si seulement elle pouvait trouver à quel moment du passé cela avait commencé... » Elle se leva : elle aussi, elle avait besoin d'un peu d'alcool.

Bruno ouvrit les yeux sans hâte. Il se sentait délicieusement lourd de sommeil. Il se vit au milieu de la chambre, comme s'il se regardait sur un écran. Il avait son costume rouille. C'était dans l'île de Metcalf. Il vit son corps, jeune et mince encore dans ce temps-là, se pencher sur Miriam et la jeter à terre, il revécut ces rapides instants qui avaient séparé avant d'après. Il lui semblait qu'alors il avait eu des gestes particulièrement remarquables, des pensées particulièrement brillantes, et que jamais il ne retrouverait un pareil moment. Comme ce que Guy lui avait dit l'autre jour sur le yacht, à propos de l'époque où il construisait le Palmyra. Bruno était content que tous deux eussent connu ces moments exceptionnels à peu près à la même époque. Parfois il pensait qu'il pourrait mourir sans regrets, car que pourrait-il jamais faire qui pût se comparer à cette nuit à Metcalf? Nimporte quoi d'autre ne serait jamais pareil. Parfois, aujourd'hui, par exemple, il lui semblait que son énergie allait peut-être se dissiper, sa curiosité s'évanouir. Mais cela lui était égal, tant il se sentait sage maintenant et satisfait. Hier encore, il avait envie de courir le monde. Et pour quoi faire? Pour dire qu'il était allé partout? Pour le dire à qui? Le mois dernier, il avait écrit à William Beebe, en se déclarant volontaire pour descendre dans le nouveau superbathyscaphe qu'on allait essayer d'abord sans personne dedans. Pourquoi? Tout était idiot à côté de la nuit à Metcalf. Tous les gens qu'il connaissait étaient idiots à côté de Guy. Et ce qu'il y avait de plus idiot, c'était de croire qu'il avait envie de voir les femmes européennes! C'étaient peut-être les putains du Capitaine qui l'avaient aigri, et après? Un tas de gens trouvaient qu'on faisait trop de bruit autour des mérites de la sexualité. Il n'existe pas d'amour éternel, disaient les psychologues. Mais il ne devrait vraiment pas dire ça à propos de Guy et d'Anne. Il avait l'impression que leur amour à eux durerait, sans qu'il fût capable de dire pourquoi. Ce n'était pas seulement parce que Guy avait l'esprit tellement occupé d'Anne qu'il était aveugle à tout le reste. Ce n'était pas non plus parce que Guy avait assez d'argent maintenant. Non, c'était quelque chose qu'on ne voyait pas, à quoi Bruno n'avait même jamais encore pensé. Il lui semblait quelquefois qu'il était sur le point de trouver. Mais non, ce n'était pas pour son profit qu'il voulait connaître leur secret. C'était par pur esprit de recherche scientifique.

Il se tourna sur le côté, en souriant, et se mit à ouvrir et à fermer son briquet Dunhill en or. Ce type de l'agence de voyages ne le verrait pas cet après-midi ni un autre jour. On était fichtrement mieux chez soi qu'en Europe. Et puis ici, il y avait Guy.

XXXIX

Gérard le poursuivait à travers une forêt, en brandissant toutes les pièces à conviction : les lambeaux de gants, le morceau de manteau, et même le revolver, puisque Gérard avait déjà arrêté Guy. Guy était ligoté dans un coin, et sa main droite saignait très fort. S'il n'arrivait pas à revenir jusqu'à Guy, celui-ci allait perdre tout son sang. Gérard ricanait tout en courant; c'était une bonne plaisanterie, ils avaient bien monté leur coup, mais lui, Gérard, avait fini par tout deviner.

Dans une minute les horribles mains de Gérard seraient sur Bruno !

« Guy ! » Mais sa voix était sans force. Et Gérard le touchait presque. Quand Gérard l'aurait touché, la partie serait finie !

Bruno se débattit de toutes ses forces et s'assit. Le cauchemar se dissipa comme une pyramide de quartiers de roc qui croulerait en avalanche.

Gérard ! Il était là !

— Eh bien, qu'est-ce qui se passe ? Un mauvais rêve ?

Les petites mains rosâtres le touchèrent et d'un bond Bruno sauta du lit.

— Je vous ai réveillé juste au bon moment, hein ? fit Gérard en riant.

Bruno serra les dents à les briser. Il se précipita dans la salle de bain et, sans même refermer la porte, avala un verre de whisky. Il se regarda dans la glace : son visage était ravagé comme un champ de bataille.

— Désolé de vous déranger comme ça, mais j'ai trouvé quelque chose de neuf, dit Gérard, de cette petite voix tendue qu'il prenait quand il venait de marquer une nouvelle victoire à son actif. C'est à propos de votre ami Guy Haines. Celui auquel vous rêviez, justement.

Le verre craqua dans la main de Bruno; il en ramassa méticuleusement les débris tombés dans le lavabo et les remit dans ce qui restait du fond. Puis il se traîna d'un air las jusqu'à son lit.

— Quand l'avez-vous rencontré pour la première fois, Charles ? Ce n'était pas en décembre dernier.

Appuyé contre la commode, Gérard allumait un cigare.

— Est-ce que ça ne fait pas un an et demi que vous l'avez rencontré ? Vous n'étiez pas dans le même train que lui quand vous êtes allé à Santa Fé ?

Gérard attendit. Il prit quelque chose qu'il tenait sous son bras et le jeta sur le lit.

– Ça ne vous rappelle rien ?

C'était le Platon de Guy, qu'il avait voulu lui renvoyer de Santa Fé; il était encore empaqueté et l'adresse était à demi effacée.

– Bien sûr que je m'en souviens.

Bruno repoussa le paquet.

– Je l'ai perdu en allant à la poste.

– Il était à la réception à l'hôtel La Fonda. Comment se fait-il que vous ayez emprunté ce Platon ?

– Je l'ai trouvé dans le train.

Bruno leva les yeux.

– Il y avait l'adresse de Guy dedans, alors j'ai voulu le lui envoyer par la poste. Je l'avais trouvé au wagon-restaurant, si ça vous intéresse.

Il regarda Gérard bien en face; celui-ci le surveillait de ses petits yeux pénétrants, derrière lesquels on ne voyait jamais rien.

– Quand l'avez-vous rencontré, Charley? demanda Gérard une seconde fois, sans s'impatienter, comme on interroge un enfant dont on sait qu'il ment.

– En décembre.

– Vous savez que sa femme a été assassinée, naturellement.

– Bien sûr, j'ai lu ça dans les journaux. Et puis un peu plus tard, j'ai lu qu'il construisait le Palmyra.

– Et vous vous êtes dit : « Comme c'est intéressant! » parce que six mois plus tôt vous aviez trouvé ce livre qui lui appartenait.

Bruno hésita.

– Oui.

Gérard poussa un grognement et le regarda avec un petit sourire de dégoût.

Bruno se sentait mal à son aise. Quand l'avait-il déjà vu, ce sourire suivant ainsi un grognement ? C'était un jour où il avait menti à son père, un mensonge évident et auquel il s'était cramponné, et le petit grognement et le sourire incrédule de son père lui avaient fait honte. Bruno se rendit compte qu'il regardait Gérard d'un air suppliant et, aussitôt, il détourna les yeux vers la fenêtre.

— Et vous avez donné ces coups de téléphone à Metcalf sans même connaître Guy Haines ?

Gérard ramassa le livre.

— Quels coups de téléphone ?

— Plusieurs.

— J'en ai peut-être donné un soir où j'étais noir.

— Il y en a eu plusieurs. Pour quelle raison ?

— A cause de ce sacré bouquin !

Gérard le connaissait assez bien pour savoir que c'était exactement le genre de chose dont il était capable.

— J'ai peut-être téléphoné quand j'ai appris que sa femme avait été assassinée.

Gérard secoua la tête.

— Vous avez téléphoné avant.

— Et alors ? C'est bien possible.

— Eh bien alors, il faudra que j'interroge Mr. Haines. Etant donné l'intérêt que vous portez au meurtre en général, il est tout à fait remarquable que vous n'ayez pas appelé Mr. Haines après le meurtre, vous ne trouvez pas ?

— J'en ai assez d'entendre sans arrêt parler de meurtre ! cria Bruno.

— Oh ! je veux bien le croire, Charley, je veux bien le croire !

Sur quoi, Gérard sortit d'un pas nonchalant et se dirigea vers la chambre de la mère de Bruno.

Bruno se doucha et s'habilla sans se presser. Gérard s'était beaucoup, beaucoup plus excité à propos de Matt Levine, il s'en souvenait. Il était à peu près certain de n'avoir téléphoné que deux fois à Metcalf de l'hôtel La Fonda, où Gérard avait dû retrouver les fiches. Pour les autres communications, il pourrait toujours dire que la mère de Guy s'était trompée et que ce n'était pas lui qui avait appelé.

— Que te voulait Gérard ? demanda Bruno à sa mère.

— Pas grand-chose. Il voulait savoir si je connaissais un de tes amis. Guy Haines.

Elle se brossait les cheveux en remontant, si bien que les mèches se dressaient étrangement autour du visage serein et las.

— C'est un architecte, n'est-ce pas ?

— Huh-huh. Je ne le connais pas très bien.

Il arpenta la chambre. Il s'était bien douté qu'elle avait oublié les coupures de presse qu'elle avait trouvées à Los Angeles. Dieu merci, il ne lui avait pas rappelé qu'il connaissait Guy quand les journaux avaient publié des photos du Palmyra ! Au fond de lui-même, il devait avoir déjà la certitude qu'il arriverait à obtenir de Guy ce qu'il voulait.

— Gérard me disait que tu avais téléphoné à ce Haines l'été dernier. Qu'est-ce que tout ça veut dire ?

— Oh ! maman, j'en ai par-dessus la tête des fausses pistes de Gérard.

XL

Quelques instants plus tard, ce même matin, Guy sortit du bureau du directeur de la maison Hanson and Knapp : il était heureux comme il ne l'avait pas été depuis des semaines. Hanson and Knapp était en train de lui copier le dernier des devis de l'hôpital, il venait de régler les questions pendantes concernant les matériaux, et ce matin, il avait reçu un télégramme de Bob Treacher qui l'avait réjoui. Bob venait d'être désigné pour faire partie d'un comité d'ingénieurs conseil chargé d'étudier la construction du nouveau barrage d'Alberta, au Canada; et cela faisait cinq ans que Bob rêvait d'obtenir ce poste.

Penchés sur leurs tables à dessin, les dessinateurs levaient les yeux pour le regarder passer.

Guy salua au passage le chef d'atelier. Non sans un soupçon d'orgueil, remarqua-t-il. Peut-être n'était-ce que son costume neuf; cela ne faisait jamais que le troisième qu'il se faisait faire sur mesures dans sa vie. Anne avait choisi elle-même le tissu, un beau lainage gris-bleu. Et c'était elle aussi qui avait choisi ce matin la cravate qu'il porterait avec son costume, une vieille cravate en laine tomate, mais qu'il aimait bien. Devant les glaces de l'ascenseur, il rajusta son nœud. Un poil gris pointait au-dessus de ses yeux. Etonné, et un peu vexé, il remit le poil en place. C'était la première fois qu'il remarquait un poil gris dans ses sourcils.

Un dessinateur ouvrit la porte de l'atelier.

– Mr. Haines? C'est une chance que je vous trouve encore là. On vous demande au téléphone.

Guy revint sur ses pas, en espérant qu'il n'en aurait pas pour longtemps, parce que dans dix minutes il avait rendez-vous avec Anne pour déjeuner. Il entra dans un bureau vide à côté de la salle de dessin.

– Allo, Guy? Ecoutez, Gérard a retrouvé le Platon... Oui, à Santa Fé. Comprenez-moi, ça n'a aucune importance, vous savez...

Cinq minutes plus tard, Guy prit l'ascenseur. Il avait toujours pensé qu'on pourrait trouver le Platon. « Pensez-vous », avait dit Bruno. Mais Bruno pouvait se tromper, la preuve. Donc, il pouvait se faire prendre. Guy fronça les sourcils, comme si l'idée que Bruno pouvait être arrêté était impensable. Il avait vraiment trouvé cela incroyable, jusqu'alors.

En passant au soleil, il se souvint de son costume neuf et son poing se crispa d'un air rageur. « J'ai trouvé le livre dans le train, vous comprenez? » avait dit Bruno. « Si je vous ai téléphoné à Metcalf, c'était à cause du livre. Mais je n'ai fait votre connaissance qu'en décembre... » La voix de Bruno était plus tendue, plus inquiète que jamais, avait-il semblé à Guy, à tel point qu'il l'avait à peine reconnue. Guy repassa dans sa tête l'histoire que Bruno avait inventée : c'était quelque chose qui lui paraissait tout à fait étranger, un peu comme un échantillon de tissu qu'il examinerait avec la vague idée de s'en faire faire un complet. Non, il n'y avait pas de trous, mais cela ne marcherait pas forcément. Cela ne marcherait pas si quelqu'un se souvenait les avoir vus ensemble dans le train. Le serveur, par exemple, qui leur avait apporté leur dîner dans le salon de Bruno.

Guy essaya de respirer moins vite, de marcher plus calmement. Il leva les yeux et aperçut le petit disque du soleil hivernal. Ses sourcils noirs, avec leur petite cicatrice blanche et leur poil gris, ses sourcils qui devenaient broussailleux depuis quelque temps, disait Anne, tamisaient les rayons du soleil et protégeaient ses yeux. Si on fixe le soleil pendant quinze secondes, on peut se brûler la cornée, il se souvenait avoir lu ça quelque part. Anne aussi le protégeait. Son travail le protégeait. *Ce costume neuf, quelle stupidité.* Il se sentit soudain gauche, ahuri, désespéré. La mort s'était glissée dans son cerveau. Elle l'enveloppait. Peut-être avait-il si longtemps respiré le souffle de la mort qu'il s'y était habitué. Eh bien, alors il n'avait pas peur. Il redressa les épaules.

Quand il arriva au restaurant, Anne n'était pas encore là. Il se souvint alors qu'elle avait parlé d'aller chercher les photos qu'ils avaient prises à la maison dimanche. Guy tira de sa poche le télégramme de Bob Treacher et le relut encore une fois :

VIENS D'ÊTRE NOMMÉ COMITÉ ÉTUDES BARRAGE ALBERTA. T'AI RECOMMANDÉ. C'EST POUR UN PONT, GUY. LIBÈRE-TOI DÈS QUE POSSIBLE. SUIS CERTAIN CANDIDATURE SERA ACCEPTÉE. LETTRE SUIT.

BOB.

Candidature sera acceptée. Peu importait la façon dont il dirigeait sa vie, on ne doutait pas qu'il sût diriger la construction d'un pont. Guy aspira lentement son martini, sans agiter la surface du liquide.

XLI

– Je viens d'étudier une autre affaire, murmura Gérard d'un ton léger, en examinant le rapport dactylographié posé sur son bureau. Il n'avait pas encore regardé Bruno depuis que celui-ci était entré. Le meurtre de la première femme de Guy Haines. On n'a jamais trouvé l'assassin.

– Oui, je sais.

– Je pensais bien que vous sauriez pas mal de choses là-dessus. Racontez-moi donc tout ce que vous savez, fit Gérard en se carrant dans son fauteuil.

Bruno aurait pu lui répondre que depuis lundi, jour où Gérard lui avait rapporté le Platon, il n'avait fait qu'étudier ce qu'on avait dit sur l'affaire dans les journaux.

– Rien, dit Bruno. Personne ne sait rien, d'ailleurs, n'est-ce pas ?

– Qu'est-ce que vous en pensez, vous ? Vous avez dû en parler pas mal avec Guy.

– Pas spécialement. Pas du tout même. Pourquoi ?

– Parce que le meurtre est une chose qui vous intéresse tellement.

– Qu'est-ce que vous voulez dire par là, que le meurtre m'intéresse tellement ?

– Oh ! voyons, Charles, si vous ne me l'aviez pas dit, je le saurais en tout cas pour en avoir parlé avec votre père ! dit Gérard, en perdant soudain patience.

Bruno allait prendre une cigarette, mais changea d'avis.

– J'en ai parlé avec Guy Haines, dit-il d'un ton calme, respectueux. Il ne sait rien. Il n'avait guère de rapports avec sa femme à cette époque.

– Qui est le coupable, à votre avis ? N'avez-vous jamais pensé que Mr. Haines aurait pu combiner toute l'histoire ? Ça vous aurait peut-être intéressé de savoir comment il s'était pris pour s'en tirer ?

De nouveau, très à l'aise, Gérard se renversa en arrière, les mains croisées derrière la nuque, comme s'ils parlaient de la pluie et du beau temps.

– Bien sûr, je ne crois pas qu'il ait fait le coup lui-même, riposta Bruno. Vous n'avez pas l'air de très bien vous rendre compte du calibre du personnage dont vous parlez.

– Le seul calibre intéressant dans cette affaire, c'est celui du revolver, Charles.

Gérard décrocha le téléphone.

– Je pense que c'est aussi votre avis... Voulez-vous faire entrer Mr. Haines ?

Bruno ne put maîtriser un petit sursaut, qui n'échappa pas à Gérard. Le détective ne le quitta pas des yeux tandis que les pas de Guy s'approchaient dans le couloir. « Il fallait s'attendre à un coup pareil avec Gérard, se dit Bruno. Et après ? Et après ? »

« Guy avait l'air nerveux », pensa Bruno, mais il était toujours comme ça et il se domina vite. Il dit bonjour à Gérard et salua Bruno au passage.

Gérard lui désigna le fauteuil libre, un fauteuil à dossier droit.

– Mon seul but en vous demandant de venir ici, Mr. Haines, était de vous poser une question très simple. De quoi Charles vous parle-t-il généralement ? Gérard tendit à Guy un paquet de cigarettes qui, se dit Bruno, « devait être là depuis des années », et Guy en prit une.

Bruno vit Guy froncer les sourcils avec l'expression irritée qui était de mise en la circonstance.

– Il me parlait du Palmyra de temps à autre, répondit Guy.

– De quoi d'autre encore ?

Guy regarda Bruno. Celui-ci était en train de se mordiller, avec une nonchalance qui ne semblait pas affectée, un ongle de la main qui soutenait sa tête.

– Je ne peux vraiment pas vous dire, répondit Guy.

– Vous a-t-il parlé du meurtre de votre femme ?

– Oui.

– En quels termes vous parle-t-il du meurtre ? demanda doucement Gérard. Du meurtre de votre femme, naturellement.

Guy se sentit rougir. Il jeta un nouveau coup d'œil à Bruno, « comme n'importe qui pourrait le faire », se dit-il, quand la personne dont on parle se trouve là.

– Il m'a souvent demandé si je savais qui pouvait être le coupable.

– Et le savez-vous ?

– Non.

– Avez-vous de l'amitié pour Charles ?

« Les doigts boudinés de Gérard tremblaient légèrement », remarqua Guy. Ils se mirent à jouer avec une boîte d'allumettes posée sur le buvard.

Guy se souvint des doigts de Bruno jouant avec la boîte d'allumettes pendant le dîner dans le train, et la laissant tomber sur le steak.

– Oui, j'ai de l'amitié pour lui, fit Guy, embarrassé.

– Ne vous a-t-il pas importuné ? Ne s'est-il pas imposé à plusieurs reprises ?

– Je ne trouve pas, dit Guy.

– Etiez-vous contrarié quand il est venu à votre mariage ?

– Non.
– Charles vous a-t-il jamais dit qu'il haïssait son père ?
– Si.
– Vous a-t-il jamais dit qu'il aimerait le tuer ?
– Non, répondit Guy du même ton très naturel.

Gérard sortit d'un tiroir du bureau le livre enveloppé de papier brun.

– Voici le livre que Charles voulait vous renvoyer. Je regrette de ne pouvoir vous le rendre pour l'instant, parce que je peux en avoir besoin. Comment se fait-il que Charles ait été en possession de ce livre ?
– Il m'a dit qu'il l'avait trouvé dans le train.

Guy scruta le visage de Gérard figé dans un sourire énigmatique, un peu endormi. Il avait déjà vu une ébauche de ce sourire le soir où Gérard était venu le voir, mais pas aussi marqué. C'était un sourire calculé pour inspirer de l'antipathie. C'était une arme professionnelle. « Quel supplice cela devait être, pensa Guy, de subir chaque jour ce sourire. » Son regard machinalement se posa sur Bruno.

– Et vous ne vous êtes pas vus dans le train ?

Le regard de Gérard alla de Guy à Bruno.

– Non, dit Guy.
– J'ai parlé au garçon qui vous a servi à dîner à tous les deux dans le compartiment de Charles.

Guy ne quittait pas Gérard des yeux. Cette brutale humiliation était plus écrasante que le sentiment de culpabilité. C'était bien cela, une impression d'écrasement, voilà ce qu'il éprouvait là sur sa chaise, tout en regardant Gérard droit dans les yeux.

– Et après ? fit Bruno d'une voix criarde.
– Eh bien, je serais curieux de savoir pourquoi vous vous donnez tant de mal tous les deux, fit Gérard en hochant la tête d'un air amusé, pour dire que vous n'avez fait connaissance que des mois plus tard.

Il attendit, laissant les secondes qui passaient ronger les deux hommes.

— Vous ne voulez pas me dire pourquoi. Mais la réponse est bien évidente. Enfin, c'est en tout cas une hypothèse qui semble satisfaisante.

« Ils pensaient tous les trois à la même chose », se dit Guy. C'était presque palpable maintenant, ce lien qui le reliait à Bruno, qui reliait Bruno à Gérard et Gérard à lui-même. Cette réponse que Bruno avait toujours déclarée impensable, l'éternel chaînon manquant.

— Voulez-vous me dire, Charles, pourquoi vous lisez tant de romans policiers ?

— Je ne vois pas où vous voulez en venir.

— Quelques jours après le dîner dans le train, Mr. Haines, votre femme a été tuée. Et quelques mois plus tard, le père de Charles. La première hypothèse qui me saute aux yeux, c'est que vous saviez tous les deux que ces meurtres allaient avoir lieu...

— Balivernes ! dit Bruno.

— ... et que vous en aviez parlé. Pure hypothèse, naturellement. C'est supposer que vous vous êtes rencontrés dans le train. Où vous êtes-vous rencontrés ? fit Gérard en souriant. Allons, Mr. Haines ?

— Oui, dit Guy, c'est dans le train que nous avons fait connaissance.

— Et pourquoi aviez-vous si peur de l'admettre ?

Gérard pointa vers Guy un de ses doigts criblés de taches de rousseur et, une fois de plus, Guy sentit que c'était dans sa banalité même que résidait le pouvoir qu'avait Gérard de le terrifier.

— Je ne sais pas, dit Guy.

— N'était-ce pas parce que Charles vous avait dit qu'il souhaitait le meurtre de son père ? Ne vous sentiez-vous pas gêné, Mr. Haines, parce que vous saviez ?

Etait-ce cela l'atout de Gérard ?

– Charles ne m'a jamais parlé de tuer son père.

D'un coup d'œil rapide, Gérard eut le temps de saisir le petit sourire de satisfaction de Bruno.

– Pure hypothèse, naturellement, dit Gérard.

Guy et Bruno quittèrent ensemble le bureau de Gérard. Celui-ci les avait congédiés ensemble et ils descendirent ensemble jusqu'au petit parc où se trouvaient l'entrée du métro et la station de taxis. Bruno se retourna pour regarder le grand immeuble étriqué dont ils sortaient.

– Allons, dit Bruno, il n'a toujours rien. Quel que soit l'angle sous lequel vous preniez les choses, il n'a rien.

Bruno était maussade mais calme. Guy prit soudain conscience du sang-froid avec lequel Bruno avait essuyé les attaques de Gérard. Guy s'imaginait toujours Bruno comme un garçon nerveux, perpétuellement sous pression. Il jeta un rapide coup d'œil à la grande silhouette un peu voûtée de Bruno à côté de lui, et il retrouva cette impression de camaraderie farouche et désespérée qu'il avait éprouvée l'autre jour au restaurant. Mais il n'avait rien à dire. Il était bien certain, et Bruno devait le savoir aussi, que Gérard n'allait pas leur faire part de toutes ses découvertes.

– Vous savez, continua Bruno, ce qu'il y a de drôle, c'est qu'au fond ce n'est pas nous que Gérard soupçonne, mais d'autres types.

XLII

Gérard passa un doigt entre les barreaux et l'agita dans la direction du petit oiseau qui voleta, affolé, à l'autre bout de la cage. Gérard siffla doucement.

Au milieu de la pièce, Anne l'examinait non sans un certain malaise. Qu'était-ce que cette façon de lui dire que Guy avait menti, puis d'aller faire peur au canari ? Cela faisait un quart d'heure que Gérard lui déplaisait, et comme elle avait cru le trouver sympathique lors de sa première visite, cette erreur de jugement l'agaçait.

– Comment s'appelle-t-il ? demanda Gérard.

– Sweetie, répondit Anne.

Elle baissa la tête d'un air un peu embarrassé et tourna les talons. Ses nouvelles chaussures en crocodile la grandissaient et lui donnaient une allure très gracieuse; en les achetant cet après-midi, elle avait pensé que Guy les aimerait, qu'elles lui tireraient un sourire tandis qu'ils prendraient l'apéritif avant de dîner. Mais l'arrivée de Gérard avait tout gâché.

– Voyez-vous une raison qui expliquerait pourquoi votre mari ne voulait pas dire qu'il avait fait la connaissance de Charles voici dix-huit mois environ, vers juin ?

« Le mois où Miriam avait été assassinée », pensa à nouveau Anne. Ce mois de juin ne lui évoquait pas d'autre souvenir.

– Cela a été un mois difficile pour lui, dit-elle. C'est le mois de la mort de sa femme. Il a peut-être oublié presque tout ce qui s'est passé ce mois-là.

Elle regarda Gérard sans amabilité : il faisait vraiment tout un plat de sa petite découverte; cela ne pouvait pas avoir une telle importance puisque, dans les six mois qui avaient suivi, Guy n'avait même pas vu Charles.

– Pas cet incident, en tout cas, dit négligemment Gérard en reprenant un fauteuil. Non, je crois que, dans le train, Charles a parlé de son père à votre mari; il a dû lui dire qu'il souhaitait sa mort, peut-être même lui a-t-il dit comment il comptait s'y prendre...

– Je ne vois pas Guy écoutant pareils propos, fit Anne en l'interrompant.

– Je n'en sais rien, continua doucement Gérard, je n'en sais rien, mais je soupçonne fortement Charles d'avoir su alors que son père allait être assassiné et d'en avoir fait confidence à votre mari cette nuit-là dans le train. C'est tout à fait le genre de Charles. Et je crois que votre mari est le genre d'homme à ne pas en avoir parlé, à s'efforcer ensuite d'éviter Charles. Vous ne croyez pas ?

« Cela expliquerait bien des choses, se dit Anne. Mais cela ferait aussi de Guy une sorte de complice. Gérard semblait vouloir faire de Guy un complice. »

— Je suis sûre que si Charles lui avait jamais dit quelque chose comme cela, dit-elle d'un ton ferme, mon mari n'aurait pu le supporter.

— C'est bien possible. Mais pourtant...

Gérard laissa dans le vague la fin de sa phrase; il semblait perdu dans ses propres pensées.

Anne trouvait insupportable le spectacle de ce crâne chauve piqueté de taches de rousseur; elle fixa les yeux sur le coffret à cigarettes de céramique et finit par en prendre une.

— A votre avis, Mrs. Haines, votre mari a-t-il quelque soupçon sur l'identité de l'assassin de sa femme ?

Anne rejeta d'un air de défi la fumée de sa cigarette.

— Sûrement pas.

— Vous comprenez, si ce soir-là, dans le train, Charles s'est mis à discuter du meurtre, il a dû en parler longuement. Et si votre mari avait quelque raison de croire que la vie de sa femme était en danger, et s'il la confié à Charles, eh bien, alors, il existe entre eux une sorte de secret partagé, une impression mutuelle de péril. Ce n'est qu'une hypothèse, se hâta-t-il d'ajouter, mais les enquêteurs sont toujours obligés de faire des hypothèses.

— Je sais que mon mari n'aurait absolument pas pu dire que sa femme était en danger. Quand il a appris la nouvelle, j'étais avec lui à Mexico, et les jours précédents, nous étions ensemble à New York.

— Et qu'avez-vous à me dire à propos de mars de cette année? demanda Gérard du même ton égal.

Il prit son verre vide et le tendit à Anne pour qu'elle le lui remplît.

Anne était debout devant le bar, tournant le dos à Gérard; elle pensait au mois de mars, le mois où le père de Charles avait été tué; elle se souvenait comme Guy était nerveux à cette époque. Quand il s'était battu, était-ce en février ou en mars? Et n'était-ce pas avec Charles Bruno qu'il s'était battu?

— Croyez-vous qu'en mars votre mari ait pu de temps en temps voir Charles sans que vous le sachiez?

« Evidemment, se dit-elle, ce serait une explication : Guy savait que Charles voulait tuer son père, il avait essayé de l'en empêcher, il s'était battu avec lui dans un bar. »

— C'est sans doute possible, dit-elle, d'une voix mal assurée. Je ne sais pas.

— Comment vous a paru votre mari aux environs de mars, si vous vous en souvenez, Mrs. Haines?

— Il était nerveux. Mais je crois savoir pour quelles raisons.

— Quelles étaient ces raisons?

— Son travail...

Sans savoir pourquoi, elle était tout d'un coup incapable de lui dire un mot de plus. Tout ce qu'elle disait, elle sentait que Gérard le ferait entrer dans l'image encore floue qu'il était en train de composer de Guy. Elle attendit, et Gérard attendit aussi, comme s'il voulait lui laisser le soin de rompre la première le silence.

Il finit par secouer les cendres de son cigare en disant :

— Si jamais il vous revient un souvenir de cette période concernant Charles, voulez-vous être assez aimable pour me prévenir? Vous pouvez me téléphoner à n'importe quelle heure du jour ou de la nuit. Il y aura toujours quelqu'un pour prendre les messages.

Il écrivit un autre nom sur sa carte de visite et la tendit à Anne.

Après l'avoir raccompagné jusqu'à la porte, Anne alla tout droit vers la table pour enlever le verre de Gérard. Par la fenêtre, elle l'aperçut dans sa voiture, la tête penchée comme un homme qui dort : sans doute prenait-il des notes. Elle eut un petit coup au cœur en pensant qu'il écrivait que Guy avait peut-être vu Charles en mars sans qu'elle l'eût su. Pourquoi avait-elle dit cela ? Elle n'en savait rien. Guy disait qu'il n'avait pas vu Charles entre décembre et le mariage.

Quand Guy rentra une heure plus tard, Anne était dans la cuisine, et surveillait un plat qu'elle avait mis au four. Elle le vit passer la tête en humant l'air.

– C'est un ragoût de crevettes, lui dit Anne. Je crois que je devrais ouvrir un peu la fenêtre.

– Gérard était ici ?

– Oui. Tu savais qu'il venait ?

– Les cigares, dit-il laconiquement.

Gérard avait parlé à Anne de la rencontre dans le train, évidemment.

– Qu'est-ce qu'il voulait cette fois-ci ? demanda-t-il.

– Il voulait encore des renseignements sur Charles Bruno.

Anne lui lança un coup d'œil furtif.

– Si tu m'avais jamais fait part de soupçons que tu aurais pu avoir sur son compte. Et il voulait aussi que je lui parle du mois de mars.

– Comment cela, du mois de mars ?

Il s'avança sur le seuil de la porte.

Il s'arrêta devant elle et vit ses pupilles se contracter brusquement. Elle distinguait sur sa joue les fines cicatrices qu'il gardait depuis cette nuit de mars ou de février.

– Il voulait savoir si tu ne soupçonnais pas

Charles d'avoir eu l'intention de faire tuer son père ce mois-là.

Mais Guy la regardait, sans inquiétude, sans donner l'impression de la moindre culpabilité. Elle passa dans le living-room.

– C'est terrible, n'est-ce pas, dit-elle, un meurtre ?

Guy tapota une nouvelle cigarette sur le verre de sa montre. C'était une torture que de l'entendre prononcer ce mot de « meurtre ». Il aurait voulu pouvoir chasser de la mémoire d'Anne tout souvenir de Bruno.

– Tu ne savais pas, n'est-ce pas, Guy... en mars ?

– Non, Anne. Qu'as-tu dit à Gérard ?

– Crois-tu que Charles ait fait tuer son père ?

– Je n'en sais rien. Cela ne me paraît pas impossible. Mais cela ne nous regarde pas.

Et, pendant quelques secondes, il ne se rendit même pas compte qu'il venait de dire un mensonge.

– C'est vrai. Cela ne nous regarde pas.

Elle leva de nouveau les yeux vers lui.

– Gérard a dit aussi que tu avais rencontré Charles dans le train il y a deux ans.

– Oui, c'est exact.

– Eh bien... quelle importance cela a-t-il ?

– Je ne sais pas.

– Est-ce à cause de quelque chose que Charles a dit dans le train ? C'est pour cela que tu ne l'aimes pas ?

Guy enfonça plus profondément les mains dans les poches de sa veste. Il avait envie d'un cognac tout à coup. Il savait qu'il avait laissé voir ce qu'il éprouvait, et qu'il ne pouvait plus le dissimuler à Anne.

– Ecoute, Anne, dit-il vivement. Dans le train, Bruno m'a dit qu'il souhaitait la mort de son père. Il n'a mentionné aucun projet précis, il n'a cité aucun nom. Mais la façon dont il m'en a parlé ne m'a pas plu et après cela je l'ai trouvé antipathique. Je ne veux pas dire tout cela à Gérard parce que je ne sais pas si Bruno a réellement fait tuer son père. C'est à la police de le dire. On a déjà pendu des innocents parce que des gens les avaient entendus tenir des propos semblables.

« Mais, se dit-il, qu'elle le crût ou non, il était fini. Jamais il n'avait proféré mensonge plus ignoble, commis action plus ignoble qu'en reportant ainsi sur un autre sa propre culpabilité. Même Bruno n'aurait pas menti comme ça, il n'aurait pas menti ainsi aux dépens de Guy. » Il se sentait foncièrement déloyal. Il jeta sa cigarette dans la cheminée et se passa les mains sur la figure.

– Guy, je suis persuadée que tu fais ton devoir, fit doucement la voix d'Anne.

« Son visage même était un mensonge, pensa Guy, avec ce regard droit, cette bouche ferme, ces mains fines. » Il replongea les mains dans ses poches.

– Je prendrais bien un cognac.

– Ce n'est pas avec Charles que tu t'es battu en mars ? demanda-t-elle tout en remplissant leurs verres.

Il n'y avait aucune raison pour ne pas mentir à propos de cela aussi mais il n'en fut pas capable.

– Non, Anne.

Il comprit en voyant le rapide coup d'œil oblique qu'elle lui lança qu'elle ne le croyait pas. Elle croyait sans doute qu'il s'était battu avec Bruno pour essayer de l'arrêter. Elle devait être fière de lui ! Devait-il toujours subir cette protection dont il ne voulait même plus ? Tout devait-il toujours être si facile pour lui ? Mais Anne ne s'en tiendrait pas là. Elle y reviendrait, il le savait bien, elle y reviendrait inlassablement, jusqu'à ce qu'il lui eût tout dit.

Ce soir-là, Guy alluma le premier feu de l'année, le premier feu de leur nouvelle maison. Anne s'allongea devant le foyer, la tête sur un coussin. La nostalgie des premiers froids de l'automne flottait dans l'air, Guy se sentait plein de mélancolie et en même temps d'une énergie avide de se dépenser. Mais ce n'était pas l'énergie joyeuse des automnes de sa jeunesse; celle-ci était à base de frénésie et de désespoir : il lui semblait qu'il arrivait au bout de son rouleau, que c'était le dernier coup de collier. Que lui fallait-il de plus pour le persuader qu'il était bien au bout de son rouleau ? Il ne redoutait même plus ce qui l'attendait. Est-ce que Gérard ne pouvait pas deviner la vérité, maintenant qu'il savait que Bruno et lui s'étaient vus dans le train ? Qu'est-ce qu'ils attendaient, Gérard et la police ? Il avait l'impression parfois que Gérard voulait rassembler contre Bruno et lui les faits les plus infimes, les moindres brins de preuves pour les laisser ensuite brusquement tomber sur eux et les abattre. Mais, pensa Guy, même si on l'abattait, si on l'écrasait, on n'abattrait pas les immeubles qu'il avait construits. Et une fois encore il sentit l'étrange isolement qui séparait son âme de sa chair, et même de son cerveau.

Mais si on allait ne jamais découvrir leur secret ? Il avait encore des moments où l'horreur de ce qu'il avait fait se mêlait au désespoir, et où il lui semblait qu'un charme protégeait l'inviolabilité de ce terrible secret. « Peut-être, se dit-il, était-ce pour cela qu'il n'avait pas peur de Gérard ni de la police, parce qu'il croyait encore à cette inviolabilité. Si, jusqu'à maintenant, personne n'avait deviné, malgré toutes leurs imprudences, malgré toutes les allusions que Bruno faisait, n'y avait-il pas dans ce secret une qualité qui le rendait impossible à découvrir ? »

Anne s'était endormie. Il contempla la douce courbe de son front, que la lueur du feu soulignait d'un filet d'argent. Puis il se pencha et posa sur le front de la jeune femme un baiser si léger qu'il ne la réveilla même pas. La douleur qui le torturait se traduisit en mots : « Je vous pardonne. » C'était d'Anne qu'il attendait ces paroles, d'Anne et de personne d'autre.

Le poids de sa culpabilité s'était désespérément accru, au-delà de toute mesure, et pourtant, il ne cessait de jeter dans l'autre plateau de la balance le poids, désespérément léger, lui, de la légitime défense par laquelle il cherchait à se justifier. « C'était par légitime défense qu'il avait tué », se disait-il. Mais il n'arrivait pas à s'en convaincre tout à fait. S'il croyait à l'envahissement total de son être par le mal, il était bien obligé de croire aussi à la nécessité naturelle d'exprimer cet état. Il se surprenait donc parfois à se demander s'il n'avait peut-être pas, en un sens, savouré son crime, s'il n'en avait pas tiré quelque satisfaction primitive – comment sinon pourrait-on expliquer la façon dont perpétuellement l'humanité avait accepté les guerres, l'enthousiasme qu'elles avaient toujours déchaîné, comment l'expliquer autrement que par un plaisir primitif que l'homme éprouvait à tuer ? – et il se le demandait si souvent qu'il finit par répondre par l'affirmative.

XLIII

Le *district attorney* Phil Howland, décharné et tiré à quatre épingles, avait une silhouette aussi nette que Gérard était négligé.

– Pourquoi ne laissez-vous pas ce gosse tranquille ? fit-il en souriant d'un air indulgent à travers la fumée de sa cigarette. Je vous l'accorde, au début, cela semblait une piste intéressante. Nous avons également passé au crible toutes ses relations. Nous n'avons rien trouvé, Gérard. Et vous ne pouvez tout de même pas arrêter un homme parce qu'il est antipathique.

Gérard croisa les jambes avec un sourire complaisant. C'était son heure. Sa satisfaction était encore accrue par le souvenir qu'il gardait d'autres entrevues moins importantes qui avaient eu lieu dans ce même bureau.

Howland poussa au bord du bureau une feuille dactylographiée.

— Il y a là douze noms, si cela vous intéresse. Des noms d'amis de feu Mr. Samuel qui nous ont été fournis par les compagnies d'assurances.

Howland parlait d'une voix tranquille et ennuyée, et Gérard savait qu'il affectait un ennui d'autant plus marqué, maintenant que, comme *district attorney,* il avait à sa disposition des centaines d'hommes et qu'il pouvait tendre des filets autrement plus fins que ceux de Gérard et les tendre bien plus loin.

— Vous pouvez jeter ça au panier, dit Gérard.

Howland dissimula sa surprise sous un sourire, mais ses grands yeux sombres trahissaient son étonnement.

— Je pense que vous avez déjà votre homme. C'est Charles Bruno, évidemment.

— Evidemment, gloussa Gérard. Seulement, il s'agit d'un autre meurtre.

— D'un seul, vraiment ? Vous avez toujours dit qu'il était capable d'en commettre quatre ou cinq.

— Je n'ai jamais dit cela, assura Gérard sans se démonter. Il dépliait sur ses genoux des feuilles de papier pliées en trois comme des lettres.

— De quel meurtre s'agit-il alors ?

— Tiens, ça vous intéresse ? Alors, vous ne voyez pas ?

Gérard sourit, en mâchonnant son cigare. Il avança une chaise vers lui et se mit à étaler des papiers sur le siège. Il ne se servait jamais du bureau de Howland, quel que fût le nombre de papiers qu'il eût à montrer, et Howland ne savait pas comment lui proposer sa table. Howland le trouvait antipathique, personnellement aussi bien que sur le plan professionnel, Gérard ne l'ignorait pas. Howland lui reprochait de ne pas travailler en collaboration avec la police. La police n'avait jamais fait preuve envers Gérard d'esprit de coopération particulièrement marqué, mais bien qu'on lui eût plutôt mis des bâtons dans les roues, Gérard depuis une dizaine d'années avait résolu un nombre impressionnant d'affaires sur lesquelles la police était restée sèche.

Howland se leva et s'avança lentement vers Gérard, porté par ses longues jambes efflanquées, puis il fit demi-tour et alla s'appuyer au-devant de son bureau.

– Mais tout cela jette-t-il quelque lumière sur l'affaire ?

– Ce qu'il y a d'ennuyeux avec les policiers, c'est qu'ils sont incapables d'avoir deux idées à la fois, proclama Gérard. Dans cette affaire, comme dans bien d'autres, il fallait pouvoir avoir deux idées à la fois. Sinon, il n'y avait pas moyen de trouver la solution.

– Alors, qui et quand ? soupira Howland.

– Vous n'avez jamais entendu parler de Guy Haines ?

– Si, naturellement. Nous l'avons interrogé la semaine dernière.

– Sa femme a été tuée à Metcalf, dans le Texas. Etranglée, vous vous rappelez ? Cela fera deux ans le 11 juin. La police n'a jamais découvert l'assassin.

– C'était Charles Bruno ? fit Howland, en fronçant les sourcils.

– Saviez-vous que, le 1er juin, Charles Bruno et Guy Haines étaient dans le même train allant vers le Sud ? Dix jours avant l'assassinat de la femme de Haines. Voyons, qu'est-ce que vous en concluez ?

– Vous voulez dire qu'ils se connaissaient avant cette date ?

– Non, je veux dire qu'ils ont fait connaissance dans le train. Est-ce que vous trouvez le reste tout seul ? Vous avez le chaînon manquant maintenant.

– Vous voulez dire, fit le *district attorney,* en

esquissant un sourire, que c'est Charles Bruno qui a tué la femme de Guy Haines ?

– Exactement.

Gérard leva le nez de ses papiers et conclut :

– Vous allez me demander quelles preuves j'apporte ? Voilà. J'en ai tant que vous voudrez.

Il désigna les papiers, disposés en éventail comme une donne de cartes.

– Lisez tout cela.

Pendant que Howland lisait, Gérard alla boire un verre d'eau à la petite fontaine installée dans un coin du bureau et alluma un nouveau cigare au mégot de celui qu'il venait d'achever. Le dernier témoignage, celui du chauffeur de taxi de Metcalf qui avait conduit Charles au parc d'attractions, était arrivé le matin même. Gérard n'avait même pas encore pris un verre pour arroser ça, mais il allait s'en envoyer trois ou quatre en sortant de chez Howland, au wagon-restaurant du train de l'Iowa.

Les autres papiers étaient des déclarations signées des chasseurs de l'hôtel La Fonda, d'Edward Wilson, qui avait vu Charles prendre à la gare de Santa Fé un train pour le Texas le jour où Miriam Haines avait été tuée, du barman de l'établissement où Charles avait voulu se faire servir de l'alcool, ainsi que des fiches de communications interurbaines avec Metcalf.

– Mais vous connaissez certainement déjà tout cela, remarqua Gérard.

– Presque tout, oui, répondit tranquillement Howland, tout en poursuivant sa lecture.

– Vous saviez aussi que Bruno avait fait un voyage de vingt-quatre heures à Metcalf ce jour-là, n'est-ce pas ? demanda Gérard, mais il était de trop bonne humeur pour ironiser. C'est le chauffeur de taxi qui m'a donné le plus de mal. Il a fallu que j'aille le rechercher jusqu'à Seattle, mais une fois retrouvé, il s'est tout de suite souvenu. On n'oublie pas facilement un jeune homme comme Charles Bruno.

– Vous prétendez donc, remarqua Howland d'un ton amusé, que Charles Bruno éprouve un tel plaisir à tuer qu'il a tué la femme d'un homme qu'il avait rencontré dans le train une semaine plut tôt ? Une femme qu'il n'avait jamais vue ? Ou bien, la connaissait-il déjà ?

Nouveau gloussement de Gérard.

– Bien sûr qu'il ne l'avait jamais vue. Mais mon Charles avait un plan.

Le « mon » lui avait échappé, mais cela n'avait pas d'importance.

– Vous ne voyez pas ? Ça crève les yeux pourtant. Et ce n'est que la moitié de l'histoire.

– Asseyez-vous, Gérard, vous allez avoir une attaque.

– Allons, vous ne voyez pas ? Parce que vous n'avez jamais compris et que vous ne comprenez toujours pas la personnalité de Charles. Vous ne vous êtes jamais intéressé au fait qu'il passe le plus clair de son temps à combiner des crimes parfaits de toute sorte.

– Bon, entendu, quelle est la suite de votre théorie ?

– C'est que Guy Haines a tué Samuel Bruno.

– Hooh ! gémit Howland.

Gérard sourit, en pensant à un autre sourire apitoyé dont Howland l'avait gratifié quelques années plus tôt alors que Gérard venait de faire une gaffe à propos d'une autre affaire criminelle.

– Je n'ai pas encore fini mes recoupements sur Guy Haines, dit Gérard avec une naïveté feinte.

Il tira sur son cigare.

– Je ne veux pas m'emballer, et c'est la seule raison de ma visite : vous demander de ne pas vous emballer non plus. J'avais peur que vous n'alliez mettre le grappin sur Charles, vous comprenez, avec tout ce que vous avez déjà contre lui.

Howland lissa sa moustache noire.

– Tout ce que vous me dites me confirme dans

mon opinion que vous auriez dû prendre votre retraite il y a quinze ans.

– Oh ! j'ai résolu quelques affaires pendant ces quinze dernières années.

– Un homme comme Guy Haines !

Howland en riait encore.

– En face d'un type comme Charles ? Ne vous y trompez pas, je ne dis pas que Guy Haines ait tout fait de son propre chef. Il y a été contraint en contrepartie du service que Charles a pris l'initiative de lui rendre, quand il l'a libéré de sa femme. Charles déteste les femmes, remarqua Gérard en passant. Le plan est de Charles. Un échange de bons procédés. Pas d'indices, vous comprenez. Pas de motifs. Oh ! je l'entends d'ici. Mais même Charles n'est qu'un homme. Il s'intéressait trop à Guy Haines pour le laisser tranquille après. Et Guy Haines avait trop peur pour faire quoi que ce soit. Eh ! oui...

Gérard ponctua ses paroles de hochements de tête qui secouèrent ses bajoues.

– ... Haines a été contraint et forcé. A quelle terrible pression il a été soumis, c'est une chose que personne sans doute ne saura jamais.

Devant la conviction de Gérard, le sourire de Howland disparut un moment. Il n'y avait guère qu'une chance sur mille pour que cette hypothèse fût la bonne, mais enfin, il y en avait quand même une.

– Hmm-m.

– A moins qu'il ne nous le dise lui-même, ajouta Gérard.

– Et comment vous proposez-vous d'y réussir ?

– Oh ! il est possible qu'il vienne avouer un jour. Ça le ronge, vous savez. Mais sinon, on le confrontera avec les faits. Ceux que mes hommes sont occupés à rassembler. A propos, Howland... fit Gérard en désignant les papiers étalés sur la chaise. Quand vous et votre... votre troupeau de policiers, vous vous mettrez à vérifier ces déclarations, n'interrogez pas la mère de Guy Haines. Je ne veux pas que Haines se doute de quelque chose.

– Oh ! oh ! On veut jouer au vrai petit Sherlock Holmes.

Howland sourit. Il se tourna pour donner un coup de téléphone à propos d'une histoire sans intérêt tandis que Gérard attendait, furieux d'être obligé de donner ainsi les résultats de son enquête à Howland, de ne plus régler tout seul le spectacle Charles-Guy Haines.

– Eh bien... fit Howland en poussant un long soupir... que voulez-vous que je fasse, que je cuisine votre petit protégé ? Vous croyez qu'il ne tiendra pas le coup et qu'il nous racontera tout ce qu'il avait combiné avec Mr. Guy Haines ?

– Non, je ne veux pas que vous le cuisiniez. J'aime le travail bien fait. Je vous demande encore quelques jours, quelques semaines au plus, pour terminer mes recoupements sur Haines, et puis je les confronterai tous les deux. Je vous donne tous ces tuyaux sur Charles parce que désormais, pour eux, je ne m'occupe plus de l'affaire. Je pars en vacances dans l'Iowa; c'est d'ailleurs la vérité et je vais l'annoncer à Charles.

Le visage de Gérard s'épanouit dans un large sourire.

– Ça va être dur de retenir mes types, dit Howland d'un ton de regret, surtout avec le temps qu'il va vous falloir pour réunir les preuves contre Guy Haines.

– Ah ! à propos... (Gérard prit son chapeau, et le brandit vers Howland.) Avec tout ce que vous avez maintenant, vous n'arriveriez pas à faire avouer Charles, mais moi, avec ce que j'ai, j'aurais Guy Haines en deux minutes.

– Oh ! vous voulez dire que nous, nous serions incapables de faire avouer Guy Haines ?

Gérard lui lança un regard souverainement méprisant.

— Mais ça ne vous intéresse pas de le faire avouer, voyons ! Vous ne le croyez pas coupable.

— Allons, partez donc en vacances, Gérard !

Gérard rassembla méthodiquement ses papiers et les fourra dans sa poche.

— Je croyais que vous me les laissiez.

— Oh ! si vous pensez que cela peut vous servir...

Gérard lui tendit cérémonieusement les papiers et se dirigea vers la porte.

— Ça vous ennuierait de me dire sur quoi vous comptez pour faire avouer Guy Haines ?

Gérard eut un petit grognement dédaigneux.

— Ce type est torturé par le remords, dit-il, et il sortit.

XLIV

— Vous savez, Anne, dit Bruno, et pour cacher les larmes qui lui venaient aux yeux, il dut fixer la cheminée devant laquelle il était planté, il n'y a pas un endroit au monde où je voudrais être ce soir plutôt qu'ici.

Il s'accouda nonchalamment au manteau de la cheminée.

— C'est très aimable à vous, dit Anne en souriant.

Elle posa sur la table les croque-monsieur et les sandwiches aux anchois.

— Servez-vous avant que cela refroidisse.

Bruno prit un croque-monsieur, mais il savait qu'il serait incapable de l'avaler. La table était joliment mise, avec ses deux couverts, et de grandes assiettes grises sur une nappe grise. Gérard était parti en vacances. Ils avaient fini par l'avoir, Guy et lui ! « Si elle n'avait pas été la femme de Guy, pensa Bruno, il aurait bien essayé d'embrasser Anne. » Bruno se redressa et tira sur ses manchettes. Il se piquait de toujours se conduire vis-à-vis d'Anne en parfait homme du monde.

— Alors, Guy pense que cela va bien lui plaire là-bas ? demanda Bruno.

Guy était au Canada, il travaillait au grand barrage d'Alberta.

— Je suis bien content que tous ces interrogatoires stupides soient terminés : comme ça, il n'est plus embêté avec tout ça pendant qu'il travaille. Vous ne pouvez pas vous imaginer comme ça me fait plaisir. J'ai envie de fêter ça !

Il rit, non pas tant de ce qu'il avait dit, mais de ce que cela contenait pour lui de sous-entendus.

Anne contempla la grande silhouette agitée de Bruno, en se demandant si Guy, malgré l'antipathie qu'il éprouvait pour ce garçon, subissait aussi devant lui la même fascination. Et pourtant, elle ne savait toujours pas si Charles Bruno aurait été capable de faire assassiner son père, et elle avait passé toute la journée avec lui pour essayer de se faire une opinion. Il esquivait certaines questions en plaisantant, mais il y en avait d'autres auxquelles il répondait sérieusement et en pesant ses paroles. Il détestait Miriam comme s'il l'avait connue. Anne était un peu étonnée que Guy lui en eût tant dit sur Miriam.

— Pourquoi ne vouliez-vous dire à personne que vous aviez vu Guy dans le train ? demanda-t-elle.

— Oh ! ce n'est pas que j'y attachais une telle importance. Mais j'avais commencé par raconter, pour rire, que nous étions des camarades de collège. Et puis il y a eu toute cette enquête, et Gérard s'est mis à monter ça en épingle. A vrai dire, je crois que je ne voulais pas le dire parce qu'il me semblait que ça la fichait mal. Vous comprenez, avec Miriam tuée si peu de temps après. Je trouve que ça a été très chic de la part de Guy, au moment de l'enquête sur la mort de Miriam, de ne pas avoir voulu embringuer là-dedans quelqu'un qu'il avait rencontré par hasard.

Il partit d'un petit rire un peu creux, et se laissa tomber dans le fauteuil.

— Non pas que je risquais d'être soupçonné, bien sûr que non !

— Mais cela n'avait rien à voir avec l'enquête sur la mort de votre père.

— Non, évidemment. Mais Gérard ne se préoccupe guère de logique. Il aurait dû être inventeur !

Anne fronça les sourcils. Elle ne pouvait croire que Guy se fût rangé à la version de Charles simplement parce que cela aurait fait mauvais effet de dire la vérité, ou même parce que Charles lui avait dit dans le train qu'il haïssait son père. Il faudrait qu'elle redemandât à Guy. Elle avait beaucoup de choses à lui demander. Ce que signifiait, par exemple, l'hostilité de Charles envers Miriam, qu'il n'avait même jamais vue. Anne s'en fut dans la cuisine.

Bruno, son verre à la main, déambula jusqu'à la véranda, et fixa des yeux un avion dont les feux verts et rouges clignotaient alternativement. On aurait dit quelqu'un qui s'exerçait à fermer un œil puis l'autre. Il aurait voulu que Guy fût dans l'avion, sur le chemin du retour. Il regarda le cadran brun rosé de sa nouvelle montre-bracelet, et l'idée lui vint une fois de plus que c'était une montre qui plairait sans doute à Guy en raison de sa ligne moderne. Dans trois heures, cela ferait vingt-quatre heures exactement qu'il était avec Anne, un jour entier. Il était arrivé la veille au soir en voiture sans avoir téléphoné d'abord, et il était si tard qu'Anne lui avait proposé de passer la nuit. Il avait dormi dans la chambre d'amis où on l'avait installé le soir de la pendaison de crémaillère, et Anne lui avait apporté du bouillon chaud dans son lit. Anne était vraiment gentille avec lui et il l'aimait bien ! Il pivota sur ses talons et la vit qui revenait de la cuisine avec leurs assiettes.

— Guy vous aime beaucoup, vous savez, dit Anne, pendant le dîner.

Bruno la regarda, il avait déjà oublié de quoi ils parlaient.

– Je ferais *n'importe quoi* pour lui ! J'ai l'impression d'un lien très fort entre nous, comme si nous étions deux frères. Ça doit être parce que tout a commencé pour lui après que nous nous sommes rencontrés dans le train.

Et malgré sa gaieté première, la profondeur du sentiment qu'il éprouvait pour Guy l'envahit. Il passa les doigts sur le râtelier à pipes de Guy posé sur la petite table. Son cœur battait. Le soufflé aux pommes de terre était délicieux, mais il n'osait pas en reprendre. Ni de vin rouge. Il avait envie de passer encore la nuit ici. S'il ne se sentait pas bien, ne pourrait-il pas s'arranger pour rester ? D'autre part, la maison qu'ils venaient de faire construire, sa mère et lui, était plus près qu'Anne ne le croyait. Samedi, il y donnait une grande soirée.

– Vous êtes sûre que Guy sera rentré pour ce week-end ? demanda-t-il.

– C'est ce qu'il a dit.

Anne mâchait sa salade d'un air songeur.

– Mais je ne sais pas s'il aura envie de sortir. Quand il a travaillé, il n'aime généralement rien tant pour se détendre qu'une promenade en mer.

– J'aimerais bien faire un peu de yacht. Si cela ne vous ennuyait pas que je vienne.

– Venez donc.

Puis elle se rappela que Charles était déjà sorti sur l'*India*, qu'il s'était invité un après-midi avec Guy, qu'il avait abîmé le plat-bord, et elle eut brusquement l'impression d'avoir été jouée, comme si, jusqu'à maintenant, quelque chose l'avait empêchée de s'en souvenir. « Charles était sans doute capable de n'importe quoi, de choses abominables, se prit-elle à penser, et il trompait tout le monde avec ce même air de naïve reconnaissance, ce même sourire timide. Tout le monde, sauf Gérard. Oui, c'était bien possible qu'il ait combiné le meurtre de son père. Sinon,

Gérard ne chercherait pas dans cette direction. Elle était peut-être assise en face d'un assassin. » Elle se leva avec un petit frisson de terreur, et s'éloigna un peu brusquement, comme si elle fuyait, pour changer les assiettes. Et ce plaisir sinistre, sadique, qu'il prenait à parler de son mépris pour Miriam. « Il aurait bien aimé la tuer », se dit Anne. Un instant le soupçon qu'il l'avait peut-être tuée traversa son esprit, comme une feuille sèche emportée par le vent.

– Alors, après avoir rencontré Guy, vous êtes allé à Santa Fé ? demanda-t-elle de la cuisine, en bafouillant presque.

– Hm-hm ! répondit Bruno du fond du grand fauteuil vert.

Anne laissa tomber une cuiller qui fit un terrible vacarme sur la mosaïque. « Ce qu'il y avait de bizarre, pensa-t-elle, c'était que peu importait, semblait-il, ce qu'on disait ou ce qu'on demandait à Bruno. Rien ne le démontait. » Mais, au lieu de rendre la conversation plus facile, c'était justement cela qui déconcertait Anne.

– Vous êtes déjà allé à Metcalf ? s'entendit-elle dire derrière la cloison.

– Non, répondit Bruno. Non, j'en ai toujours eu envie. Et vous ?

Bruno buvait son café à petites gorgées. Anne était sur le divan, la tête renversée en arrière, et la ligne de son cou, au-dessus du col de sa robe, était bien éclairée. *Pour moi, Anne, c'est comme la lumière,* avait dit un jour Guy. S'il pouvait étrangler Anne aussi, alors Guy et lui seraient vraiment ensemble. Bruno se reprocha cette pensée, puis se mit à rire et se trémoussa un peu sur ses pieds.

– Qu'est-ce qui vous fait rire ?

– Rien, une idée, dit-il en souriant. Je pensais à ce que Guy dit toujours, que tout a un double aspect. Vous savez, le côté négatif et le côté positif. Pour toute décision à prendre, il y a une raison pour ne pas la prendre.

Il s'aperçut tout d'un coup qu'il respirait mal.

– Vous voulez dire qu'il y a toujours le revers de la médaille ?

– Oh ! non ce n'est pas si simple !

Vraiment les femmes étaient d'une stupidité, parfois !

– Les gens, les sentiments, tout est double ! Il y a deux personnes dans chacun de nous. Il y a soi et quelqu'un qui est exactement votre opposé, comme un double invisible, qui vous attend quelque part dans le monde, en embuscade.

Cela lui faisait quelque chose de répéter les paroles de Guy; il les avait entendues sans plaisir pourtant, il s'en souvenait, parce que Guy avait dit que les deux opposés étaient des ennemis mortels, et que c'était à eux deux que Guy avait pensé en disant cela.

Anne souleva lentement la tête. Les propos de Bruno lui rappelaient tellement Guy, et pourtant celui-ci ne lui avait jamais parlé ainsi. Anne songea à la lettre anonyme du printemps dernier. C'était Charles qui avait dû l'écrire. Et c'était à lui que Guy avait dû penser en parlant d'embuscade. Il n'y avait personne devant qui Guy réagît si violemment que devant Charles. C'était sûrement chez Charles que la haine alternait avec la dévotion.

– Ce n'est pas qu'on rencontre jamais le bien ou le mal à l'état pur, mais on voit tantôt l'un tantôt l'autre en action, continua Bruno. Tiens, à propos, il faudra que je pense à raconter à Guy que j'ai donné mille dollars à un mendiant. J'avais toujours dit que, quand j'aurais de l'argent à moi, je donnerais mille dollars à un mendiant. Eh bien je l'ai fait, mais vous croyez qu'il m'a dit merci ? J'ai mis vingt minutes à lui prouver que ce n'était pas de la fausse monnaie ! Il a fallu que j'aille changer un billet de cent dans une banque ! Et quand il a été convaincu, il a cru que j'étais fou !

Bruno baissa les yeux et secoua la tête. Il avait

compté que ce serait une expérience mémorable, et puis, quand il avait revu ce salaud – qui mendiait toujours au même coin de rue –, de quel air ce type l'avait regardé : il s'attendait peut-être à recevoir encore mille dollars !

– Enfin, comme je vous disais...

– Vous parliez du bien et du mal, dit Anne.

Elle le méprisait. Elle comprenait tout ce que Guy pouvait éprouver à l'égard de Bruno. Mais elle n'arrivait pas encore à comprendre pourquoi Guy le supportait.

– Oh ! oui. Donc, tout ça se voit dans nos actions. Prenez les assassins, par exemple. Ce n'est pas de les punir devant des tribunaux qui les amendera, dit Guy. Chacun a sa propre cour de justice et se punit bien suffisamment. En fait, d'après Guy, chacun se suffit pratiquement à lui-même !

Il éclata de rire. Il était tellement ivre maintenant que c'était à peine s'il distinguait le visage d'Anne, mais il voulait lui répéter tout ce qui faisait le sujet de leurs conversations, à Guy et à lui, tout, sauf l'ultime petit secret qu'il ne pouvait pas lui révéler.

– Les gens qui n'ont pas de conscience ne se punissent pas eux-mêmes, alors ? demanda Anne.

Bruno regarda le plafond.

– C'est vrai. Il y a des gens qui sont trop abrutis pour avoir une conscience, d'autres trop foncièrement mauvais. Les abrutis se font généralement pincer. Mais prenez les deux assassins qui ont tué la femme de Guy et mon père, par exemple.

Bruno s'efforçait de garder son sérieux.

– Ça devait être tous les deux des types remarquables, vous ne croyez pas ?

– Ils ont donc une conscience et méritent donc de ne pas être pris ?

– Oh ! je ne dis pas ça. Bien sûr que non ! Mais ne croyez pas qu'ils ne souffrent pas un peu, à leur façon !

Il se remit à rire, parce qu'il était vraiment trop noir pour savoir exactement où il allait.

– Ce n'étaient pas simplement des fous, comme on l'a dit de l'assassin de la femme de Guy. Ça prouve bien comme les autorités s'y connaissent peu en criminologie. Un crime comme ça, ça ne s'improvise pas.

L'idée le frappa, au milieu des brumes de l'ivresse, que celui-là avait pourtant bien été une improvisation; mais en tout cas, celui de son père, il l'avait soigneusement préparé, et cela suffisait à illustrer sa thèse.

– Qu'est-ce qu'il y a ?

Anne passa sur son front ses doigts glacés.

– Rien.

Bruno lui prépara un whisky-soda au bar que Guy avait aménagé sur un des côtés du foyer. Bruno en voulait un exactement comme ça chez lui.

– Où Guy s'est-il fait ces égratignures qu'il avait sur la figure en mars dernier ?

– Quelles égratignures ? fit Bruno, se tournant vers elle.

Guy lui avait dit qu'elle n'avait jamais remarqué les égratignures.

– Pas seulement des égratignures, d'ailleurs. Des coupures aussi. Et une bosse sur la tête.

– Je n'ai jamais remarqué.

– C'est avec vous qu'il s'est battu, n'est-ce pas ?

Charles la dévisageait, et une étrange lueur rosâtre brillait dans ses yeux. Elle n'était pas assez fausse pour lui sourire maintenant. Elle était sûre. Elle avait l'impression que Charles allait bondir à travers la pièce et la frapper, mais elle ne le lâchait pas des yeux. Elle pensa qu'elle le dirait à Gérard : la bataille prouverait que Charles savait qu'on allait tuer son père. Puis elle vit le sourire réapparaître sur les lèvres de Charles.

– Mais non ! fit-il en riant.

Il se rassit.

– Où vous a-t-il dit qu'il s'était blessé? D'ailleurs je ne l'ai pas vu en mars. J'étais en voyage à cette époque-là.

Il se leva. Il se sentait tout d'un coup l'estomac barbouillé : il n'y avait pas d'erreur, ce n'étaient pas les questions d'Anne, c'était bien son estomac. Et s'il allait avoir une nouvelle attaque, maintenant. Ou demain matin. Il ne fallait pas qu'il perdît connaissance, il ne fallait pas qu'il offrît à Anne ce spectacle demain matin!

– Il vaut mieux que je m'en aille, murmura-t-il.

– Qu'y a-t-il? Vous ne vous sentez pas bien? Vous êtes un peu pâle.

Il n'y avait plus aucune sympathie dans sa voix. Sur qui d'autre pouvait-il compter que sur sa mère?

– Merci beaucoup, Anne, pour... pour tout.

Elle lui tendit son manteau, et il sortit d'un pas vacillant; en grinçant des dents, il descendit l'allée jusqu'à sa voiture.

Tout était éteint dans la maison quand Guy rentra quelques heures plus tard. Il rôda dans le living-room, aperçut le mégot écrasé devant la cheminée, le râtelier à pipes qu'on avait changé de place, et le creux dans un des coussins du divan. Il régnait dans la pièce un désordre particulier, qui n'était pas l'œuvre d'Anne, ni de Teddy, ni de Chris, ni d'Helen Heyburn. Comment n'avait-il pas deviné?

Il monta quatre à quatre jusqu'à la chambre d'amis. Bruno n'y était pas, mais il vit un journal chiffonné sur la table de chevet, à côté de trois pièces de monnaie oubliées. Derrière la fenêtre se levait une aurore qui ressemblait à cette autre aurore d'un mois de mars. Il tourna le dos à la fenêtre et poussa un soupir qui ressemblait à un sanglot. Pourquoi Anne lui faisait-elle cela? Surtout maintenant où c'était encore plus intolérable : maintenant où une moitié de lui-même était au Canada, et l'autre moitié ici, soumise à l'emprise de Bruno, de Bruno que la police laissait tranquille désormais. On l'avait bien un peu cuisiné ! Mais maintenant, c'était fini. On ne l'inquiéterait plus.

Il entra dans la chambre et, s'agenouillant auprès d'Anne, il la réveilla d'un baiser, un baiser brutal et effrayé; puis il sentit les bras d'Anne se refermer autour de lui. Il enfouit sa tête dans la douceur des draps qui la couvraient. Il lui semblait qu'une tempête se déchaînait, et grondait autour d'eux, et qu'Anne était le seul point calme au centre de l'ouragan, et que le rythme de la respiration d'Anne rappelait, seul, l'existence d'un monde normal. Il se déshabilla sans ouvrir les yeux.

Les premiers mots d'Anne furent :

– Tu m'as manqué.

Guy était debout au pied du lit, les poings serrés dans les poches de sa robe de chambre. Il était toujours tendu, comme si c'était au cœur même de son être que la tempête maintenant faisait rage.

– Je reste trois jours. C'est vrai que je t'ai manqué ?

Anne s'écarta un peu.

– Pourquoi me regardes-tu comme ça ?

Guy ne répondit pas.

– Je ne l'ai vu qu'une fois, Guy.

– Pourquoi l'avoir vu, même une fois ?

– Parce que...

Ses joues devinrent aussi rouges que la marque que la barbe de Guy avait laissée sur son épaule. Jamais encore il n'avait parlé à Anne sur ce ton. Et le fait qu'elle allait lui répondre sans se démonter semblait justifier encore plus la colère qui montait en lui.

– Parce qu'il est passé...

– Il passe toujours. Et quand il ne passe pas, il téléphone.

– Mais, Guy...

– Il a couché ici ! cria Guy; puis il remarqua la réaction d'Anne : elle haussa imperceptiblement la tête, eut un rapide battement de paupières.

– Oui. Avant-hier soir, répondit-elle tranquillement, avec une nuance de défi dans la voix. Il est arrivé tard et je lui ai proposé de rester coucher.

Pendant son séjour au Canada, l'idée lui avait traversé l'esprit que Bruno essaierait peut-être de faire la cour à Anne, pour la seule raison qu'elle était la femme de Guy, et qu'Anne l'encouragerait peut-être, simplement pour savoir ce que Guy ne lui avait pas dit. Bruno n'irait certainement pas bien loin, mais la pensée de la main de Bruno sur celle d'Anne, l'idée qu'Anne pourrait le tolérer et la raison de cette complaisance, tout cela le mettait au supplice. « Et il était encore là hier soir ?

– Pourquoi cela t'ennuie-t-il tant ?

– Parce qu'il est dangereux. Il est à moitié fou.

– Je ne crois pas que ce soit la raison pour laquelle il t'ennuie, répliqua Anne de la même voix paisible. Je ne sais pas pourquoi tu le défends, Guy. Je ne sais pas pourquoi tu refuses d'avouer que c'est lui qui m'a envoyé cette lettre anonyme et qui t'a rendu presque fou en mars dernier. »

Guy se raidit, sur la défensive. La défense de Bruno, toujours la défense de Bruno ! Bruno n'avait jamais voulu reconnaître qu'il avait envoyé la lettre anonyme à Anne. Seulement Anne était comme Gérard, elle prenait des faits et essayait de les rattacher. Gérard avait renoncé, mais Anne n'abandonnerait jamais. C'était sur les impondérables qu'elle travaillait et c'étaient les impondérables qui finiraient par lui donner une idée d'ensemble de toute l'histoire. Mais elle ne l'avait pas encore, cette idée d'ensemble. Cela demanderait du temps, encore du temps, et encore un peu de temps qui viendrait prolonger son supplice à lui ! Il se tourna vers la fenêtre, d'un mouvement pesant, épuisé, il était trop abattu pour même se cacher la tête dans les mains ou baisser la tête. Il ne demanda même pas à Anne de quoi elle avait parlé avec Bruno hier. Il *sentait* ce qu'ils avaient dit, il sentait exactement ce qu'Anne avait pu apprendre. Il lui sembla soudain que ce long supplice devait avoir un terme. Il avait déjà duré bien plus qu'on n'aurait pu logiquement s'y attendre, comme il arrive parfois que la vie se maintient de façon inattendue devant une maladie fatale, mais c'était tout.

– Dis-moi, Guy, poursuivit Anne, d'une voix qui n'implorait plus mais qui sonnait simplement comme une cloche qui pique une nouvelle heure. Dis-moi la vérité, veux-tu ?

– Je vais te la dire, répondit-il, sans cesser de regarder la fenêtre, mais en prenant conscience de ce qu'il disait; il ajoutait foi à ses propres paroles maintenant : la lumière du jour inondait son cœur, Anne devait s'en rendre compte rien qu'à le voir, et la première impulsion de Guy fut de lui faire partager cette allégresse; mais il ne pouvait détacher ses regards de la fenêtre qu'illuminait le soleil levant. « C'était cela, la lumière, se dit-il, elle chassait les ténèbres et dissipait en même temps ce poids qui l'étouffait. » Il allait expliquer cela à Anne.

– Guy, viens ici.

Elle tendit les bras vers lui, et il vint s'asseoir près d'elle, puis il la prit dans ses bras et la serra très fort.

– Nous allons avoir un enfant, dit-elle. Soyons heureux. Cela te fait plaisir, Guy ?

Il la regarda; brusquement il avait envie de rire, de rire de bonheur, de surprise, de rire de sa timidité à elle aussi.

– Un enfant ! murmura-t-il.

– Qu'est-ce que nous allons faire pendant ce week-end ?

– C'est pour quand, Anne ?

– Oh !... pas pour tout de suite. Vers mai, je pense. Qu'allons-nous faire demain ?

– Nous irons faire une promenade en mer. S'il ne fait pas trop mauvais.

Et le ton ridicule de conspirateur avec lequel il avait dit cela le fit soudain rire aux éclats.

– Oh ! Guy !

– Tu pleures ?

– C'est si bon de t'entendre rire !

XLV

Bruno téléphona le samedi matin pour féliciter Guy d'avoir été nommé au Comité d'ingénieurs du barrage de l'Alberta, et pour demander si Anne et lui viendraient à la soirée qu'il donnait ce soir. Bruno insistait pour les avoir, avec des accents à la fois pleins de désespoir et d'un enthousiasme d'alcoolique.

– Je vous parle sur ma ligne privée, Guy. Gérard est reparti dans l'Iowa. Venez donc, je voudrais vous faire voir ma nouvelle maison.

Puis il ajouta :

– Passez-moi Anne.

– Anne est sortie.

Guy savait que l'enquête était terminée. La police ainsi que Gérard le lui avaient notifié, avec leurs remerciements.

Guy revint dans le living-room où Bob Treacher et lui achevaient seulement malgré l'heure tardive leur petit déjeuner. Bob avait pris l'avion pour New York un jour avant lui et Guy l'avait invité pour le week-end. Ils parlaient du barrage de l'Alberta et des ingénieurs qui travaillaient avec eux là-bas, du terrain, de la pêche à la truite et de tout ce qui leur passait par la tête. Une plaisanterie de Bob en dialecte franco-canadien fit rire Guy aux éclats. C'était une belle matinée de novembre, fraîche et ensoleillée, et quand Anne reviendrait du marché, ils prendraient la voiture pour aller faire un peu de bateau à Long Island. Guy éprouvait une impression délicieuse et enfantine de vacances d'avoir Bob avec lui. Bob était pour lui le symbole du Canada et du travail qu'ils accomplissaient là-bas, du projet aussi qui semblait à Guy comme une nouvelle pièce de son âme où Bruno n'avait pas accès. Et la pensée de l'enfant qui allait venir lui donnait un sentiment de bienveillance et de supériorité magique.

Au moment précis où Anne rentrait, le téléphone sonna. Guy se leva, mais ce fut Anne qui répondit. Il pensa vaguement : Bruno sait toujours quand il faut téléphoner. Puis il écouta, stupéfait, la conversation en arriver à la promenade en mer prévue pour l'après-midi.

– Venez donc, dit Anne. Oh ! si vous tenez à apporter quelque chose, ce serait une bonne idée de prendre de la bière.

Guy vit Bob lever vers lui un regard interrogateur.

– Qu'est-ce qui se passe ? demanda Bob.

– Rien.

Guy se rassit.

– C'était Charles. Ça ne t'ennuie pas qu'il vienne, Guy ? fit Anne en traversant d'un air joyeux le living-room, son sac à provisions à la main. Il m'avait dit jeudi que, le jour où nous irions faire un tour en mer, cela lui ferait plaisir de venir avec nous, et je l'avais pratiquement invité.

– Non, ça ne m'ennuie pas, dit Guy, sans la quitter des yeux.

Elle était gaie et pleine d'entrain ce matin, et on ne l'imaginait guère refusant quoi que ce fût à qui que ce fût; mais Guy savait que ce n'était pas seulement dans un élan d'indulgence qu'elle avait invité Bruno. Elle voulait les revoir tous les deux ensemble. Elle ne pouvait pas attendre, même pas jusqu'à demain. Le premier mouvement de Guy fut de lui en vouloir un peu, mais il se dit bien vite qu'elle ne se rendait pas compte, qu'elle ne pouvait pas se rendre compte et que c'était bien sa faute à lui s'il s'était fourré dans un tel pétrin. Il maîtrisa donc sa rancune, se refusa même à reconnaître que la présence de Bruno gâcherait tout l'après-midi. Il décida de se maîtriser ainsi toute la journée.

– Ça ne te ferait pas de mal de te soigner un peu les nerfs, mon vieux ! lui dit Bob.

Il prit sa tasse de café et la vida d'un air satisfait.

– Enfin, tu n'es du moins plus le buveur de café que tu étais. A combien en étais-tu arrivé, à dix tasses par jour ?

– Quelque chose comme ça.

Non, il avait totalement supprimé le café, pour essayer de dormir et, maintenant, il ne pouvait plus le voir.

Ils passèrent prendre Helen Heyburn à Manhattan, puis prirent le pont de Triboro pour gagner Long Island. Le soleil d'hiver éclairait la côte d'une pâle lueur glacée, et étincelait sur la mer houleuse. L'*India* à l'ancrage avait l'air d'un iceberg, et Guy se souvint du temps où sa blancheur lui semblait l'essence même de l'été. Dans le parc à voitures, le regard de Guy se posa machinalement sur le long cabriolet bleu clair de Bruno. Bruno lui avait dit que le cheval du manège sur lequel il avait fait un tour à Metcalf le fameux soir était bleu roi, et que c'était pour cela qu'il avait acheté sa voiture de cette couleur. Guy aperçut Bruno debout sous l'auvent du dock; la tête était cachée, mais il vit le long manteau noir et les petites chaussures, les bras avec les mains dans les poches et cette espèce d'attente inquiète qui était l'attitude habituelle de Bruno.

Celui-ci ramassa un panier de bière et s'avança vers leur voiture en arborant un sourire timide; même de loin, Guy sentait chez Bruno la joie contenue prête à éclater. Il avait une écharpe bleu roi, assortie à la couleur de sa voiture.

– Bonjour tout le monde. Bonjour, Guy. J'ai

voulu essayer de vous voir le plus possible pendant qu'on vous tenait ici.

Il lança vers Anne un coup d'œil qui quêtait une aide.

– Ravis de vous voir! dit Anne. Je vous présente Mr. Treacher. Mr. Bruno.

Les deux hommes se serrèrent la main.

– Vraiment vous ne pouvez pas venir ce soir, Guy? Il y aura plein de monde. Vous ne pouvez pas venir, tous?

Son sourire engageant se tourna également vers Helen et vers Bob.

Helen dit qu'elle était prise, mais que, sinon, elle aurait été enchantée. Guy alla fermer la voiture et aperçut Helen qui s'appuyait au bras de Bruno pour changer de chaussures. Bruno tendit le panier de bière à Anne avec l'air de prendre congé.

Helen haussa ses longs sourcils blonds d'un air interrogateur.

– Vous ne venez pas avec nous?

– Je ne suis pas précisément dans la tenue qui convient, protesta faiblement Bruno.

– Oh! il y a tout un tas de suroîts à bord, dit Anne.

Il fallait prendre un canot depuis le quai. Guy et Bruno discutèrent avec un entêtement poli la question de savoir qui ramerait, et Helen finit par suggérer qu'ils rament tous les deux. Guy ramait à longs coups d'aviron et Bruno, assis à côté de lui sur le banc de nage, s'efforçait de suivre la cadence. Guy sentait monter l'excitation désordonnée de Bruno au fur et à mesure qu'ils approchaient de l'*India*. Deux fois le vent emporta le chapeau de Bruno; Bruno finit par se lever et par le lancer dans la mer d'un geste large.

– D'ailleurs, je déteste les chapeaux! dit-il avec un coup d'œil à Guy.

Malgré les embruns qui de temps en temps passaient par-dessus l'habitacle, Bruno refusa de passer un suroît. Il y avait trop de vent pour naviguer à la voile. Ce fut donc au moteur que l'*India* gagna le Sound, avec Bob à la barre.

— Au retour de Guy! cria Bruno, avec ce bredouillement un peu saccadé qu'il avait déjà eu le matin au téléphone. Félicitations, salutations! fit-il en présentant à Anne une magnifique gourde d'argent travaillé. Ses gestes évoquaient une puissante machine qui ne parviendrait pas à trouver son rythme. « Fine Napoléon. Cinq étoiles. »

Anne refusa, mais Helen, qui sentait déjà le froid, en but un peu, ainsi que Bob. Sous l'abri de la bâche, Guy serrait dans la sienne la main d'Anne en essayant de ne penser à rien, de ne pas penser à Bruno, ni au barrage, ni à la mer. Il ne pouvait supporter le spectacle d'Helen encourageant Bruno, ni le sourire poli et vaguement embarrassé de Bob qui était toujours à la barre.

— Est-ce que quelqu'un connaît *Foggy, Foggy Dew?* demanda Bruno en essuyant les embruns qui couvraient sa manche.

La gorgée de fine qu'il venait de boire avait suffi à le mettre en état de totale ivresse.

Bruno était tout décontenancé parce que personne ne voulait plus de cette liqueur qu'il avait choisie spécialement pour l'occasion, et que personne non plus ne voulait chanter. Il fut très froissé d'entendre Helen dire que *Foggy, Foggy Dew* était un air endormant. Il aimait beaucoup *Foggy, Foggy Dew.* Il avait envie de chanter ou de crier, enfin de faire quelque chose. Quand donc se trouveraient-ils une nouvelle fois ainsi réunis? Lui et Guy. Anne. Helen. Et l'ami de Guy. Il se tortilla sur son coin de banc et regarda autour de lui la mince ligne de l'horizon que la houle découvrait ou cachait tour à tour, la terre qui s'éloignait. Il essaya de regarder le pavillon qui flottait au sommet du grand mât, mais le balancement de celui-ci lui donna le vertige.

— Un jour, Guy et moi, nous entourerons le monde d'un ruban comme si c'était une bille et nous ferons un beau nœud! annonça-t-il, mais personne ne lui prêta attention.

Helen bavardait avec Anne et faisait le geste de tenir une boule dans ses mains, et Guy expliquait à Bob quelque chose à propos du moteur. Quand Guy se baissa, Bruno remarqua que les rides de son front s'étaient creusées et que ses yeux étaient plus tristes que jamais.

– Mais vous ne comprenez donc pas! fit-il en secouant Guy par le bras. Vous n'avez aucune raison d'être aussi sérieux *aujourd'hui*!

Helen commença à dire que Guy était toujours sérieux, mais Bruno lui coupa brutalement la parole en déclarant qu'elle ne savait absolument pas pourquoi Guy était sérieux, ni rien. Puis il se tourna d'un air reconnaissant vers Anne qui souriait, et exhiba à nouveau sa gourde de fine.

Mais Anne n'en voulait toujours pas, ni Guy.

– Je l'ai apportée exprès pour vous, Guy. Je croyais que vous aimeriez ça, dit Bruno, vexé.

– Prends-en un peu, Guy, lui dit Anne.

Guy en but une gorgée.

– A la santé de Guy! A la santé du génie, de l'ami, de l'associé! dit Bruno en buvant après lui. Parce que Guy *est* un génie. Est-ce que vous vous en rendez compte?

Il promena ses regards sur ses compagnons et l'envie brusquement le prit de les traiter de tas d'abrutis.

– Mais certainement, dit Bob, avec amabilité.

– Parce que vous êtes un vieil ami de Guy, déclara Bruno en levant sa gourde, je bois aussi à votre santé!

– Merci. Oui, je suis un très vieil ami de Guy. Un des plus vieux.

– Depuis quand est-ce que vous le connaissez? demanda Bruno d'un air de défi.

Bob jeta un coup d'œil à Guy et sourit.

– Une dizaine d'années.

Bruno eut une grimace dédaigneuse.

— J'ai toujours connu Guy, dit-il doucement, d'une voix menaçante. Demandez-lui.

Guy sentit Anne retirer nerveusement sa main. Il vit Bob rire d'un air gêné. Une sueur froide perlait sur son front. Comme toujours, son calme l'avait entièrement abandonné. Pourquoi croyait-il toujours qu'il pourrait supporter Bruno, qu'il lui suffirait d'essayer encore une fois ?

— Allez, dites-lui que je suis votre ami le plus intime, Guy.

— Oui, dit Guy.

Il remarqua le petit sourire tendu d'Anne et son silence. Est-ce qu'elle ne savait pas tout maintenant ? N'attendait-elle pas seulement que Bruno exprimât en mots ce qu'elle avait déjà compris ? Et tout d'un coup il eut la même impression qu'il avait déjà éprouvée l'après-midi du fameux vendredi, dans le salon de thé avec Anne, quand il lui avait semblé qu'il lui avait déjà avoué ce qu'il allait faire. Il avait été sur le point de tout lui dire, il s'en souvenait. Mais le fait qu'il ne lui avait pas encore tout à fait dit, et que Bruno fût encore une fois à danser autour de lui, tout cela lui parut vraiment dépasser la mesure.

— Bien sûr que je suis fou ! criait Bruno à Helen, qui s'écartait imperceptiblement de lui sur le banc. Assez fou pour défier le monde entier et l'abattre ! Et tous ceux qui ne croient pas que j'ai vaincu le monde entier, je m'expliquerai avec eux en particulier !

Il éclata de rire, mais il s'aperçut que son rire ne faisait qu'accentuer encore l'expression stupide des visages qu'il apercevait confusément autour de lui; ils se crurent tous obligés de rire avec lui.

— Singes ! lança-t-il joyeusement.

— Qui est ce type ? souffla Bob à Guy.

— Guy et moi, nous sommes des surhommes ! dit Bruno.

— Vous êtes surtout un surbuveur, remarqua Helen.

– Ce n'est pas vrai ! fit Bruno en tombant sur un genou.

– Charles, calmez-vous ! lui dit Anne, mais elle souriait et Bruno lui rendit son sourire.

– Je proteste, je ne suis pas un buveur !

– De quoi parle-t-il ? demanda Helen. Est-ce que vous avez tous les deux réussi un beau coup de bourse ?

– Pas un coup de bourse, ah, un... !

Bruno s'arrêta ; il pensait à son père.

– Yii-hooo-o ! Je suis un cow-boy du Texas ! Vous n'avez jamais fait un tour sur le manège de Metcalf, Guy ?

Guy sentit ses pieds se crisper, mais il ne se leva pas et chercha à esquiver le regard de Bruno.

– Trrèèès b-bien, je m'assieds, lui dit Bruno. Mais vous me décevez. Vous me décevez horriblement !

Bruno secoua sa gourde, mais elle était vide et il la lança par-dessus bord.

– Mais il pleure ! dit Helen.

Bruno se leva et sortit de l'habitacle. Il voulait aller faire un tour sur le pont, s'en aller loin d'eux tous, même loin de Guy.

– Où va-t-il ? demanda Anne.

– Laisse-le, murmura Guy, en essayant d'allumer une cigarette.

Puis on entendit le bruit d'un corps qui tombe à l'eau, et Guy comprit que Bruno était passé par-dessus bord. Il bondit aussitôt hors de l'habitacle.

Il se précipita vers la poupe, et s'efforça d'enlever son manteau. Il sentit derrière lui quelqu'un lui prendre les bras ; il se retourna pour frapper Bob au visage et plongea. Les voix et le roulis disparurent, et il y eut un moment d'horrible silence avant que son corps commençât à remonter à la surface. Il se débarrassa de son manteau avec des gestes lents comme si l'eau glacée le gelait déjà. Il replongea et aperçut la tête de

Bruno, à une distance incroyable, qui émergeait comme un roc moussu, à demi noyé.

— Tu n'y arriveras pas ! hurla la voix de Bob, puis un paquet de mer vint l'assourdir.

— Guy ! appela Bruno, dans un gémissement d'agonie.

Guy poussa un juron. Il y arriverait. Après dix brasses, il sauta de nouveau hors de l'eau.

— Bruno !

Mais il ne le voyait plus.

— Guy, là ! fit Anne, le bras tendu, sur la poupe de l'*India*.

Guy ne voyait plus rien, mais il nagea frénétiquement vers l'endroit où il se souvenait avoir vu la tête, puis plongea, les bras écartés, les doigts fouillant l'eau. L'eau ralentissait ses mouvements. Il avait l'impression de se mouvoir dans un cauchemar. Comme quand il avait traversé la pelouse, en sortant de la maison de Long Island, le fameux soir. Une vague le submergea et il avala une gorgée d'eau. L'*India* avait changé de place et faisait demi-tour. Pourquoi ne lui donnaient-ils pas d'indications ? Ça leur était bien égal, à eux !

— Bruno !

Peut-être était-il derrière une de ces crêtes qui dévalaient sur lui. Il se remit à nager de plus belle, puis s'aperçut qu'il ne savait plus où il était. Un paquet de mer le frappa à la tête. Il maudit le corps horrible et gigantesque de la mer. Qu'avait-elle fait de son ami, de son frère ?

Il plongea encore, aussi profondément qu'il put, en étirant de toutes ses forces la longueur ridiculement petite de son corps. Mais il n'y avait plus rien maintenant qu'un immense désert silencieux et gris, au milieu duquel il n'était lui-même qu'un point minuscule de conscience. Une intolérable solitude l'étouffait, menaçait de l'absorber tout entier. Il écarquilla désespérément les yeux. Le désert gris devint un plancher brun.

— Est-ce que vous l'avez trouvé ? dit-il aussitôt en se relevant. Quelle heure est-il ?

— Reste étendu, Guy, fit la voix de Bob.

— Il a coulé, Guy, dit Anne. Nous l'avons vu.

Guy ferma les yeux et se mit à pleurer.

Il se rendit compte qu'ils sortaient tous de la cabine, même Anne, et qu'ils le laissaient seuls.

XLVI

Avec mille précautions, pour ne pas réveiller Anne, Guy sortit du lit et descendit dans le living-room. Il tira les rideaux et alluma la lumière, mais il savait bien que cela ne suffirait pas à masquer l'aube qui coulait entre les fentes des volets, entre les plis des rideaux, comme un poisson sans forme d'un mauve argenté. Il l'avait attendue là-haut, allongé sur son lit, et il savait bien qu'elle finirait par atteindre le pied du lit; il redoutait plus que jamais le mécanisme que la venue de l'aube déclenchait en lui, parce qu'il se rendait compte aujourd'hui que Bruno de son vivant portait la moitié de son sentiment de culpabilité. Ce poids qui jusqu'à maintenant était presque intolérable, comment allait-il désormais le supporter tout seul? Il savait bien qu'il en était incapable.

Il enviait Bruno d'être mort si brusquement, si paisiblement, si jeune encore. Et si facilement, comme tout ce que Bruno entreprenait. Un frisson le traversa. Il s'assit dans le fauteuil; son corps, sous l'étoffe mince du pyjama, était aussi dur, aussi contracté que lors des premières aubes qui avaient suivi celle de ce jour de mars. Puis d'un coup, comme toujours, sa tension disparut, il se leva et monta dans le studio, sans savoir vraiment ce qu'il voulait y faire. Il contempla les grandes feuilles lisses de papier à dessin qui traînaient sur son bureau; il en avait laissé quatre ou cinq après avoir fait un croquis pour Bob. Puis il s'assit et se mit à écrire en commençant tout en haut à gauche; lentement d'abord, puis de plus en plus vite. Il raconta tout, Miriam et le train, les coups de téléphone, le voyage de Bruno à Metcalf, les lettres, le revolver, et comment il avait fini par céder et la nuit du vendredi. Comme si Bruno était encore vivant, il cita tous les détails dont il put se souvenir et qui seraient susceptibles de faire mieux comprendre son personnage. Il couvrit ainsi trois grandes feuilles. Il les plia et les mit dans une grande enveloppe qu'il cacheta. Il resta un long moment à regarder l'enveloppe, en savourant le soulagement relatif qu'il éprouvait; il était étonné de l'impression de détachement qu'il ressentait en face de ce texte. Il lui était arrivé bien des fois déjà d'écrire des confessions passionnées, hâtivement griffonnées, mais en sachant très bien que personne ne les verrait jamais, et il n'avait jamais eu le sentiment que ces confessions fussent vraiment sorties de lui-même. Mais cette fois, c'était pour Anne qu'il écrivait. Anne toucherait cette enveloppe. Ses mains toucheraient ces feuilles de papier et ses yeux en liraient chaque mot.

Guy appliqua ses paumes sur ses yeux brûlants et douloureux. Les heures qu'il avait passées à écrire l'avaient épuisé au point de lui donner envie de dormir. Il laissa ses pensées vagabonder, évoquant tour à tour les gens dont il avait fait mention dans sa confession : Bruno, Miriam, Owen Markman, Samuel Bruno, Arthur Gérard, Mrs. Mac Causland, Anne, et les gens et les noms dansaient une sarabande dans sa tête. *Miriam.* C'était étrange, elle avait plus de personnalité aujourd'hui à ses yeux qu'elle n'en avait jamais eu. Il avait essayé de la décrire à Anne, de la juger. En tant que personnalité, pensa-t-il, elle ne valait pas grand-chose, quand on la comparait à Anne ou à n'importe quelle autre femme d'ailleurs. Mais pourtant c'était un être humain. Samuel Bruno ne valait pas grand-chose non plus : c'était un sinistre faiseur d'argent, que son fils détestait et que sa femme n'aimait pas. Qui l'avait vraiment aimé? Qui avait vraiment souffert de la mort de Miriam ou de celle de Samuel Bruno? Si quelqu'un en avait souffert... la famille de Miriam peut-être? Guy se souvint du frère de Miriam à la barre pendant l'enquête, et des petits yeux qui ne révélaient qu'une haine farouche, brutale, mais pas de chagrin. Et la mère de Miriam, vindicative, plus méchante que jamais, mais que le chagrin n'avait pas brisée ni adoucie, et qui se moquait bien de savoir qui serait châtié pourvu qu'on châtiât quelqu'un. Même si l'envie lui en prenait, à quoi cela rimait-il d'aller les trouver pour servir de cible à leur haine? Est-ce que cela les réconforterait? Eux ou même lui? C'était peu probable. Si jamais quelqu'un avait vraiment aimé Miriam... c'était Owen Markman.

Guy ôta ses mains de devant ses yeux. Le nom venait d'apparaître dans son esprit. Avant de rédiger sa confession, il n'avait jamais pensé à Owen Markman. Owen avait été une figure de second plan. Guy lui avait toujours attribué moins d'importance qu'à Miriam. Mais Owen avait dû aimer Miriam. Il était sur le point de l'épouser. C'était son enfant qu'elle portait. Et si Owen avait joué tout son bonheur sur Miriam? Et s'il avait éprouvé le même chagrin que Guy avait connu à Chicago quand Miriam était morte à ses yeux? Guy essaya de se rappeler tous les détails de l'attitude d'Owen Markman au cours de l'enquête. Il se souvint de son air patibulaire, de ses réponses tranquilles et directes, puis il se rappela comme Owen l'avait accusé, lui, d'être jaloux. Impossible de dire ce qui avait pu se passer dans sa tête.

– Owen, dit Guy.

Il se leva lentement. Une idée prenait forme dans sa tête, tandis qu'il essayait d'apprécier les souvenirs qu'il avait du long visage sombre et de la grande silhouette un peu voûtée d'Owen Markman. Il irait trouver Markman, il lui parlerait, il lui raconterait tout. S'il y avait quelqu'un à qui il devait cela, c'était à Markman. Que Markman le tue s'il voulait, qu'il appelle la police, qu'il fasse n'importe quoi. Mais au moins, il lui aurait tout raconté, franchement, d'homme à homme. C'était brusquement devenu un besoin pressant. Bien sûr. C'était la seule chose à faire. Après cela, une fois réglée cette dette personnelle, il accepterait la responsabilité de tout ce dont la justice voudrait le charger. Il serait prêt. Il pourrait prendre un train aujourd'hui, après avoir répondu aux questions que la police devait leur poser au sujet de Bruno. Il était convoqué au commissariat ce matin avec Anne. Avec un peu de chance, il pourrait même prendre un avion cet après-midi. Où était-ce déjà ? Houston. Si Owen habitait toujours là. Il ne fallait pas qu'Anne l'accompagnât à l'aérodrome. Il fallait qu'elle crût qu'il repartait pour le Canada comme prévu. Il ne voulait pas qu'Anne sût encore. La visite à Owen était plus pressée. Il lui semblait que cela le transformait. Ou peut-être était-ce comme quand on se débarrasse d'un vieux veston usé. Il se sentait nu maintenant, mais il n'avait plus peur.

XLVII

Guy était assis sur un siège qu'on avait installé pour lui dans la travée centrale de l'avion de Houston. Il était nerveux et très mal à l'aise, il trouvait sa présence déplacée, comme ce siège qui encombrait le passage et qui gâchait la symétrie de la carlingue. C'était bien cela, déplacé, inutile, et il lui semblait pourtant bien que ce qu'il faisait là s'imposait. Les difficultés qu'il lui avait fallu surmonter n'avaient fait que renforcer sa détermination.

Au commissariat, ils avaient trouvé Gérard qui,

avait-il dit, était revenu en avion de l'Iowa pour assister à l'enquête sur la mort de Bruno. C'était vraiment navrant, la mort de Charles, mais Charles n'avait jamais fait attention à rien. C'était non moins navrant que cela se fût passé sur le bateau de Guy. Guy avait réussi à répondre à toutes les questions sans trahir aucune émotion. Cela lui avait paru insignifiant, tous ces détails sur la façon dont le corps avait coulé. Guy avait été beaucoup plus ennuyé par la présence de Gérard au commissariat. Il ne voulait surtout pas que Gérard le suivît à Houston. Par mesure de précaution, il n'annula même pas son billet pour l'avion du Canada qui partait plus tôt. Il passa quatre heures à l'aérodrome en attendant son avion. Mais il ne risquait rien. Gérard avait dit qu'il reprenait cet après-midi même le train pour l'Iowa.

Guy néanmoins examina les passagers, plus attentivement qu'il n'avait osé le faire auparavant. Personne ne semblait s'intéresser à lui le moins du monde.

Il se pencha sur les papiers étalés sur ses genoux et la lettre fit dans sa poche un bruit d'enveloppe froissée. Il examina les rapports et les devis du barrage de l'Alberta que Bob lui avait remis. Guy aurait été incapable de lire un magazine, il n'avait pas non plus envie de regarder par la fenêtre, mais il savait qu'il pourrait très bien apprendre par cœur les chiffres qu'il aurait à retenir dans les rapports. Parmi les feuillets ronéotypés, il trouva une page arrachée d'un magazine d'architecture anglais. Bob avait entouré un paragraphe au crayon rouge.

« Guy Daniel Haines est actuellement l'architecte le plus remarquable du Sud des Etats-Unis. Avec sa première réalisation originale, conçue à vingt-sept ans, un immeuble de deux étages devenu célèbre sous le nom de " Grand Magasin de Pittsburgh ", Haines a posé ses principes de grâce combinée à l'utilité fonctionnelle dont il ne s'est jamais départi depuis lors, et qui ont donné à son art ses caractéristiques actuelles. Si l'on veut définir le génie particulier de Haines, c'est surtout à ce terme léger et fuyant de " grâce " qu'il faut recourir et que jamais avant Haines on n'avait employé dans l'architecture moderne. C'est à Haines que l'on doit d'avoir rendu aujourd'hui classique cette conception personnelle de la " grâce ". Le bâtiment principal qu'il a conçu pour le Palmyra Club de Palm Beach, en Floride, s'est vu décerner le titre de " Parthénon américain "... »

Un astérisque renvoyait à un paragraphe en bas de page :

« Depuis la rédaction de cet article, Mr. Haines a été désigné pour faire partie du Comité d'Etudes du Barrage d'Alberta, au Canada. Les ponts l'ont toujours intéressé, dit-il. Il pense consacrer à ce travail trois merveilleuses années. »

« Merveilleuses », répéta Guy. Comment pouvaient-ils employer de tels mots ?

Neuf heures sonnaient à une horloge quand le taxi de Guy traversa la grande rue de Houston. Guy avait trouvé l'adresse d'Owen Markman dans un annuaire de téléphone à l'aérodrome; il avait aussitôt retiré ses bagages et sauté dans un taxi. Mais cela n'allait pas être aussi simple qu'il l'avait pensé. Il n'allait sûrement pas arriver à neuf heures du soir, et trouver Markman chez lui, seul, et disposé à s'installer dans un fauteuil pour écouter un étranger. Il ne serait pas chez lui, ou bien il aurait déménagé, ou bien il aurait peut-être même quitté Houston. Il faudrait peut-être des jours à Guy pour le retrouver.

— Arrêtez-moi à cet hôtel, dit Guy.

Il descendit et retint une chambre. Ce geste de banale prévoyance le réconforta.

Owen Markman n'habitait plus à l'adresse qu'il avait trouvée dans Cleburne Street. C'était un petit immeuble de studios meublés. Les gens qui étaient en bas dans le hall, et parmi eux le concierge, toisèrent Guy avec la plus grande méfiance et lui donnèrent aussi peu de renseignements que possible. Personne ne connaissait la nouvelle adresse d'Owen Markman.

— Vous n'êtes pas de la police, non ? finit par demander le concierge.

Il ne put s'empêcher de sourire.

— Non.

Guy était déjà dehors quand un homme l'arrêta sur le perron et, comme à contrecœur, lui dit qu'il pourrait peut-être trouver Markman dans un certain café du centre de la ville.

Guy le découvrit enfin dans un drugstore, assis au comptoir entre deux femmes qu'il ne présenta même pas. Owen Markman se contenta de glisser du haut de son tabouret et resta planté là, en ouvrant tout grands ses yeux bruns. Son visage était plus lourd et moins bien dessiné que Guy n'en avait gardé le souvenir. Il enfonça d'un air las ses grandes mains dans les poches de son blouson de cuir.

— Vous vous souvenez de moi, dit Guy.

— Ouais.

— J'aimerais bavarder un peu avec vous. Je ne vous retiendrai pas longtemps.

Guy examina l'endroit. « Le mieux, pensa-t-il, était de l'inviter à son hôtel. »

— J'ai pris une chambre à l'hôtel Rice.

Markman examina lentement Guy de la tête aux pieds, puis dit après un long silence :

— D'accord.

En passant devant le bureau de la réception, Guy aperçut des bouteilles de liqueur sur les étagères. Il serait peut-être plus hospitalier d'offrir quelque chose à boire à Markman.

— Aimez-vous le scotch ?

Markman se dégela un peu en voyant Guy acheter une bouteille de scotch.

— Le Coca, c'est pas mauvais, mais c'est meilleur quand on le corse un peu.

Guy acheta également quelques bouteilles de Coca-Cola.

Ils traversèrent sans rien dire les couloirs, n'échangèrent pas un mot non plus dans l'ascenseur, et entrèrent dans la chambre. Guy se demandait comment commencer. Il y avait une douzaine de façons. Guy les rejeta toutes.

Owen s'était assis dans le fauteuil et, quand il ne regardait pas Guy avec une méfiance bon enfant, il sirotait son grand verre de Coca-Cola au scotch.

– Qu'est-ce qu... commença Guy en bredouillant.

– Quoi ? demanda Owen.

– Qu'est-ce que vous feriez si vous saviez qui a tué Miriam ?

Le pied de Markman retomba sur le sol avec un bruit sourd et il se redressa dans son fauteuil. Ses sourcils froncés dessinaient une ligne d'un noir intense au-dessus de ses yeux.

– C'est vous ?

– Non, mais je connais l'homme qui l'a tuée.

– Qui est-ce ?

Guy se demandait ce que Markman pouvait bien éprouver en ce moment. De la haine ? De la rancœur ? De la colère ?

– Je sais qui c'est et la police l'apprendra également très bientôt.

Guy hésita.

– C'était un New-Yorkais qui s'appelait Charles Bruno. Il est mort hier. Il s'est noyé.

Owen se renversa sur son siège et but une nouvelle gorgée.

– Comment le savez-vous ? Il a avoué ?

– Je le sais. Je le sais depuis quelque temps. C'est pourquoi il m'a semblé que j'étais coupable. De ne pas le livrer.

Il se passa la langue sur les lèvres. Il avait du mal à articuler chaque syllabe. Et pourquoi se découvrait-il avec un tel luxe de précautions, pouce par pouce ? Où donc étaient tous ses beaux rêves, le plaisir et le soulagement qu'il s'était imaginé trouver à tout raconter ?

– C'est pourquoi je me fais des reproches. Je...

Le haussement d'épaules d'Owen l'arrêta. Guy regarda Owen vider son verre et machinalement alla lui en préparer un autre.

– C'est pourquoi je me fais des reproches, répéta-t-il. Mais il faut que je vous explique les circonstances. C'est très compliqué. Vous comprenez, j'ai fait la connaissance de Charles Bruno dans le train qui m'emmenait à Metcalf. En juin, juste avant que Miriam soit tuée. Je venais la voir pour obtenir le divorce.

Il avala sa salive. Voilà, ça y était, les mots qu'il n'avait jamais dits à personne, il venait de les dire de son plein gré, et cela lui semblait si ordinaire maintenant, ignominieux, même. Il avait dans la gorge un voile dont il n'arrivait pas à se débarrasser. Guy scruta le long visage attentif d'Owen. Les sourcils n'étaient plus froncés. Owen avait recroisé les jambes, et Guy se souvint brusquement des chaussures de daim gris qu'il portait à l'enquête. Aujourd'hui, il avait des chaussures marron toutes simples, sans lacets.

– Et...

– Et quoi ? insista Owen.

– Je lui ai cité le nom de Miriam. Je lui ai dit que je la détestais. Bruno avait un projet de meurtre. Un projet de double meurtre.

– Bon Dieu ! souffla Owen.

L'exclamation lui rappela Bruno et une idée absolument horrible traversa le cerveau de Guy : il pensa soudain qu'il pourrait faire tomber Owen dans le même piège où Bruno l'avait lui-même entraîné, qu'Owen à son tour trouverait un autre inconnu qui en trouverait un autre, et ainsi de suite, toute une infinie cohorte de bourreaux et de victimes. Guy frissonna et ses poings se crispèrent.

– Mon erreur a été de lui parler. De parler à un étranger de ma vie privée.

– Il vous a dit qu'il allait la tuer?

– Non, bien sûr que non. C'était simplement une idée qu'il avait. Il était fou. C'était un malade mental. Je lui dis de la fermer et je l'envoyai au bain. Je me débarrassai de lui!

Guy se retrouvait dans le compartiment. Il descendait sur le quai. Il entendait claquer la lourde porte du wagon. Et il avait cru qu'il serait débarrassé de Bruno!

– Vous ne lui avez pas dit de tuer votre femme.

– Mais non. Il n'a pas parlé de le faire, d'ailleurs.

– Pourquoi ne vous tapez-vous pas un bon coup de whisky? Asseyez-vous donc.

La voix lente et rauque d'Owen fit retomber la chambre dans la réalité. Sa voix était comme un quartier de roc hérissé, bien ancré dans un sol desséché.

Guy n'avait pas envie de s'asseoir, ni de boire. Il avait bu du scotch en parlant dans le compartiment de Bruno. Maintenant c'était la fin et il ne tenait pas à ce que cela ressemblât au commencement. Par politesse, il trempa ses lèvres dans le verre de scotch qu'il s'était versé. Quand il se retourna, Owen versait de l'alcool dans son verre; il continua, comme pour bien montrer à Guy qu'il n'avait pas voulu le faire derrière son dos.

– Ma foi, fit Owen d'une voix traînante, si ce type était aussi cinglé que vous le dites... D'ailleurs c'était l'opinion du jury finalement, hein, que ç'avait dû être un fou qui avait fait le coup.

– Oui.

– Pour moi, bien sûr je comprends quelle impression ça a dû vous faire après; mais, enfin, si c'était une simple conversation comme ça en passant, je ne vois pas pourquoi vous vous faites tellement de reproches.

Guy le dévisageait d'un air incrédule. C'était

tout ce que ça faisait à Owen ? Il n'avait peut-être pas bien compris.

– Mais, voyons...

– Quand avez-vous découvert la vérité ?

Les yeux sombres d'Owen semblaient s'embrumer.

– Environ trois mois après le crime. Mais vous comprenez, sans moi, Miriam serait encore vivante aujourd'hui.

Guy regarda les lèvres d'Owen se pencher à nouveau vers le verre. Il lui semblait sentir dans sa gorge l'écœurant mélange de Coca-Cola et de scotch qui glissait dans la grande bouche d'Owen. Qu'allait faire Owen ? Sauter brusquement sur ses pieds, lancer le verre par terre et étrangler Guy comme Bruno avait étranglé Miriam ? Il ne pouvait pas imaginer qu'Owen restât assis dans son fauteuil, mais les secondes passèrent et Owen ne bougeait pas.

– Vous comprenez, il fallait que je vous le dise, insista Guy. J'estimais que vous étiez la seule personne que j'aurais pu faire souffrir, la seule personne qui eût eu de la peine. Miriam avait un enfant de vous. Vous alliez l'épouser. Vous l'aimiez. C'était vous...

– Crénom, mais je ne l'aimais pas.

Owen regarda Guy sans changer de visage.

Guy, à son tour, le contempla, bouche bée. « Il ne l'aimait pas, il ne l'aimait pas », pensa-t-il. Tout chancelait dans son esprit, il s'efforça de rétablir l'alignement des équations qui venaient de se fausser.

– Vous ne l'aimiez pas ? dit-il.

– Non. Enfin, pas comme vous avez l'air de croire. Je ne lui souhaitais certainement pas de mourir... et, croyez-moi, j'aurais fait n'importe quoi pour empêcher ça, mais je n'étais pas mécontent de ne pas avoir à l'épouser. C'était son idée à elle de se marier. C'est pour ça qu'elle a voulu un enfant. On peut pas blâmer un homme de ça, hein, vous ne trouvez pas ?

Owen le regardait avec la ferveur des pochards, il attendait, avec sa grande bouche dont la ligne n'avait pas changé depuis le jour où il était venu témoigner à l'enquête, il attendait que Guy dît quelque chose, qu'il portât un jugement sur son attitude vis-à-vis de Miriam.

Guy se détourna avec un vague geste d'impatience. Il n'arrivait plus à rétablir l'équilibre de ses équations. Tout cela n'avait plus de sens, ou du moins n'avait plus qu'un sens ironique. Il n'avait plus de raison d'être là maintenant, sinon par ironie. Il n'avait pas de raison de s'infliger ce supplice dans une chambre d'hôtel pour le bénéfice d'un étranger qui s'en fichait pas mal, pas de raison, sinon par ironie.

– Vous n'êtes pas de mon avis? reprit Owen en essayant d'attraper la bouteille posée sur la table à côté de lui.

Guy était incapable d'articuler un mot. Une colère étouffante montait en lui. Il desserra sa cravate, ouvrit son col, et chercha du regard un ventilateur aux fenêtres.

Owen haussa les épaules. Il avait l'air très à son aise dans sa chemise à col ouvert et son blouson de cuir ouvert également. Guy se sentit pris d'un désir totalement irraisonné de lancer quelque chose à la figure d'Owen, de le rosser et de le piétiner, et surtout de le tirer de ce doux confort du fauteuil.

– Ecoutez, commença Guy, en se maîtrisant, je suis un...

Mais Owen avait commencé à parler en même temps, et il continua, d'une voix ronronnante, sans regarder Guy planté au milieu de la pièce, la bouche encore ouverte.

– ... la seconde fois. J'me suis remarié deux mois après avoir divorcé, et les embêtements ont tout de suite commencé. J'sais pas si ç'aurait été différent avec Miriam mais, en tout cas, ç'aurait pas pu être pire. Louisa m'a plaqué il y a deux mois après avoir failli ficher le feu à la baraque, tout un immeuble meublé.

Il continua sur le même ton psalmodiant, tout en se versant une nouvelle rasade de scotch, et Guy trouva qu'il y avait dans la façon dont Owen se servait un manque de respect, une volonté délibérée de l'insulter. Guy se souvint de l'attitude d'Owen à l'enquête, une attitude pour le moins peu brillante, envers le mari de la victime. Pourquoi d'ailleurs Owen le respecterait-il ?

– Ce qu'il y a de terrible, c'est que l'homme a toujours le dessous, parce qu'il n'arrive jamais à avoir le dernier mot. Tenez, Louisa par exemple, qu'elle revienne dans l'immeuble où on était, eh bien, tout le monde l'accueillera à bras ouverts, tandis que si moi...

– Ecoutez ! dit Guy, incapable de se contenir plus longtemps. Je... j'ai tué quelqu'un, moi aussi ! Je suis un assassin, aussi !

Owen décroisa les jambes, se carra dans son fauteuil, et son regard alla même de Guy à la fenêtre, puis revint à Guy; il semblait se demander s'il devrait s'échapper ou se défendre, mais l'expression de surprise hébétée qu'il avait prise était si peu marquée qu'on avait plutôt l'impression qu'il se moquait, qu'il mettait en boîte un Guy toujours aussi sérieux. Owen fit le geste de reposer son verre sur la table, puis changea d'avis.

– Comment ça ? demanda-t-il.

– Ecoutez ! cria Guy. Ecoutez, je suis un homme mort. C'est comme si j'étais mort maintenant, parce que je vais me livrer à la police. Tout de suite ! Parce que j'ai tué un homme, vous comprenez ? N'ayez donc pas l'air de vous en ficher comme ça, et ne vous enfoncez pas dans ce fauteuil !

– Et pourquoi que je ne m'enfoncerais pas dans ce fauteuil ?

Owen tenait son verre à deux mains, il venait de le remplir de scotch et de Coca-Cola mélangés.

— Ça ne vous fait donc rien que je sois un assassin, que j'aie ôté la vie à quelqu'un, ce qu'aucun être humain n'a le droit de faire ?

Owen avait peut-être hoché la tête, ou peut-être pas. En tout cas, il se remit à boire, à petites gorgées.

Guy le dévisagea. Les mots, d'inextricables enchevêtrements de milliers et de milliers de mots, lui semblaient épaissir son sang, et faire courir le long de ses bras jusqu'à ses mains crispées des vagues de chaleur. Ces mots, c'étaient des malédictions destinées à Owen, des phrases et des paragraphes de la confession qu'il avait écrite ce matin et qui s'embrouillaient maintenant, parce que cet abruti d'ivrogne affalé dans son fauteuil ne voulait pas les entendre. Cet abruti d'ivrogne était bien déterminé à jouer l'indifférence. Guy pensa qu'il ne devait pas avoir l'air d'un assassin, avec sa chemise blanche, sa cravate de soie et son pantalon bleu sombre; et peut-être même que son visage ravagé n'était celui d'un assassin que pour lui-même.

— C'est cela l'erreur, dit Guy tout haut, c'est que personne ne sait à quoi ressemble un assassin. Un assassin ressemble à tout le monde !

Il s'appuya le poing sur le front puis baissa le bras : il avait senti venir ces derniers mots et avait été incapable de les arrêter. Il croyait entendre Bruno.

Guy se leva tout d'un coup, se versa un grand verre de scotch et l'avala.

— J'suis content de voir que j'bois pas tout seul, marmonna Owen.

Guy s'assit sur le lit, proprement recouvert de vert, en face d'Owen. Il se sentait brusquement las.

— Ça ne vous fait rien, recommença-t-il, n'est-ce pas, ça ne vous fait rien ?

— Vous n'êtes pas le premier type que je vois qui en ait tué un autre. Ou la première femme.

Il ricana.

– Il me semble que les femmes s'en tirent mieux dans l'ensemble.

– Je n'ai pas l'intention d'essayer de m'en tirer. Je ne suis pas libre. J'ai fait cela de sang-froid. Je n'avais aucune raison. Vous ne trouvez pas que c'est encore pire ? J'ai fait cela pour...

Il voulait dire qu'il avait tué parce qu'il avait trouvé en lui assez de perversité pour le faire, qu'il l'avait fait à cause du ver dans le bois, mais il savait qu'Owen n'y comprendrait rien, parce que Owen était un esprit pratique. Il était tellement pratique qu'il ne se donnerait même pas la peine de le frapper, ni de s'enfuir, ni d'appeler la police, parce qu'on était beaucoup mieux dans ce fauteuil.

Owen hocha la tête comme s'il réfléchissait au cas de Guy. Ses paupières étaient à demi fermées. Il se tortilla et finit par sortir de sa poche revolver un paquet de tabac. Il prit dans une poche de sa chemise du papier à cigarettes.

Guy surveilla l'opération qui lui parut durer des heures.

– Tenez, dit-il en offrant à Owen les cigarettes de son paquet.

Owen les examina d'un air méfiant.

– Quelle marque que c'est ?

– Des cigarettes canadiennes. Elle sont très bonnes. Essayez-en une.

– Merci...

Owen referma la blague entre ses dents :

– ... je préfère mon tabac.

Il lui fallut au moins trois minutes pour se rouler une cigarette.

– C'était exactement comme si j'avais sorti mon revolver pour abattre quelqu'un dans un jardin public, continua Guy, décidé à poursuivre son récit.

Il aurait pourtant pu tout aussi bien parler à un objet inanimé, à un dictaphone posé sur le fauteuil à la place d'Owen, avec cette différence que ses paroles n'avaient même pas l'air de pénétrer dans l'esprit de l'autre. Est-ce que l'idée ne pourrait pas venir à Owen que Guy pourrait très bien lui brandir son revolver sous le nez, maintenant, dans cette chambre ?

– J'étais poussé, dit Guy. C'est ce que j'expliquerai à la police, mais ça n'y changera rien, parce que, de toute façon, je l'ai bien tué. Vous comprenez, il faut que je vous explique l'idée de Bruno.

Owen au moins le regardait maintenant, mais, loin de sembler suspendu aux lèvres de Guy, il avait plutôt une expression poliment attentive complètement hébétée par l'alcool. Mais Guy refusa de s'arrêter à ces contingences.

– L'idée de Bruno, c'était que chacun tue pour le compte de l'autre, lui tuerait Miriam et moi je tuerais son père. Alors il est venu à Metcalf et il a tué Miriam derrière mon dos. Sans que je le sache, sans mon consentement, vous comprenez ?

Il s'exprimait abominablement mal, mais, au moins, Owen écoutait. Et les mots arrivaient à sortir.

– Je n'en savais rien, et je ne me doutais même de rien... vraiment. Ce n'est que des mois plus tard que j'ai compris. Il s'est mis à me harceler. Il s'est mis à me raconter que si je ne m'acquittais pas de la part qui m'incombait dans son maudit plan, il me collerait sur le dos la responsabilité du meurtre de Miriam, vous voyez ? Et cette part, ça consistait à tuer son père. Tout le projet reposait sur le fait que les deux meurtres étaient sans motif. Pas de motifs personnels. Si bien qu'on ne pouvait pas nous découvrir, chacun de notre côté. A condition qu'on ne se voie pas. Mais ça, c'est encore autre chose. Quoi qu'il en soit, je l'ai bel et bien tué. J'étais complètement à plat. Bruno m'avait fichu par terre en me bombardant de lettres et en exerçant sur moi un chantage qui m'empêchait de dormir. Il avait fini par me rendre fou, moi aussi. Et, croyez-moi, je suis sûr qu'on peut fiche n'importe qui par terre comme ça. Je pourrais avoir raison de vous. Dans les mêmes circonstances, j'arriverais à vous démolir et à vous faire tuer quelqu'un. Il faudrait peut-être d'autres méthodes que celles dont Bruno s'est servi avec moi, mais on pourrait y arriver. Comment croyez-vous que ça marche dans les Etats totalitaires ? C'est vrai que vous ne prenez sans doute jamais la peine de penser à ces choses-là, hein, Owen ? En tout cas, voilà ce que je dirai à la police, mais ça n'aura pas d'importance, parce qu'ils diront que je n'aurais pas dû flancher. Ça ne changera rien, parce qu'ils diront que j'ai été faible. Mais ça m'est bien égal maintenant, vous comprenez ? Je peux tenir tête à n'importe qui, vous savez.

Il se pencha pour scruter le visage d'Owen, mais celui-ci semblait à peine le voir. Sa tête pendait sur le côté, s'appuyait vaguement sur sa main. Guy se leva. Il ne pouvait pas forcer Owen à le regarder, il sentait bien qu'Owen ne comprenait même pas l'essentiel de tout ce qu'il venait de lui dire, mais ça n'avait pas d'importance non plus.

– Tout ce qu'ils voudront faire de moi, je l'accepterai. Je le dirai demain à la police.

– Est-ce que vous pouvez prouver ce que vous avez dit ? demanda Owen.

– Prouver quoi ? Qu'est-ce qu'il faut que je prouve quand j'ai tué un homme ?

La bouteille glissa des mains d'Owen et tomba par terre, mais il en restait si peu de liquide dedans qu'il ne coula presque rien sur le parquet.

– Vous êtes architecte, hein ? demanda Owen. Je me souviens maintenant.

Il redressa la bouteille avec des gestes maladroits, mais la laissa par terre.

– Quelle importance cela a-t-il ?

– Oh ! je me demandais comme ça.

– Vous vous demandiez quoi ? demanda Guy, exaspéré.

– Parce que vous avez l'air un peu dérangé... si vous voulez que je vous parle franchement. Maintenant, c'est peut-être pas ce que vous voulez. Et derrière l'expression brumeuse des yeux d'Owen, Guy ne lut qu'une vague méfiance : Owen craignait de voir Guy se lever et le frapper parce qu'il venait de lui dire qu'il le trouvait un peu timbré. Mais Guy ne bougea pas, et Owen se carra dans son fauteuil plus profondément que jamais.

Guy chercha une idée concrète qu'il pourrait faire comprendre à Owen. Malgré l'indifférence que manifestait son public, il ne voulait quand même pas le perdre tout à fait.

– Ecoutez, qu'est-ce que vous éprouvez en face des hommes dont vous savez qu'ils ont tué ? Comment les traitez-vous ? Comment agissez-vous ? Est-ce que vous passez la journée avec eux exactement comme vous le feriez avec n'importe qui d'autre ?

Accablé par toutes ces questions que Guy lui jetait au visage, Owen semblait réellement essayer de penser. Il dit enfin, en souriant et en clignant des yeux de soulagement :

– Vivez donc et laissez vivre les autres !

Guy sentit une fois de plus la colère s'emparer de lui. Il eut un instant l'impression d'une vis brûlante qui lui traversait le corps et le cerveau. Les mots lui manquaient pour exprimer ce qu'il ressentait. Ou peut-être au contraire trop de mots se pressaient-ils à la fois à sa bouche. L'un d'eux enfin se forma tout seul et Guy le cracha littéralement entre ses dents :

– *Idiot !*

Owen s'agita légèrement dans son fauteuil, mais sa placidité l'emporta. Il avait l'air de ne pas savoir s'il allait sourire ou froncer les sourcils.

– En quoi ça me regarde-t-il ? demanda-t-il d'un ton ferme.

– Comment, en quoi ? Mais parce que... parce que vous êtes un des membres de la société !

– Bon, alors c'est la société que ça regarde, répliqua Owen avec un petit geste nonchalant.

Il fixait des yeux la bouteille de scotch dans laquelle il ne restait plus qu'un fond.

« Seigneur, pensa Guy. Etait-ce l'attitude réelle d'Owen ou bien était-il ivre ? » Il devait être toujours comme ça. Il n'avait aucune raison de mentir. Guy se souvint alors qu'il avait eu lui-même une attitude analogue au moment où il avait commencé à soupçonner Bruno, avant que Bruno se mît à le harceler. Etait-ce l'attitude normale de la plupart des gens ? Mais alors, qu'était-ce que la société ?

Guy tourna le dos à Owen. Il savait pourtant assez bien ce qu'était la société. Mais il se rendait compte que la société à laquelle il pensait par rapport à lui, c'était la justice, et les lois inexorables. La société en fait se composait de gens comme Owen, comme lui-même, comme... comme Brillhart par exemple. Est-ce que Brillhart l'aurait livré à la police ? Non. Il n'arrivait pas à se représenter Brillhart le dénonçant. Chacun laisserait à quelqu'un d'autre le soin de le faire, et ce quelqu'un d'autre laisserait à autrui ce soin et finalement personne ne ferait rien. Attachait-il tant de prix aux lois ? N'était-ce pas une loi qui l'avait enchaîné à Miriam ? N'était-ce pas un être humain qui avait été tué et n'était-ce donc pas alors les gens qui comptaient ? Si les gens, d'Owen à Brillhart, ne se souciaient pas de le dénoncer, devait-il continuer à se ronger ? Pourquoi avait-il cru ce matin qu'il voulait se livrer à la police ? Quel masochisme l'avait saisi ? Il n'irait pas se constituer prisonnier. Qu'avait-il en fait sur la conscience maintenant ? Quel être humain irait le dénoncer pour cela ?

– Ou alors un mouchard, dit Guy. Je crois qu'un mouchard me dénoncerait.

– C'est ça, acquiesça Owen. Un salaud, une ordure de mouchard.

Il éclata d'un gros rire, un rire de soulagement.

Guy avait le regard perdu dans le vide. Il s'efforçait de trouver un terrain solide qui le conduirait à quelque chose qu'il avait entrevu, comme dans un éclair. D'abord, la loi n'était pas la société. La société, c'étaient des gens comme lui, comme Owen, comme Brillhart, qui n'avaient pas le droit de tuer leur prochain. Et pourtant la loi le faisait bien.

– Alors que la loi est censée exprimer la volonté de la société. Ce n'est pas cela. Ou alors sur le plan collectif, peut-être, ajouta-t-il, avec la conscience de couper comme toujours les cheveux en quatre avant de conclure, de compliquer les choses au dernier point en essayant de s'assurer de tout.

– Hmm-m ? murmura Owen.

Sa tête était renversée contre le dossier du fauteuil, ses cheveux noirs retombant en désordre sur son front, et ses yeux étaient presque fermés.

– Non, pris collectivement les gens pourraient bien lyncher un assassin, mais c'est cela que la loi est censée empêcher.

– J'en suis pas pour les lynchages, dit Owen. P'faitement ! Ça a fait une mauvaise réputation aux Etats du Sud... inutilement.

– Ce que je veux dire, c'est que si la société n'a pas le droit de tuer un de ses membres, alors la loi ne l'a pas non plus. Enfin, si on considère la loi comme une somme de règlements qui se transmettent de génération en génération et contre lesquels personne ne peut rien, comme un tout auquel aucun être humain ne peut toucher. Mais, après tout, c'est pour les êtres humains que la loi est faite. Je parle de gens comme vous et moi. Mais mon cas est particulier. Pour l'instant, je ne parle que de mon cas. Mais c'est logique. Vous savez, Owen ? Appliquée aux gens, la logique ne marche pas toujours. C'est très bien quand vous construisez une maison, parce que les matériaux, ça sait se tenir, mais...

Il perdit le fil de son argumentation. Il se trouvait devant un mur; il ne pouvait dire un mot de plus, tout simplement parce qu'il était incapable de poursuivre sa pensée. Il avait parlé à haute voix, et fort distinctement, mais il savait très bien qu'Owen n'avait pas entendu, même s'il avait fait des efforts pour écouter. Et pourtant, c'était bien de l'indifférence qu'Owen avait manifestée cinq minutes plus tôt, quand Guy avait posé la question de sa culpabilité.

— Et un jury, je me demande ce que c'est, dit Guy.

— Quel jury ?

— Est-ce qu'un jury se compose de douze êtres humains ou bien est-ce simplement un corps de lois ? Voilà un point intéressant.

Il versa dans un verre ce qui restait dans la bouteille et le but d'un trait.

— Mais je ne pense pas que cela vous intéresse, Owen ? Qu'est-ce qui vous intéresse ?

Owen demeura silencieux et immobile.

— Rien ne vous intéresse, n'est-ce pas ?

Guy contempla les grands souliers marron éraflés, allongés mollement sur le tapis, les talons renversés l'un à côté de l'autre. Brusquement la stupidité flasque, éhontée, massive de ces pieds lui parut représenter l'essence de toute la stupidité humaine. Il sentit s'éveiller en lui le vieil antagonisme qu'il avait toujours nourri contre la stupidité passive de ceux qui l'empêchaient de progresser dans son travail, et, avant d'avoir même compris ce qu'il faisait, il envoya un grand coup de pied dans la chaussure d'Owen. Owen ne broncha pas. Guy pensa à son travail. Oui, il fallait qu'il retournât à son travail. Il réfléchirait plus tard, il penserait à tout cela plus tard, pour l'instant il avait du travail.

Il regarda sa montre. Minuit dix. Il ne voulait pas dormir dans cet hôtel. Il se demanda s'il y avait un avion pour le Canada cette nuit. C'était probable. Ou sinon, un train.

Il secoua Owen.

– Owen, réveillez-vous. Owen !

Owen marmonna une question inintelligible.

– Je crois que vous dormirez mieux chez vous.

Owen se dressa sur son séant et dit d'une voix claire :

– Ça, j'en doute.

Guy prit son pardessus qu'il avait posé sur le lit. Il regarda autour de lui, mais il n'avait rien laissé, parce qu'il n'avait rien apporté. « Il vaudrait peut-être mieux téléphoner à l'aérodrome maintenant », se dit-il.

– Où sont les cabinets ? fit Owen en se levant. Je ne me sens pas très bien.

Guy n'arrivait pas à trouver le téléphone. Pourtant, il y avait un fil du côté de la table de nuit. Il suivit le fil sous le lit. Le téléphone était décroché, par terre, et Guy comprit tout de suite qu'il n'était pas tombé, parce que le récepteur était appuyé contre le pied du lit et bizarrement braqué dans la direction du fauteuil où était assis Owen.

– Alors, y a pas de cabinet ici ?

Owen était en train d'ouvrir la porte d'un placard.

– Ça doit être dans le couloir.

La voix de Guy tremblait. Il prit l'appareil dans sa main et il l'approcha de son oreille. Il perçut le silence attentif d'un fil branché sur un autre poste.

– Allô ? dit-il.

– Allô, Mr. Haines.

La voix était bien timbrée, courtoise, avec un soupçon de brusquerie.

Guy esquissa vainement le geste d'écraser l'appareil, puis, sans un mot, il se rendit. C'était comme une forteresse qui tombait, comme un grand édifice qui s'écroulait dans son esprit, qui tombait en poussière, mais sans bruit.

— Je n'avais pas le temps d'installer un dictaphone. Mais j'ai presque tout entendu derrière votre porte. Est-ce que je peux entrer ?

Gérard avait sans doute des espions à l'aérodrome de New York, il avait dû louer un avion et le suivre. C'était bien possible. Et voilà. Et il avait été assez stupide pour signer sa fiche d'hôtel à son nom.

— Entrez, répondit Guy.

Il replaça l'appareil sur son crochet et resta planté au milieu de la pièce, tendu, les yeux fixés sur la porte. Son cœur battait comme jamais il n'avait battu, et Guy se dit qu'il allait sûrement tomber mort par terre. Il fallait fuir. Bondir, attaquer, dès que l'autre entrerait. « Allons, c'est ta dernière chance », se dit-il. Mais il ne bougea pas. Il entendit vaguement Owen vomir dans le lavabo. Puis on frappa à la porte et il s'avança; n'était-ce pas ainsi que cela devait finir, au fond, par surprise, avec un étranger qui ne comprenait rien et qui était malade au-dessus du lavabo dans un coin de la chambre, avec lui qui n'avait pas réussi à mettre de l'ordre dans ses pensées, qui, bien pis, avait essayé d'en exprimer la moitié avec une horrible confusion ? Guy ouvrit la porte.

— Salut, dit Gérard, en entrant, son chapeau sur la tête, et les bras ballants, comme Guy l'avait toujours vu.

— Qui est-ce ? demanda Owen.

— Un ami de Mr. Haines, dit Gérard très à son aise, en lançant à Guy un petit clin d'œil complice. Je pense que vous voulez rentrer à New York ce soir, n'est-ce pas ?

Guy contemplait le visage familier de Gérard, avec son grain de beauté au milieu de la joue et cet œil pétillant de vie qui lui avait fait un petit signe complice, incontestablement. Et Gérard était la loi aussi. Mais Gérard était de son côté, autant qu'on pouvait l'être, parce que Gérard connaissait Bruno, Guy le sentait. Il lui semblait en avoir toujours eu la certitude, et jamais pourtant cette idée ne lui avait traversé l'esprit. Il comprit aussi qu'il lui faudrait affronter Gérard. Cela faisait partie du jeu, cela en avait toujours fait partie. C'était inévitable et fixé de toute éternité, comme la rotation de la Terre, et aucun sophisme ne lui permettrait d'y échapper.

– Alors ? dit Gérard.

Guy s'efforca de parler, et il ne dit pas du tout ce qu'il avait l'intention de dire.

– Emmenez-moi, fit-il.

IMPRIMÉ EN FRANCE PAR BRODARD ET TAUPIN
58, rue Jean Bleuzen - Vanves.
Usine de La Flèche, le 14-01-1986.
1150-5 - N° d'Éditeur 2187, janvier 1986.

PRESSES POCKET - 8, rue Garancière - 75006 Paris
Tél. 46.34.12.80